# La Vallée des Esprits

FRANÇOIS SAUTEREAU

# La Vallée des Esprits

RAGEOT ÉDITEUR

Illustrations de Vincent Dutrait

ISBN 2-7002-2894-4

Une première édition de ces textes a paru en trois tomes : *La vallée des esprits* en 1988, *La forteresse de la nuit* en 1989, et *La fontaine maléfique* en 1990.

# 1

# Au cœur du Grand Cercle

# La noce

De mémoire d'adolescent, on n'avait jamais connu pareil dégueulis.

Une marée acide de jus de fraise mêlé à des liqueurs et aux relents de grignotin en sauce s'échappant en torrent de la bouche de Longo comme d'une gargouille aux yeux exorbités. La largeur de la table fut trop vite franchie pour que la nappe pût absorber ce gâchis malodorant qui se déversa sur les genoux des convives d'en face.

Quelques fragments de champignons roulèrent entre les assiettes, accompagnés de morceaux de camembert mal digérés et d'une dentelle de salade.

La noce fit silence.

Dans l'épaisseur de ce silence retentit le dernier hoquet d'un Longo médusé, craignant déjà les représailles.

Pourtant qui aurait pu lui en vouloir ? On l'aimait bien. Il avait traversé l'enfance sans trop faire de bruit, aidant au mieux sa mère Junon, veuve d'un guerrier qu'il n'avait pas eu le temps de connaître.

Quoique renfermé, c'était un garçon plutôt sympathique avec ses magnifiques cheveux châtains bouclés qui lui tombaient aux épaules. Il les laissait pousser pour cacher ses trop longues oreilles dont on se moquait si facilement. Peut-être ses oreilles étaient-elles la raison de son isolement. On le voyait souvent réfléchir seul au bord du fleuve ou parmi les pierres, un bâton à la main.

Junon la Pédauque, la lavandière, découvrant soudain que son fils était l'auteur d'un tel écart, le saisit par un bras en vociférant diverses menaces, bouscula une vingtaine d'invités pour jeter le trublion hors de la caverne des sœurs Bonté, auberge où, depuis toujours, se déroulaient les ripailles de la communauté des Providents.

Quelques instants plus tard, Longo, après avoir dégringolé en hâte cent cinquante-deux marches le long de la falaise, achevait l'épanchement de son offrande bilieuse dans l'eau du fleuve, plié en deux par des spasmes irrépressibles. Quand il n'eut plus rien dans l'estomac, il se déshabilla, nettoya sa tenue de fête maculée et l'étendit sur le gazon à la limite du champ sacré qui bordait l'Espérance, sous l'œil mauvais d'Archibald Loquetin, l'un des gardiens du feu ancestral. Cet homme d'une cinquantaine d'années, aux moustaches grises et arrogantes, se donnait de l'importance en remuant de temps à autre une bûche dans le brasier à trente mètres de là. Son statut de dignitaire religieux lui inspira cette remarque :

– En voilà une conduite, mon garçon, pour un jour de fête ! Tu ne peux pas aller faire ça plus loin ? Non content de ne jamais apporter du bois au feu ancestral, il faut que tu viennes te donner en spectacle ? C'est un lieu sacré, ici, tu ne le sais pas ?

La place était en effet consacrée au culte du Grand Formateur. Cette divinité se présentait sous la forme d'un œil de trois mètres de diamètre, tout en bronze, posé sur un support fiché dans une maçonnerie cubique de quatre mètres cinquante d'arête. La statue était érigée au centre d'une place carrée d'un hectare environ, entourée d'une haie de bouleaux, de sapins, de noisetiers et, du côté du fleuve qui la bordait, d'une ligne de tropliers, ces feuillus géants qui se tordaient à la cime et se penchaient comme pour plaindre le pauvre monde.

Autour de la statue, un jardin composé de milliers de fleurs recueillait les offrandes sacrées des Providents, qu'ils effectuaient sous forme de plantations fines, hautement esthétiques. Ne sachant rien de cette divinité qu'ils avaicnt trouvée à leur arrivée, ils en prenaient à tout hasard un soin jaloux.

C'est dans cette même enceinte que, sous la constante surveillance de gardiens consacrés, brûlait le feu ancestral, éclairant et réchauffant en quelque sorte la divinité. La légende disait qu'on ne l'avait jamais vu s'éteindre depuis l'arrivée des Providents dans la vallée de l'Espérance. Ils l'avaient conservé jour et nuit, en toutes saisons, par n'importe quel temps. L'odeur de sa fumée avait toujours imprégné leur cité. Sa flamme baignait perpétuellement la statue qui le dominait, et de loin, la nuit, quand on montait au bourg par le sud, on voyait se détacher l'œil comme une étoile rougeâtre posée à la racine de la falaise, s'inscrivant sur la paroi obscure et miroitant dans le fleuve.

On imagine la colère d'Archibald, dérangé par un galopin malappris et insouciant. Il grommela des phrases acides à l'égard d'une jeunesse ingrate...

Longo, quasiment nu, lui tournait le dos. Il aurait pu formuler une excuse, bredouiller un mot aimable. S'estimant hors de l'enceinte sacrée, puisqu'il avait les pieds dans le fleuve, il se contenta de hausser les épaules en jetant des cailloux dans l'eau. Ce n'était qu'une peccadille, mais ce fut le premier véritable accroc, et peut-être dans la suite pesa-t-il plus lourd qu'il ne l'aurait fallu.

Le garçon resta là jusqu'à ce que ses habits fussent secs. Alors il s'en revêtit, se retourna et, son regard ayant embrassé la cité, il quitta le champ sacré et entreprit de se promener dans les ruelles, regrettant déjà sa gourmandise maladroite qui risquait de le priver de deux jours de festin. Les noces riches, à la Providence, durent largement trois jours et on n'en était qu'au premier.

La Providence rassemblait un peu plus de trois mille âmes sur la rive nord de l'Espérance, dans des cavernes naturelles au pied d'une falaise haute de deux cents mètres, en terre des Francisques. Des maçons expérimentés avaient aménagé et clos ces grottes par de somptueuses façades, les transformant en demeures confortables et faciles à défendre en cas d'invasion. On avait en effet connu des heures difficiles au temps des anciens rois et les querelles entre le nord et le sud du Grand Cercle avaient valu aux Providents des sièges longs et ruineux.

Le Grand Cercle était le nom donné à l'ensemble du monde connu, que personne n'avait entièrement visité, sauf peut-être Engelbert. Un monde composé de deux continents séparés par la mer Sauvage. Le continent nord, le plus vaste, s'appelait Angnor, et les Francisques en occupaient la partie la plus méridionale. Le continent sud s'appelait Terre Première.

En fait, à la Providence, on n'était jamais à l'abri d'un pillage. La dernière incursion ne remontait pas très loin : une quinzaine d'années tout au plus. Ypner, aussi appelé le Sanguinaire, qui se prétendait roi de Terre Première (on disait surtout de lui qu'il n'était qu'un voyou bien organisé), avait traversé la mer Sauvage à la tête d'une troupe nombreuse et déterminée, rançonnant le pays sous prétexte de lever l'impôt, et accomplissant de nombreux méfaits. Pour Longo, qui n'en avait aucun souvenir, cette dernière affaire se mêlait un peu aux légendes et aux vantardises des anciens. Cependant, malgré leurs fêtes et leur apparente bonhomie, les Providents s'étaient solidement organisés en défense passive et ne dormaient que sur une oreille.

Le bourg se présentait comme un escalier géant et abondamment fleuri, comprenant cinq niveaux de cavernes tapies dans la verdure, coiffées d'autant de terrasses potagères qui montaient en dégradé jusqu'au pied de la falaise.

Proche de la rive, la première rangée de cavernes habitées n'offrait que des espaces restreints, facilement inondables, que seules les gens de petite condition avaient osé investir.

La mère de Longo était de ceux-là. Les autres rangées revenaient, en ordre ascendant, à des familles de plus en plus aisées. Les notables dominaient le fleuve et toute la Providence.

La communauté des Providents occupait en outre une dizaine de hameaux éparpillés assez loin en amont de l'Espérance et de ses affluents.

Dans l'ensemble, les Providents étaient avant tout pacifiques. Ils formaient un peuple doux, courtois, serviable, débrouillard et respectueux des traditions.

Ils appréciaient la viande rouge, le jus de grappine, les bons fromages, les fines plaisanteries, la liquefolle (alcool extrait des baies rouges de piquemaline), les briches de pain frais.

Leurs centres d'intérêt ne dépassaient guère les limites géographiques de la terre des Francisques, qui s'étendait sur une centaine de kilomètres au nord et au sud, sur deux cents à l'est et à l'ouest.

S'ils étaient peu préoccupés de leur géographie, ils l'étaient encore moins de leur histoire. Leurs connaissances dans ce domaine se limitaient aux récits de voyageurs, à des contes et des légendes dont ils étaient très friands et, plus rarement, à des chansons.

# Engelbert

L'idée même d'une croûte de briche provoquant en lui un haut-le-cœur, Longo ne regagna pas la noce. Il traîna dans les rues en escalier, errant d'une caverne à l'autre dans l'espoir improbable de rencontrer telle ou telle connaissance. Car il n'avait pas vraiment d'amis. Quelques jeunes garçons auxquels il avait enseigné le tir à la fronde, discipline où il excellait, l'admiraient et recherchaient de temps à autre sa compagnie. Mais ce jour-là, la plupart étaient à la noce de Grovelu, entassés dans l'auberge des trois sœurs Bonté.

Il revint donc seul, sur le soir, vers le feu ancestral, et y jeta une poignée de bois mort sous l'œil à peine reconnaissant d'Archibald. Puis il monta à la caverne d'Engelbert et y attendit l'heure solennelle du conte, qui était une tradition lors d'un mariage.

Comme à son habitude, le vieillard était assis sur une pierre devant sa caverne. Paré des mille et une vertus que l'on attribuait à son grand âge et à son passé mystérieux, il avait en outre revêtu la longue robe bleu nuit du sacerdoce du conteur, sur laquelle tranchait la blancheur d'une longue barbe taillée en pointe. Au milieu de son turban grenat, le diamant dont il ne se séparait jamais brillait de mille feux.

Quand Longo arriva, deux bonnes centaines de paysans de tous les âges, endimanchés dans leurs peaux de chèvrebique ou de rousquin des montagnes, étaient accroupis à ses pieds. Ils s'étaient rassemblés à la tombée de la nuit autour des jeunes mariés, Césarine et Bourbon Grovelu.

Depuis leur petite enfance, les Providents buvaient dans un sourire béat les paroles d'Engelbert, car cet homme, arrivé soixante ans plus tôt au village troglodytique, leur avait enseigné de nombreuses techniques oubliées dans la nuit des temps, ainsi que l'art de lire et d'écrire.

C'était la fin du mois de mai et il faisait bon. Le feu craquait dans une douce quiétude et l'odeur de la fumée se mêlait aux senteurs vertes émanant de la montagne. Le vieillard considéra avec bienveillance les visages tournés vers lui et, se raclant la gorge, commença en ces termes :

– Mes amis, puisque vous voici réunis en grand nombre pour cette heureuse fête qui, en quelque sorte, clôture le printemps et annonce une riche moisson, laissez-moi vous conter la légende – la maîtresse légende comme l'appellent certains – la plus antique, la plus solennelle de toutes, la légende de la Vallée des Esprits. D'aucuns l'ont déjà entendue maintes fois, mais ils aimeront revenir à cette époque lointaine et terrible.

« Au commencement, le Grand Cercle était vide. C'était un disque de néant qui brillait au soleil. Puis la pensée apparut. Les hommes n'étaient encore que des esprits errants. Rien ne poussait sur le sol. Ils se nourrissaient exclusivement de légendes, qui possédaient l'avantage sur nos riches nourritures d'épargner à nos ancêtres quelques vilains désagréments. »

Tout le monde se tourna vers Longo qui se sentit rougir.

« En ce temps-là, deux déesses gouvernaient le Grand Cercle et les hommes rendaient à chacune d'elles un culte passionné. L'une s'appelait Altarifa, déesse de la joie et de l'amour. L'autre se nommait Altariga, déesse de la tristesse et de la haine, puisque chaque élément nourrit son contraire.

« Quand les légendes furent toutes mangées par les hommes et qu'ils crurent ainsi avoir atteint le sommet de la connaissance, Altarifa, déesse de l'amour, sachant que la légende est la semence de toute culture, remplaça les histoires par des légumes et des fruits qu'elle fit pousser du sol pour le plus grand plaisir des hommes. En effet, quand la pensée s'incarna dans les choses, celles-ci devinrent belles, désirables. Chaque chose que nous mangeons de nos jours n'est qu'une lointaine légende sous une forme renouvelée. Noces et ripailles firent leur apparition. Les hommes avaient découvert la fête. Altarifa devint leur déesse favorite.

« Jalouse, Altariga fit aussitôt venir sur terre des animaux pour manger ces légumes. Mais voilà que les hommes se jetèrent sur les animaux et en firent aussi leur nourriture. Irritée, Altariga chercha querelle à Altarifa. Les deux déesses se battirent comme des chiffonnières et, roulant, roulant, elles finirent par tomber au fond d'un puits, emportant avec elles le secret de la fondation du Grand Cercle.

« Ayant quitté la terre des vivants, elles ne pouvaient remonter sans le secours des vivants.

« Là, elles continuèrent à se battre, poussant des cris terribles dont l'écho effrayait les hommes. On dit que ces bruits redoutables hantèrent le monde pendant des siècles. C'est pourquoi ce lieu fut appelé la Vallée des Esprits et nul n'osa s'y aventurer. Mais là ne s'arrête pas la légende... »

Comme tous ses pairs, Longo ne connaissait qu'en partie la légende de la Vallée des Esprits : elle était très longue, et il n'avait jamais eu la patience de l'écouter jusqu'au bout. Pourtant, le vieillard évoquait dans son récit des créatures mystérieuses qui hantaient le monde à cette époque lointaine, telles que les serrevolants, dix fois plus grands et voraces que les aigles avec, en plus, des dents d'acier ; les domusses, tortues plus hautes que les grands arbres de la forêt ; les persifleurs, ces serpents invisibles que l'on ne découvrait qu'après en avoir subi la morsure, quand on était à l'agonie ; et surtout les ogs, ces êtres laids, difformes, qui ressemblaient aux humains, mais plus stupides, plus grands, plus méchants, nés pour la guerre, entraînés à répandre la frayeur et la mort, et c'était ce que Longo appréciait le plus. Il se prenait à rêver qu'il quittait la vallée de l'Espérance pour traverser d'immenses territoires obscurs et verdoyants à la poursuite de ces monstres, seul ou à la tête d'une horde d'admirateurs. Enfin il perçait le cœur de l'ultime dragon et on le faisait roi.

Lorsqu'il contait, le vieil homme semblait disparaître et l'histoire se racontait seule. La légende de la Vallée des Esprits créait un engourdissement délicieux chez ceux qui l'écoutaient, et ils n'arrivaient jamais à rester éveillés jusqu'à la fin.

Ce jour-là, Longo avait décidé une fois pour toutes de l'entendre jusqu'au bout. Il attendait l'apparition du personnage principal, Benjamin, voulant savoir ce que le jeune héros deviendrait après avoir franchi la porte d'or du temple qui abritait le puits.

La voix d'Engelbert se détachait, claire, sur le chuintement du fleuve.

– « Or un homme appelé Artifex décida un jour de descendre dans la Vallée des Esprits pour faire cesser le tumulte qui troublait la vie de l'espèce humaine. Après de nombreuses épreuves dont il triompha, s'approchant du lieu obscur et sacré, il entendit ce cri terrible :

– Attention, ô vulgaire mortel ! Ici demeure le secret de tous les secrets, celui de la fondation du Grand Cercle. Ici demeure le mot mystérieux, le mot unique, le mot qui régit, le mot qu'un seul homme sur la terre a le droit de connaître. Si un second vient à le posséder, le plus âgé des deux meurt instantanément ! Que celui qui descend ici mesure le risque de sa témérité !

– Qu'importe ce secret, répondit aussitôt l'homme, car je ne suis descendu que pour faire taire vos querelles, ô déesses insensées !

« D'une certaine façon, il réussit, mais ce ne fut pas pour le bonheur de l'humanité. Au fond du puits, en effet, la première déesse qu'il rencontra était Altariga, la jalouse, qui le trouva si beau qu'elle prit aussitôt forme humaine et le séduisit pour l'épouser. Avec elle, Artifex remonta du puits. Par amour pour lui, Altariga, renonçant à sa condition de déesse, vécut comme une simple mortelle. D'Artifex, elle eut sept enfants qui engendrèrent sept nations.

« Pendant ce temps, Altarifa la pacifique, Altarifa déesse de la fête, était restée au fond du puits, seule, inconsolable. Artifex, en effet, devenu le plus important magicien du Grand Cercle, excellait dans la confection de créatures étranges et redoutables. Sur les instances de son épouse, et pour sceller définitivement la déesse ennemie, il accepta de construire un temple en forme de pyramide au-dessus du puits et conçut un énorme serpent pour le défendre, qu'il nomma Olofromidès, roi des démons. Tout homme qui voulait descendre au fond du puits de la Vallée des Esprits devait d'abord se mesurer à lui.

« À partir de ce jour, la guerre fit rage entre les sept peuples qui constituaient le Grand Cercle. C'étaient les enfants d'Altariga, mais on les connaît plutôt sous le nom de "Mauvaises Gens". Certains les appellent aussi les "Véritables". Nés de la haine, ils engendrèrent une guerre perpétuelle. Ils avaient des armes terrifiantes et disposaient de grands pouvoirs. Savez-vous qu'ils pouvaient se parler et se voir sans se déranger, même s'ils étaient à des milliers de kilomètres de distance ? Et qu'ils volaient dans les airs comme des oiseaux ?

« Mais l'immensité de leur haine finit par anéantir les Mauvaises Gens. Notre espèce les a remplacés petit à petit. Ne croyez pas que la guerre ait disparu pour autant. Elle ne s'effacera que lorsque Altarifa remontera du puits pour régner seule sur le Grand Cercle.

« Un jour cependant, alors que les hommes connaissaient leurs années les plus sombres, naquit un garçon nommé Benjamin, beau comme un crépuscule, dernier d'une très nombreuse famille. Ayant entendu cette légende, il tomba amoureux de la déesse Altarifa sans l'avoir vue. Il décida de se rendre à la Vallée des Esprits, de se mesurer à Olofromidès et de faire ressurgir la déesse de la fête que les hommes avaient oubliée... »

Déjà Longo bâillait, en lutte contre le sommeil, mais il était fermement décidé à savoir, cette fois, si Benjamin réussirait à trouver la déesse de la fête après un combat acharné contre Olofromidès qui défendait l'accès du puits, et surtout il voulait savoir quel était le mot unique qu'un seul homme à la fois avait le droit de connaître.

Hélas, quand il quitta Engelbert au petit jour, la peau encore hérissée des mille picots de la frayeur, la tête pleine d'aventures et de chants guerriers, il ne savait toujours rien de la fin de l'histoire. Il aurait fallu deux heures de plus et Engelbert s'était assoupi.

Longo n'était pas d'humeur à rentrer chez lui. Il dormit dans la mousse, non loin du fleuve, sous les branches rasantes d'un pleuristène, arbre aux ramures longues, fines, enveloppantes comme une chevelure. Sa mère ne se faisait aucun souci pour lui, car c'était la tradition d'écouter les légendes pendant des jours entiers. Peu avant midi, revenant du fleuve avec une brouette de linge, elle le trouva dans sa cachette.

– Tu vas te lever, bond'là ? lui cria-t-elle. On nous attend pour la noce. Faut pas faire languir nos hôtes. C'est pas poli. Lave-toi, enfile ces nouveaux habits et prends-en soin ! Et c'te fois-ci, dégueule pas d'vant tout l'monde, qu'j'en rougirais jusqu'aux oreilles !

– Je veux pas y aller, m'man, j'ai pas faim.

– Pas besoin d'avoir faim. Tu mangeras pas, tu regarderas. T'avais qu'à pas t'gloutonner hier comme ça. En v'là des façons. J'suis bien contente. Ça t'fera les pieds.

Longo, mal réveillé, fit ses ablutions dans le fleuve et rejoignit en maugréant le flot des convives qui montaient, enrubannés, parfumés, chargés de fleurs, vers l'auberge des sœurs Bonté.

L'odeur de friture l'écœura définitivement et son estomac fit une dizaine de nœuds. Au moment d'entrer dans l'auberge, se glissant sur le côté, contre la muraille, le garçon laissa passer sa mère devant lui et prit le chemin de la falaise jusqu'à la caverne d'Engelbert.

Le vieillard s'occupait à écouter des chants d'oiseaux, assis sur le perron de sa demeure.

– Que me veux-tu, fils de Junon ?

Longo arrivait, essoufflé.

– Maître... Merci d'avoir conté cette légende de la Vallée des Esprits. C'est vraiment la plus belle ! Mais je suis intrigué.

– Qu'est-ce qui t'intrigue, mon garçon ?

– Eh bien... On n'arrive jamais à en savoir la fin.

Engelbert sourit.

– Il n'y en a pas !

– Pas de fin ? Mais... Est-ce que Benjamin a vaincu ? Est-ce qu'il a délivré Altarifa ?

– Je n'en sais rien, Longo.

– C'est impossible, Vénérable ! Toutes les histoires ont une fin !

– Pas forcément.

– Alors personne ne peut dire si Benjamin a réussi ?

– Non, en effet.

– Mais... C'est affreux !

– Affreux ? Ce n'est qu'une légende, Longo. Si les légendes prennent naissance d'une réalité, elles y ajoutent tellement de fantaisie ! En fait, c'est à chacun de décider pour lui-même si Benjamin a rejoint ou non la déesse de l'amour.

Longo soupira. Il promena son regard sur la vallée, sur les collines au-delà, scrutant l'horizon à la recherche de sa réponse.

– Ce n'est pas logique. Et puis quel est ce secret de la fondation du Grand Cercle ?

– Benjamin ne nous l'a pas rapporté. Il l'a laissé au fond du puits.

Le garçon eut un large sourire.

– À la manière dont vous en parlez, vous savez que Benjamin a existé. Son œuvre est à achever. Ou il doit revenir, ou quelqu'un doit lui succéder. Ce n'est donc pas une légende. En fait, c'est la vérité. C'est un peu notre histoire que vous nous racontez.

Toujours assis sur le perron, Engelbert traça un dessin dans la poussière à l'aide d'un bâton. Ou peut-être écrivait-il une de ses pensées.

– Et pourquoi ce secret ne peut-il être révélé qu'à un seul homme à la fois ? insista le garçon.

– Si deux hommes viennent à le détenir en même temps, le plus âgé…

– Ça, je le sais. Mais pourquoi ?

– Parce qu'un vrai secret ne se partage pas.

– En somme, si vous le connaissiez, vous n'auriez pas intérêt à me le dévoiler.

– Exactement. Mais sois tranquille, je ne le possède pas.

– Un jour, moi, je le trouverai !

Engelbert eut un ricanement mauvais, mais Longo lui avait déjà tourné le dos.

# Rencontres

Il devait être dans les quatre heures de l'après-midi. La bouche encore sucrée des dernières friandises, éructant des relents de liqueurs douces et fruitées, deux garçons montaient, riant et chahutant, vers les Loges-Hautes, au sommet de la falaise, par la sente aux vignes pour se donner un peu d'exercice. Du moins était-ce le prétexte qu'ils avaient fourni afin de s'échapper de cette noce infernale.

Le premier s'appelait Bonaventure Fleurimiche et il était l'aîné d'une fratrie de huit enfants. C'était un grand garçon sec, à la pomme d'Adam saillante, aux cheveux bruns et ras. Un début de moustache arrogant ornait sa lèvre supérieure. Le second s'appelait Fulcrand Alcazar. Il était légèrement plus court sur pattes, plus râblé, l'œil vif, mauvais comme une teigne, ayant eu à se défendre pendant son enfance contre quatre frères plus vieux que lui et sans scrupules.

La roche était brûlante sous leurs pieds nus. Grimpant et suant depuis une heure, ils n'avaient gardé pour tout vêtement que leurs pantalons d'apparat de chèvrebique. Leur chemise blanche à jabot de dentelle, ils l'avaient nouée autour de leur ceinture et ils avaient pendu à leur cou leurs chaussures de cérémonie, plus sensibles que la plante de leurs pieds à la rocaille des hauteurs. Certains passages étaient difficiles. Souvent, le chemin étroit sinuait au bord du vide, et il fallait s'aider de ses mains. Le grand Fleurimiche, qui jouait toujours les chefs, allait devant, et Alcazar suivait.

Longo, après avoir quitté Engelbert, n'avait pas rejoint la noce. Il errait comme un lézard parmi les pierres chauffées par le soleil de mai, dans le silence et la solitude, pour mieux réfléchir sur les bizarreries de la Providence, des Francisques et du Grand Cercle. C'est alors qu'il aperçut les deux garçons.

– Hé ! Attendez-moi !

– Tiens ! Voilà Grandes-Oreilles ! fit Alcazar, reprenant son souffle.

– Où vous allez ?

– Aux Loges-Hautes, nabot ! Dis donc, t'as réussi ta sortie, à la noce, hier tantôt !

– Bah ! fit Longo. Ça me tournait depuis longtemps dans l'estomac. J'avais déjà trop mangé la veille. Je peux venir avec vous ?

Alcazar et Fleurimiche échangèrent un regard.

– Je ne sais pas si ça te concerne, répondit enfin Fleurimiche. On va chasser la caille.

Les grands allaient en effet à une drôle de chasse aux Loges-Hautes, un village abandonné depuis un siècle. C'était là que les filles attendaient les garçons, poussant des cris, s'enfuyant quand ils approchaient. Longo n'avait pas encore osé y suivre Alcazar et Fleurimiche et on se moquait de lui, car il était en âge, comme on dit.

Pourtant, du haut de ses quatorze ans et demi, il recherchait la compagnie de ces deux grands. Il les suivait chaque fois qu'il le pouvait, volant avec eux des feuilles de chiquenoire pour les faire sécher et les fumer en douce, ou bien racontant sur les filles tout ce qu'il n'osait leur faire. Cela se passait le plus souvent pendant les longues heures tranquilles consacrées à la garde des troupeaux.

Les deux autres, qui allaient sur leurs dix-sept ans, utilisaient Longo pour diverses représailles contre les dénonciateurs de tout poil, l'envoyant lancer des pierres dans l'eau des pêcheurs ou des lavandières, ou arracher de nuit les plantes offertes par la communauté au Grand Formateur. Ils se moquaient de lui, plaisantant sur ses oreilles un peu trop longues au goût de tous. Elles l'empêchaient de fréquenter les demoiselles et il préférait encore jouer à la petite guerre au sein de la végétation luxuriante qui envahissait les gorges du fleuve Espérance.

Les trois garçons approchaient des Loges-Hautes lorsque soudain le grand Fleurimiche s'arrêta et se plaqua contre la muraille. Aussitôt Alcazar l'imita.

– Eh ! Tu as vu ? s'écria-t-il.

– C'est épouvantable ! fit Alcazar.

– Qu'y a-t-il ? demanda Longo, candide.

– Une chose si terrible, dit Fleurimiche. On n'ose pas t'en parler parce que tu aurais trop peur !

– Allez, dites !

– Atroce ! fit Alcazar. Regarde comme je tremble !

Et il se mit à agiter bras et jambes.

– C'est des cornifleries, votre histoire, conclut Longo.

– Quoi ? s'écria Fleurimiche. Passe devant, si t'es un homme ! Et tu verras !

– Vous… vous croyez ?

– Montre-nous ton courage, Longo ! Sauve-nous du dragon ! implora Alcazar, les mains jointes. Car c'en est un, et de belle taille.

– C'est une blague, murmura Longo, la gorge serrée.

Il y avait au nord toute une série de hautes collines que l'on appelait montagnes des Dragons. Les anciens racontaient que jadis on avait vu sortir de ces hauteurs des flammes gigantesques, et ce ne pouvait être que l'œuvre de ces créatures malfaisantes.

– Allons, n'aie pas peur ! ricana Fleurimiche. Il n'y a pas de dragon. C'était pour te faire marcher. Mais il y a plus terrible pour toi, une bête affreuse qui te fait peur, oui, très peur !

– Quoi ?

Les deux autres éclatèrent de rire et s'exclamèrent :

– Une femme !

Longo haussa les épaules.

– Je n'ai pas peur des femmes. D'ailleurs j'en ai déjà une.

– Ah oui, et qui est-ce ?

– Je ne vous le dirai pas.

– Et qu'est-ce que tu lui fais ?

– Ça ne vous regarde pas.

– Tu as enfin réussi à trouver le mode d'emploi ? se moqua Fleurimiche.

– Facile.

– Pourtant, on ne t'a jamais vu avec.

– On se cache.

– C'est la femme invisible ?

– Vous savez ce qu'elle vous dit ? cria Longo.

Ils continuaient en silence leur ascension, hors d'haleine. La pente était dure, l'heure peu favorable.

Enfin, ils débouchèrent au sommet de la falaise, dans un champ de ronces, de hautes herbes et de grappines – c'est ainsi qu'ils appelaient leurs misérables vignes torturées par le soleil et qui produisaient un raisin acide. Sur leur droite se dressaient les pans de murs aux trois quarts écroulés de l'ancien hameau incendié. Et sur leur gauche d'épais taillis propices à toutes les parties de cache-cache.

– Attention, danger ! cria Fleurimiche. Un escadron de femelles nous contemple !

– Par ici ! dit Alcazar. J'en ai vu une ! Elle n'est pas dans les ruines, mais dans les bosquets. Mettez vos flingots en batterie ! On rampe.

– Passe devant, le tombeur ! fit Fleurimiche.

Mais Longo, intimidé, recula.

– Qu'est-ce que tu fais, gamin ? Allons, viens ! Il n'y a que le premier pas qui coûte !

Longo recula encore.

– Eh ! Qu'est-ce que je vous disais ? poursuivit Alcazar. Ça a bougé là au fond, dans le bosquet.

Les deux grands s'éloignèrent en rampant dans les hautes herbes. Longo leur tourna le dos et s'assit sur une pierre pour observer la ligne d'horizon. Elle était déchiquetée au sud par la chaîne imposante des monts du Pyr où trônait le terrible Marasca et marquait la limite méridionale de la terre des Francisques. Au-delà s'étendait la mer Sauvage, qu'il avait toujours rêvé de traverser, puis le continent sud, la Terre Première, et ses différents royaumes, le pays de Luz, les déserts des Arbiens et le royaume des Ebenides.

À l'est comme à l'ouest s'étendaient les redoutables déserts de la Mort où personne, disait-on, ne se risquait.

Il sursauta. Près de lui, une nuée de picoulettes s'étaient éparpillées d'un seul coup dans le ciel, en un grand froufrou. Il se leva, fit demi-tour pour rejoindre ses compagnons, se demandant s'ils avaient eu quelque succès dans leur aventure. Son élan fut brisé net. Il s'était heurté à un personnage immonde et il ne put réprimer le hurlement terrible qui jaillit de sa poitrine.

Un géant horrible, au visage déformé, rougeaud, pustuleux, comme boursouflé par une hideuse maladie, peut-être une ivrognerie permanente ou une mauvaise plaie encore ouverte, un homme mesurant au moins une tête de plus que la normale, à la barbe hirsute, coiffé d'un étrange casque de fer hérissé de nombreuses pointes, se tenait là, bien campé sur de solides jambes à demi écartées. Il était vêtu d'une tunique de peau noire bardée de fer, d'un pantalon de chanvrequin noir maintenu par une large ceinture de cuir noir clouté, assortie à ses bottes. Et surtout, il tenait un de ces flingots d'argent et d'ébène magnifiques et redoutables dont parlaient les légendes, à la crosse sculptée, et possédant quatre canons groupés.

Cet homme, si c'en était un, émit un affreux rire guttural. Il pointa le quadruple canon de son flingot sur le ventre de Longo et le poussa vers le précipice. Longo reculait, criant, pleurant, essayant vainement de résister. Quand ils furent juste au bord, le géant rit encore. Il allait le pousser dans le vide lorsqu'un bruit venant du bosquet retentit dans son dos. Le bandit se retourna, Longo tenta de fuir, mais l'autre abattit sur son épaule sa large main. À nouveau, arme entre les omoplates, il le poussa, cette fois en direction du bosquet qui s'agitait.

Horrifié, Longo reconnut les voix d'Alcazar et de Fleurimiche auxquelles s'ajoutaient des cris plus aigus. Les garçons étaient prisonniers de quatre géants casqués identiques à celui qui le tourmentait et qui s'étaient soudain dressés au milieu des herbes.

Un sixième porte-flingot sortit du bosquet, tirant à sa suite un galopant brun, un cheval épais de haute taille s'apparentant au percheron.

Or, au grand étonnement de Longo, voilà que deux autres de ces bandits le suivaient, tenant par les bras une jeune inconnue aux longs cheveux blonds comme les blés, qui se débattait en poussant des cris entremêlés de sanglots. Ils la hissèrent sur la large croupe de l'animal. Puis Longo fut poussé sans ménagement vers ses deux compagnons.

Il regarda les visages de ses amis, blancs comme la mort, puis ceux hilares des géants rongés par leur laideur maladive, les implorant de ses yeux dilatés par l'épouvante. Il tomba à genoux en sanglotant. Les géants chargèrent et armèrent tranquillement leurs flingots, se regroupèrent, les épaulèrent malgré leurs supplications et leur adressèrent un dernier rire.

Des coups de feu partirent. On ne sut jamais d'où. Trois des géants se plaquèrent au sol. Les autres se sauvèrent sans se retourner, en quête d'un abri. Le galopant sur lequel était juchée la prisonnière s'élança, dans un hennissement, vers les ruines. Dans un geste d'héroïsme totalement inexplicable, Longo bondit à sa suite. Surpris par son départ, les bandits poussèrent des hurlements de rage. Des balles sifflèrent à ses oreilles. Mais le garçon filait, imperturbable, comme s'il avait une chance quelconque de rattraper le fougueux animal.

Soudain, contre toute attente, le galopant contourna un repli de terrain et revint droit sur Longo qui s'arrêta, stupéfait. Les coups de feu cessèrent. Le galopant approchait. Longo se jeta à terre. Quand la bête fut sur lui, il se dressa comme un diable sortant de sa boîte, poussant des cris, agitant les bras. L'animal se cabra en hennissant et la prisonnière fit une chute en arrière, tout près du garçon.

Longo la saisit par le poignet. Elle se releva prestement et se laissa entraîner par le chemin qui descendait vers les gorges de l'Espérance. Tout autour, la fusillade se poursuivait. Dans leur fuite, ils eurent le temps d'apercevoir trois cavaliers dont la tenue couleur de flammes flambait sur eux sans se consumer, aux lueurs brillant d'une telle intensité qu'elles semblaient incendier le paysage.

– Les Tuniques de Feu ! s'écria la jeune fille. Les Tuniques de Feu !

Ces hommes, surgissant des ruines et se dressant au milieu des hautes herbes, tiraient de toutes leurs armes à répétition sur les porte-flingots noirs qui paraissaient savoir esquiver les coups. Fleurimiche et Alcazar s'échappèrent vers le nord, en direction des montagnes des Dragons, et Longo pensa qu'ils allaient faire les frais de l'échauffourée. Ne pouvant voler à leur secours, il s'élança dans la descente, la fille à sa suite. Quelques balles imprécises furent encore tirées dans leur dos, suivies de la chute hurlante et tournoyante d'un brigand noir vers les profondeurs mortelles.

# Kallysten

Il y avait dans la falaise un endroit que Longo connaissait bien. C'était une petite faille verticale, dont l'entrée était masquée par d'épais feuillus. Là commençait un couloir si étroit qu'il fallait se mettre de biais pour y progresser. Ce caprice de la nature était indétectable du sentier. Longo y traîna la jeune fille. Sa main chaude pelotonnée dans la sienne le troublait.

Après une quinzaine de mètres de ce passage obscur et difficile, ils débouchèrent dans une vasque remplie de ronciers qu'ils contournèrent jusqu'à une caverne basse de plafond, intime comme un cocon et ayant jadis servi de demeure. On trouvait là les restes d'un foyer : pierres noircies, moignons de planches calcinées, vieille odeur froide de braises noyées, et surtout de la paille sèche. Il arrivait encore à Longo de monter ici en secret pour jouer aux brigands.

Ils s'y tapirent, haletants.

– Ben ça, une chose pareille ! Ben ça, une chose pareille ! répétait le garçon, ébahi.

Au-dessus d'eux, dangereusement proche, la bataille faisait rage avec ses ordres hurlés à la va-vite, ses galopades, ses éboulements, ses râles et toute la puissance d'une artillerie bien nourrie.

– Et Alcazar, et Fleurimiche ! ajouta Longo.

La jeune fille lui fit signe de se taire. Elle parcourut le lieu du regard, tendant l'oreille, frémissant à chaque bruit. Longo se savait en sécurité mais, pâle, parcouru de sueurs froides, le cheveu hirsute, il ne se remettait qu'à grand-peine de son intense frayeur.

Peu à peu sa respiration s'apaisa. Ses yeux, depuis longtemps accoutumés à la faible luminosité des cavernes, s'habituèrent vite à celle de la grotte. Alors seulement il regarda la jeune fille, et la jeune fille le regarda. Elle secoua ses longs cheveux blonds pour dégager son visage, et vint s'accroupir le plus près possible de son compagnon, épaule contre épaule.

Longo admira ses bottines de cuir roux aux semelles crantées pour la marche, son pantalon à longs poils noirs de rousquin des montagnes, son solide tronc de statue gainé d'une chasuble de soie verte, enserrant des seins bien marqués. Il admira son beau visage aux lèvres sanguines, aux grands yeux bleus observateurs ornés de longs cils clairs, parfois masqués d'une mèche qu'elle savait repousser d'un geste gracieux derrière l'oreille.

En émettant un petit rire, elle ouvrit la main sur un minuscule couteau avec lequel elle avait énervé le galopant, provoquant son retour imprévisible. Ce geste mit en évidence une bague portée à l'annulaire droit et dont le chaton d'émeraude serti de diamants était resté caché dans la paume.

Longo sourit. Alors elle inclina sa tête sur l'épaule du garçon et l'entoura d'un bras.

– Merci de m'avoir aidée, dit-elle avec un accent tout nouveau pour Longo, un accent venu de l'autre bout du monde, frais comme le vent des grands voyages.

Émerveillé, il retint sa respiration.

Elle s'approcha encore de lui et, du bout des lèvres, posa sur sa joue un baiser très léger, presque imperceptible.

– C'est aussi fin que l'aile d'un papillon, fit-il remarquer en rougissant.

Il l'amena contre lui pour se chauffer le plus longtemps possible à cette source de tendresse. Tandis qu'ils se serraient ainsi, la jeune fille éclata en sanglots. Ses larmes couraient le long de ses joues, dessinant des rigoles dans la poussière collée à sa peau, puis glissaient sur le torse de Longo qui demeurait pétrifié. Ses pleurs se communiquèrent au garçon dont le visage à son tour ruissela de larmes.

Quelque temps après, ayant retrouvé sa sérénité, elle parcourut de la main le buste de Longo.

Toutes ces délicatesses provoquaient en lui un fourmillement de frissons. Parfois, en secret, il lui était arrivé de s'approcher de quelque fille de la Providence, nue à l'heure du bain, mais jamais il n'avait éprouvé de semblables sensations. Cette fille, à vrai dire, lui apparaissait différente de toutes les autres par la pâleur et la fraîcheur de sa chair où se dessinait un réseau de veinules pétillant de vie.

Elle sourit encore, puis saisit la tête de Longo dans les paumes de ses mains, se pencha sur lui et sur son visage déposa un baiser, un autre, puis un autre.

Un instant décontenancé, il esquissa une timide défense dans le crissement de la paille, puis se laissa sombrer. Ces multiples impacts éparpillés sur son visage déversaient en lui un flot de bien-être inattendu, le délivrant de ses dernières craintes, calmant son corps encore tremblant. Il buvait à une source vivante qui l'animait au plus profond de lui-même.

Quand elle s'arrêta, il resta figé, les yeux grands ouverts. Le silence était revenu dans la montagne.

– Voudriez-vous m'aider encore un peu ? demanda-t-elle doucement.

– Oui ! Oui ! s'empressa-t-il. Qu'est-ce qu'il faut faire ?

– Me trouver une cachette pour quelque temps.

– Descendez au village ! Vivez chez moi ! s'écria-t-il, étonné de sa propre hardiesse.

Elle rit doucement.

– Vous êtes gentil. Mais je ne dois être vue de personne.

– Pourquoi ? Que faites-vous ? D'où vous venez ?

Son regard se perdit.

– Connaissez-vous l'extrême nord du Grand Cercle ? Non, je présume. Cela n'évoque pour vous que des contrées lointaines et froides. Détrompez-vous ! Ce sont des terres magnifiques ! Il y a là quatre pays. Je viens du plus important : Freezland ! Pour arriver ici, j'ai dû traverser l'Austerland et le pays des Kelconkes.

– J'aime ce moment, reprit Longo après un long silence. J'aime quand vous me parlez si doucement. Oh ! Si vous pouviez rester !

– Comment s'appelle votre bourgade ?

– La Providence.

Son visage s'éclaira.

– Vraiment ? La Providence ? C'est la plus grande ville des Francisques, n'est-ce pas ?

– On le prétend.

– Dites-moi… Est-ce que cette caverne est sûre ?

– Personne d'autre que moi ne la connaît. Une vieille y vivait il y a très longtemps. Elle s'appelait Sardone.

– Comment ? Sardone ? C'est ainsi qu'elle se nommait ? s'étonna-t-elle.

– Oui, pourquoi ?

– Oh ! Pour rien.

– Tout le monde racontait qu'elle était folle et avait fui le village pour se cacher ici. Quand j'étais petit, je lui montais chaque jour ses provisions. Ensuite, elle est partie. Depuis, personne ne vient jamais là.

– Savez-vous ce qui m'aiderait ? fit la jeune fille.

– Dites-le-moi !

– Rester dans cette caverne quelques jours. Vous me monterez des provisions comme pour la vieille Sardone.

Il acquiesça. Après un long moment d'admiration muette, il risqua une question.

– Vous vous promenez comme ça toute seule dans le Grand Cercle ?

– Oui.

– Pourtant c'est terriblement dangereux ! On y fait des rencontres…

– Comme aujourd'hui, n'est-ce pas ? De mauvaises rencontres, et d'autres… plus belles. Mais j'ai un travail à accomplir, un travail très urgent. Je dois le faire seule. Et j'ai des ennemis.

– Comme ces brigands noirs ? J'en suis encore tout retourné. Ils étaient si terribles ! On n'a jamais vu ça dans nos régions ! Et ces autres, comme des torches ! Pourquoi nous ont-ils délivrés ? Ils voulaient nous attraper aussi, non ? Lesquels sont les plus dangereux ? Je dois profiter de cette chance que j'ai eue de m'échapper. Il faut donner l'alerte.

– Non ! Surtout pas ! répliqua-t-elle vivement. Vous ne direz rien, à personne.

Longo ouvrit des yeux ronds.

– Quoi ? Ne rien dire de ces géants noirs et de ces grands flambards ? Au contraire ! Dès qu'on pourra sortir d'ici, il faudra donner l'alerte ! C'est le devoir de chacun, chez nous, quand quelque chose ne va pas. On n'a pas le choix !

– Si, vous avez le choix. Ne faites pas cela, je vous en supplie ! Ça ne servirait à rien. De toute façon, ils vont s'en aller.

Longo lut le désarroi dans ses yeux, ce qui ajouta à son émotion.

– Mais… et celui qui est tombé dans le ravin, on risque de le découvrir. Et d'où venaient-ils, ces géants noirs ?

– Ces monstres n'ont rien à voir avec votre village, dit la jeune fille.

– Facile à dire ! Ils ont failli me tuer !

– Parce que vous êtes intervenus, vous et vos compagnons stupides.

– Stupides ? Merci bien ! Heureusement qu'on était là ! Ils étaient en train de vous enlever, faudrait pas l'oublier ! Et qu'est-ce qu'ils ont fait d'Alcazar et de Fleurimiche ? Ils les ont eus, n'est-ce pas ? Les grands noirs ou les rouges feu ? Et pourquoi ils voulaient vous enlever ?

Elle ne répondit pas.

– Se taire ! murmura Longo. C'est horrible, ce que vous me demandez là ! Nous allons tous être massacrés !

– Puisque je vous assure qu'il ne se passera rien. C'est moi qu'ils voulaient. Si vous m'aidez, je vous récompenserai.

– Comment ?

– Qu'est-ce qui vous ferait plaisir ?

Longo rougit.

– Encore un peu de ces baisers-papillons.

Comme il s'était relevé, elle se pencha à nouveau sur lui et murmura :

– Vous ne direz rien. Vous n'avez rien vu. Vous ne me dénoncerez pas. Ils viendraient faire des battues !

– Je ne dirai rien.

– Ni sur moi, ni sur les ogs, ni sur le Sanguinaire.

– Ni sur vous, ni sur les ogs...

Il se dressa brusquement.

– Les ogs ?

– Oui, ces géants noirs. Ce ne sont pas des êtres humains, mais de terribles ogs que le Sanguinaire emploie dans son armée.

– Les ogs dont parle la légende ? Ces animaux terribles qui ressemblent aux humains ? Peut-être des hommes dégénérés ? On dit que ce sont des êtres fabriqués par un magicien. Peut-être Artifex ? Alors, ça existe en chair et en os ?

Elle éclata de rire.

– Vous me posez cette question après ce qui vient de se passer ?

Il eut soudain un regard effrayé.

– Si c'est possible une chose pareille ! Et... et le Sanguinaire aussi, il existe ?

– Bien sûr ! Ce brigand s'est renforcé, ces dernières années. Il règne sur toute la Terre Première, à présent. Et je vois qu'il a enrôlé des ogs... et peut-être pire ! Il lui arrive de traverser de temps à autre la mer Sauvage et d'envahir notre continent, en commençant par le territoire des Francisques. Je suis sûre qu'il vous a déjà rançonnés de nombreuses fois et qu'il est fabuleusement riche aujourd'hui, mais en général ce sont des choses que l'on cache aux enfants. Il nous veut le plus grand mal, à tous.

– Vous voyez bien qu'il faut donner l'alerte !

– Et vous vous défendrez avec quoi ? Des bâtons ?

– C'est vrai. À quoi bon ? Alors je me tairai. Demain matin, je vous monte une briche de pain, du lait, du beurre, du bois pour le feu. Si vous voulez de l'eau, la vieille Sardone avait fait jaillir une source à quelques mètres d'ici – elle était un peu sorcière, je crois – mais c'est bourré de ronces, maintenant.

– J'irai.

– Vous n'allez pas passer la nuit seule dans la falaise ?

– J'y suis habituée.

– Vous n'avez pas peur des brigands tout autour et au-dessus ?

Elle regarda son émeraude.

– Ne craignez rien. L'endroit m'a l'air vraiment sûr.

Il se pencha encore sur elle.

– Dites... vous m'aimez un tout petit peu ?

– Pourquoi ?

– Parce que ça serait bien. Aucune fille ne m'a encore aimé.

Elle lui caressait les cheveux.

– Oui, je vous aime un tout petit peu. C'est déjà un début, vous voyez !

Il sourit.

– Merci. Comment vous vous appelez ?

– Kallysten.

– Kallysten... C'est un joli nom, ça, pas bien de chez nous, mais drôlement joli. Moi, c'est Longo.

– C'est joli aussi, Longo.

– Non ! C'est un sale diminutif. Ça veut dire « Longues-Oreilles ». Regardez !

Il souleva ses cheveux.

– Quoi ? dit Kallysten.

– Vous voyez bien... j'ai des oreilles trop longues. Ça fait rire tout le monde.

– Mais non. Elles sont très belles, vos oreilles.

– Vrai ?

– Absolument. Partez, maintenant. Il va faire nuit. À demain !

L'ayant quittée après un dernier et tendre regard, Longo sortit de la caverne, regagna le chemin, dévala la pente dans la tiédeur du soir. Longtemps, il observa le sommet de la falaise, espérant voir revenir ses deux compagnons, puis il tourna le dos à la montagne. Il se sentait heureux de se baigner dans les odeurs moites du village troglodytique, odeurs de nombreuses essences d'arbres extraordinaires qui n'existaient que dans cette région écartée, pimprelins à liqueur sourde, siguiers aux fruits gras et lourds, tropliers, fierchênes et sorberoses.

Être l'ami d'une fille comme celle-là faisait de lui le garçon le plus fort du monde. Peut-être même qu'il était invincible...

Sûr qu'il était invincible ! Aussi fort que le Benjamin de la légende.

– Personne ne la trouvera ! murmura-t-il. Celle-là, elle est rien que pour moi !

Il s'arrêta pour regarder d'en haut les silhouettes aller et venir dans les sentiers, sur les places, sur la berge de l'Espérance, sur le pont de rondins. Véritablement, la paix avait élu domicile en ce lieu et ne le quitterait jamais, il en était certain.

Alors, le cœur gonflé d'une joie toute neuve et la tête remplie d'étoiles, il courut vers la place sacrée pour s'agenouiller devant le socle de la statue du Grand Formateur, dieu et maître des Providents.

# Chez la Pédauque

– Hé quoi ! gouailla la Pédauque dès le retour de son fils. Qu'esse t'as fichu, hein ? Pourquoi qu't'es pas entré à la noce derrière moi ? Qu'equ'c'est ces sales manières ?

Longo ne la distingua pas tout de suite dans l'obscurité de la caverne. Le corps merveilleux de Kallysten était encore inscrit devant ses yeux et l'aveuglait comme un soleil de plein midi.

– Oh… M'man ! J'ai été si malade hier !

– Malade ? N'en v'là des menteries ! Ça t'a guère empêché d'traîner avec ces deux galopins qu'je t'défends d'sortir avec, l'Alcazar et le Fleurimiche ! Et pis t'as vu l'heure ? Faut que j'me cogne tout le boulot, moi. Les seaux d'eau, le bois… Et r'garde un peu la nouvelle tenue que j'tai donnée ce matin ! Ton beau pantalon ! Dans quel état ! Et c'te chemise toute chiffonnée ! Si c'est pas malheureux, un grand gars comme toi ! Alors ? Tu vas m'le dire où que t'as été traîner ?

Comme il n'osait répondre, Junon la Pédauque poursuivit :

– Allons, bon à rien ! J't'ai préparé le tas de bois ! Y te reste plus qu'à y met'une braise si la paresse t'a pas tué avant. T'allum'ras aussi la lampe à huile. La nuit est tombée.

Accroupi devant le foyer, Longo soufflait à coups lents et réguliers. Une braise grossit à chaque expiration et finit par s'enflammer, communiquant son énergie bienfaisante au faisceau de brindilles, aux branches, puis aux bûchettes que la femme avait pris soin d'empiler en une tour triangulaire au milieu de l'âtre.

Une agréable clarté orange envahit la pièce. Radoucie, la Pédauque s'approcha de son fils, lui caressa les cheveux, la joue. Il leva la tête vers elle, lui prit la main, la ramena à sa bouche et déposa un baiser sur cette peau rêche qui distribuait indifféremment taloches et récompenses, et que sa mère avait gagnée, ainsi que des biceps, à laver le linge de toute la communauté. Puis il se redressa, alluma la lampe à huile qu'il posa avec précaution sur la table d'où elle éclaira la caverne.

C'était une pièce de forme indécise, plutôt ovale, de dix mètres sur six dans ses plus grandes dimensions. Il s'y trouvait un mobilier de fierchêne chevillé et des paillasses, au fond, près d'une cloison qui enserrait les réserves de bois et de nourriture. C'était rustre, mais on y était bien.

Longo s'assit à table. Sa mère approcha un tabouret et continua près de lui, en silence, un ouvrage de tricot.

Il la regarda travailler longtemps sans prononcer la moindre parole. Ce fut la Pédauque qui finit par rompre le silence.

– Mon petit, puisqu'on en est aux noces, aux mariages de toutes sortes, faut que j'te cause de certaines choses. T'as bientôt quinze ans. T'es bien fichu et t'as rien à envier aux autres gars du lieu. Tu d'vrais y songer aussi, à te marier, toi. C'est l'âge, ici. Tiens, c'tantôt, quand j'ai vu la Césarine, et ce Bourbon qu'a guère six mois de plus qu'toi, j'sais pas c'que ça m'a fait. Un joli p'tit couple, eux deux, pas vrai ? Elle est un peu jeune, mais elle ira plutôt en grandissant. Et toi...

Longo sourit en baissant la tête.

– Et avec qui il faut que je me marie ?

– Le choix manque pas, cornebleu !

– J'en ai pas trouvé une qui me plaise. Elles sont toutes moches et elles prennent des airs.

– Fais pas l'difficile, morveux ! Tu finiras par le r'gretter. Et les p'tiots, t'aimes pas ça, les p'tiots ? N'en faut, ici, tu le sais bien. Y en a tant qui meurent si jeunes !

– Quoi ? Les moutards ? Quelle épouvante ! Toujours dans vos jambes à réclamer ci ou ça ! Jamais, au grand jamais !

– Hé, mon p'tit gars, faut pas dire des choses pareilles ! Si que je tenais des discours dans c'genre-là, moi, c'est qu't'aurais pas vu l'jour ! Tout compt'fait, ç'aurait été dommage, vouais. T'es chiard comm'pas deux, c'est un fait, mais t'as une jolie p'tite bouille et tu s'ras un bon type, j'en mets ma main au feu.

– Tu crois ? fit Longo.

– Puisque j'te l'dis.

Il se précipita sur sa mère, lui baisa la main.

– Tout de même, on n'est pas du bétail, m'man. Je suis pas chargé d'agrandir le troupeau.

– De quoi que tu te plains ? C'est pas si désagréable, après tout, pour les gars. Les ennuis, c'est quand même plutôt pour les femmes ! Ou alors quoi ? Tu vas pas m'dire qu't'es pas fait comme les autres ? Hein ?

Elle lui avait désigné l'entrejambe. Il baissa la tête et sourit.

– Si, m'man.

– Bon. C'que j'pensais. Enfin, c'qu'y faut savoir, c'est qu'les femmes, y en a plusieurs ici qu'attendent après toi, j't'assure. On me l'a dit.

– Qui ça ?

– La Joséphine de chez Justinbride.

– Pouah ! Ça par exemple ! Qui d'autre ?

– Blanche-Astarté.

– Hein ? Pas possible ! Elle est de la haute, celle-là. Pas de notre genre. Quatrième terrasse, ne l'oublie pas, m'man. Faut pas rêver.

– Hé quoi ? Sa mère en personne est v'nue me voir la s'maine dernière. Elle m'a laissé entendre…

– Non, non et non !

– De toute façon, te marier, ça t'ferait du bien. Ça f'rait de toi quelqu'un. Ça te dégourdirait, pas qu'un peu. À traîner sans rien faire, on n'a qu'des mauvaises fréquentations. Prends une fille d'ici. Et par pitié, cornifleries et filoutages, va pas courir le grand monde, on n'en tire que bosses et plaies !

– Je prendrai celle que je voudrai, quand je voudrai et j'irai où je voudrai ! hurla Longo.

– C'est bon, c'est bon, mon Bichounet… Dis… Ta vieille mère… Tu l'aimes encore un peu ?

– Pourquoi tu me demandes ça ?

– Sais pas. J'sentirais comme quelqu'chose de bizarre dans ta voix, dans ton attitude.

– Oh non, m'man !
– S'est rien passé ces jours-ci ?
– Non, m'man.
– Tu m'le jures ?
– Ben… Oui, m'man !

Dans la nuit, Longo resta longtemps sur sa couche les yeux fixes. La tête remplie de baisers-papillons, il se laissait envahir par de douces et tendres images d'herbes froissées, de nids dans la paille chaude de l'été, de rires sur la mousse au creux des forêts.

# La caverne

Le lendemain, Longo, après avoir aidé comme chaque matin sa mère à porter le linge au lavoir, prit un panier, le remplit de victuailles chipées ici et là dans le garde-manger maternel, déroba une couverture de laine, un vieil oreiller et monta à la caverne, s'assurant à chaque instant que personne ne le suivait.

– Kallysten ? C'est moi, Longo. Hé ! Kallysten ? Êtes-vous là ? murmura-t-il.

La jeune fille apparut à l'entrée de l'étroit passage secret. Il la rejoignit. Dans la caverne, il déballa le contenu du panier.

– Oh merveille, j'avais une faim de loup ! dit-elle en se jetant sur la viande séchée.

Avec un bonheur intense, le garçon la dévorait du regard, et c'était lui le plus gourmand des deux.

– Vous avez trouvé la source ?

– Oui, mais il m'a fallu débroussailler. Heureusement, je suis retournée sur les lieux de l'enlèvement. Voyez ! J'y ai retrouvé mon sac.

Elle désigna, posée à côté d'elle, une peau de chèvrebique qui débordait de divers ustensiles, dont une cisaille, une bêche, un piolet.

Il la laissa se restaurer de saucisses, de jambonneau, de lait frais, de tranches de briche beurrées. Quand elle s'estima rassasiée, elle serra le reste dans le linge humide et le cacha au fond de la caverne.

– Vous savez quoi ? dit Longo. Avant-hier, à l'occasion du mariage d'un ami, Engelbert nous a raconté une histoire terrible. La légende de la Vallée des Esprits. Enfin, commencé, il faut plutôt dire. Elle est si longue qu'il n'a pas pu arriver à la fin.

– À quel moment s'est-il arrêté ?

– Quand Benjamin, le héros, quitte la magicienne et descend dans une vallée profonde, qui est une sorte de grand puits, et...

– Et il arrive à un temple où il se bat contre Olofromidès, le roi des démons, pour percer le secret de la fondation du Grand Cercle et rencontrer Altarifa !

– Oh ! Vous savez la suite ?

– Oui, dit Kallysten. C'est une légende très connue. On me l'a souvent racontée dans mon enfance.

– On la connaît jusque dans le pays de votre enfance ?

– Oui... Qui est cet Engelbert ?

– Notre conseiller. Il nous en raconte, des histoires folles ! On appelle ça des contes, mais je me demande s'il n'y a pas une part de vérité, avec ce qu'on a vu hier ! Il sait tant de choses, ce vieux-là ! Tout, pour ainsi dire ! C'est même lui qui m'a appris à lire. Oh, il n'a pas toujours vécu ici, et il a parcouru le Grand Cercle.

– D'où est-il venu ?

– Il ne l'a jamais dit.

– Merci pour cette belle couverture, dit Kallysten. Je l'apprécierai la nuit prochaine. Et cet oreiller... Allongez-vous sur ma paillasse !

Longo la regarda, intrigué, puis obéit. Elle se mit à genoux près de lui et lui couvrit le visage de mille petits baisers. Il ferma les yeux.

– Vous m'aimez toujours un peu ?

– Oui, Longo. Plus qu'hier. Pouvez-vous m'aider encore une journée ou deux ?

– Même davantage !

– Quelles sont les bourgades des environs ?

– Au nord les hameaux de la Petite et de la Grande-Quenouille, le Portefaix, la Renarderie, et d'autres petits groupes d'une dizaine de demeures. Au sud, les Gués-du-Sud, un gros village comme le nôtre, et puis vous quittez la terre des Francisques.

– Dites, Longo... Allez-vous vraiment garder le secret de ma présence ici ?

– Mais oui ! Vous n'avez donc pas confiance ? Faites-moi encore le baiser-papillon, une dernière fois ! Après, il faut que je rentre. C'est le troisième jour de noce. Ils vont être horriblement vexés si je ne me montre pas. Et puis, je dois me louer dans les champs. On commence les foins.

– Attendez, Longo...

Elle fouilla dans sa poche et lui tendit une larme d'or, monnaie courante chez les gens fortunés d'Angnor.

Longo ouvrit des yeux ronds.

– Vous êtes riche ! Cette émeraude déjà, et en plus des larmes d'or !

– Pour les frais, dit-elle. Vous ne pourrez continuellement chaparder de la nourriture.

– Une larme d'or ! Pour moi ? Je ne peux pas la prendre... Chez nous, il n'y a que les Fleurimiche, les Grovelu ou les Blanchedent qui en ont. Ou peut-être les Joligoulue. Les Fortecuisse, chez qui on achète les viandes séchées et les fromages, vont croire que je l'ai volée ! Ils en parleront à ma mère !

– Engelbert, le sage, vous aime bien ?

– Oui, pourquoi ?

– Vous leur direz que c'est lui qui vous l'a donnée. Ils ne poseront pas de questions.

Longo saisit la larme d'or. Il la contempla dans le creux de sa main, puis referma son poing. Après les derniers baisers-papillons, il se releva de sa couche.

Sur le sentier après avoir quitté Kallysten, Longo leva les yeux vers les hauteurs et hésita. Doucement, sans bruit, attentif à chaque éboulis, il monta en direction du haut plateau. Arrivé au niveau de l'arête, le cœur battant, il se cacha derrière un rocher et, à travers les hautes herbes, observa le bosquet ainsi que les Loges-Hautes. Seul le vent habitait l'endroit. À plat ventre, il s'aventura avec précaution. Parvenu à la première ruine, il leva la tête et découvrit dans l'enclos formé par les quatre pans de murs une dizaine d'ogs casqués et vêtus de noir assis autour de leurs flingots posés en faisceau.

De semblables escouades indétectables du sentier parsemaient le haut plateau. Son cœur se serra. Il battit prudemment en retraite et retrouva avec soulagement la sente aux grappines.

Descendu au village, il aperçut un attroupement devant l'auberge des sœurs Bonté. Les paysans gesticulaient, parlant haut et fort.

Ne comprenant rien à ces vociférations, il questionna un enfant qui s'était détaché du groupe.

– Eh ! Fulbert ! Viens voir !

– Qu'est-ce qu'il y a ?

– Pourquoi ce remue-ménage ?

– Des chasseurs ont trouvé le corps d'un homme dans le ravin. Il n'est pas d'ici. C'est un soldat étranger. Un géant, tu verrais ses habits et son arme !

Longo s'avança tout tremblant. Il redoutait ce qui allait suivre.

– Des tenues comme ça, on n'en porte pas dans la région, disait Oscar le chauve, maître de forges. On ne les tisse qu'en Terre Première.

– C'est une invasion qui se prépare, clama Bompied, un maître pêcheur. Vous avez vu ce flingot à quatre canons ?

– Pour l'instant, on n'a découvert personne d'autre. C'était peut-être un voyageur isolé.

– Ou un brigand.

– S'ils sont tous de cette taille, ça promet !

– Réfléchissez ! hurla Oscar. C'est un soldat. Un soldat ne vient jamais seul.

– Il a dû tomber du haut plateau.

– Il y a sans doute eu bataille.

– On n'a rien entendu.

– Il faut savoir ce qu'en dit l'ancien.

Longo s'approcha du corps de l'og. Il se demanda si son père, qu'il n'avait pas connu, avait été tué par un semblable individu. On lui avait raconté qu'il était mort lors de la dernière invasion. Mais peut-être n'y avait-il pas d'ogs en ce temps-là.

Au même instant, il fut interpellé par Olidin, un ami de Fleurimiche.

– Dis, toi ! Tu n'es pas monté sur le plateau, hier, en sortant de la noce, avec Alcazar et Fleurimiche ?

– Si.

– Pourquoi ils ne sont pas rentrés ?
– Sais pas. On était montés aux filles. On n'est pas revenus ensemble.
– À quel moment vous vous êtes séparés ?
– Je ne suis même pas arrivé jusqu'en haut, mentit Longo. Ils sont partis dans les montagnes.
– Comment tu le sais, alors, qu'ils sont dans les montagnes ?
– Je le suppose.
– Suppose ? Suppose ? répéta Olidin en le saisissant par le col et en le secouant. Qu'est-ce que ça veut dire ?
– Lâche-moi ! J'ai rien fait de mal !
– S'il leur est arrivé malheur et que tu n'as rien dit, Longues-Oreilles, gare à toi !
– Fiche-moi la paix ! cria Longo.
Et il déguerpit, le cœur battant, en direction du fleuve. Il erra seul sur la rive, le cœur gros et lourd du secret de Kallysten, des géants noirs et des Tuniques de Feu, observant de loin les lavandières, les pêcheurs et les jeunes mères qui donnaient le bain à leurs enfants.
Les paroles de Junon sur la nécessité vitale de procréer à la Providence résonnaient encore à ses oreilles. Il s'amusa des maladresses de ces enfants, de leurs réflexions, de leurs peurs, de leurs rires. À force de les regarder, il lui sembla qu'il les aimait.
– C'est quand même beau, un enfant, dit-il à haute voix.
Une femme qui portait un nourrisson se retourna à ses paroles.
– Prends-le un moment ! lui dit-elle en lui présentant le petit enfant.

Et lui, tout ému, tendit les mains, saisit l'être minuscule qu'il tint dans le berceau de ses bras. L'enfant ouvrait de grands yeux étonnés sur ce nouveau compagnon.

– Quelle impression ça te fait ? demanda la femme.

– J'ai un peu peur, dit Longo.

– Peur de quoi ?

– De le casser. Il y a tout un monde qui grouille là-dedans.

Elle se mit à rire. Il le lui rendit, impressionné, et s'éloigna avec la certitude qu'il aurait plus tard un enfant bien à lui. Il n'aurait su expliquer pourquoi, mais il désirait cette boule de chair pelotonnée sur son bras, accrochée à son cou, ce petit être qui l'aimerait, qui lui dirait : « Papa ! ». Alors il conduirait l'enfant par la main sur le bord du fleuve, lui fabriquerait des santons de bois, lui apprendrait les oiseaux et les plantes, et même à lire, comme Engelbert le lui avait enseigné.

Kallysten ne cessait de hanter sa pensée. Il l'imagina avec l'enfant dans ses bras.

Plus loin, quelques villageois s'attardaient au jardin du Grand Formateur, y déposant leurs offrandes, des fleurs et des monceaux de bois, adressant une prière opportuniste pour se protéger d'un éventuel envahisseur. Longo s'approcha lui aussi de l'œil de bronze.

– J'ai fait une prière pour vous à notre dieu ! dit-il à Kallysten, le lendemain, apportant les provisions ainsi qu'une part du gâteau de mariage. Cet œil de bronze, le Grand Formateur, c'est notre dieu.

– Tiens ? Vous en avez un ? demanda-t-elle en riant, la bouche pleine.

– Pourquoi vous dites ça ? Il y en a d'autres ?

– On en trouve dans le monde entier. Vous savez l'utiliser, ici ?

– L'utiliser ? Mais c'est un dieu ! Ça ne sert à rien ! Enfin, je veux dire, juste à exaucer les prières, s'il les entend.

Elle haussa les épaules.

– Mais non, ce n'est pas un dieu !

– Approchez-vous, Kallysten. J'aime quand vous êtes tout près de moi.

Elle s'accroupit à son côté.

– Kallysten, murmura-t-il.

Il hésitait.

– Quoi donc ? insista-t-elle.

– Aimeriez-vous avoir un enfant ?

Elle sursauta.

– Pourquoi me demandez-vous cela ?

– Pour rien.

Elle ferma les yeux.

– Je ne sais pas, Longo. Je n'y ai jamais pensé.

– Ce sont des choses qui peuvent arriver, pourtant, dit Longo.

– Ce n'est pas le moment.

– Pour vous. Mais pour moi, c'est le moment.

– Que voulez-vous dire ?

Il s'appuya sur ses avant-bras.

– Je vous aime, Kallysten. Je n'ai jamais rencontré de fille telle que vous, et je n'en rencontrerai jamais d'autre. Alors je vous demande de descendre au village avec moi. Nous aurons une caverne un peu mieux que celle-ci. Je serai maître panurgier. Déjà les adultes m'emmènent avec eux chasser ou capturer des troupeaux. Paraît que je me débrouille pas mal à la fronde. Ma mère serait si contente. Et vous seriez heureuse, vous savez. On est bien à la Providence.

– Je ne suis pas venue pour ça, Longo, murmura Kallysten au bout d'un moment. Vous et les vôtres, vous vivez en totale inconscience. Ne me promettez pas la paix. Il n'y a plus de paix !

Elle avait ouvert de grands yeux effrayants.

– Je savais que vous n'accepteriez pas, dit Longo en se levant et en quittant la caverne. Je le savais ! C'est à cause de mes oreilles, n'est-ce pas ? Les femmes ne m'aimeront jamais !

Il descendit au village et passa le plus clair de son temps à regarder les enfants jouer. Chaque fois qu'il en rencontrait un dans une ruelle, sur une place, devant une porte de grange, il l'observait. Les enfants s'arrêtaient quand ils le voyaient, parce que de grosses larmes couraient sur ses joues et qu'il ne faisait rien pour les essuyer.

# L'alerte

Le lendemain, Longo se leva au petit jour. Il prit le plus grand des paniers de sa mère et l'emplit de coquetendres, de haricots, de miel, de confiture de piquemaline, de briches de pain, de noix, de crème, de fromages, de jus de grappine, de viande séchée d'outrecorne, d'un reste de civet de grignotin et d'un jambonneau de saligoret. Il avait acheté une partie de ces victuailles, volé le reste et caché le tout sous un cageot dans la caverne annexe qui servait de réserve.

Puis il enfila son pantalon en poil de rousquin, ses bottines de marche, jeta une peau de panurge sur ses épaules et monta dans la falaise. Le beau temps s'était installé depuis plusieurs semaines sur la terre des Francisques, mais les matinées étaient encore fraîches, et il fallait une bonne heure pour arriver au refuge de Kallysten. Il se glissa dans la faille, déboucha dans la vasque de pierre qui avait été en partie débroussaillée, et appela :

– Kallysten ?

Perchée sur le rebord de la muraille, au-dessus de l'entrée, une pie lui répondit.

– Kallysten ?

Il s'assit pour reprendre son souffle.

– Kallysten ?

Un instant, il se demanda ce qu'il deviendrait si la fille de Freezland était partie. Serait-il le même qu'avant ? Pour différer la réponse, il cueillit quelques baies de piquemaline encore vertes et les croqua, avant de les recracher. Dans le ciel, une nuée de noirplanants, sortes de corneilles très rapides et à large envergure, dérivaient en croassant vers le nord. Il les regarda longtemps.

Enfin il pénétra dans la caverne. Le sac de peau de chèvrebique était toujours là. Un bruit de branches froissées annonça la jeune fille qui revenait de la source. Il eut un soupir de soulagement.

– Bonjour, Kallysten !

Comme il s'était avancé, elle s'essuya les mains sur son pantalon, lui passa les bras autour du cou et l'embrassa, toute fraîche et parfumée des odeurs vertes du haut plateau. Puis, admirative, elle s'accroupit auprès du panier débordant.

– Hé là ! Je n'ai rien d'une ogresse et vous m'avez assuré les vivres pour au moins huit jours !

Il hésita, jouant avec un lacet de sa peau de panurge.

– J'ai dû vous froisser, hier.

– N'en parlons plus !

– Au contraire, Kallysten, j'ai réfléchi. Je ne peux pas vous proposer une vie tranquille dans les gorges de l'Espérance, puisque votre idée est de courir à travers le monde, mais je peux partir avec vous et vous aider, si vous le désirez.

Kallysten se mit à rire.

– Vous êtes un gentil garçon.

– Et vous, vous êtes gentille de me dire des choses agréables et de me faire ces baisers-papillons, mais ça me fait du mal.

– Pourquoi ?

– Parce que j'aurai du regret quand vous partirez.

– Ce n'est pas pour tout de suite. Votre père a des oreilles comme les vôtres ?

– Mon père ? Je ne l'ai pas connu.

– On ne vous a jamais parlé de lui ?

– Trop peu. J'étais à peine né quand il est mort. Et on ne m'a jamais rien dit sur ses oreilles.

– Tiens, c'est curieux ! Et la personne chez qui vous vivez, c'est vraiment votre mère ?

– Oui... pourquoi ?

– Vous en êtes sûr ?

– Mais oui !

– A-t-elle des oreilles comme les vôtres ?

– Non. Vous me trouvez laid ?

De l'index, elle lui pressa le bout du nez.

– Longo, vous êtes amoureux.

– Non.

– Si vous parvenez à garder ma présence secrète, je peux vous assurer que vous aurez un rôle important à tenir dans les affaires du Grand Cercle, oui, vous, et que votre nom sera béni et connu de tous.

– Vrai ? Même avec mes longues oreilles ?

– Ces longues oreilles deviendront célèbres. Les chantres en diront l'histoire, et elles attireront le respect.

– Comme ce garçon parti en guerre contre le monstre dans la Vallée des Esprits ? Comme Benjamin ?

– Exactement.

– Alors, je vous promets d'essayer. Je peux vous demander quelque chose ?

– Volontiers.

– Racontez-moi la suite de la Vallée des Esprits.

– Je ne m'en souviens plus très bien. Benjamin est arrivé au temple qui se trouve au fond de la vallée. Là, il fut accueilli par Olofromidès, le prince des démons. Nul ne sait combien de temps dura la bataille. Tout ce que je peux dire, c'est que l'épreuve fut terrible. C'était l'épreuve du choix.

– Comment cela ?

– Olofromidès donna à Benjamin une lune de bronze grosse comme la tête d'un homme, et lui demanda de choisir entre la destruction et la sauvegarde de cette lune. C'était la lune de la Connaissance, par laquelle on pouvait accéder au secret de la fondation du Grand Cercle.

– Que fit Benjamin ?

– Il la sauvegarda. Le serpent entra alors dans une grande colère. Benjamin chercha où se cacher. Au milieu du temple pyramidal, il trouva un puits d'eau claire. Il se pencha et y laissa tomber sa boule. Il plongea dans le puits pour la rattraper. Hélas, ce puits n'avait pas de fond. Au fur et à mesure qu'il descendait, la boule tombait devant lui et grossissait. C'était comme un astre à l'intérieur du Grand Cercle. Benjamin, descendant, descendant encore, arriva au fond de la montagne, dans le ventre du monde, où se rejoignent tous les puits magiques.

– Et après ? demanda Longo, suspendu aux lèvres de Kallysten.

– Après, nul ne sait ce qu'il est devenu.

– Il n'a pas rattrapé cette lune ?

– Je ne sais pas. Peut-être a-t-il trouvé la déesse et vit-il avec elle au centre de la terre. Peut-être est-il prisonnier. Peut-être est-il mort.

– Alors on ne sait pas la fin ?

– Mais si ! La fin, c'est que Benjamin a disparu, tout simplement. Quand elle me racontait cette histoire, ma mère disait que le héros devait maintenant dormir au centre du monde, dans une boule de glace, tenant dans ses mains, sans l'avoir percé à jour, le secret de la fondation du Grand Cercle, que les hommes ne connaîtront jamais.

– C'est une belle histoire ! murmura Longo.

Il était arrivé presque en bas de la falaise, tout excité à l'idée du rôle qu'il serait peut-être amené à jouer s'il parvenait à garder le silence, lorsque, se retournant, il aperçut deux silhouettes descendant de la montagne.

– Alcazar ! Fleurimiche !

Les deux garçons, ébouriffés, déchirés, livides, se précipitèrent sur lui.

– Longo ! cria Fleurimiche. Où est la patrouille ?

– Il se passe des choses terribles, là-haut ! renchérit Alcazar qui n'arrivait pas à reprendre son souffle.

– Quoi ? Qu'est-ce qui vous est arrivé ? bredouilla Longo.

– Il y a, haletait le grand, que la Providence va être envahie. La patrouille que tu as envoyée a dû se perdre.

– Ou alors, dit Alcazar, elle a été victime de ces géants... Il y en a toute une armée juste au-dessus de nous, avec de terribles machines de guerre !

– Les noir-vêtus à casques avec mille pointes ?

– Oui ! Et quelques poignées de ces hommes qui ressemblent à des flammes. Notre chef de guerre a été choisi ?

– Il n'y a pas encore de chef de guerre, répondit Longo.

– Mais, quand tu as donné l'alerte, dit Fleurimiche, ils n'ont pas envoyé de patrouille pour nous rechercher, comme on fait d'habitude ?

– Mais... mais... bégaya Longo. Je... je n'ai pas donné l'alerte !

– Quoi ? hurla Alcazar.

– Je... je ne savais pas que vous étiez en danger.

– C'est pas possible ! gémit Fleurimiche. On attendait une aide du village !

– Comme on ne voyait rien venir, ajouta Alcazar, on a cru qu'il était arrivé malheur. On a même prié le Grand Formateur pour toi.

– Et te voilà en pleine forme, et le village mène sa petite vie comme si de rien n'était !

– Je n'ai pas donné l'alerte... pour éviter d'effrayer tout le monde, dit Longo, rouge de honte.

– Tu préfères qu'ils nous attaquent par surprise ?

– Je ne sais pas, ils ne veulent peut-être pas nous attaquer.

– Tu es fou, ou quoi ? Tu ne te rappelles déjà plus qu'ils ont failli nous tuer ?

– Bah ! Nous sommes sains et saufs, c'est l'essentiel.

– Et la fille ?

– Quelle fille ?

– Comment quelle fille ? Celle qu'ils ont essayé d'enlever. Tu l'as entraînée avec toi. Qu'est-ce qu'elle est devenue ?

– Je ne sais pas.

– Elle est descendue au village ?
– Je ne crois pas.
– Elle est repartie dans la montagne ?
– Oui, c'est ça, elle est repartie.
– Tu mens, Longues-Oreilles, dit Fleurimiche.
– Je ne mens pas...
– Qu'est-ce que tu fais avec ce panier ?
– Je me promenais.
– Avec un panier à linge ?
– C'est pour aider ma mère au lavoir.
– Il y a un lavoir dans la montagne, maintenant ? On réglera cette affaire plus tard, conclut Fleurimiche. Gare à toi si tu te payes notre tête. Il faut prévenir Engelbert d'urgence. Tu viens avec nous !

À contrecœur, Longo leur emboîta le pas.

Engelbert écouta patiemment le récit embrouillé des deux rescapés.

– Peut-être que les magiciens ont repris leur sale jeu au-dessus de nos têtes, murmura-t-il dans sa barbe. Chaque fois qu'ils le font, c'est la guerre.
– Quels magiciens ? Quels jeux ?
– Des mauvais magiciens qui ont connu l'époque de la civilisation, qui datent des Mauvaises Gens.
– Maître... Et qui sont ces géants noirs au visage horrible ? demanda Fleurimiche.
– Je le sais, moi ! s'écria Longo. Ce ne sont pas des hommes, mais des ogs !
– Des ogs ? s'exclama Engelbert. Qui t'a dit cela ?
– Euh... personne !

Alcazar porta sur Longo un regard empli de suspicion.

– Qui t'a parlé de ces ogs ? demanda-t-il.
– Ma mère. Il y en a plein dans les histoires qu'elle raconte. Dans celle du maître aussi...

– Eh bien, moi, je ne me serais jamais mis en tête que les ogs pouvaient exister ! dit Fleurimiche. C'est bien du Longues-Oreilles, ça !

– Et monsieur Belles-Oreilles n'a pas jugé utile de donner l'alerte, depuis trois jours qu'il sait tout cela !

– Comment est-ce possible ? demanda Engelbert, tournant vers Longo un regard étonné. Comment as-tu pu manquer à cette règle si élémentaire de notre communauté ?

Le garçon baissa la tête.

– Je ne savais rien, maître.

– De plus, ajouta Alcazar, il y a cette fille.

– Quelle fille ?

Ils racontèrent l'enlèvement manqué de Kallysten et Longo feignit d'ignorer ce qu'elle était devenue.

– Décrivez-la-moi !

Ce que fit Fleurimiche en détail. Il raconta aussi comment ils avaient eu la vie sauve grâce à l'intervention de ceux qu'ils appelaient les flambants. Engelbert restait perplexe. Il se caressait la barbe.

– Cette fille... je ne vois pas qui c'est. Mais une chose est certaine : la guerre entre le nord et la Terre Première a repris. Notre seul tort, c'est d'être situés entre les deux. Maintenant, laissez-moi réfléchir. Envoyez-moi Bonnardo qui sait beaucoup de choses sur l'histoire et les coutumes de notre peuple.

Les deux grands garçons se retirèrent, mais Longo insista pour rester en compagnie du maître. Quand ils furent seuls, il prit la parole.

– Maître... Et si certaines légendes, celle de la Vallée des Esprits par exemple, étaient vraies ? Si la déesse Altarifa était cachée au fond d'un puits ? Et qu'en la délivrant on apportait la paix ? Pourquoi je n'irais pas la chercher ?

Engelbert pouffa.

– Toi, Longo ?

– Moi. Comme ce Benjamin l'a tenté, jadis, si j'en crois la version que vous nous avez racontée. Je suppose qu'il ne l'a pas trouvée, puisque les guerres continuent.

– C'est probable.

– C'est sans doute aussi la raison pour laquelle vous ne nous avez jamais raconté la fin de l'histoire.

– L'intelligence est sur toi, Longo.

– Alors, je peux y aller ?

– Mon enfant… Il n'est pas raisonnable de confondre légendes et réalité. Si je vous rapporte ces choses, c'est pour vous amuser, former votre esprit, peupler vos rêves. Mais je ne vous les raconte pas comme des événements qui ont existé, même si certains naïfs croient ici à la réalité de ces aventures. Aucune vallée proche ou lointaine ne recèle la paix. La paix est une question d'amour entre les hommes. Elle n'est pas un lieu, Longo, elle est partout pour celui qui la veut… Les contes ont cependant leur utilité. Ce sont des gâteries que les mères utilisent pour garder leurs enfants serrés contre leur sein.

– Je n'en crois pas un mot ! Cette vallée existe ! J'irai !

À ces cris, Engelbert se redressa. Son regard devint étincelant.

– Ta place est ici, galopin ! Je vais finir par me fâcher ! La Providence est menacée. Désormais, elle a besoin des bras de chacun. Il ne s'agit pas de fuir sous des prétextes futiles. Je te défends bien de t'en aller ! En voilà des façons ! Et ta mère qui resterait seule, qui se ferait du souci pour toi en te sachant perdu dans le grand monde ! Si tu veux courir, que ce soit après les jeunes filles dont certaines ne demanderaient pas mieux que de se laisser rattraper ! Et, cornes du diable, abandonne tes vains projets.

Longo était interloqué devant la soudaine colère du maître. Il réfléchit un moment dans le silence revenu, puis il prit poliment congé.

Pendant ce temps, Fleurimiche et Alcazar livraient à qui voulait les entendre le détail de ce qu'ils avaient vu dans la montagne. Dans l'après-midi, il y eut deux grandes réunions et l'on discuta un long moment.

On sonna le cor.

Bonnardo, après une entrevue avec Engelbert, fit le point devant la foule rassemblée auprès du Grand Formateur sur les bruits divers qui couraient quant à la reprise d'une guerre et à l'anéantissement possible du village.

– Sois notre chef de guerre ! criait la foule. Il nous faut un chef de guerre ! Sois notre chef de guerre !

On lui apporta une épée, un casque, un bouclier, des jambières de cuir et une cotte de mailles. Le forgeron lui fit don de la meilleure pétoire du village, celle retrouvée sur le guerrier mort, pour laquelle il avait déjà fabriqué quelques cartouches. La foule l'acclama. Tous s'accordèrent sur un point : effectuer immédiatement une battue pour s'assurer que les soldats ennemis n'avaient pas pris racine dans les hauteurs et, accessoirement, retrouver la jeune fille.

Sans plus attendre, ils se dispersèrent dans la montagne.

# La grande battue

Quand il vit que la grande battue commençait, Longo ne prit guère plus d'une seconde pour décider de son avenir. Il déroba dans le garde-manger familial une saucisse sèche, un litre de liquefolle à trente-cinq degrés qui lui permettrait de lutter contre le froid, les plaça dans un foulard qu'il noua aux quatre coins, accrocha ce baluchon à un solide bâton, puis fourra sa fronde et trois galets dans sa poche et se précipita dans la montagne, afin d'arriver à la caverne avant que le gros de la troupe ne se répande dans les sentiers avoisinants. En bas, on entendait çà et là les harangues, les ordres et les encouragements mutuels.

Éreinté, les pieds meurtris, haletant, suant, suffoquant, l'adolescent se retournait toutes les vingt secondes pour voir où en étaient les poursuivants. Ceux-ci avaient investi les trois chemins qui conduisaient sur le haut plateau et se préparaient à le prendre en tenaille. Enfin, titubant, il atteignit le couloir secret et se glissa entre les parois.

– Kallysten ! Kallysten ! Vite ! Il faut fuir !

À l'entrée de la vasque, il s'arrêta, médusé. Les ronces avaient été fauchées et de grands trous avaient été creusés dans le sol.

– Kallysten ?

La caverne était déserte. Le sac de peau n'y était plus. Il ne restait que la couverture et l'oreiller. Longo courut vers le haut plateau. Peut-être s'y trouvait-elle ?

Il n'avait pas fait dix mètres que Fleurimiche bondit d'un recoin de falaise et lui barra la route. Longo fit volte-face. Derrière lui, Alcazar refermait l'embuscade.

– On filait comme un grignotin, n'est-ce pas, Longues-Oreilles ? se moqua Fleurimiche.

– Non ! Je faisais des recherches, comme vous...

– Avec un baluchon ?

– Avec ce qui me plaît.

– Où est l'espionne ?

– Quelle espionne ?

– Celle que tu as nourrie au lieu de donner l'alerte. On sait tout ! C'est une espionne qui vient de Freezland. Elle t'a soudoyé, je n'ose penser comment, espèce de saligoret.

– Je n'ai rien fait de mal, trancha Longo.

– C'est tout ce que tu sais dire, ajouta Alcazar. Tu t'expliqueras devant le conseil des anciens.

– Vous n'allez pas faire ça ! implora Longo.

Mais les deux garçons l'accompagnèrent dans la descente. L'un lui avait pris son bâton, l'autre son baluchon. Et lui pleurait à chaudes larmes. Les paysans étonnés regardaient passer cet étrange trio.

– J'apprends d'belles choses ! dit Junon quand il fut reconduit à la caverne familiale. Tu nourrissais une fille en cachette ?

Assis sur un tabouret, Longo baissa la tête.

– T'es prié de rester ici pendant qu'je suis sortie, sinon il t'en cuira. J'ai affaire avec le Maître. J'vas plaider la cause devant les anciens. Faut bien réparer tes cornifleries. Aller avec des étrangères ! C'est bien toi, ça ! Comme si y avait pas assez de jolies filles dans le village !

Quand il fut seul, Longo se leva, s'approcha de la porte, écoutant les conversations des femmes qui s'étaient rassemblées ici et là dans la ruelle. Il se sentit soudain très malheureux. Cette détresse lui donna faim et il grignota un bout de saucisse sèche qui traînait sur une étagère.

Junon la Pédauque lui avait confisqué le baluchon rendu par Fleurimiche sans le déballer ; elle s'était contentée de le poser près de l'évier. Il se saisit de la bouteille de liquefolle et la déboucha.

Il but, goulûment, reprit son souffle. Ses lèvres tétèrent à nouveau le goulot. Le liquide s'agitait de grosses bulles tandis qu'il l'ingurgitait. Enfin, il posa le litre sur la pierre d'évier. La chaleur lui montait au visage. Un étrange bien-être l'envahit. Il s'épongea le front et leva les yeux vers la falaise.

– D'abord, j'ai rien fait, hoqueta-t-il.

Il se sentit la bouche pâteuse et but encore une rasade de liquefolle. Puis il sortit, tituba jusqu'au jardin sacré et s'effondra plus qu'il ne s'agenouilla devant la statue du Grand Formateur.

– Ô cher Grand Formateur, père des Providents... J'ai rien fait de mal, j'étais juste amoureux et si c'est toi qui as inventé l'Amour et les baisers-papillons, tu vas pas me le reprocher. Mais elle s'est envolée. Je pars à sa recherche. Tu comprends ça, toi, hein ? Faudra tout leur expliquer. Ô Grand Formateur, je compte sur ta bonté.

Puis il se leva, se tenant le crâne à deux mains, s'en alla, titubant, se cramponnant d'un arbre à l'autre, essayant de gravir sans succès l'un des sentiers qui menaient au plateau. Il ne put que longer le fleuve par le chemin de halage. Le jour avait déjà nettement baissé. On entendait les hommes redescendre de la montagne.

Quelques pas plus loin, Fleurimiche lui barrait la route. Il l'aperçut en double à travers les vapeurs de liquefolle.

– Bonsoir, Fleurimiche, dit-il aimablement.

– Qu'est-ce que tu fais là ? Tu t'es déjà sauvé ? Décidément, tu as le mal dans la peau ! Rentre tout de suite ! On va t'interroger. N'aggrave pas ton cas !

– C'est pas gentil, ça, Fleurumiriche, miche !

– Ma parole, Longo ! Tu es rond comme un manche de pelle !

– T'aurais pas dû monter là-haut, Fleurichimichi. La petite blonde, pas pour tes vilaines pattes !

– Qu'est-ce qu'elle t'a fait ? Raconte-moi, Longo.

– Oh ! Ça ne se raconte pas, mon petit Fleurichirichimiche. C'est trop bon, les baisers-papillons.

– C'est une espionne ! Tu t'es laissé berner par une espionne !

– Non, c'est pas une espionne ! C'est une fille que j'aime ! Tu sais pas ce que ça veut dire, toi ! Et t'es un beau dégueulasse de l'avoir fait fuir en sonnant l'alerte, voilà !

– Et toi, qu'est-ce que tu es d'avoir laissé courir le danger au-dessus de nos têtes ?

– Maintenant, elle est partie ! Une fille comme ça, j'en retrouverai jamais ! Vous étiez jaloux !

Fleurimiche s'approcha, menaçant.

– Hé ! Reste où tu es, hein ! s'écria Longo en sortant sa fronde de sa poche.

– Range ça, imbécile ! dit Fleurimiche.

Et il tenta d'arrêter brusquement ce bras qui le menaçait. Longo fit un bond en arrière. Sa fronde sifflait.

– Laisse-moi passer, Fleurimiche. J'ai à faire dans le Grand Cercle.

Personne à la Providence n'avait jamais reconnu d'exceptionnelles qualités au fils de Junon la Pédauque, excepté le tir à la fronde. Il manquait rarement sa cible.

– Arrête, voyons ! dit Fleurimiche, d'une voix soudain radoucie. Personne ne te veut du mal. Les espionnes connaissent des tas de secrets pour tromper les braves gens. C'est pas ta faute.

La fronde tournait de plus en plus vite.

– Réfléchis, mon petit Longo. Tu sais ce qu'il en coûte d'utiliser une arme en dehors de la chasse.

– Fallait pas, murmura Longo.

– Si tu lances ce galet, ils te jugeront, avorton ! Ils vont te condamner à mort !

– Je l'aimais, et elle est partie, dit Longo dans un hoquet. Moi aussi, il faut que je parte.

Alors, dans un geste désespéré, Fleurimiche bondit sur Longo. Le caillou siffla et le frappa au front dans un bruit mat.

Fleurimiche s'immobilisa, comme stupéfait, tourna la tête, ploya les genoux, s'effondra doucement sur la mousse en pivotant, brisant dans sa chute quelques branches mortes. Affalé sur le dos, il ne bougeait plus. Longo s'approcha. Il regarda un moment cette masse au sol, et surtout les yeux révulsés, le sang qui coulait sur le front.

Subitement dégrisé, il prit ses jambes à son cou, quittant le village par le chemin qui bordait l'Espérance, en direction de l'ouest.

Il courut longtemps et bientôt le village ne fut plus qu'un souvenir.

Il s'arrêta à un embranchement. Une route continuait à longer le fleuve. L'autre s'écartait de la berge pour serpenter, vers le nord, le long des collines qui, en cet endroit, rejoignaient le haut plateau.

Il monta dans le clair de lune. Vers minuit, il accéda à un pré et, ayant trouvé une meule de paille, s'y cacha au plus profond et finit par s'endormir.

# Le Sanguinaire

Bonnardo était un homme doux, calme, pondéré, grand ami d'Engelbert qui entrevoyait en lui un digne successeur. Il était à peu près l'opposé de ce que les belliqueux et chicaneurs en tout genre pouvaient espérer comme chef de guerre. Sa renommée s'était forgée autour des bonnes tables et au fond des meilleures caves, son jugement gastronomique s'avérant sans défaut, et surtout sans appel. Ses longues moustaches et sa barbiche poivre et sel ajoutaient à son autorité naturelle.

Ayant constaté l'échec de la grande battue et appris la fuite de ce bon à rien de Longo, Bonnardo s'était senti soudain étrangement inquiet. Les envahisseurs avaient dû sans doute se replier en attendant le départ des Tuniques de Feu, mais il fallait toujours compter avec eux.

Tard dans la nuit, il fut secoué par Poléon Fleurimiche, dont le fils venait d'être retrouvé à l'agonie. Il se rendit sur place et organisa immédiatement une surveillance permanente autour de la cité.

Une heure plus tard, comme il descendait avec des fleurs jaunes sur la place sacrée dans la brume du petit jour pour amadouer le dieu, il s'arrêta, se frotta les yeux pour tenter de chasser une image qui persistait sous son regard incrédule.

Au pied de la statue du Grand Formateur, piétinant un parterre de riches offrandes irrémédiablement gâchées, l'attendaient, comme pour rendre les honneurs au nouvel élu, dix géants vêtus de noir, casqués de bols métalliques hérissés de nombreuses pointes, armés jusqu'aux dents, montés sur de fougueux galopants qu'ils retenaient à grand-peine. L'homme qui commandait ce détachement, plus petit, à l'apparence plus humaine, fit avancer sa monture jusqu'à Bonnardo et le toisa.

– On prétend que tu es le chef de guerre de cette tribu, dit-il d'une voix qui semblait monter des profondeurs de la terre.

– Oui, couina Bonnardo.

– Mon maître le roi Ypner, roi de tous les Francisques, vient lever l'impôt qui lui revient. Voici la mesure : chacun son poids de céréales, chacun son poids de grappine, chacun son poids de viande salée ou séchée, chacun trois briches cuites au four à bois, chacun sa demeure et un bon lit pour le temps de notre passage. Faites vite ! D'aucuns l'appelant le Sanguinaire, notre roi honorera son nom. Toi, le chef, tu seras pendu à titre d'exemple si la camelote n'est pas rassemblée avant midi.

Sans attendre la réponse, le cavalier leva son flingot, tira en l'air une quadruple salve et disparut dans la brume avec ses compagnons. Bonnardo resta seul sur la place, laissant échapper dans un filet de voix :

– Ypner ! Ypner est de retour !

Quelques minutes plus tard, des coups violents furent frappés à la porte de Junon la Pédauque.

– Un instant… J'arrive ! cria-t-elle.

Les coups redoublèrent. Ayant débâclé le volet de bois, elle sursauta. Un géant noir la contemplait depuis le seuil. Toute l'horreur du monde lui grouilla dans les tripes.

– Ben quoi, qu'est-ce qu'y a ? maugréa-t-elle dans sa robe de chambre de chèvrequin rose. Qu'est-ce que vous m'voulez ?

Émettant un gargouillis en guise de rire, le géant s'effaça. Apparut, précédant une patrouille de dix ogs, le roi Ypner en personne, vêtu d'une toge rouge sang descendant jusqu'aux chevilles, qui s'ouvrait sur un costume compliqué dont on ne voyait que les cordons, les boutons et la passementerie, où la couleur verte dominait. Sa chevelure mi-longue était d'un noir de jais et retenue par un serre-tête de cuir orné de diamants. On lui comptait une bague à chaque doigt et il tenait à la main un sceptre de fer.

– Salut, la Pédauque ! dit-il. Me revoilà ! J'aime bien frapper à cette porte. Ton lit est-il toujours aussi confortable ?

– Vous ! murmura Junon.

– Moi. Depuis mon dernier passage, l'eau a coulé le long de la rive. Je ne te croyais pas encore si jeune.

– Merci bien pour ce mensonge, bond'là ! Mais qu'est-ce que vous voulez ? Notre or ? On n'en a pas. Not'blé ? Nos bêtes ? Ou not'peau ?

Il lui saisit le menton.

– En ce qui me concerne, ce serait plutôt ta peau. Mais je ne suis pas venu pour cela. Où est ton fils ?

Elle recula d'un pas.

– Quel fils ? Mensonges et filoutages ! Qui vous a dit ça ? J'ai jamais eu d'fils ni rien qui r'ssemble à ça.

– Je me suis renseigné, vieille folle. Dis-moi où il se cache !

– Qu'est-ce que vous en feriez ?

– Un fils, voilà ce qui me manque le plus au monde. Jc possèdc désormais la plus puissantc arméc du Grand Cercle, et je n'ai pas d'héritier.

– Vous devez bien en avoir d'autres par-ci, par-là, dit la femme. Pourquoi le mien ?

Le roi éclata d'un rire gras.

– Pourquoi pas ? Il a une particularité qui fait que je m'y intéresse, tu dois le savoir. N'a-t-il pas été conçu à l'époque de mon dernier passage ? Les dates correspondent. Allons... de toute façon, je suis ton roi. Tout ce qui est ici est à moi. Dis-moi où il est !

Junon baissa la tête.

– Enfui hier soir. Il a fait des bêtises.

– Par où s'est-il enfui ?

– Est-ce que je sais ?

– Oui, tu le sais ! Dis plutôt que tu l'as caché ici, à la Providence. Je mettrai le bourg et la région à sac s'il le faut pour le retrouver.

Junon se laissa tomber sur une chaise.

– Y a quinze ans, Majesté, vous étiez plus agréable.

– Et toi moins entêtée ! Le monde aussi a bien changé, hélas ! Et si je remonte de Terre Première, c'est que j'y suis contraint par les événements. C'est votre intérêt de m'accueillir proprement. Dans cette partie du Grand Cercle, je suis votre dernier rempart. Votre village m'est cher. Je veux l'épargner. Il n'en n'est pas de même pour certains rois d'Angnor qui lorgnent vos terres. Dis-moi, ma belle, ce fils que tu me refuses, sait-il quelque chose de moi ?

Junon haussa les épaules. Elle parcourut du regard sa caverne, y trouvant quelque lointain souvenir.

– Si vous croyez qu'on leur raconte ces aventures-là ? C'est pas de leur âge. Ils préfèrent les légendes.

Ypner éclata de rire.

– Des légendes !

Et il lui tourna le dos.

Dans la matinée, de nouvelles escouades d'ogs, ainsi que de nombreuses compagnies de soldats, envahirent le village. Certaines ramenaient prisonnières les patrouilles de surveillance envoyées par Bonnardo. Les Providents n'osaient plus sortir. Embusqués derrière leurs fenêtres, ils voyaient défiler l'ennemi par régiments entiers. C'étaient des troupes venant du continent sud du Grand Cercle, guerriers habillés de couleurs vives et casqués de cuir et de fer, brandissant des étendards bariolés portant en leur centre les couleurs du Sanguinaire : trois larmes de sang se détachant sur un cercle noir. Ces insignes se retrouvaient également sur leurs boucliers ronds, sur l'écusson de leur poitrine et dans leur dos.

Bonnardo et ses hommes eurent toutes les peines du monde à réunir la rançon avant midi sur la place sacrée. Il donna des ordres pour que les enfants et les adolescents soient rassemblés sous bonne garde dans l'une des principales cavernes-refuges, au-dessous des Loges-Hautes.

Quelques bergers armés de piques, de lances, d'arcs et de frondes se déployèrent pour les protéger dans les chemins de la falaise, sous le commandement d'un ancien brigand repenti, Médoc Jolijovial.

Les Providents grognaient contre les anciens qui n'avaient pas su prévoir, contre les patrouilles qui n'avaient pas su découvrir dans la campagne les signes d'une invasion prochaine. Poussés par Poléon Fleurimiche, ils maudissaient également un jeune garçon qui s'était enfui la veille, après avoir hébergé aux Loges-Hautes une espionne au lieu de donner l'alerte.

Bien malgré elle, Junon la Pédauque fut réquisitionnée pour nourrir le roi ainsi que son escorte, et la population y vit le signe d'une collaboration avec l'ennemi.

Vers midi, sous la pluie, le gros de l'armée d'Ypner défila par le chemin de halage. Quelques soldats attachèrent à des pieux leurs galopants sur la place sacrée. Ceux-là n'étaient que des hommes ordinaires, vêtus de peaux lacées, coiffés de larges chapeaux. Ils s'introduisaient dans les demeures pour y être hébergés, accomplissant toutes sortes de violences, tandis que les ogs se préparaient à camper dans les prairies de l'autre côté du fleuve pour surveiller des machineries compliquées rangées en bon ordre sur la rive.

Ypner installa sa tente de commandement dans le jardin sacré, au pied de la statue, à côté du feu ancestral qu'il respecta, ordonnant simplement de le réduire. C'était une pyramide de peaux, de toiles, de tapisseries multicolores où il dormait avec ses dix gardes du corps.

En fin d'après-midi, il fit rassembler les hommes et les femmes sur le champ sacré et leur débita le même sermon qu'à Junon, réclamant Longo le fuyard, les menaçant de représailles. Il justifia son rôle de défenseur de la Providence contre un ennemi impitoyable sur lequel il ne fournit aucun commentaire.

Il n'y avait sans doute rien de vrai dans tout cela, mais les rumeurs circulant sur les Tuniques de Feu accréditaient son discours.

À la tombée de la nuit, alors que Junon apportait une marmite de soupe au poste de commandement, Ypner lui déclara :

– Il te faudra collaborer de meilleure grâce avec moi. Une dernière fois, où se trouve mon fils ? Sais-tu qu'il connaîtra plus de gloire avec moi que dans ton trou à rats ?

– J'ai rien à dire.

– C'est la guerre, reprit Ypner. L'heure vient où chacun doit savoir de quel côté il combat.

– Moi, j'l'ai toujours su ! dit Junon la Pédauque, redressant fièrement la tête.

Et elle sortit dans la nuit en direction de la caverne d'Engelbert.

L'ayant trouvée déserte, elle monta à la grotte-refuge, y découvrit une foule d'enfants effarouchés qui s'installaient pour la nuit. Ils avaient apporté avec eux un couchage et trois jours de nourriture. Engelbert, qui leur racontait une très longue histoire, s'interrompit à son arrivée :

– Tout va bien, Junon ?

– Longo n'a pas reparu.

– Et j'espère qu'il ne reparaîtra pas de sitôt. Il ne faut pas qu'il tombe dans les griffes d'Ypner, entends-tu ? Il a une tâche à accomplir.

– Une tâche ? Un bon à rien comme lui ?

– On ne peut juger un homme sur ses modestes débuts. Il faut d'abord le laisser s'éveiller, s'épanouir.

Il allait reprendre son récit lorsqu'une déflagration retentit près du fleuve, suivie de nombreux cris.

Les enfants se dressèrent d'épouvante. Les bergers qui gardaient l'entrée de la caverne se précipitèrent sur le chemin.

Ayant compris qu'il s'était produit un drame dans le village et pris de panique malgré les rappels des adultes, les enfants sortirent de la caverne et se ruèrent dans le sentier des grappines.

Le village entier hurlait de terreur. Fuyant devant un ennemi subitement devenu enragé et dont les hordes sauvages les pourchassaient à coups de matraque, les Providents s'étaient éparpillés dans les ruelles qui menaient aux jardins en terrasses adossés à la falaise. Si on les voyait dans la nuit, c'était à la faveur de l'intense lumière d'un incendie qui ravageait la plupart des cavernes basses, au bord du fleuve. Les enfants appelaient leurs parents, dévalant le sentier. L'armée des géants noirs montait à leur rencontre avec des flambeaux. Leurs files ordonnées formaient deux serpents lumineux qui se lovaient le long de la falaise.

À la terrasse des potagers, les enfants s'arrêtèrent.

– Nous allons être pris en tenaille ! s'écria Médoc. Il faut rebrousser chemin.

Ils refluèrent jusqu'à la caverne puis tentèrent de gagner le haut plateau où il leur serait possible de s'éparpiller. Mais les ogs les talonnaient. Leurs longues matraques courbes assommaient les traînards dans un concert de hurlements. Les enfants tombaient en travers du chemin. Les ogs les piétinaient et couraient droit devant, frappant toujours plus fort. Arrivées sur le haut plateau, les deux files d'ogs se rejoignirent et se resserrèrent en étau. Les rescapés virent les flambeaux se rapprocher de tous côtés. Ils se serrèrent les uns contre les autres.

Puis les géants se tinrent immobiles, formant une prison circulaire, et il se fit un grand silence. Une poignée d'ogs, armés de flingots, apparut dans le sentier, entourant le roi. Ypner s'approcha des enfants. Étrangement calme, il demanda :

– Où est passé celui que vous appelez Longo ? Allons ! Il ne peut être que parmi vous !

Comme personne ne répondait, le roi se mit dans une grande colère. Alors Alcazar sortit des rangs.

– Il s'est sauvé hier, dit-il. Il nourrissait en secret une espionne et nous l'avons démasqué. Depuis, nous ne savons pas où il est.

– Une espionne ? ricana le Sanguinaire. Écoutez-moi tous ! Il me faut ce garçon demain à cette heure, ou ma vengeance sera terrible !

L'escouade quitta le plateau comme elle était venue. Les enfants redescendirent de la montagne. Déjà les incendies s'éteignaient sous l'action rapide des Providents qui n'avaient qu'à se baisser pour puiser l'eau dans le fleuve. Les gens couraient dans tous les sens, criaient, s'embrassaient dès qu'un enfant retrouvait les siens.

Dans la nuit, cris et lueurs s'estompèrent. Les Providents se réunirent pour décider de la conduite à tenir. Une faction se rendit chez Junon qui s'était barricadée chez elle.

– Ouvre, Junon ! criait Poléon Fleurimiche.

– Si ça me plaît, bond'là !

– Allons ! Ouvre ! Il faut régler cette affaire ensemble avant de la confier aux envahisseurs. Personne n'y gagnerait.

Junon apparut dans l'entrebâillement. Ils la bousculèrent et se ruèrent dans la caverne pour s'assurer que Longo n'y était pas caché.

– En voilà des manières ! hurla-t-elle. Trouvez pas qu'ça suffit, ces cavernes qu'ils nous ont brûlées ?

– La tienne est encore intacte, fit remarquer Poléon. C'est la seule, curieusement.

– Curieusement ? Qu'esse ça veut dire, des fois ?

– Ça veut dire qu'elle connaîtra le même sort que les autres si tu ne me dis pas où est ton fils.

– Quelque part dans le Grand Cercle, bond'là ! Vous savez c'que c'est qu'les jeunes ! Ça va où ça veut sans même prévenir sa pauv'mère.

– Écoute-nous, vieille folle ! Que tu fasses la soupe pour les hommes du Sanguinaire, ça te regarde. Mais tout un village pour un gamin, c'est trop cher payé, même si c'est le tien. Alors dis-nous où il est !

# En marche

Cette même journée, tandis que Bonnardo se démenait pour rassembler le tribut à payer au roi Ypner, Longo se réveilla aux alentours de midi. Un rayon de soleil lui arrivait en plein visage. Les dernières vapeurs de liquefolle avaient déclenché en lui une terrible migraine.

Il se dressa au milieu de la meule, se frotta la tête à la recherche d'un souvenir justifiant sa présence en un tel lieu. Il se rappela sa course dans les chemins de la falaise, la caverne abandonnée par Kallysten, puis... plus rien.

Savoir qu'il était parti à la recherche de la jeune fille et des baisers-papillons était suffisant. Sans doute était-elle retournée vers son pays d'origine, supposant qu'elle n'avait rien à attendre des Providents. Longo était décidé à lui prouver le contraire. Il avait l'intention de monter à son tour vers le nord, aussi loin que possible.

Chaussant ses godillots de peau d'outrecorne, il se mit en route courageusement en direction des montagnes des Dragons qu'il espérait atteindre avant la tombée de la nuit. Hélas, il avait mal évalué la distance qui l'en séparait. Plus il avançait, plus les montagnes se révélaient éloignées. Il marcha tout le jour à travers les ronces et les hautes herbes, peinant, suant, se nourrissant de baies sauvages et d'une truite attrapée à la main dans un ruisseau, le regard toujours levé vers le relief inaccessible.

À la fin de la journée, il n'avait parcouru qu'une distance ridicule. Les montagnes ne s'étaient pas rapprochées d'un pouce. Tombant de fatigue, il aborda un hameau de l'extrême nord de la Providence. N'osant s'y réfugier, il avisa une meule de foin et s'y fit un nid pour le reste de la nuit.

Au petit jour, un bruit de galop le fit sursauter. Une subite intuition le poussa à quitter sa meule et à se réfugier au sommet d'un sorberose. Peu après, trois cavaliers arrivèrent sur de rapides galopants. Se penchant entre les branches, Longo reconnut le premier, c'était le père Fleurimiche tenant une corde lovée en bandoulière. Le deuxième était Laboustife Trottemenu, un commis d'Oscar le forgeron, et le troisième... le troisième n'était pas un Provident, mais un soldat armé d'un flingot à quatre canons.

– Puisque je vous dis que je l'ai vu dans les parages, insistait Laboustife.

– En tout cas, regardez ! dit Poléon Fleurimiche. Quelqu'un a dormi dans cette meule de foin.

– Ouais, ajouta le soldat. À qui est ce champ ?

– Ça, c'est pas mon affaire, dit Laboustife. Moi, je l'ai vu rôder ici, un point c'est tout. J'ai droit à la récompense.

– La récompense sera donnée quand le gamin sera retrouvé, grinça le soldat. Et il est de votre intérêt qu'il le soit bientôt, sans quoi mon maître vous fera la peau. Vous savez quelle importance il attache à sa capture.

– Moi, je ne sais qu'une chose, dit Poléon. Il a esquinté mon gars et je ne dormirai pas tant qu'il n'aura pas reçu une bonne rossée. Vous pouvez compter sur moi.

Ils s'éloignèrent dans les champs tandis que Longo restait immobile sur sa branche. Un sang glacial lui parcourait les veines. Maintenant, tout lui revenait en mémoire. Sautant de l'arbre, il courut à perdre haleine vers le nord, encore et toujours du côté des montagnes des Dragons. En se détournant un peu vers l'ouest, il espérait atteindre une forêt et s'y glisser à la faveur de la nuit. Il traversa des collines à l'herbe grasse où de grands troupeaux d'outrecornes dérivaient lentement au son de leurs clochettes. En fin d'après-midi, il trouva un terrain plus accidenté et parsemé de pleuristènes. Enfin les arbres se firent plus denses. La forêt s'annonçait. Il pressa le pas.

Les branches craquaient autour de lui. Il tressaillait à chaque bruit, se demandant s'il en était la cause, se croyant parfois observé, poursuivi. Quand il s'arrêtait brusquement, un bruit de pas continuait une fraction de seconde dans son dos. La peur s'empara de lui.

À la tombée de la nuit, il se laissa choir sur un tapis de mousse et sombra aussitôt dans un profond sommeil.

Il fut réveillé par une douleur insupportable dans la cuisse gauche. Il sursauta, ouvrit les yeux.

– Lève-toi !

Il se redressa. Des hommes l'entouraient dans la pénombre. Quelques flambeaux épars ne suffisaient pas à lui désigner les brutes qui s'acharnaient sur lui. Il se leva sous une volée de coups.

– Suis-nous et viens réparer tes fautes !

Comme on le saisissait par les bras, il reconnut Alcazar, Olidin, et quelques grands de la Providence. On le tirait, on le poussait. Ils étaient bien une dizaine. Ils avançaient à vive allure et Longo suivait, sans cesse bousculé et meurtri.

– Qu'est-ce que tu as fait à Fleurimiche ? cria Olidin.

– Rien ! J'ai rien fait !

– Cesse de mentir ! Quelqu'un t'a vu !

Longo pleurait.

– Laissez-moi ! Vous n'avez pas le droit !

– Et toi, tu n'as pas le droit de fuir. Le village est sous la botte de l'ennemi !

– C'est pas vrai ! C'est pas nous qu'ils veulent ! C'est...

– Qui ?

– La fille.

– Imbécile ! Depuis deux jours, la Providence est envahie par des milliers de soldats. Le Sanguinaire a installé sa tente sur la place sacrée. Ta mère lui sert la soupe. Il désire te parler.

– Le roi ? À moi ?

– Oui. Sois tranquille, Longo. S'il ne t'avait pas réclamé, tu serais déjà à la glissière ! Après ce que tu as fait à Fleurimiche !

La glissière était un trou sur les hauts de la falaise où l'on jetait les condamnés de droit commun après un jugement sommaire. Ils glissaient dans un étroit boyau qui les conduisait au centre de la terre et l'on n'entendait plus jamais parler d'eux.

Ils marchèrent presque toute la nuit. Quand ils abordèrent la Providence, Longo vit avec stupéfaction les bivouacs de l'armée des ogs dans les champs avoisinants et des gardes aux angles des ruelles. Ses yeux s'écarquillèrent davantage quand il défila devant les cavernes du bas qui avaient été incendiées. La petite troupe qui le conduisait passa devant la demeure de la Pédauque, mais ils ne s'y arrêtèrent pas. Longo devina la porte qui s'entrebâillait et se refermait après son passage.

Une étroite caverne avait été aménagée en prison et Oscar avait forgé une grille. C'est là qu'ils le jetèrent et l'enfermèrent.

Quand le jour se leva, Longo comptait ses plaies, ses bleus et ses bosses. Quelques badauds vinrent l'observer comme une bête curieuse. Peu avant midi, deux ogs se présentèrent à la grille et le sortirent sans ménagement. Il se demandait si ce n'était pas un de ceux qui l'avaient rudoyé sur le haut plateau, le jour de l'enlèvement manqué de Kallysten. Ces monstres se ressemblaient tous.

On le conduisit à la tente plantée au milieu du champ sacré, près du feu ancestral. Sombre, elle ne renfermait qu'un trône couvert de toiles bariolées. Les deux ogs se tinrent immobiles face au trône, Longo entre eux. Peu après, la porte de toile bougea. Une escouade d'ogs fit son entrée et se plaça de part et d'autre du trône.

Toute la nuit, le garçon avait tenté de se faire une idée du Sanguinaire. Il avait imaginé un monstre fumant et rugissant, peu en accord avec l'homme rondouillard, barbu et jovial qu'il découvrit soudain, poussant la tenture et s'asseyant sur le trône.

Ypner considéra longuement l'enfant, puis il dit :

– Est-ce donc toi, Longo, le fils de la Pédauque ?

– Oui.

De nouveau, un silence. Le sourire effleurant les lèvres du roi inquiétait le garçon.

– Pourquoi t'es-tu sauvé ? demanda Ypner d'une voix douce.

Longo hésita.

– À cause d'une bagarre.

Le roi sourit.

– Les Fleurimiche demandent réparation. Ils veulent un procès. Désormais, la justice ici, c'est moi. Alors je vais te juger.

Longo tressaillit.

– Toutefois, ajouta Ypner, on ne juge pas le fils du roi.

– Le fils... du roi ? murmura Longo, levant les yeux sur le barbu en manteau rouge, dont il admirait, à sa honte, les bagues rutilantes.

– Du roi. Considère-toi comme mon fils ! C'est ta seule chance. Approche-toi de moi ! Allons !

Longo obéit. Ypner le saisit par la manche et l'attira à lui. Le roi dans toute sa splendeur était là, si près, si réel, si intime. Un homme qui voulait être son père, à lui qui n'avait jamais eu de père.

Il ressentit un grand trouble dans tout son être. Dès lors, il regarda l'important personnage avec des yeux différents. Ypner était certes un brigand de légende, mais il sembla au fils de Junon qu'un sentiment nouveau naissait en lui, et il se demandait si c'était bien ou mal.

– Je serais donc votre fils, Majesté ? osa-t-il en tremblant. Moi ? Mais...

– Rien dans ce bas monde n'est une certitude, coupa le roi. Mais rien non plus n'empêche que tu sois mon fils. Or il me faut un fils. Un successeur. Mes longues guerres ne m'ont pas permis de me pencher en toute quiétude sur un berceau, ce que je déplore. Je ne suis pas le bandit que les vôtres haïssent dans vos légendes. Je vous protège. J'ai des droits, ici. J'ai aimé ta mère jadis. Accepte-le, simplement.

Longo ferma les yeux. Il imaginait Junon en compagnie de cet homme.

– Si tu acceptes, poursuivit Ypner, je t'emmène immédiatement. Tu ne peux rester aux mains de ce peuple, tant que sa colère n'est pas calmée. Si tu n'acceptes pas, je te livre à eux.

L'image de Fleurimiche hantait encore Longo. Personne parmi ses pairs ne lui pardonnerait son geste, qu'il regrettait.

– Où voulez-vous m'emmener ?

– Loin d'ici, dans un pays où tu seras tranquille et heureux. En Terre Première. Je t'apprendrai les lois de la guerre et tu deviendras un grand roi après moi. Tu seras le nouveau Sanguinaire.

Ce nom de Sanguinaire éveilla Longo de la léthargie dans laquelle il se laissait sombrer. Il en connaissait trop bien la signification. Ypner n'était qu'un monstre à forme humaine, Longo le savait, les anciens en parlaient souvent. Il s'agita sous la poigne du roi et se mit à crier :

– Ça non ! Je ne peux pas ! Je ne veux pas !

– Allons, allons ! dit le roi. Tu n'es plus tout à fait un enfant. Tu dois comprendre certaines réalités.

– Majesté, je n'ai rien d'un sanguinaire. Tout ce que je veux, c'est vivre ici en paix.

Ypner explosa.

– La paix ! Tu t'imagines que la paix est un dû pour qui arrive au monde ? Qu'elle tombe comme la pluie ? La paix se conquiert, mon garçon, elle se gagne, elle se défend bec et ongles. La paix ! Mais c'est moi, la paix ! Je suis le rempart ultime. Sans moi, il n'y a pas de paix !

Il repoussa Longo et conclut :

– Tu as la journée pour réfléchir.

On reconduisit Longo dans sa prison au bord du fleuve et il n'eut ni déjeuner ni souper. À la tombée de la nuit, Junon vint lui rendre visite. Il se jeta dans ses bras en pleurant.

– C'est une grande misère, c'qui nous arrive ! dit-elle.

– M'man ! Le Sanguinaire est vraiment mon père ?

– Peu importe qui est vraiment ton père, mon p'tit. C'qui compte, c'est qui t'es, toi !

– Alors, ce n'est pas vrai, le guerrier mort il y a quinze ans ?

– Mais si… T'es le fils d'un guerrier.

– Mort ?

– Peut-être.

– Dis-moi si le roi est mon père, oui ou non ! J'ai le droit de savoir.

Elle murmura, la tête basse :

– Il pourrait.

Longo recula.

– Je ne veux pas être le fils d'un brigand.

– Tu n'es pas comptable de ses mauvaises actions, mais des tiennes.

Une fois de plus, il repensa à la fronde, à Fleurimiche qui s'effondrait devant lui. Il eut l'impression que cette image ne le quitterait jamais plus.

Junon venait à peine de le laisser que déjà les gardes venaient le chercher pour le conduire à la tente de commandement.

– As-tu bien réfléchi ? demanda le roi.

Longo contemplait la pointe de ses souliers.

– Tu seras après moi l'homme le plus important du Grand Cercle, ajouta Ypner.

Longo bredouilla :

– Je veux bien partir avcc vous.

Ils quittèrent la Providence dans la nuit. Ypner avait laissé une troupe importante pour surveiller la cité. Longo chevauchait près du roi sur une jument baie. Les entourait une escouade d'ogs dont les torches éclairaient les sombres visages. Un imposant bagage suivait, arrimé sur les flancs de trois galopants. Les Providents avaient déserté les ruelles, Longo, rongé par la honte, les devinait derrière leurs fenêtres, écartant un coin de rideau.

Il avança en silence toute la nuit. Quand le jour se leva, les ogs qui l'encadraient éteignirent leurs torches. Un escadron de l'armée du Sanguinaire leur emboîtait le pas. Les ogs galopaient le long du fleuve, suivis des machineries et de cages de fer roulantes dans lesquelles Longo reconnut des enfants de la Providence.

À midi, il manqua tomber d'épuisement. Le roi ordonna une halte dans un petit champ.

Longo mangea de la viande séchée et des fruits, ce qui, en temps de guerre, était un luxe. Le roi, assis sur un coussin doré, le regardait se nourrir.

Étant rarement sorti des gorges de l'Espérance, le garçon ne connaissait pas cet endroit. Les chasses auxquelles il avait assisté ne l'y avaient jamais conduit. Sur la rive opposée, une colline abrupte était parsemée de plantagenêts qui sentaient bon la sève, et de sorberoses.

Longo regardait ce paysage verdoyant lorsqu'il vit des flammes s'y allumer ici et là. Les ogs rugirent. Des coups de feu éclatèrent. Les flammes couraient sur la pente dans leur direction en poussant des cris de guerre.

– Les Tuniques de Feu ! s'écria Longo en se dressant.

Les ogs tirèrent quelques coups de flingot et battirent en retraite, se resserrant autour de leur chef. Il semblait que les géants de guerre d'Ypner fussent incapables de résister, malgré leur équipement, à une seule escouade de ces Tuniques de Feu dont ils avaient une peur démesurée.

Le roi saisit Longo par la main et l'entraîna dans une fuite éperdue sous le couvert de la forêt. Au passage d'un tronc affaissé en travers du chemin, Longo glissa et tomba, échappant à la terrible poigne. Se relevant, malgré une forte douleur au bras, voyant là un signe du destin qui ne se reproduirait plus, il s'enfuit en direction des Tuniques de Feu.

– Reste ici ! hurla dans son dos le roi qui avait entrepris de le rattraper malgré les tirs de l'ennemi. Mon fils ! Tu es mon fils ! Reviens ! Tu n'as rien à attendre de ces chiens ! Reviens, Longo, tu auras tout ce que tu voudras !

Ayant assisté à l'échappée, les Tuniques de Feu avaient cessé de tirer. Alors les ogs s'avancèrent et les prirent pour cible. Sa fuite conduisit Longo au bord du fleuve. Il se jeta dans l'eau glacée. Tandis qu'il luttait contre le courant, il entendait encore le roi :

– Reviens ! Reviens ! Je te retrouverai ! Et tu seras moins fier !

Mais la voix d'Ypner se perdit dans le grondement de l'Espérance. Transi, Longo s'activa pour gagner la rive opposée. Enfin, aidé de deux Tuniques de Feu, il se hissa sur la berge. Dégoulinant, il regarda l'étrange costume des soldats. C'était une sorte de peau qui changeait sans cesse de ton, variant du rouge au jaune, et il se demanda quel animal pouvait produire pareil cuir.

Il y eut encore une fusillade et, les Tuniques de Feu utilisant à nouveau leurs armes, l'armée du Sanguinaire se replia dans la forêt.

Les Tuniques de Feu conduisirent Longo à leur capitaine au milieu d'une clairière. Celui-ci le toisa du haut de son galopant puis lui demanda :

– Qui es-tu ?

– Longo, fils de la Pédauque.

– N'es-tu pas l'un de ces paysans de la Providence que ces bêtes ont rudoyés cette nuit ?

– Si.

– Alors que faisais-tu en compagnie d'Ypner ? Pourquoi n'étais-tu pas dans les cages de fer comme les autres enfants ?

– Parce qu'il voulait me prendre pour son fils.

– Son fils ? Approche !

Longo s'avança timidement. Le capitaine se pencha, tendit la main, lui souleva les cheveux.

– Tu mens ! dit-il. Tu n'es pas un paysan de la Providence. Tes oreilles te trahissent.

Longo rougit.

– Tu ne t'appelles pas Longo. Tu es Benjamin. Le Benjamin. Tu es un envoyé des Mauvaises Gens.

Au nom de Benjamin, Longo resta muet un moment, la bouche entrouverte. La légende de la Vallée des Esprits le traversa en un éclair. Il bégaya :

– C'est... c'est pas vrai, monsieur. Je m'appelle Longo et pas comme vous dites. Montez au village, ils me connaissent. Quant à ces Mauvaises Gens, c'est la première fois que j'en entends parler. Qui est-ce ?

– Une tribu qui n'existe plus. Sauf un.

– Je suis né au village, monsieur...

Le capitaine et ses lieutenants échangèrent des regards perplexes.

– Si tu es de la Providence, dis-moi où est la princesse. Nous ne l'avons pas vue dans les cages du Sanguinaire. Nous pensions qu'il l'avait capturée et nous avions dressé cette embuscade pour la délivrer.

– Je ne connais pas de princesse, monsieur. Il n'y a rien de cela chez les Francisques. Nous sommes des paysans libres. Le Sanguinaire se prétend notre roi, mais il ne l'est pas. Oh ! Si seulement vous pouviez revenir à la Providence, monsieur. Les soldats et les ogs décamperaient ! Nous serions libres ! S'il vous plaît !

– Nous n'avons pas à intervenir dans cette partie du Grand Cercle, sinon pour chercher la princesse de Freezland.

– La princesse de Freezland ? répéta Longo ébahi.
– Oui. Cela te dit quelque chose ?
– Non, monsieur, rien. Mais l'autre jour, sur le haut plateau, quelques-uns des vôtres nous ont délivrés des ogs qui allaient nous tuer ! Les ogs ont peur de vous, c'est un fait ! Monsieur, je vous en supplie ! Sauvez notre village !
– Hé ! s'écria le capitaine. Tu es l'un de ceux à qui nous avons sauvé la vie ?
– Oui, monsieur.
– Alors tu es un fieffé menteur ! La princesse était avec vous ce jour-là.
Longo faillit prononcer le nom de Kallysten, puis se ravisa.
– Ça, une princesse ? Une vagabonde, monsieur !
– Elle est princesse en son pays. Nous devions la reconduire à son père et les ogs sont intervenus. Nous avons tenté de leur arracher la jeune fille. Pendant le combat, un gamin l'a emmenée. Je suppose que c'était toi.
Longo baissa la tête.
– Mille excuses, monsieur. Je ne pouvais pas deviner que vous la vouliez, ni qu'elle était princesse, quoique ça ne m'étonne guère. Elle fait trop de manières et possède des larmes d'or et une bien jolie bague. Et elle est si belle !
– Nous devons retrouver la princesse, galopin ! Retourne au village ! Ou n'importe où ailleurs !
– Cela ne servira à rien. Il reste des soldats du Sanguinaire. Ils vont me reprendre. Et elle n'est pas là-bas !
– Déniche la princesse, conduis-la ici et n'essaie pas de nous tromper !

– Par pitié, monsieur, implora Longo. Il serait plus simple de nous débarrasser des ogs et de ce maudit Sanguinaire ! Et ensuite, vous auriez celle que vous cherchez…

– Fais ce que je te dis et tu t'en trouveras bien ! Je te rends provisoirement la liberté. Mais nous aurons l'œil sur toi. Trouve-la, sans quoi gare à ta peau !

Le capitaine éperonna sa monture et, suivi de sa troupe, s'éloigna dans la forêt.

# L'homme traqué

Le vent se levait. Fierchênes et tropliers se balançaient dans un léger murmure, quand Longo reprit sa route en direction des montagnes des Dragons, à la recherche de Kallysten.

Il sortit de la forêt et arpenta des collines où poussait une herbe de plus en plus maigre à mesure qu'il s'éloignait du fleuve. Là paissaient des panurges à lainage brun. Se méfiant des bergers, il contourna les troupeaux, évita les sentiers et les champs à découvert. Il progressait le long des haies et sautait comme un cabri de bosquet en bosquet.

Plusieurs craintes l'habitaient. Il pouvait à tout moment rencontrer les Tuniques de Feu ou tomber dans une embuscade tendue par les ogs d'Ypner qui devait avoir lancé ses troupes à sa recherche. Enfin il n'ignorait pas que sa fuite causerait un grand tourment aux Providents accusés par le Sanguinaire de le soustraire à ses recherches et qu'ils seraient sans doute victimes de représailles.

Il s'assit sur un rocher dominant la plaine et se laissa aller au désespoir. Grande était sa solitude, maigres ses perspectives, et sa mère avec ses taloches, sa grosse voix, ses rodomontades et ses conseils lui faisait cruellement défaut.

À vrai dire, c'était bien la première fois de sa vie qu'il connaissait un tel désarroi.

Quand les idées noires se furent succédé dans son esprit, il découvrit que même les sources du mal se tarissent, et il fut surpris de n'avoir versé aucune larme. Le sourire de Kallysten, le doux souvenir des baisers-papillons, le soutenaient, l'élevaient au-dessus du brouillard.

Il se leva, escalada la colline la plus proche, qui n'était que le contrefort d'une montagne plus importante.

Il porta ses regards vers la vallée. Le soleil déclinait. Dans la brume du soir, il aperçut le serpent clair du fleuve Espérance et son cœur se serra. Il se demanda s'il en reverrait un jour les rives, et dans quelles circonstances.

Près du fleuve se dessinaient des carrés sombres, et il comprit que c'étaient les quartiers de l'armée du Sanguinaire. Un clairon sonna.

Tournant les yeux vers l'est, il perçut une lueur rougeâtre dans les hauteurs, parmi les pierres. Les Tuniques de Feu campaient là, invisibles aux troupes du Sanguinaire.

Longo descendit dans la nuit qui s'étendait sur le Grand Cercle. Il aperçut trois chèvrebiques sur un sentier. Un peu plus bas un berger les attendait, engoncé dans une laine de panurge et coiffé d'un petit chapeau de feutre vert orné d'une plume de picoulette bleue. Un moment, Longo eut peur de se montrer, mais comme il avait faim et froid, il se dit qu'il valait mieux tenter sa chance dans un lieu où la fuite était encore possible. Il courut jusqu'à l'homme.

– Salut, berger !

L'homme leva les yeux, le dévisagea.

– Salut, gamin ! Tu n'es pas de la Grande-Quenouille, toi.

– Non.

– Tu viens d'en bas, du village dans la falaise, hein ? On ne passe pas souvent par ici. Allons, approche ! Ne crains rien !

– Merci, dit Longo en risquant quelques pas. J'ai... été obligé de fuir les miens.

– Qu'est-ce qu'ils te voulaient ?

– Une sale affaire. J'ai blessé gravement quelqu'un. Et puis...

Il hésita, prit un peu de recul.

– Et puis... Vous n'ignorez pas ce qui se passe en bas, n'est-ce pas ? Les hommes du Sanguinaire... Je ne sais pas d'où ils viennent, ni ce qu'ils veulent. Ils ont envahi la Providence par milliers !

Tandis qu'il parlait, l'air s'emplit de bruits d'ailes et de croassements. Des nuées de noirplanants, oiseaux habituellement pacifiques, s'enfuyaient à tire-d'aile. Le berger leva soudain les yeux, inspecta les collines à l'horizon de sa main portée en visière.

– Qu'est-ce qu'il y a ? murmura Longo.

– Tu ferais mieux de passer la nuit chez moi, mon garçon. Il ne fait pas bon traîner dehors.

Longo sourit.

– Merci, berger. Mais les troupes du Sanguinaire sont redoutables. Rien ne les empêchera de monter ici.

– Il est tard. Elles ne viendront pas avant demain.

– Vous allez vous laisser envahir ?

– Nul ne peut les en empêcher.

– Il faut fuir !

– Où irions-nous ? dit le berger. Et nos bêtes ? Qui s'en occuperait ?

D'autres noirplanants passèrent, tout autant rapides. Les chèvrebiques vinrent brouter juste dans le dos du berger.

– Rentrons ! dit-il.

Le chemin étroit et sinueux s'inscrivait dans des gorges. En bas coulait un ruisseau. Là aussi les hommes vivaient dans des cavernes. Le berger parquait ses bêtes lorsqu'il y eut dans le ciel un cri terrible, une longue plainte qui glaça Longo d'effroi.

– Qu'est-ce que c'est ?

– Ce que je craignais, dit le berger. Ypner utilise les serrevolants.

– Les serrevolants ? Ils existent vraiment ? s'écria Longo.

– Ypner en possède. Ce sont des animaux redoutables. Il ne les envoie que dans des cas extrêmes, quand la cible est d'importance et qu'il doit agir rapidement.

Après avoir fermé l'étable à triple tour, l'homme invita Longo à monter le long de la muraille de pierre par une échelle de corde jusqu'à une ouverture carrée taillée dans la roche où une paysanne les accueillit. Elle était vêtue d'une ample robe rouge brodée de lisérés dorés et portait une coiffe de dentelle blanche.

– Je te présente ma femme, Savira, dit le berger. Et moi je suis Sadac. Dire que nous n'avons même pas pris le temps de faire les présentations.

– Moi, c'est Longo, fils de Junon la Pédauque.

Quand le berger eut à son tour pénétré dans la demeure, Longo put voir tournoyant dans le ciel d'immenses oiseaux noirs, semblables à des aigles. L'homme et la femme scellèrent à l'entrée d'épais volets de bois, puis Savira alluma des chandelles.

La caverne était vaste et semblait se prolonger profondément dans la falaise. Elle était pleine à craquer d'un mobilier en bois chevillé, d'ustensiles de cuisine et de bocaux de verre posés sur des étagères, et on se demandait comment il était possible d'y dormir.

Comme Longo regardait cela avec étonnement, Sadac désigna les bocaux qui contenaient des graines d'un grand nombre d'espèces. Il dit :

– Ne sois pas surpris. Tu as là devant tes yeux tout un pays, une lande immense, avec ses prés, ses bois, ses forêts, ses champs, ses fruitiers, ses légumes, mais ce pays est invisible à tes yeux. Il demeure encore dans sa semence. Il est comme un enfant avant de naître.

– Et quand naîtra-t-il ?

– Je l'ignore. Certaines légendes disent qu'il naîtra le jour où notre monde sera dévasté. Quand ces plaines tranquilles, ces tendres collines, seront un désert, alors nous planterons ces semences.

– Qui vous a dit de le faire ?

– Qui ? Mais personne, mon garçon. Chacun de nous a un rôle à jouer dans le Grand Cercle. Sinon, pourquoi existerait-il ?

– J'ai aussi un rôle, moi ?

– C'est l'évidence même, dit Sadac.

À ce moment-là, il y eut un coup violent contre le volet de bois et un cri terrible.

– Les serrevolants ont des becs plus durs que l'acier, expliqua le berger. Ces monstres vont nous hanter toute la nuit. Il y a une raison à leur présence, mais je l'ignore. Ypner les tient d'un magicien.

– Ils peuvent nous faire du mal ?

– Du mal, dis-tu ? Pire. Mais s'ils s'acharnent en ce lieu, c'est qu'il se passe ici quelque chose d'important, qu'ils recherchent quelqu'un.

Sadac regarda Longo d'un drôle d'air.

– Je me demande qui ça peut être, dit doucement le garçon.

Il y eut un nouveau choc contre le volet, et le même cri à faire dresser les cheveux sur la tête.

– Ils insistent, dit Sadac. Ne nous caches-tu rien ? Ta présence inattendue dans les parages n'a-t-elle pas une autre explication qu'une querelle de gamins ?

Longo baissa la tête.

– Je ne sais pas, finit-il par répondre.

Savira apporta une soupe et ils dînèrent en silence. Un troisième choc secoua la porte. Les bocaux vibrèrent sur leurs étagères.

– Ils vont tout casser ! s'écria Longo, transi de peur.

– Sans doute, répondit le berger. À moins que tu ne parles. Quand je connaîtrai ton histoire, je te dirai ce qu'il convient de faire.

– Je suis à la recherche d'une jeune fille appelée Kallysten, finit-il par avouer. Elle vient de Freezland. Elle a les cheveux blonds et l'accent des enfants du Nord. Elle est belle, si vous voyiez !

Le berger et sa femme échangèrent un regard. De temps à autre, un serrevolant heurtait leur huis du bec. À chaque fois, Longo sursautait.

– Gare à celui qui erre seul dans la montagne ! murmura Sadac.

Longo pensa soudain à Kallysten.

Vers la fin du repas, il y eut une recrudescence des coups portés contre les volets, et les becs commençaient à passer au travers, comme des pioches au fer épais et courbe. Bientôt le volet céda. Sadac avait sorti un flingot et il fit feu sur l'assaillant.

Le serrevolant poussa un cri terrible et tomba. Longo eut juste le temps de voir deux yeux rouges comme des lampes qui s'éteignirent dans la nuit. Le seuil était envahi de grosses plumes noires. Un autre de ces terribles oiseaux se présenta à l'entrée et essuya une seconde décharge.

Il y eut d'autres coups de feu dans les collines. Les paysans de la Grande-Quenouille se défendaient. Savira alluma un grand feu sur le seuil de sa caverne. Elle l'attisait à l'aide d'un soufflet de forge. L'un des oiseaux tenta d'entrer en force, mais son plumage s'enflamma et il tomba dans le vide comme une torche, dans une odeur de chair flambée.

Puis ce fut le silence. Les sombres attaquants s'évanouirent dans la nuit. Sadac fixa un nouveau panneau de bois qu'il était allé chercher dans le fond de la caverne.

– Nous voilà tranquilles pour un moment, dit-il. Je crains fort qu'ils ne soient en train de préparer une seconde offensive. Ce serait désastreux. C'est mon dernier volet. Une si violente attaque a une explication. Sais-tu qui est Kallysten ?

– Une jolie fille, laissa tomber Longo. Certains prétendent qu'elle est princesse.

– Qui te l'a dit ?

Longo regretta sa phrase.

– Quelqu'un au village.

– Tu mens ! cria Sadac, entrant soudain dans une violente colère. C'est à cause de toi que nous sommes attaqués et tu mens !

Longo pâlit.

– C'est le capitaine des Tuniques de Feu qui me l'a dit.

– Que faisais-tu chez les Tuniques de Feu ? Ne me cache rien. Je les observe depuis plusieurs jours. Toi seul sais vraiment ce qui se passe ici. Pourquoi me le cacher ? Tu n'as pas confiance ? Que feras-tu quand le serrevolant royal viendra te prendre dans ses griffes d'acier et qu'il te déposera aux pieds du roi ?

– J'ai échappé à Ypner.

– C'est donc toi ! grogna Sadac. C'est donc toi !

Le berger ne cessa de répéter cette phrase toute la nuit en tremblant. Savira le réchauffait à l'aide de couvertures.

Longo ne dormit que trois petites heures d'un sommeil agité, sur une natte au milieu du bric-à-brac, dans l'odeur du feu. Il n'y eut pas d'autre attaque de serrevolants.

Enfin, il vit naître le jour sous la porte. Sadac et Savira débâclèrent le panneau de bois et déroulèrent l'échelle de corde. Il faisait beau.

– Et les serrevolants ? demanda Longo.

– Partis ! dit Savira. Ne crois pas pour autant qu'ils soient morts. Ils ont battu en retraite, peut-être même que leur but était simplement de s'assurer que tu dormais là. Les soldats d'Ypner vont monter de la Providence pour t'emmener. Ce n'est guère le moment de se répandre en bavardages. Bois ce lait chaud, prends cet en-cas et fuis le plus vite possible vers le nord. Quoique dangereuses, les montagnes des Dragons sont un bon refuge, si tu n'es pas trop poltron. Et ne te montre pas pendant la route ! Tu es un homme traqué !

Longo obéit sans tarder. Remerciant le couple de bergers pour leur hospitalité, il descendit le long de la muraille, se retrouva dans le petit bois qui longeait le cours d'eau et prit la direction du nord. Le hameau de la Grande-Quenouille disparut à sa vue.

Il courait à travers les prés, escaladant et dévalant les pentes, traversant à gué les cours d'eau, ayant toujours en ligne de mire les boursouflures bleutées de l'horizon, les montagnes des Dragons, où il espérait retrouver Kallysten.

Il y serait dans deux jours.

Quand le soleil fut au zénith, il s'arrêta à l'ombre d'un fierchêne pour manger de la saucisse. Les étoiles de l'épuisement dansaient dans ses yeux. Il se désaltéra à l'eau d'une source voisine puis ôta ses habits, les lava dans le ruisseau et s'allongea enfin pour se reposer. Il faisait chaud. Une douce torpeur l'envahit. Il tenta vainement de réagir. De grands arbres noueux, menaçants, se dévoilèrent à ses regards, tandis qu'une musique aux notes graves emplissait l'atmosphère. Il se dressa. Une voix se fit alors entendre.

– Longo ! Si tu es vaillant, montre-toi ! Longo ! Reviens à la Providence et livre-toi ! Un village entier souffre le martyre à cause de toi !

Des fumerolles sortirent de terre à travers lesquelles il crut discerner des serpents qui dressaient la tête.

– Reviens, Longo !

Une douleur vive à la tête le réveilla. Une branche du fierchêne sous lequel il s'était imprudemment couché lui était tombée dessus. Il se frotta le crâne.

Ses vêtement étant secs, il s'habilla.

Il se remettait en route lorsqu'il entendit le galop d'une nombreuse troupe. Grimpant dans un sorbe-rose, il attendit.

Le souffle lui manqua. C'était une escouade d'ogs. Ils étaient apparus sur une route en contrebas, qu'il avait jugé plus prudent de délaisser, ce dont il se félicitait maintenant. Il discerna d'abord les casques brillants, puis les soldats portant de petits boucliers ronds et noirs, avec, peintes en rouge sur chacun, trois larmes de sang.

Quand la troupe fut passée, il reprit son chemin, marchant à vive allure, se jetant dans les buissons ou grimpant aux arbres à la moindre alerte. Il contourna un village fait de huttes couvertes de chaume, dont il ignorait l'existence. Il croyait avoir déjà quitté la terre des Francisques. Il se cacha dans les blés et observa les allées et venues des paysans pauvrement vêtus, dont les enfants couraient nus ici et là. Il envia leur insouciance.

À la tombée de la nuit, éreinté, il se choisit une litière de mousse à l'orée d'un bois et sombra dans le sommeil.

Un hennissement le réveilla en sursaut. Il faisait grand jour. Deux galopants attendaient, immobiles au milieu du champ. Quelqu'un était en train de brosser les flancs de celui qui était le plus proche, mais il était caché par l'animal.

Remuant tout doucement, évitant de faire le moindre bruit, Longo s'enfonça quelque peu dans le bois où il se tapit. Bientôt, les deux galopants furent conduits hors de son champ de vision. Il s'apprêtait à fuir lorsqu'un rire éclata dans son dos, à trois mètres de lui.

– Eh bien ! Si j'étais un og, vous seriez déjà pendu !

Il se retourna. C'était Kallysten ! Elle se jeta à son cou et ils restèrent longtemps serrés l'un contre l'autre. Il se mit à pleurer sur l'épaule de la jeune fille.

– Je désirais tant vous revoir ! Quel hasard vous a mise sur ma route ?

– Le hasard n'a rien à voir là-dedans ! Je vous ai suivi dès le début. Je connais votre situation. Courage ! Tout n'est pas perdu. Nous allons chevaucher ensemble. J'ai volé ces deux galopants à vos compatriotes. Ils ne sont pas rapides, mais fidèles. L'un s'appelle Hippopotamus, et l'autre Mazagran. Leurs noms sont gravés sur une plaque au pommeau de la selle.

– Où allons-nous ?

– Dans ces gorges, le trait bleu que vous apercevez là-bas. Nous y passerons la nuit. Demain nous serons dans les montagnes des Dragons. Au-delà, je connais une bonne cachette. Pour un temps, vous y serez en sécurité. Après, vous serez libre d'aller et venir au cœur du Grand Cercle. C'est grisant, vous verrez !

# La forêt de Bruz

Ils chevauchaient depuis plusieurs heures au fond d'une cluse oubliée. Il y avait là un cours d'eau rapide, impétueux, dont la chanson claire les suivait. Mais la chevauchée était pénible. Ils mirent pied à terre.

– Bientôt commence la forêt de Bruz, expliqua la jeune fille. Elle est presque abandonnée, mais des cavernes-refuges ont été aménagées par les bergers francisques. Peut-être qu'on y trouvera encore du fourrage.

La chaleur était lourde, épaisse. Longo noua sa chemise à sa ceinture. Kallysten se dévêtit et se jeta dans l'eau, là où la rivière s'élargissait.

– Vous venez ? cria-t-elle. Elle est bonne !

Il la rejoignit dans une gerbe d'écume. Ils s'aspergeaient à grandes brassées. Ayant subitement cessé de jouer, la jeune fille s'approcha de lui. Le courant de la rivière leur caressait les reins. De ses deux mains timides, Longo lui ôta quelques gouttes d'eau ruisselant sur son visage et sur son buste. Elle lui proposa de s'allonger au soleil sur un carré d'herbe chaude. Ils s'y tinrent immobiles. Bientôt leur peau fut brûlante. Alors Kallysten alla chercher dans son paquetage de la viande d'outrecorne séchée et ils mangèrent à l'ombre d'un pleuristène noueux qui étendait de larges branches presque au ras du sol.

Il tendit la main pour caresser les blonds cheveux soyeux, s'approcha tout près et déposa un baiser sur la joue délicate, admirant la ligne claire des sourcils couleur de paille.

– Si vous veniez dans mon pays, en Freezland, vous verriez comme c'est beau, l'hiver ! dit-elle en se tournant vers lui. Il y a de grands feuillus qui rougissent et des arbres à noël noirs ou argentés qui gardent leurs aiguilles même sous la neige.

– La neige ? Quelquefois il en tombe chez nous, mais c'est rare.

Il y eut un bruit dans les buissons, suivi d'une brusque envolée de picoulettes. Ils se regardèrent.

– Kallysten ! On nous suit !

Ils se rhabillèrent en hâte. L'instant d'après, ils chevauchaient sous le couvert du feuillage dans les profondeurs de la forêt aux reflets d'émeraude.

Quand ils sortirent du sous-bois, ils trouvèrent une vaste lande piquée çà et là de maigres buissons desséchés. Ils filaient à bride abattue. Longo, qui s'était retourné, aperçut un nuage de poussière.

– On nous poursuit ! On nous poursuit !

Kallysten força son cheval. Longo avait du mal à suivre ce train d'enfer. À l'horizon se profilait une nouvelle forêt, plus épaisse.

– Bruz ! s'écria-t-elle.

Les poursuivants se rapprochaient. Longo en compta huit. La poussière voilait encore leurs silhouettes mais il les identifia. C'étaient des ogs montés sur des galopants noirs.

Le soleil avait baissé sur l'horizon et se cachait maintenant derrière les hauteurs. Les arbres formaient un tissu dense. Tropliers aux ramures effilées et aux cimes recourbées vers le sol, pleuristènes touffus comme une épaisse chevelure de géants bossus, buissons de sentifolles aux odeurs violentes, haies vives de grillemenus acérés où fleurissent les jaunes lamefeuilles, toute cette verdure luxuriante et sauvage les avait soustraits aux regards.

Les premiers grondements d'un orage se firent soudain entendre, proches, comme si la tempête s'était sournoisement avancée pour éclater en leur présence. Des éclairs tout à coup blanchirent la forêt. Longo n'osait plus se retourner pour voir où en étaient les ogs et se concentrait sur Kallysten qu'il suivait au plus près.

La pluie se mit brusquement à tomber. On l'entendait cribler la partie supérieure des feuillus avant de toucher le sol. Bientôt, le rempart des branches perdit toute son efficacité. L'eau tiède ruissela sur leurs torses nus. Kallysten ralentit l'allure et mit pied à terre. Longo l'imita.

Ils tirèrent leurs galopants par la longe. La forêt, presque noire maintenant, fournissait de temps à autre des instantanés lumineux très précis. Ils avançaient sur un sentier que les rideaux de pluie masquaient à leurs yeux. Une muraille de pierre se découpa enfin de l'autre côté d'une clairière. Là se trouvait une caverne à l'ouverture étroite, horizontale, comme une bouche humaine. Ils attachèrent les galopants à un arbre proche et, sous les éclairs, se hissèrent jusqu'à la caverne.

Quand ils furent à l'abri, Kallysten, ruisselante, s'empressa de battre le briquet. La lumière mit en évidence une pièce vaste, bien aménagée. De la nourriture ainsi que du bois y étaient entreposés.

À tâtons, ils entassèrent des bûches dans la cavité qui servait de cheminée et ils allumèrent un feu qui répandit une clarté agréable. Rapprochés, se tenant par la taille, ils fixèrent longtemps la flamme qui teintait d'ocre et d'orangé leur peau diversement brunie par le soleil.

– Avez-vous vu qu'on nous poursuivait ? demanda-t-il enfin.

– Ne vous effrayez pas ! Nous les avons égarés.

– Ils vont finir par nous retrouver.

Le feu crépitait. Ils étaient bien. Mais bientôt, il y eut des craquements dans toute la forêt. Une bouffée de chaleur les inonda subitement.

– Je me demande... murmura la jeune fille. Attention, Longo ! Le feu !

Ils se regardèrent, blêmes. Un incendie venait de se déclarer au-dessus d'eux, se propageant rapidement malgré l'ondée. Leur repaire était déjà entouré par les flammes qui rampèrent bientôt sur le seuil de la caverne et s'y introduisirent comme une langue incandescente dans une bouche de pierre, attisées par un vent continu.

– Vite ! Il faut sortir de là ! cria Longo.

Une lumière intense les aveuglait. Leurs vêtements fumaient, leur peau rougissait sous la brûlure infernale. Serrés l'un contre l'autre, ils suffoquaient.

– La cheminée ! gémit Kallysten.

Ils y coururent, dispersèrent les bûches qu'ils avaient allumées. Par le conduit ils respirèrent un air plus frais, n'ayant toutefois plus aucune force pour se hisser dans cette cheminée d'ailleurs trop étroite. La tête leur tournait. L'engourdissement les gagnait.

– Regardez ! murmura Longo.

Il y avait à côté de la cheminée un second conduit, plus large, qu'une stèle avait masqué. S'arc-boutant, tirant de toutes leurs forces, ils descellèrent cette plaque de pierre qui s'effrita et s'effondra en plusieurs morceaux.

– Je brûle ! cria Kallysten. Aidez-moi !

Longo la prit sur son épaule. Mais il n'eut pas le temps de pénétrer dans le conduit. La fumée lui ôta ses dernières forces, la caverne se mit à tourner autour d'eux. Ils s'affalèrent sur le sol et perdirent connaissance.

Quand Longo revint à lui, tout était nuit. La pluie tombait avec fracas, aussi intense qu'une chute de rivière en montagne. Elle avait éteint les arbres et les buissons dans son chuintement terrible, créant un gigantesque nuage de fumée qui remplissait la caverne.

– Kallysten ?

– Je suis là !

Une lueur verte inondait la caverne. C'était l'émeraude de Kallysten qui les éclairait. Promenant sa main autour de lui, il trouva la tête, sentit les cheveux de sa compagne.

Encore à demi étouffés, toussant, hoquetant, crachant, noirs de suie, ils se traînèrent jusqu'à l'entrée. Le vent les rendit à la vie. Haletants, ils se dévisagèrent, étonnés d'exister.

– Qui a allumé cet incendie ?
– La foudre ? dit Kallysten.
– Je ne crois pas. Le feu est venu sournoisement. Ce bois est rempli d'ennemis.
– Ça n'a pas d'importance. Un bon esprit nous protège.
– Vous croyez aux esprits !
– Oui. Pas vous ?
– Je crois qu'il nous en faudra un très puissant, dit Longo. Nous avons perdu nos galopants, nos vivres, notre couchage !
– Ils reviendront d'eux-mêmes.
En effet, peu après, se fit entendre un bruit de sabots sur le sol détrempé.
– Vous voyez !
– Peut-être que nous sommes dans la Vallée des Esprits, dit Longo. Il y en a de bons et de mauvais. Un méchant esprit a mis le feu, un bon esprit l'a éteint et nous rend nos galopants.
– Venez ! dit Kallysten.
Ils sautèrent hors de leur repaire et rejoignirent leurs montures. Remontés en selle, ils chevauchèrent sous les éclairs et la pluie battante dans un univers de squelettes calcinés. Bientôt, ils découvrirent un autre abri, plus petit, où ils se réfugièrent.
Ayant ouvert les paquetages qui avaient résisté à l'eau, ils purent en extraire deux chandelles qui leur permirent de considérer la grotte sous tous ses angles. Dans des sacs déposés là par les bergers, ils trouvèrent de l'avoine et des coquetendres. Longo les fit rôtir tandis que Kallysten ressortait pour nourrir les galopants et se débarbouiller au ruisseau. Longo grelottait.

L'orage finit par se taire, mais la pluie tomba dru encore une bonne demi-heure.

Une paillasse avait été confectionnée au fond de cet asile. Kallysten y étendit une large couverture. On pouvait y dormir à deux bien au chaud. Après avoir grignoté, Longo s'y cala le premier et attendit le cours des événements, non sans une petite pointe d'émotion. Kallysten jeta une brassée au feu puis s'approcha, tenant les chandelles qu'elle déposa de part et d'autre du couchage. Ensuite elle s'enroula dans une couverture de laine et s'allongea près de lui. Leurs cheveux sentaient le feu de bois. Il se tourna vers elle, contempla son visage, ses yeux démesurés, rieurs, prêts à le dévorer, et se tint coi.

De nouveau, il sc scntait ému par tant de finesse dans les traits de sa compagne, ses cheveux, sa peau en clair-obscur à la lumière faiblarde des deux chandelles sur fond rouge de feu assoupi. Il tendit la main, lui caressa la joue, les lèvres, le menton, le cou. Il tenta timidement de l'embrasser sur les lèvres, mais elle se déroba.

– J'ai du mal à croire que vous êtes à moi, dit-il.

– Je ne suis pas à vous.

– Je voulais dire… que nous allons passer une vie ensemble.

– Qui vous a dit ça ?

Il se redressa, étonné.

– On ne va pas en Freezland pour y vivre tous les deux ? Pourquoi êtes-vous revenue, alors ? Pourquoi m'avez-vous suivi ? Je croyais…

Elle lui tourna le dos. Il se serra contre elle pour la câliner. Des câlins timides au début, qui s'enhardirent progressivement en de longues caresses.

Comme si ses mains découvraient seules des chemins qu'on ne leur avait jamais appris.

– Arrêtez ! ordonna-t-elle.

Il se souleva légèrement, la contempla.

– La princesse que vous êtes ne peut se livrer à un va-nu-pieds comme moi, c'est ça ?

– Vous ne comprenez pas, murmura-t-elle.

– Non, je ne comprends pas. Je ne comprends pas parce que vous ne m'expliquez rien !

– Qui vous a dit que j'étais princesse ?

– Vos anges gardiens, les Tuniques de Feu.

– Des gardiens dont je me passerais volontiers. Ainsi donc, vous les avez rencontrés ?

– Oui.

– Peut-être qu'ils me prennent pour une autre.

Il se serra contre elle.

– Moi pas. Vous êtes ma princesse. Au début, vous m'avez utilisé, dans la falaise de la Providence, oui, quand vous creusiez ces trous pour déterrer je ne sais quoi, vous croyez que je n'ai pas remarqué ? Et maintenant, on dirait que vous avez changé d'avis. Ou du moins de projet.

Kallysten se retourna vers lui et lui déposa un baiser minuscule sur le nez.

– Oui, j'ai changé d'avis, de projet, de tout. Oui, je suis princesse, précisément la fille d'Ingmar IV, roi de Freezland, en fuite pour éviter d'épouser l'héritier de Farland, Olav, un prince que je n'aimerai jamais. Or nul ne résiste à la volonté de mon père. Moi partie, Sven, mon jeune frère, a été proclamé dauphin à ma place. Et mon père a envoyé à travers Angnor ses troupes d'élite, les Tuniques de Feu, avec pour mission de me récupérer.

– Et le Sanguinaire ? Il vous recherche aussi ?

– Il a eu vent de ma fuite. Il aurait pu tirer de moi une rançon appréciable. Mais sa présence dans votre région s'explique autrement. Il possède un immense trésor à force d'amasser ses rançons et ses pillages, qu'il cache en lieu sûr.

– À la Providence ?

– Quelque part en terre des Francisques.

– Et vous êtes à sa recherche.

– Oui. Mais le destin en a décidé autrement. Longo, vous et moi, nous avons partie liée dans le destin du Grand Cercle.

– Vrai ? Comment le savez-vous ?

– C'est le miroir de Sardone qui me l'a révélé. L'écran d'avenir.

– Ainsi, vous connaissez Sardone !

– Oui. Le miroir m'a montré que j'allais rencontrer le Benjamin de la légende. Il m'a guidée vers la Providence. Et vous êtes Benjamin.

Il l'enlaça, tout d'un coup, en riant.

– Si je suis Benjamin, vous êtes Altarifa.

Kallysten éclata de rire.

– Mais nous ne sommes pas au fond du puits, que je sache !

Elle s'endormit dans ses bras. Et lui, il attendit un sommeil qui se refusait, écoutant une partie de la nuit les cris des animaux sauvages et la plainte du vent dans les arbres.

Puis, tout à coup, les oiseaux chantèrent. Aussitôt réveillée, Kallysten alluma les deux chandelles. Il la vit aller et venir près de lui, rassemblant les affaires, ficelant le paquetage.

– C'est l'heure de partir, dit-elle.

Ils déjeunèrent en hâte d'un reste de briche et se mirent en selle.

Dans cette zone épargnée par l'incendie, leur étroit chemin côtoyait le ruisseau qui descendait en petites cascades cristallines parmi les saules, les fierchênes et les tropliers. Puis ils atteignirent un pont qu'ils délaissèrent. Leur route s'éloigna du cours d'eau, en direction du nord.

– Demain, dit-elle, nous quitterons la terre des Francisques. Voyez, les montagnes des Dragons sont à portée de main désormais. Les dragons dorment tous, de nos jours. Ou peut-être qu'ils sont morts. Ce ne sera pas plus facile pour autant. Ces lieux sont peuplés de mauvais esprits. Les ogs ne peuvent y accéder, car il n'y a pas de terrain plat et ils gardent difficilement leur équilibre sur les pentes.

Longo acquiesça, le regard songeur.

# Les montagnes des Dragons

D'épais contreforts rocheux masquaient les montagnes des Dragons qui, à mesure de leur avancée, se faisaient plus inhospitalières. Lugubres, sans vie, c'étaient en fait des cônes d'éboulis autour de grands cratères où la lave avait érigé de longues aiguilles acérées. Il n'y avait plus le moindre vestige de végétation.

Les galopants avançaient péniblement dans ce qui n'était, somme toute, que de vulgaires cailloux. Ils avaient bien de la peine à conserver leur équilibre à cause de la dureté de la pente et des ruissellements pierreux.

Le ciel resta sombre la majeure partie de la matinée, puis les nuages se dégagèrent et le soleil devint rapidement insupportable. Quand il fut au zénith, Longo et Kallysten firent une pause à l'ombre de l'une de ces aiguilles, sans cesse obligés de se décaler parce que l'ombre portée était mince. Longo observa les hauteurs. À l'horizon, la chaîne se dressait, menaçante.

L'après-midi, le vent se leva et, soufflant sur ces roches acérées, il en tira des sons plaintifs et incessants. Les bêtes s'énervaient. Longo et Kallysten étaient forcés de se boucher les oreilles lorsque la cacophonie se faisait trop violente.

Le soir, ils déroulèrent leur couchage sur un sol en pente et tentèrent de s'y endormir. Au début, la pierre diffusa la chaleur emmagasinée pendant le jour et c'était presque agréable. Mais bientôt la température chuta et ils furent pris de frissons qui les contraignirent à se lever. Il leur était impossible de se déplacer sans la clarté lunaire qui leur était dérobée par d'importantes couches nuageuses apparues à la tombée de la nuit.

Au petit jour, le ciel s'était dégagé. Comme ils regardaient derrière eux, vers le sud, Longo imagina la vallée de l'Espérance, au loin, noyée dans la brume. Il saisit la main de Kallysten.

– La Providence ! murmura-t-il. C'est tout de même un beau pays. Est-ce que j'y retournerai un jour ?

– Regrettez-vous de l'avoir quitté ?

– Ils voulaient ma peau.

– C'est la seule raison ?

– Je ne sais pas.

– Et où alliez-vous ?

– Vous le savez. À votre recherche.

– J'ai l'impression que déjà, vous aviez une autre idée en tête. En rapport avec la légende de la Vallée des Esprits.

– Les Tuniques de Feu m'ont chargé de vous retrouver. C'est fait. Ils seront peut-être fâchés d'apprendre que je vous garde pour moi, encore que ce ne soit pas votre projet. Ça n'a pas d'importance. Vous êtes sûre que nous sommes en sécurité ici ?

– Le Sanguinaire ne viendra pas, dit Kallysten. Mais les Tuniques de Feu connaissent les lieux.

Ils chevauchèrent en silence entre les collines aux sommets armés de piques. Les galopants avançaient sans renâcler, comme pressés d'en finir avec une terre si hostile.

Au soir de cette deuxième journée, tandis qu'ils installaient le couchage sur la pente et grignotaient leurs maigres réserves, ils furent dérangés par de sinistres cris au loin.

Longo se dressa.

– Vous entendez ?

– Je ne suis pas sourde !

– J'ai déjà entendu ces plaintes, un soir au hameau de la Grande-Quenouille.

Il inspecta l'horizon. Les bêtes piaffaient d'impatience.

– Les voilà ! Il faut fuir ! s'écria-t-il soudain en désignant un point noir dans le ciel.

– Qu'est-ce que c'est ?

– Les serrevolants ! Le Sanguinaire ne peut envoyer ses ogs, alors il envoie ses oiseaux de mort.

Ils éperonnèrent leurs montures et se lancèrent en un galop effréné. Les pauvres bêtes dérapaient sur ces pentes instables, créant des torrents de pierraille grise qui se déversaient dans de profonds ravins. Les oiseaux s'approchèrent par le sud, tournant lentement au-dessus de leurs proies. Leurs cris se faisaient de plus en plus nets et affolaient les galopants. Leurs ailes déployées leur donnaient une envergure d'environ cinq mètres. Bientôt ils virent de près leurs serres jaunes à cinq doigts acérés et crochus. Ils resserraient leur cercle. Longo en compta quatre.

Ils attaquèrent en piqué, essayant de frapper les galopants de leur bec d'acier. Les animaux se cabraient en hennissant, et bientôt leurs cavaliers furent désarçonnés.

Alors Longo sortit sa fronde et tira. Chaque impact rendait plus furieux celui qui l'avait reçu, sans pour autant lui causer du tort. Cependant, le garçon ne désarmait pas, et ce fut sur lui que les serrevolants portèrent la plus terrible attaque.

– Protégez-vous les yeux ! cria Kallysten d'une voix étouffée, elle-même engagée dans un corps-à-corps avec la plus imposante de ces affreuses bêtes qu'elle tentait d'assommer avec une grosse pierre.

Il obéit et sentit comme un coup de poignard dans son bras. Il arrachait des plumes et encore des plumes sans toucher aucune partie vitale de l'oiseau diabolique. Au milieu du combat, il découvrit que l'autre serrevolant s'envolait avec sa prisonnière.

– Kallysten ! Kallysten !

Dans un sursaut d'énergie, il brisa la patte du rapace. Le serrevolant poussa un cri, roula de côté, fit plusieurs tours sur lui-même sans parvenir à reprendre son équilibre et se perdit dans un ravin.

Un autre serrevolant attaquait déjà. Longo prit le coup de bec entre les deux yeux. Sa chair lacérée, pantelante, pissait le sang. Deux autres coups achevèrent de le défigurer. Il sentait l'hémorragie, chaude, sur ses lèvres, dans son cou, dans son dos. En un éclair, il pensa qu'il n'avait plus de visage, qu'il n'en aurait plus jamais, qu'il ne pourrait plus adresser la parole à quiconque, surtout pas à une fille. Il voulut crier, mais sa bouche s'ouvrit sur un flot rougeâtre, le sang coulait aussi par son nez. Il vomissait, crachait, bavait, et l'oiseau terrible s'acharnait sur lui.

Voulant mettre à profit son expérience acquise lors du premier combat, il se roula en boule autour d'une patte, refusa de lâcher prise malgré les coups de bec qui ouvraient dans son corps de nouvelles plaies. Le serrevolant tenta de s'envoler, mais il bascula et ils roulèrent tous les deux sur les pentes. Aux meurtrissures du bec d'acier s'ajoutèrent celles des pierres.

Soudain Longo tomba dans le vide. L'oiseau s'était détaché de lui et avait disparu. Le ravin était profond et obscur. Le vent s'engouffrait dans les lambeaux de ses vêtements. Sa chute fut amortie par une épaisse couche de foin. Il se demanda quelle taille pouvait bien avoir cette meule pour lui avoir sauvé la vie.

Il voulut se redresser. Tout geste lui était interdit. Le monde vacillait. Il appela Kallysten. La seule réponse qu'il obtint fut le chant d'un cours d'eau. Une ombre le recouvrit. Il lui sembla qu'une vieille femme était penchée sur lui.

– Où est Kallysten ? fut sa première question.

La réponse tardant à venir, il ouvrit les yeux sur l'intérieur d'une cabane de rondins. Une lampe diffusait une lumière fixe qui faisait miroiter les tons chauds du bois. L'armoire qui montait jusqu'au toit, la table très longue et bien astiquée, les bancs de part et d'autre, la cheminée, le parquet ciré, les chaises aux pieds et au dossier sculptés.

L'impression de roulis qu'il eut au réveil était imputable au hamac de corde blanche dans lequel il était allongé et d'où il dominait ce cadre de douceur silencieuse.

Dans un fauteuil à bascule, une vieille femme vêtue de toile grise tricotait, son ouvrage sur les genoux. Elle portait une coiffe de dentelle blanche. Un chat roux était lové sur un coussin, à sa droite.

Longo eut envie de se balancer un peu plus fort dans le hamac, comme la vieille dans son fauteuil.

– Dites, où est Kallysten ? répéta-t-il, découvrant qu'il avait grand-peine à parler, comme si ses joues, ses lèvres étaient devenues du bois.

La vieille leva le regard sur lui puis replongea dans ses travaux. Longo poursuivit l'examen du lieu. Dans la cheminée mourait un feu surmonté d'un chaudron de cuivre qui pendait à une crémaillère. La pièce offrait de multiples recoins cachés par des rideaux de cachemire, dont l'un semblait être un lit à baldaquin. Les volets étaient tirés.

– Qui êtes-vous ? demanda le garçon.

La vieille sourit. Il se risqua à une dernière tentative.

– Bonjour !

– Bonjour ! répondit-elle.

– C'est vous qui m'avez ramassé au fond du ravin ?

Il se rappelait vaguement une chute, une meule de foin. Le souvenir de sa douleur au visage lui revint. Il porta la main à son front et rencontra quelque chose de dur, comme s'il portait un masque.

– Ma tête !

– N'y touche pas ! dit la femme. Oui, c'est moi qui t'ai ramassé et soigné. Tu étais bien mal en point, Longo.

– Vous connaissez mon nom ?

Elle ne le regardait toujours pas, et cela commençait à l'agacer.

– Vous êtes assez forte pour me porter ?

– J'ai déjà porté plus lourd, dans ma longue vie.
– Comment vous appelez-vous ?
La femme ne répondit pas.
– Où est Kallysten ? Pourquoi vous ne voulez pas me le dire ? Le serrevolant l'a tuée ?
La vieille interrompit son ouvrage, le roula dans une peau et le posa dans une corbeille d'osier. Le chat s'étira.
– Elle est morte, n'est-ce pas ?
– Je ne suis pas gardienne de Kallysten, répondit-elle doucement.
Longo s'assit dans le hamac, lcs jambes pendantes, et soudain deux larmes coulèrent sur son emplâtre.
– Pourquoi pleures-tu ?
– Jc nc pleure pas, répondit-il.
– Viens manger.
Il sauta sur le plancher. La vieille sortit d'un buffet deux grands bols de faïence et deux cuillers d'argent. Puis elle remua une louche dans le chaudron de cuivre et, avec précaution, remplit les bols qui se mirent à fumer à la lumière de la lampe.
Ils s'assirent face à face, chacun sur un banc. Le chat sauta sur la table, s'approcha de Longo, le scruta du regard, vint le renifler par petites touches de son museau froid, puis descendit sur le banc, et enfin au sol pour se perdre dans l'ombre.
– C'est Mathusalem. Ce chat est aussi vieux que moi et je suis aussi vieille que le monde.
Longo sourit.
– Pourquoi me donnez-vous à manger ?
– C'est un juste retour des choses.
Son hôtesse lui plaisait. Une grande tendresse émanait de ses gestes, de ses mains ridées, de sa voix.

– Quel retour des choses ?
– Quand tu étais petit, tu m'apportais à manger bien haut dans la falaise.
– Sardone ! s'écria Longo.
– Elle-même.
– C'est où ici ? Quel pays ? Pourquoi êtes-vous venue là ?
– Ici, c'est nulle part, répondit Sardone.
– Mais… on ne peut pas être nulle part. On est forcément quelque part.
– Tu es en un lieu que personne ne connaît. Les guerres, les soucis du monde, les brigands, n'entrent pas chez Sardone. Les maladies et les blessures n'y demeurent pas, et la mort elle-même n'en connaît pas le chemin.
– On ne meurt pas, ici ?
– Non. Partout autour, oui. Ici, le temps s'arrête. Tu es dans l'axe du monde, le moyeu autour duquel tourne le Grand Cercle.
– Et je peux rester ?
– Non.
– Quand est-ce que je pourrai m'en aller ?
– Dès que tu seras guéri si tu le souhaites, ce qui serait le mieux pour toi.
Ils mangèrent le potage. Longo n'avait jamais rien goûté d'aussi bon. Ce breuvage le revigora entièrement. Il resta assis longtemps à la table sans rien dire, sans rien faire. Sardone lui faisait face, immobile elle aussi.
– Maintenant, dit Sardone, laisse-moi. Je vais dormir.
Elle alla s'asseoir sur un grand pouf de cuir, croisa les jambes et ferma les yeux.
– Vous dormez assise ?

Le chat ronronnait. Longo s'en approcha, le caressa, erra de-ci de-là dans la pièce, jouant avec le tricot, les bols, un couteau, fouillant dans l'armoire où il trouva des piles d'étoffes de toutes les couleurs et des sachets d'herbes aux senteurs fortes.

Il découvrit aussi un petit miroir ovale et s'y regarda. Il sursauta à son image. Sa figure n'était plus qu'un masque d'argile grise dont seuls ses yeux émergeaient. Ayant posé le miroir, il souleva le loquet de la porte et sortit sur le seuil, contemplant le ciel étoilé. Il entendit dans le noir toutes sortes de bruits, des animaux et peut-être des esprits malfaisants. Il frissonna et referma vite.

Rentré dans la maison, comme la lumière de la lampe déclinait, il s'empressa de rejoindre son hamac. Au milieu de la nuit, il fut réveillé par des craquements. Il battit le briquet, alluma une chandelle. Sardone dormait toujours. Descendu de son hamac, il s'approcha d'un rideau d'où semblait provenir le bruit. Brusquement, il le poussa. Devant lui se tenait une fillette qui, surprise, lui fit signe de se taire. Il la trouva très belle.

– Qui es-tu ? chuchota-t-il.

Elle sourit.

– Je suis l'image. Il ne faut pas me parler !

– L'image ?

Longo avança la main. Il heurta une surface froide. La fillette disparut. Plusieurs fois dans la nuit, il descendit de son hamac pour tenter de surprendre l'image, sans succès. Il s'endormit sur une profonde déception.

Le lendemain matin, sa première question fut :

– Sardone ! S'il vous plaît ! Savez-vous quelque chose de la Vallée des Esprits ?

– En voilà une question ! Bois ton bol de lait.

– Je me demande si ça ne serait pas ici, dit Longo.

– Comment peux-tu croire à de pareilles balivernes ! fit la vieille.

– J'ai vu quelqu'un cette nuit, derrière le rideau.

– Ah oui, le rideau... Tu as simplement regardé dans mon écran d'avenir. Il y a ici de quoi nourrir la curiosité d'un garçon comme toi. N'oublie pas cette image. Si elle est venue à toi, c'est qu'elle doit jouer un rôle dans ta vie.

– J'ai cru voir Kallysten enfant.

– Alors Kallysten est vivante.

– Pourquoi l'aurais-je vue enfant ?

– Est-ce que je sais, moi ? L'écran d'avenir montre, il n'interprète pas ! À ceux qui regardent de faire les commentaires !

– Pourquoi on ne voit plus rien ?

– Le miroir montre ce qu'il veut, quand il veut, à qui il veut.

– Parlez-moi de la Vallée des Esprits.

– Il n'y a rien à en dire, sinon que les hommes aiment les voyages et qu'ils s'imaginent voyager pour apprendre, alors qu'ils le font pour oublier.

Il n'obtint pas d'autre renseignement.

La nuit suivante, tandis que Sardone dormait sur son pouf, il y eut de nouveaux craquements. Longo descendit de son hamac et souleva le rideau. Un garçon à peine plus âgé que lui lui faisait face, en costume de guerrier, ses deux mains posées sur le pommeau d'une épée fichée verticalement dans le sol.

– Qui êtes-vous ?

– Ne me touche pas ! dit le guerrier.

Longo s'en garda au début. Il observa cette image et la trouva si belle qu'il en devint aussitôt jaloux. Il s'agenouilla devant le garçon, et souhaita lui ressembler. Chacun de ses traits, chaque élément de son équipement, provoquaient en lui une profonde émotion. Il tendit la main.

– Ne me touche pas ! répéta le garçon-image.

La main de Longo heurta la surface froide. L'image disparut.

– J'ai encore vu quelqu'un dans le miroir ! dit-il à Sardone le lendemain.

Elle le considéra avec une telle attention qu'il en ressentit de la gêne.

– Il n'y a sans doute à l'heure actuelle personne d'aussi curieux que toi à la surface du Grand Cercle, dit la vieille. Si les images viennent en foule te rendre visite, c'est que de grandes choses vont se produire dans ta vie. Il faut les accepter.

– Un changement vers le bien ou vers le mal ?

– Le bien et le mal sont deux facettes d'une même existence. Mais seul le bien existe. Le mal, c'est le bien que nous n'aimons pas.

Malgré la pluie automnale qui tombait sur le jardin, Longo passa toute la journée dans la lumière de ses deux visions.

Deux jours plus tard, quand il se réveilla, il eut un sursaut. Sardone était penchée sur lui et travaillait à lui ôter le masque d'argile. Il se laissa faire, sans bouger, sans risquer un mot.

Quand le travail fut achevé, il courut à l'armoire se regarder dans le miroir ovale. Il avait retrouvé un visage proche de la perfection, d'une grande beauté. C'était lui, sans être tout à fait lui. Mais il gardait en son cœur l'image du garçon entrevu dans l'écran d'avenir, qu'il jugeait mille fois plus beau que lui, et cela faussa son jugement.

– Es-tu satisfait ? demanda Sardone.

– Oui, répondit-il avec l'impression de mentir.

– La guérison est parfaite, dit la vieille, quoique la perfection ne soit jamais conforme à l'idée que nous nous en faisons.

– Merci, Sardone !

– Ne me remercie pas, curieux ! Je ne l'ai pas fait pour toi.

– Pour qui, alors ?

– Certes pas pour une personne précise, mais pour tous ceux qui te regarderont. Il ne faut pas qu'ils aient une piètre idée de celui qui découvrira un jour le secret de la fondation du Grand Cercle !

– Je le découvrirai ? s'écria Longo.

– Tu es si curieux qu'il ne saurait t'échapper.

– Ce sera quand ?

– Au bout de ta longue marche.

– Elle durera combien de temps ?

Il resta la journée avec la vieille, espérant une réponse claire. Sur le soir, comme elle s'endormait à la fin du repas, il sortit sur la pointe des pieds après avoir donné une dernière caresse à Mathusalem, traversa la pelouse pour s'enfoncer courageusement dans la forêt obscure.

Il n'avait pas fait cinquante mètres qu'il arriva à la margelle d'un puits, au bord duquel il se pencha.

L'eau était toute proche, et curieusement elle était très claire, comme si elle reflétait un coin de ciel bleu. Bientôt, elle se troubla. Apparut le visage de la petite fille, identique à la vision de l'écran d'avenir.

– Tu viens ? demanda-t-elle.

– Qui es-tu ? Comment fais-tu pour rester dans l'eau ?

– Tu viens ?

– Es-tu Kallysten ?

Elle se mit à rire. C'était le rire de Kallysten.

– Tu es une jeune sœur de Kallysten ! s'écria Longo.

Elle rit encore et ajouta :

– Viens me chercher, Benjamin ! Je suis Altarifa, la déesse de la fête ! Allons ! Pourquoi ne viens-tu pas ?

Longo redressa la tête. Aucun son ne put sortir de sa gorge. Il aurait voulu crier : « Je ne suis pas Benjamin ! » Au lieu de cela, il se pencha un peu plus sur le puits.

– Tu viens ? insistait la vision.

Une dernière fois il se redressa, regarda alentour, puis décida que l'eau de ce puits magique valait mieux que toute la vie qu'il avait vécue jusque-là. Il ferma les yeux, s'inclina à nouveau et bascula dans le vide.

Le vent s'engouffra dans ses cheveux. Il ne toucha pas la surface de l'eau. Il n'y avait pas d'eau dans ce puits. Sa chute lui parut interminable.

Puis ce fut une gifle de lumière.

# Le bois de l'Un et l'Autre

Il était allongé sur le sable, au bord d'une large rivière. Kallysten s'activait devant un feu. Le soleil déclinait. Longo se redressa. De part et d'autre de la rivière, de courtes falaises de pierres sèches, parfois éclatées en éboulis, dressaient leurs crêtes acérées. Le terrain, très sec malgré la proximité du cours d'eau noir et rapide, ne laissait pousser que des herbes jaunes.

– Kallysten ! gémit Longo.

Elle se précipita vers lui.

– Longo ! Vous revenez à vous ! Enfin !

Elle lui donna à boire à l'aide d'une gourde de peau.

– Où sommes-nous ? demanda-t-il faiblement.

– À l'entrée du territoire des Kelconkes. Mais ne craignez rien ! Il nous suffit de quelques heures pour nous échapper à tout jamais de ce lieu sinistre. Comment vous sentez-vous ?

– Assez bien. Un peu fatigué. Comment avez-vous échappé au serrevolant ? Comment m'avez-vous retrouvé ?

– Si je vous le disais, vous ne me croiriez pas.

– Dites-le-moi !
– Non. Je vous ai porté par-dessus les montagnes, mais vous ne saurez pas comment.
– C'est grâce à votre émeraude ?
Kallysten regarda le bijou et sourit.
– Ne me posez plus de questions à ce sujet, je vous prie.
– Où est Sardone ?
– Chez elle, sans doute.
– Kallysten ! Je ne peux pas m'ôter de l'idée que vous avez un lien de parenté avec la déesse de l'Amour. Ou peut-être avec Sardone. Comment l'avez-vous connue ?
– Goûtez donc un peu de ce poisson.
– Révélez-moi qui est Sardone !
– Ne vous l'a-t-elle pas dit ? Personne d'autre qu'elle-même. Elle est là, elle existe pour elle-même et ceux qui passent dans son champ.
Longo ne croyait pas trop à cette réponse. Il ferma les yeux comme pour rappeler un lointain souvenir.
– C'est un grand mystère. Je suis entré dans sa maison. Je vous y ai vue, puis je vous ai vue dans le puits. Était-ce bien vous ?
– Voulez-vous encore du poisson ?
– Êtes-vous seulement princesse ?
– Peut-être... Ce qui compte, c'est que désormais, tout ce que j'entreprendrai, ce sera à vos côtés.
Longo ouvrit de grands yeux. Une joie immense se lut dans son regard.
– Tout ? Même la vie ?
Elle le regarda, fronça les sourcils.
– Vous êtes gourmand, Longo.
– Vous avez dit tout !

Elle baissa la tête, rougit puis un sourire éclaira son visage, un sourire que Longo ne devait jamais oublier.

– Même la vie, répondit-elle.

Elle approcha sa bouche pour l'embrasser sur la joue mais lui, d'un geste, l'amena sur ses lèvres.

Ainsi Longo connut-il le premier vrai baiser de sa vie à la sortie des montagnes des Dragons.

Ils partirent dès qu'il eut repris des forces. Au petit jour, ils galopaient encore. La verdure renaissait.

– Regardez ! s'écria Kallysten.

C'était la fin des montagnes infernales. Ils arrivaient dans une plaine paisible qui courait à l'infini, où l'on voyait se dérouler les travaux des champs.

– Le territoire des Kelconkes, dit Kallysten.

Emplis d'une joie nouvelle, ils se lancèrent à la conquête de cette plaine brillante parsemée de collines où poussait une herbe grasse. Les bergers et leurs panurges regardèrent passer les étranges cavaliers.

Au sommet de certaines collines avaient été installées des pierres hémisphériques de trois à quatre mètres de diamètre qui ressemblaient à des crânes percés de deux orbites.

– Ce sont les défenses des Kelconkes, expliqua la jeune fille. Elles sont orientées au sud, car les ennemis viennent souvent par les montagnes des Dragons.

– Mais nous, ils nous ont laissés passer ?

– Ici, on me connaît, dit Kallysten.

Ils poursuivirent leur lente descente dans la vallée.

– C'est un pays paisible et cependant bien défendu.

Bientôt les montagnes des Dragons ne furent plus qu'une ligne grise dans leur dos. Longo s'émerveillait à chaque détour du chemin, découvrant des paysages nouveaux aux essences inconnues.

Ils abordèrent une campagne très douce, faite de bocages, de prairies, de bosquets, d'oiseaux, ainsi que d'insectes bourdonnants. Le ciel était d'une pureté absolue.

S'engageant sur le chemin qui descendait vers un village, les deux cavaliers découvrirent des petites maisons entourées de haies, séparées par des jardins avec une pelouse bien régulière sur le devant et un potager à l'arrière. Leur présence attira une nuée d'enfants curieux aux vêtements bouffants multicolores où dominaient surtout le jaune et le rouge. Ils ne paraissaient nullement intimidés, mais plutôt ébahis par la piètre allure des arrivants.

Ils chevauchèrent ainsi le reste de la journée, n'échangeant pas trois paroles, évitant à regret les villages accueillants, toujours fixés sur la route et sur la ligne d'horizon.

Vers le soir, ils parvinrent en vue d'un bourg plus important.

– Les Portes du Ciel ! dit Kallysten. Méfions-nous, à présent. Même s'il ne pousse pas ses armées jusqu'ici, l'ennemi peut avoir des espions. Le lieu où nous allons nous cacher n'est plus très loin.

Ils ne s'arrêtèrent et ne s'approchèrent des maisons qu'à la nuit tombante. Ayant avisé une grange, Kallysten lâcha les galopants dans le pré voisin et, poussant le lourd vantail, y pénétra, suivie de Longo. Ils étendirent leur couchage dans la paille et s'y allongèrent.

– On peut s'installer sans permission ? s'étonna Longo.

– Ici, ce sont des choses permises. Le peuple des Kelconkes est très doux et son esprit n'est jamais porté au mal. Je suis sûre que vous l'aimerez.

– Les Portes du Ciel… C'est un nom engageant. Nous allons vivre ici ?

– Je connais une meilleure cachette. Pour ce soir, ce sera suffisant.

Les trois jours qui suivirent, Longo se laissa guider par Kallysten à travers le pays. Ils remontèrent vers le nord pendant une centaine de kilomètres. Le beau temps s'était installé sur la région. Kallysten achetait des vivres dans les villages et ils dormaient dans les granges.

Enfin ils arrivèrent à la lisière d'un bois. Ayant mis pied à terre et détaché les galopants, Kallysten entraîna Longo dans un étroit chemin.

– C'est ici le bois de l'Un et l'Autre, à l'entrée de la forêt d'Ormoran. Elle est immense et peuplée de toutes sortes de créatures bienveillantes, du moins dans la partie qui nous intéresse. Au-delà commence le territoire des Austères, un grand peuple triste mais savamment organisé. Nous n'irons pas jusque-là. Regardez !

Au milieu d'une clairière, le soleil répandait ses rayons obliques sur une maisonnette construite en rondins de bois.

– Qui habite là ? demanda Longo.

– Vous et moi, dit Kallysten. Voici notre refuge. Vous voyez ces fleurs ?

Un tapis de roses rouges entourait la demeure.

– Elles ont gardé la maison pendant mon absence, dit Kallysten. Il faut les arroser souvent et ne jamais les cueillir. Tant qu'elles sont là, rien de fâcheux ne peut nous arriver. On entre ?

Ils s'avancèrent. Quelques pierres plates parmi les fleurs leur permirent d'atteindre le perron. Ils entrèrent dans la fraîcheur domestique d'une unique pièce, entièrement meublée de bois. Longo promena des regards étonnés sur les casseroles de cuivre, les marmites, les rideaux, la pierre d'évier. Cela lui rappelait la maison de Sardone. Comparé à la caverne de Junon, c'était un luxe inespéré. Il s'assit sur un pouf de velours rouge. Les forces lui manquaient, et aussi les mots. Il s'était attendu à un repaire de fauves dans la montagne.

– C'est bien une demeure de princesse, dit-il doucement.

Par la fenêtre, il perçut l'éclat d'une rivière. L'instant suivant, ayant jeté leurs habits poussiéreux, ils se baignaient dans l'eau du Bienveillant.

Ruisselants, ils se serrèrent l'un contre l'autre.

– Ce soir, lui confia-t-elle, nous allons faire quelque chose d'important.

– Quoi donc ?

– L'amour pour la première fois. Mais avant, il faut accomplir certains rites.

Assis sur la berge, Longo leva un regard interrogateur. Kallysten sourit.

– Nous allons nous marier selon le rite d'Angnor. Le connaissez-vous ?

– Comment le pourrais-je ?

– Vous devez partir dans la forêt et revenir dans une heure avec un cadeau pour celle qui sera votre épouse, ainsi qu'un caillou blanc. Pendant ce temps-là, je préparerai la cérémonie.

Longo se rhabilla et partit dans la forêt. Une fièvre intense le dévorait. Il se demandait comment trouver un cadeau dans ce lieu inhabité.

La première chose qu'il vit fut le caillou, posé sur la mousse comme s'il l'attendait. On aurait dit un champignon. Il le ramassa et poursuivit son chemin. Un peu plus tard, ayant entendu du bruit, il approcha et découvrit un bûcheron de petite taille occupé à abattre un immense fierchêne. Il le regardait faire, se demandant comment il allait contrôler seul la chute de l'arbre, quand le nain l'aperçut.

– Ah ! Vous voilà ! dit-il.

– Bonjour ! Vous m'attendiez ?

– C'est pour vous que je coupe ce fierchêne.

– Qui vous a prévenu de mon arrivée ?

– Il y a du mariage dans l'air. Ça se sent, quand on est bûcheron ici.

– Mais je n'ai pas besoin d'un arbre.

– C'est pour le cadeau. Je sculpte dedans ce que vous me commandez. Cet arbre est centenaire, ce qui confère à l'objet une valeur inestimable.

L'arbre tomba aussitôt dans un grand craquement.

– Je ne sais pas ce qui lui ferait plaisir, avoua Longo.

– Le découvrir est pourtant le seul effort qui vous revient. En fait, ce que vous offrez, c'est une idée. Je me charge de l'objet. Cherchez !

– J'en ai une, mais elle est stupide.

– Dites toujours.

– Une canne sculptée de mille petits visages avec un pommeau en forme d'étoile à huit branches et surmonté de trois doigts en guise de sceptre.

– C'est une bonne idée.

Le bûcheron tailla une pièce dans le fût du fierchêne et, au bout d'un quart d'heure, il tendit l'objet à Longo qui l'admira sous tous ses angles.

– Comment faites-vous cela ? demanda le garçon.

Mais le bûcheron avait disparu, le fierchêne aussi, et il n'en restait aucune trace, sinon la canne dans les mains de Longo, mystérieusement enveloppée de feuilles.

Il rentra. Kallysten avait préparé dans la clairière le lieu de la cérémonie. C'était un carré marqué aux coins par quatre chandelles allumées ; à l'intérieur de ce carré une corde se lovait en cercle, sur l'un des côtés, deux bouquets d'iris figuraient les montants d'une porte.

Elle l'attendait, accroupie au centre du cercle, ayant dénoué ses cheveux et revêtu un grand pagne blanc qui tombait au sol. Quatre autres chandelles éteintes l'entouraient et son sac en peau de chèvrebique était posé à côté.

Il se présenta devant le carré, essayant de comprendre le sens de la cérémonie, très éloigné des coutumes des Providents.

– N'entrez pas avant de m'avoir écoutée ! dit-elle vivement. Tout doit être scrupuleusement respecté.

Il attendit debout, la canne dans une main, le caillou blanc dans l'autre.

– Ce carré symbolise la demeure, ajouta-t-elle. Pour y entrer, il faut le désirer très fort, en demander la permission, laisser sur le seuil toute pensée possessive et passer la porte, entre les bouquets. Après quoi, il faut attendre devant le cercle, sans y pénétrer, que les questions et les réponses aient été échangées.

Longo se présenta devant la porte. Il sollicita l'autorisation d'entrer dans la demeure et Kallysten, après avoir réfléchi, la lui donna. Il s'accroupit devant le cercle. Elle se leva, sortit du cercle, prit une chandelle du carré et la lui tendit. Il était embarrassé par le paquet et le caillou. Elle le débarrassa du caillou et rentra dans le cercle pour s'y accroupir à nouveau. Elle le regarda droit dans les yeux.

– Longo, fils de Junon la Pédauque, me désirez-vous pour épouse ?

– Oui, Kallysten.

– Qu'est-ce que cela signifie pour vous ?

– Marcher à vos côtés.

Elle sourit et dit, après un silence :

– J'accepte la réponse. Maintenant, posez vos questions.

Longo soupira.

– Je n'en ai qu'une seule. Qu'attendez-vous de moi ?

– Que le paysan que vous êtes se conduise comme un prince et qu'il aime comme un roi.

Il regarda la canne, Kallysten, le caillou blanc, les chandelles.

– Ma réponse vous convient-elle ? demanda-t-elle.

– Vous croyez que j'en serai capable ?

– Je le crois. Maintenant, si votre but est de vous unir à moi, entrez dans le cercle et allumez les quatre chandelles.

Ce que fit Longo. Il s'accroupit à côté d'elle. Du sac, elle tira son propre caillou blanc et une boule de terre qu'elle pétrit. Dans cette pâte, elle logea les deux cailloux, pétrit à nouveau et confectionna une boule plus grosse enchâssant les deux pierres rondes. Ensuite, elle planta dans cette glaise les cinq doigts de sa main droite pour faire cinq marques et pria Longo d'en faire autant. Elle posa la boule devant elle.

– Maintenant, voici votre cadeau, dit-elle en lui tendant un gobelet d'argent. Qui boit dans ce gobelet prend des forces neuves.

Il le tourna dans tous les sens, appréciant les délicates ciselures.

– Votre cadeau ! dit-il à son tour en tendant la canne.

Elle s'en saisit, défit l'emballage de feuilles de fierchêne, contempla l'objet.

– Le sceptre d'Olnar ! s'écria-t-elle. Comment le saviez-vous ?

– Je ne le savais pas.

– Olnar est le fondateur de notre dynastie. Il exerça un règne exemplaire, qui l'établit à la tête d'Angnor. Un jour, il s'évanouit dans la nature avec son sceptre qui symbolisait le pouvoir de son immense sagesse. Ses descendants gouvernèrent Freezland avec plus ou moins de bonheur. Une de nos légendes rapporte qu'Olnar peut réapparaître à sa guise, sous n'importe quelle apparence, et offrir son sceptre à qui il le désire. L'heureux élu exerce alors un pouvoir sans faille, et dès lors Freezland retrouve paix et prospérité. Et le voici dans mes mains ! La magie marche à vos côtés, Longo, c'est certain. Vous récompensez là plusieurs années d'efforts et un cheminement de deux mille kilomètres.

– Vous allez donc gouverner. Et moi, que vais-je faire à vos côtés dans le Grand Cercle ?

– Chaque chose en son temps, dit Kallysten en souriant. Il nous reste maintenant l'épreuve du feu. Allez l'allumer ! Placée au milieu, la boule de la promesse doit résister au brasier. Notre union sera alors scellée et attestée par nos empreintes. Si elle éclate, nous prendrons des chemins différents.

Longo s'exécuta. Il voulait une flamme très douce, au début, pour épargner cette boule. Mais après mûre réflexion, il fit monter le feu très haut. Il lui fallut une longue perche pour y déposer la boule.

Ils attendirent, assis, serrés l'un contre l'autre.

– La vie est quand même bizarre, dit Longo. Je me demande si les événements s'enchaînent comme ça, par hasard, ou s'il y a une magie à l'œuvre.

– Un peu des deux. Quelque chose est à l'œuvre, mais il faut savoir saisir sa chance.

– Oui mais, par exemple, j'aurais pu ne pas monter au sommet de la falaise le jour de votre enlèvement.

– C'est impossible. Vous le deviez.

– Pourquoi ?

– Parce que cela s'est produit. Une chose qui se produit rend vaines les autres hypothèses. Inutile d'en discuter.

– Vous avez peut-être raison. Et maintenant, qu'est-ce que nous allons devenir ?

– Attendons le verdict du feu.

Celui-ci ne fut rendu qu'à la nuit tombante. De forts craquements dans le brasier les avaient inquiétés plus d'une fois. Quand le bois fut consumé, qu'il ne resta plus qu'une cendre grise, ils s'approchèrent, éparpillèrent les tisons. La boule était noircie, mais intacte. Joyeux, Longo la fit rouler jusqu'à eux.

– Il y avait un secret, dit Kallysten, mais vous l'avez percé. À feu doux, la promesse n'aurait pas résisté. Avec cette flambée de tous les diables, la coque a été prise tout de suite et la boule a tenu. Que notre amour soit toujours aussi brûlant !

– Longue vie, Kallysten ! Et béni soit le jour où je vous ai rencontrée.

Il la serra dans ses bras.

– Longue vie, Longo le marcheur ! Que votre marche ne cesse jamais et pacifie le monde !

La nuit tombait. Ils soignèrent les galopants, se nourrirent de baies sauvages, puis s'enfermèrent dans la maison de bois, à la lueur de la chandelle.

Le lit était confortable. Toute fatigue s'était estompée. Blottis, chacun restituant à l'autre la chaleur de l'émotion, ils furent attentifs aux étonnements et aux douceurs qui se présentaient. Puis, quand il la sentit plus proche que jamais, il l'enferma soudain dans la cage de ses bras. Sa prisonnière le regarda, l'air grave. Après, ils rirent tous les deux d'un rire qui n'en finissait pas.

# 2

# La forteresse de la nuit

# La forêt d'Ormoran

On allait vers l'automne. Plus d'un an s'était passé depuis le mariage et l'installation de Longo et Kallysten dans le bois de l'Un et l'Autre. Une période de bonheur ininterrompu dans le calme feutré de la maison de chêne, la douce attente puis la naissance de Venceslas le matin du 31 mai.

L'hiver s'était écoulé dans une lenteur confortable. Servis tels des princes par des Kelconkes attentionnés qui surgissaient comme par magie, Longo et Kallysten s'étaient laissés glisser dans l'oubli, tournant chaque jour les pages de l'almanach de l'amour, ouvrant la journée par un hymne à la forêt, au fleuve, à la faune, la poursuivant par des conversations, la refermant dans la permanence du regard de l'autre.

Ces longs mois d'insouciance, loin des préoccupations du monde, à la garde des fleurs magiques de Sardone, suffiront à expliquer le drame, sa soudaineté, sa violence, sa cruauté. Car les affaires du monde continuent, qu'on s'en soucie ou non, et les questions trop vite éludées s'enveniment en secret.

Depuis plusieurs jours, la pluie tissait un rideau ininterrompu qui voilait les feuillus de l'autre rive. Le fleuve en furie charriait son eau boueuse dans les noires profondeurs de la forêt d'Ormoran. Le traverser était impossible. Longo en était réduit à attendre une accalmie improbable, pêchant à grand-peine de trop rares fifrelins argentés pour toute nourriture. Il y avait cependant d'autres raisons que ce déluge pour assombrir le visage du jeune homme assis, seul, sur la berge.

L'ennemi comptait désormais sur lui quatre jours d'avance. Longo perdait d'heure en heure tout espoir de rejoindre Kallysten, sa belle et douce Kallysten, ainsi que Venceslas, leur fils, à supposer qu'ils fussent encore vivants.

Il n'avait pas assisté à la catastrophe et se maudissait de son absence. Dans la maison secrète du bois de l'Un et l'Autre, il avait laissé sa jeune épouse et son fils pour une courte semaine afin de capturer, en vue de l'hiver, des panurges sauvages à poil roux.

Le deuxième soir après son départ apparurent dans le ciel les maudits oiseaux noirs. Il reconnut aussitôt les serrevolants, ces aigles diaboliques grâce auxquels son père qu'il maudissait, le terrible roi Ypner, accomplissait ses funestes desseins. Longo revint alors à bride abattue, abandonnant le troupeau sauvage, fouettant sans trêve les flancs de son rapide galopant. Peine perdue.

Quand il arriva près de sa demeure, ce fut pour découvrir un tas de décombres, et nulle trace de sa femme ni de son fils. Simplement on avait jeté là en signature diabolique un de ces horribles boucliers frappés aux trois larmes de sang. Les fleurs magiques qui avaient protégé leur foyer avaient été anéanties par un pouvoir beaucoup plus puissant.

Une rage folle s'empara de Longo devant l'amoncellement de débris que constituait sa demeure dévastée. Il hurla vengeance sous le flot de violence qui soudain le submergea. Il décida d'entreprendre sans différer la poursuite en justicier, de tromper la vigilance des gardes ogs probablement disséminés dans tout le pays, de s'immiscer dans les lignes d'Ypner, de retrouver enfin Kallysten prisonnière, de la délivrer et de regagner avec elle et l'enfant les montagnes des Dragons dans l'espoir de rejoindre Sardone la magicienne, leur bienfaitrice, qui les hébergerait quelque temps.

Mais devant le fleuve en crue, il lui fallut renoncer. Il erra de-ci, de-là, aux alentours de la maison, gémissant, adressant au Grand Formateur, son dieu, de ferventes suppliques... L'image de Kallysten le hantait, son visage rieur encadré de cheveux blonds, ainsi que le doux babil de Venceslas. Mazagran, l'ami fidèle, levant vers le ciel des naseaux pleins de reproches, hennissait son désespoir. Longo, de temps à autre, lui frappait le flanc, adressant tant à lui-même qu'à son coursier quelques paroles de réconfort.

Mais pourquoi Ypner avait-il enlevé Kallysten ? Pour amener Longo à la raison ? Pour se constituer une monnaie d'échange en vue de signer un traité avec le Freezland ?

Et Venceslas ?

Une fois encore, il pénétra dans la maison, contempla le lit éventré, la table renversée, les chaises chamboulées, brisées, les fenêtres fracassées. Le cri lugubre d'un serrevolant se leva au-dessus de la forêt.

Longo se précipita dehors. Un instant, l'ombre noire de l'aigle géant couvrit le ciel, puis disparut. Des bruits étrangers à la nature émanaient du sous-bois. Des craquements. Peut-être une horde de pillards de guerre, à la traîne de toute la faune des profiteurs qui suit habituellement l'armée victorieuse. Il crut discerner des silhouettes entre les arbres.

Se sachant une proie facile, il enfila d'urgence son grand manteau de cuir, rassembla quelques affaires, en chargea les flancs de Mazagran. Puis, le prenant par la longe, il s'éloigna de la maison sans se retourner.

Il longea le fleuve sur une lieue environ, à la recherche d'un gué. Un changement de temps se dessinait : la pluie cessa dans la soirée. Les nuages se déchiraient, laissant apparaître, à la faveur d'une clairière, un coucher de soleil bienveillant. Il bouchonna son brun galopant, lui donnant un reste d'avoine et, enroulé dans une peau de panurge, tenta de trouver le sommeil qui le fuyait.

Toute la nuit, son esprit torturé erra en quête d'un avenir. Au matin, il grimpa au sommet d'un fierchêne, un de ces arbres immenses accrochés à la terre et au ciel. De là, il dominait la forêt.

S'il ne put rien voir des colonnes de l'armée d'Ypner, il n'en perdit pas pour autant sa peine, car il lui fut facile de constater que le fleuve amorçait sa décrue. Un gué se présentait non loin.

Il redescendit, enfourcha sa monture, prêt à s'élancer, quand soudain un rayon de soleil se planta, oblique, au creux d'un fourré de pimprelins fongiformes et de fougerolles rousses. Une légère brise agita les feuilles au ras du sol et une tache blanche se révéla.

C'était une étoffe enroulée dans un couffin de jonc et d'où dépassait le visage d'un enfant muré dans un profond sommeil.

– Venceslas ! s'écria Longo.

À cet instant, une forme se dressa près du nourrisson. C'était une chantelouve au poil gris, hérissé, aux crocs menaçants.

– Non ! supplia Longo, persuadé qu'elle allait dévorer l'enfant.

Après avoir armé sa fronde, il s'approcha. Le fauve se tourna vers lui, grogna et finit par s'asseoir entre le père qu'elle ne quittait pas de ses yeux jaunes et l'enfant. Le regard que Longo et la louve échangèrent dura de longues minutes. Puis Venceslas se réveilla. Son cri rappela à lui la chantelouve qui le toiletta de sa langue râpeuse, chassant les mouches avec sa queue. Puis elle enjamba le couffin, s'y accroupit, et Longo perçut un bruit saccadé de succion entrecoupé de brefs soupirs. Venceslas tétait avec entrain.

Le jeune père, ému, immobile, revit alors les moments bienheureux où Kallysten serrait Venceslas sur son sein dans leur maison du bois de l'Un et l'Autre. Il assistait à chaque tétée, à califourchon sur une chaise. Kallysten penchait la tête sur le front minuscule où perlaient des gouttelettes de sueur, pour y déposer un baiser tendre, un de ces baisers-papillons.

Lorsqu'il fut repu, Venceslas se mit à gazouiller. La chantelouve le quitta et entreprit sa propre toilette, un peu plus loin. Quand Longo fit mine de s'approcher, elle grogna. Il murmura :

– Tout doux ! Il est à moi ! À moi ! C'est mon petit !

Comprit-elle ? Sous la surveillance de son œil jaune et fixe, Longo fut autorisé à rejoindre l'enfant.

– Venceslas ! Oh ! Venceslas !

Il le serra contre lui et l'embrassa mille fois. L'enfant poussait des cris accompagnés de gestes aussi enthousiastes que désordonnés. Comme il n'avait pas été changé depuis longtemps, Longo le dévêtit et le baigna dans un ruisseau proche.

– Venceslas ! Mon cœur, mon amour ! Je t'ai retrouvé !

Dans le couffin avaient été soigneusement préparés des habits propres et secs sous lesquels Longo retrouva la bague de Kallysten : la merveilleuse émeraude sertie de huit diamants, enchâssée dans de l'or pur. Sur l'anneau se lisaient de fines inscriptions dans une langue inconnue. Longo avait souvent admiré ce bijou au doigt de Kallysten sans oser l'interroger à ce sujet.

Par jeu, peut-être aussi pour sentir Kallysten contre sa peau, il l'essaya. Le seul doigt qui put le recevoir était l'auriculaire gauche. Quand il voulut l'ôter, cela lui fut impossible.

– Venceslas ! Tu as vu ? Le bijou de maman ne veut plus me quitter ! Qu'est-ce que tu en dis ? Oh, Venceslas, si tu pouvais raconter ce qui s'est passé… Me dire si elle vit encore…

Comme Longo frottait l'émeraude, elle devint luminescente quelques secondes, puis s'éteignit progressivement. Quand il frotta à nouveau, son éclat se raviva l'espace d'un court instant.

La matinée fut ensoleillée par la présence de Venceslas. Conscient qu'il ne pouvait s'arrêter trop longtemps dans ces lieux infestés d'ennemis de toutes sortes, Longo prit le couffin et s'enfonça dans la forêt. Le gué aperçu depuis le sommet du fierchêne était praticable et c'est là qu'il traversa le fleuve.

Mazagran lui emboîta le pas. La chantelouve les laissa prendre un peu d'avance puis, la truffe au ras du sol, s'élança sur leurs traces.

# Longo et Venceslas

Le couffin de Venceslas était lourd et Longo ne pouvait le fixer sans dommage au flanc de Mazagran. Le chemin était trop étroit et les branches trop basses. Les bruits du sous-bois n'indiquaient pour l'instant aucune présence malveillante. Quelques picoulettes bleues s'envolaient au passage des voyageurs pour se percher dans les arbres. On entendait aussi pérorer des couples de gribiches moustachues.

Vers midi, Longo s'arrêta, posa son fardeau sur le tapis de feuilles mortes et s'assit à côté. Venceslas était réveillé et roulait en silence de grands yeux sur la futaie. Le jeune père saisit doucement l'enfant et l'amena jusqu'à lui.

C'était un bel enfant âgé de trois mois et demi, déjà vigoureux, au crâne recouvert d'une chevelure blonde encore peu abondante, qui bouclait au-dessus de ses oreilles. Son teint était hâlé, car il n'avait connu que l'été. Ses yeux avaient gardé le bleu sombre des premiers jours et son visage, ciselé avec finesse, rappelait celui de sa mère.

Il réclama bientôt sa nourriture. La chantelouve se présenta. Longo reposa l'enfant dans le couffin et s'éloigna pour laisser l'animal accomplir son office. Il en fut ainsi quatre fois par jour.

Dans le fond du couffin, Longo avait trouvé ce qu'il appelait la coquille. C'était une poche de cuir à lanières qui permettait de porter Venceslas sur le dos ou contre la poitrine. La nuit, Longo serrait le couffin contre lui. Le jour, il mettait l'enfant dans la coquille, ne cessant de lui parler.

Le temps avait changé. Il faisait beau. Tantôt à pied, tantôt sur Mazagran, accompagné par la chantelouve, il avança pendant huit jours vers le nord-est sur les talons de l'ennemi, du moins le pensait-il. L'espoir s'employait à le conduire par là. Il chassait avec sa fronde rongeurs, oiseaux et quelquefois du plus gros gibier, faisait cuire les meilleures parts et jetait le reste au fauve à poil gris. Quant à Mazagran, il lui arrivait de brouter dans de larges clairières ou d'arracher des feuilles aux arbres.

De jour en jour, Venceslas s'éveillait, Longo s'émerveillait. Sans cesse, il lui prodiguait des soins attentifs, le baignant dans les ruisseaux, lavant son linge, le berçant de tendres paroles avant le sommeil. C'est ainsi qu'il progressa.

Voilà quinze jours que Longo avait quitté le bois de l'Un et l'Autre, et maintenant il était sorti de la forêt d'Ormoran. Les chemins inconnus s'étaient infléchis vers l'est. Il franchit en quelques heures des collines herbeuses qui firent la joie de Mazagran, et pénétra dans une nouvelle forêt, plus sombre, sans avoir rencontré âme qui vive ni trouvé le moindre vestige d'un campement d'Ypner.

Il y passa une nuit très calme.

Le lendemain, il précipita son départ, oppressé par ce lieu clos, inerte et silencieux. Il avançait à bonne allure et prit assez vite une cinquantaine de mètres d'avance sur le galopant. Dans son dos, Venceslas gazouillait.

– Tu me demandes où on va, fiston ? On va retrouver maman. Ils nous l'ont enlevée, mais on va la reprendre. La chantelouve va les dévorer tous. Jusqu'au dernier. N'aie pas peur ! Ces arbres ne sont pas méchants. Ils ont seulement l'air, comme ça...

Soudain, le sol se déroba sous ses pieds, et son monologue s'acheva dans un cri : il avait fait une chute de quatre mètres dans un piège creusé en plein milieu du chemin.

Une douleur à la cheville, comme un coup de poignard. Venceslas se mit à hurler. Longo défit la coquille, examina son fils. Rien n'était cassé. C'étaient juste les cris de la peur.

– Tout doux, tout doux, Venceslas, murmura Longo pour l'apaiser. On va repartir. Tout doux, mon enfant, mon amour, tout doux. On a eu de la chance. Le Grand Formateur est avec nous. Et la bague de maman nous protège.

Il y déposa les lèvres et elle s'éclaira de tous ses feux.

– Regarde, Venceslas ! La bague ! Le sourire de maman !

Bercé, le bébé retrouva la sérénité. Malgré la douleur qui irradiait sa cheville, Longo se mit debout et en boitillant s'approcha des parois de la fosse. La terre s'effritait, s'éboulait. Jamais ils ne pourraient en sortir sans aide.

La tête de Mazagran apparut, puis celle de la chantelouve. Le fauve émettait un son plaintif, qui se calma lorsque Longo lui montra Venceslas. Sur le flanc gauche de Mazagran était fixée une corde, mais qui aurait pu la dérouler jusque-là ?

Vint le soir. Il y eut un hennissement, un bruit de galop, un hurlement de la chantelouve, des cris incohérents d'hommes aux prises avec des bêtes, puis ce fut le silence. Longo s'était dressé, livide. Quatre visages hilares se penchèrent au bord du trou. Quatre ogs aux casques à nombreuses pointes, venus chercher le produit de leur chasse. Ils riaient, échangeaient en guise de paroles des sons gutturaux. Peu pressés de remonter leurs proies, ils s'occupèrent d'allumer un feu.

Venceslas pleurait de faim et de froid.

– Calme, Venceslas ! Calme ! Ils vont nous conduire au roi. Et nous reverrons maman.

L'un des ogs apparut à nouveau. Il lança une longue liane dans la fosse. Longo pensa que c'était pour l'inviter à remonter, mais l'horrible personnage entreprit de descendre. Il portait un sabre en bandoulière et émettait un gargouillis que l'on pouvait assimiler à un rire.

Il lâcha sa prise avant de toucher le sol et, prenant son sabre à deux mains, le fit tournoyer. La lame courbe scintillait dans l'obscurité.

Soudain des rugissements émaillèrent la nuit. On se battait au-dessus. À grands cris rauques, les ogs appelèrent leur compagnon à la rescousse. Celui-ci abandonna à regret Longo et remonta. Le combat dura de longues minutes. Puis il y eut un terrible hurlement, auquel il fut répondu de loin en loin.

Longo se chargea de son fils et, à la force des poignets, se hissa par la liane. À sa sortie de la fosse, il fut pris d'un haut-le-cœur. La faible clarté du foyer lui montra une horde de chanteloups s'arrachant les restes des quatre ogs. C'étaient sûrement des déserteurs, qui avaient hanté ce coin de la forêt. L'armée d'Ypner ne devait pas être loin. L'émeraude de Kallysten luisait faiblement dans le noir, comme avivée par la proximité de sa maîtresse, la princesse de Freezland.

Longo s'assit pour se masser la cheville. Cela le soulagea. À quelques mètres, la chantelouve achevait de nourrir un Venceslas enfin récompensé de sa longue attente.

La cheville désenflait. C'était dû sans doute au contact de la bague. Qu'elle eût des pouvoirs n'étonnait pas Longo. Kallysten était encore enveloppée de mystère. Quinze mois passés à ses côtés n'avaient pas suffi à le dissiper.

La nuit fut agitée de cauchemars. Par deux fois, Venceslas se réveilla en pleurant. Mazagran hennit sans raison apparente. La chantelouve restait sur le qui-vive. Au petit matin, le lugubre cri des serrevolants surprit les voyageurs. Longo les aperçut qui tournoyaient en larges cercles au-dessus d'eux.

Il se dressa, le cœur battant.

– Chut, Venceslas ! L'émeraude nous protège ! Ta nourrice aussi ! Maman est là, tout près... On va partir... Encore marcher... Il le faut... Tu ne vas pas crier, n'est-ce pas ? Tu ne vas pas les appeler !

Une branche craqua tout près. Il tourna la tête et poussa un « Oh ! » de surprise.

Une vieille femme le regardait.

# La Marcheuse

Appuyée de guingois sur son bâton, échevelée, la femme paraissait difforme. Elle était vêtue de haillons déchirés, rapiécés en maints endroits de carrés d'étoffes où le rouge dominait. Cela constituait une sorte de bure qui lui descendait jusqu'aux genoux. Ce qui frappait chez elle, c'étaient ses grands chaussons, bandages démesurés enchâssant pieds et chevilles pour en faire deux gros ballots blancs, glaiseux à la semelle, un peu ovales, épais, souples.

Les oiseaux de proie tournoyaient toujours dans le ciel. Elle leva la tête et grimaça. Son regard revint à Longo. Elle demanda d'une voix puissante et grave :

– Est-ce toi qui m'appelles ?

– Moi ?

– *Les mots qui sont passés vers l'ouest, c'était à toi ?*
*Et l'œil vert à ton doigt ?*

Longo regarda l'émeraude. Il était tellement ébahi qu'il ne trouva rien à répondre. La vieille éclata d'un rire interminable. Elle reprit :

– *Viens ! Tu trembles d'effroi !*
*Tout endroit est l'envers*

*Pour qui ne s'attend pas*
*Aux passages de l'aube.*
*Si on s'accompagnait ?*
Longo murmura :
– Où vas-tu ?
Elle répondit :
– *Je marche jusqu'à moi*
*Et tu cours après toi*
*C'est si loin !*
*Je connais ce chemin.*
*Suis-moi !*

Il fallut à Longo un temps de réflexion. Enfin il se leva, rassembla ses affaires et se chargea de la coquille de Venceslas. La visiteuse découvrit alors l'enfant.

– Étrange compagnon !

Longo sourit avec fierté.

– C'est mon fils.

Elle s'approcha, considéra le nourrisson avec un certain plaisir.

– *Ton fils ? A-t-on besoin*
*D'être le fils d'un autre ?*

Longo haussa les épaules.

– Je ne comprends pas ce que tu me racontes, dit-il, mais j'aime bien t'entendre.

Bien que sa cheville ne lui fasse plus mal, Longo préféra pourtant monter le coursier. La vieille prit la direction de l'est. Il la suivit. La forêt s'éclaircissait. Ils cheminaient lentement, en silence. Venceslas s'était endormi sur l'épaule de son père à la faveur du roulis imprimé par le galopant. La vieille ouvrait la marche, écrasant de ses sabots de toile toute végétation qui se dressait sur leur route. Parfois elle s'arrêtait pour écouter les bruits du sous-bois.

Quand vint le soir, ils empruntèrent le lit d'un torrent asséché qui descendait vers une étroite vallée, sous les conifères. À une cinquantaine de mètres derrière eux, reniflant le sol, suivait la chantelouve.

Venceslas, à peine réveillé, commença à geindre. Longo fit une pause au bord d'une mare pour le laver. Sa compagne de route le regardait faire, intriguée. À la nuit, ils s'arrêtèrent dans une clairière.

La femme ramassa du bois mort, l'entassa, l'alluma tout d'un coup en y jetant une pierre, ce qui étonna grandement Longo. Puis elle s'enveloppa dans une couverture, s'assit et s'attarda à contempler les flammes.

Longo n'osait prendre la parole devant un personnage aussi étrange. Ce fut elle qui rompit le silence.

– Où croyais-tu aller ?

– Je ne sais pas.

– Laisse-toi aller, et tu iras.

– Je voudrais retrouver Kallysten, mon épouse. Venceslas a besoin de sa mère.

En quelques mots, Longo résuma sa situation.

À la lueur du foyer, la femme regardait une chenille progresser sur sa main. Quelques minutes plus tard, elle laissa tomber :

– *La chenille a des pieds*
*Je l'aime pour ça.*
*J'aime ce qui a des pieds*
*Mais le roi n'en a pas.*
*Il a des grands couteaux*
*Il cherche au bout des lames*
*La réponse à l'angoisse*
*De son propre sommeil*
*Et tu ne l'aimes pas.*
*Et tu ne l'aimes pas.*

– Comment l'aimer ? s'écria Longo. Il vient d'enlever ma femme ! Il l'a peut-être tuée ! Il martyrise mon village natal ! Il prétend même que je suis son fils ! Mais ce n'est pas vrai ! Ce n'est pas vrai ! Dis, tu m'écoutes ?

– *Et tu ne l'aimes pas !*
*Et tu ne l'aimes pas !*

D'elle, il n'obtint rien de plus ce soir-là. La chantelouve sortit des fourrés et vint nourrir l'enfant. Puis elle se retira pour monter la garde en quelque lieu obscur.

Au bout de la nuit, Venceslas sonna le réveil. Sa nourrice au poil gris se présenta aussitôt. Longo fut le dernier à ouvrir les yeux. La femme avait réactivé le feu et faisait rôtir des tranches de briche au blé noir qui répandaient une délicieuse odeur dans le sous-bois.

Il faisait très beau ce matin-là.

– Comment fais-tu pour trouver tout ce dont tu as besoin sans chercher ? s'étonna Longo.

La vieille s'assit pour grignoter. Elle sortit de son sac une bouteille verte, la déboucha, en but de pleines gorgées et, quand elle eut fini, il sembla à Longo que la bouteille était encore pleine jusqu'au goulot. Elle éructa et s'écria en voyant Longo se lever :

– *Donne-moi tes faux noms*
*Que je trouve le vrai !*

– Je n'ai pas de faux noms. Je n'en ai qu'un vrai : Longo, fils de Junon la Pédauque.

– Faux !

– Certains m'appellent aussi Benjamin.

– Faux !

– Comment ça, faux ? Regarde donc mes grandes oreilles ! N'est-ce pas que je ressemble à Benjamin ?

La vieille se dressa soudain et hurla, dans un accès de colère :

– Malheur à tout ce qui ressemble !

Longo craignit de l'avoir vexée. Il ne dit plus un mot. Ils marchèrent toute la journée. La vieille, infatigable, avait l'air de s'accommoder de ce silence.

Le père aimait se ceindre de la coquille de Venceslas qu'il portait maintenant devant lui, sur sa poitrine. Ainsi pouvait-il contempler son bébé et lui offrir chaque fois qu'il en avait envie un baiser sur le front ou sur la tempe, qu'il posait avec délicatesse, sans bruit.

Quand fut trouvé le site de la nuit, et allumé le foyer, il chercha à reprendre la conversation.

– Longo, dit-il, c'est le nom qu'on m'a donné.

La femme s'approcha, s'assit et se serra contre lui. Il frémit à ce contact. Ils partagèrent le grignotin-longues-oreilles chassé et cuit à la broche par Longo pendant la dernière tétée de Venceslas. De son côté, la femme avait ramassé quelques baies rouges et noires. Longo en mit une dans la bouche de Venceslas qui la recracha en piaillant. Accroupie non loin, la chantelouve dressa l'oreille. La femme murmura sur le ton de la confidence :

– *N'accepte pas le nom*
*Qui vient de quelqu'un d'autre*
*Tu serais étranger.*
*Choisis ton nom.*

Longo sourit.

– Tu as raison. Si je devais choisir mon nom, je m'appellerais Estar.

– *Estar ? C'est beau, Estar,*
*C'est un nom qui résonne.*

– Toi aussi, tu as un nom, je suppose, dit Longo.

– *Je suis la Marcheuse.*

– Ce nom te va bien.

Elle leva sa bouteille verte, en but une bonne goulée sans pourtant l'entamer, s'essuya la bouche du revers de la manche.

– *Il se fait bien tard*
*Estar*
*Si on dormait ?*

– Il faut d'abord endormir celui-ci, et ce n'est pas toujours une mince affaire. Sa mère lui manque.

– *En premier lieu, chasser les signes !* s'écria la Marcheuse.

*Dans la nuit ils se reproduisent,*
*Tout un essaim de signes,*
*C'est horrible au matin !*

Elle se leva, fit plusieurs fois le tour du bivouac en répétant des formules incompréhensibles soulignées de grands gestes, puis vint se rasseoir. Maintenant, elle avait plutôt l'air d'une jeune femme.

– *Pour calmer tes soucis*
*Et endormir ton fils*
*Je vais te dire une légende.*
*Jadis j'étais mésange*
*Parcourant le Grand Cercle*
*À la périphérie*
*Des voix et des musiques*
*Je fouillais le sillon*
*De mon bec de saphir*
*Désincrustant les gemmes*
*Pour le plaisir des hommes*
*Et la colère du dieu.*
*Mais le Grand Formateur*
*A posé son oreille*

*Aspiré nos mémoires*
*Et changé nos symboles.*
*Le Grand Cercle a tourné*
*J'arpente les vallées*
*Sur des mots allongés*
*En de grands cimetières.*
*Et maintenant Estar*
*Estar*
*Si on dormait ?*

Venceslas avait fermé les yeux. Sa respiration était douce, régulière.

# Le désert des Mémoires

Les jours passèrent. Ils se déplaçaient invariablement vers l'est et parcouraient jusqu'à soixante kilomètres entre le lever et le coucher du soleil, avec juste une halte pour les tétées de Venceslas, auxquelles s'ajoutaient les premières bouillies de baies noires préparées par un père attentionné. De telles distances n'effrayaient pas la Marcheuse qui ouvrait les chemins en écrasant tout de ses gros chaussons qu'elle appelait pataugues.

D'elle, Longo apprit diverses magies de la vie quotidienne. Il savait maintenant allumer un feu en jetant une pierre d'une certaine façon, appeler les vents d'une seule pensée pour faire monter la flamme, lancer avec sa fronde des cailloux de plus en plus puissants, de plus en plus précis.

Vers la mi-octobre, alors qu'ils cheminaient parmi les herbes jaunes d'une steppe légèrement vallonnée, un vent tiède se mit à leur caresser le visage. Le ciel se couvrait de nuages orageux. Une sorte de saison chaude s'annonçait, à contre-courant puisqu'on allait vers l'hiver.

Ce jour-là, Longo ne montait pas son galopant et il profita de ce terrain découvert pour s'approcher de la Marcheuse.

– Quel âge as-tu ? Tu dois être vieille ! Peut-être même que tu as connu les Véritables ?

Selon son habitude, elle avançait sans paraître avoir entendu. Une heure après, alors qu'ils avaient installé leur bivouac au bord d'un désert de roches, elle prit la parole.

– *Je connais ton émeraude.*
*Boussole*
*Esseulée*
*Pointant vers l'essentiel.*

– C'est là que tu demeures ? demanda Longo en désignant le désert.

– Malheur à qui demeure ! s'écria la Marcheuse.

Il observa un long silence. La chantelouve était allongée près d'eux. Peu à peu, elle se laissait apprivoiser.

La vieille murmura :

– *Voici les déserts*
*Les grands déserts*
*Pays des gens qui se souviennent.*

– Ils se souviennent de quoi ?

– *Des hommes d'un autre temps*
*Ils étaient grands et graves*
*Ils ont gravé*
*Sur l'or de ton bijou*
*Le mot qui ouvre l'œil*
*Au devenir des mondes.*
*Ah ! Si tu avais connu*
*Les Véritables*
*Avec leurs ponts de ciel*
*Et leurs yeux de nuisance !*

*Mais ces jours-là sont usés*
*Comme de vieux disques*
*Nous approchons du trou*
*Où plus rien ne tourne.*

Le désert n'était pas une étendue uniforme et triste comme le croyait Longo. Plutôt un monde de reliefs compliqués, de roches grises, rouges, ocre, avec des éboulis qui rappelaient les montagnes des Dragons en moins hostile. Auprès de la Marcheuse, on n'avait jamais faim. Elle avait enseigné à Longo des chants sans paroles qui servaient à la chasse dans ces endroits inhospitaliers.

Longo apprit aussi d'autres chants magiques, des chants destinés à repousser les souvenirs, les chagrins, les mauvais esprits. Certains guérissaient les ampoules aux pieds aussi bien que les piqûres d'insectes. D'autres tenaient en respect les fauves ou les rapaces.

De lieue en lieue, le désert se faisait plus intense. Brûlant le jour, glacial la nuit. Ils y croisaient toutes sortes d'animaux de petite taille, la plupart inconnus, et leur présence n'effrayait jamais la Marcheuse.

– S'il vous plaît, où sont les habitants, je veux dire les humains ?

– *À l'est, au bout du Chien*
*Dans le désert des Mémoires.*
*Là, des gens se souviennent.*

La vieille avançait toujours et le désert semblait ne pas avoir de fin. Un matin, ils trouvèrent une tente en peaux à quelques mètres de leur bivouac, au sommet d'un escarpement rocheux. Un homme, accroupi sur le seuil, se dressa, constatant leur réveil.

Comme il descendait de cette butte, Longo le dévisagea. Sa peau était sombre comme du pain trop cuit, ravinée de rides profondes. Il portait une chasuble verte et un drôle de petit chapeau noir, pointu, avec une plume de picoulette.

– Samiel ! murmura la femme.

– Enchanté, Longo ! dit l'homme en venant poser sur l'épaule de Longo une main fraternelle. Cette vieille amie qui te sert de guide m'a dit tant de bien de toi que je t'attends depuis des jours.

– Mais... s'écria Longo, c'est impossible ! Elle n'a pas pu vous parler de moi ! Nous ne nous sommes pas quittés depuis que nous nous sommes rencontrés et nous n'avons croisé personne !

Samiel éclata d'un rire bruyant qui fit s'envoler d'un seul coup une portée de buses des sables.

– Les habitants du désert des Mémoires ont leur langage. Il franchit les airs. Allons ! Venez chez moi boire ce khéfir royal préparé à votre intention.

Ils se retrouvèrent assis en rond au milieu de la tente conique. Le galopant et la chantelouve étaient restés à distance.

– On est bien ! dit Longo en prenant Venceslas sur ses genoux. Il y a juste la place pour nous quatre. Heureusement qu'on n'est pas une dizaine !

– Pourquoi ? demanda Samiel en riant.

– On aurait laissé du monde dehors.

– Nullement, mon garçon. La tente aurait été plus grande, simplement. La tente s'adapte aux invités, et non l'inverse.

Ils burent le khéfir royal. Dans un sac, Longo prit le gobelet d'argent avec lequel il essayait de faire boire Venceslas depuis quelques jours.

– Quel bel objet ! s'écria Samiel.

– Mon cadeau de mariage, offert par Kallysten.

– C'est un trésor, mon garçon. Ne le perds jamais ! Il peut te ramener d'un lointain pays où ta folie te conduirait.

Longo soupesa l'objet comme si le creux de sa main lui permettait d'évaluer le poids de sa responsabilité. Puis il y versa du khéfir, et Venceslas en but avec délice.

– Et cette émeraude ? dit encore Samiel. Quel ouvrage merveilleux !

– C'est aussi un don de Kallysten.

– Ton épouse est riche. Pourquoi ne t'accompagne-t-elle pas ?

Le visage de Longo se rembrunit. Il raconta la guerre, l'enlèvement de la princesse. Samiel hocha la tête.

– Montre-moi ce joyau. Il est très ancien. Il remonte peut-être au temps des Véritables. Ainsi donc, c'est toi qui le portes.

– Vous avez connu les Véritables ? s'étonna Longo.

Samiel sourit.

– Prête-moi cette bague !

– Excusez-moi. Je ne peux pas la retirer. Mais il y a sur l'anneau une inscription, là... Puisque vous faites partie des gens qui se souviennent, puis-je vous demander de me la traduire ?

Samiel se pencha sur la main de Longo, examina les signes gravés.

– Le même message y est écrit en plusieurs langues. Il y a bien sûr celle du Grand Cercle, mais aussi l'un des nombreux langages des Véritables. Voici ce que dit l'inscription :

« Je suis la clef de l'axe.
Je suis la sauvegarde.
Qui porte ce bijou
Conservera la force d'être. »

– Je comprends certaines choses maintenant, dit Longo. Ces mots ont leur utilité.

– Les mots sont aussi nuisances, parfois. La guerre commença entre les hommes quand ils employèrent les mots. Les mots, il faut s'en servir uniquement dans les chansons. C'est important de le savoir, pour qui cherche la paix. Quoi qu'il en soit, il est évident que cette bague est bien plus qu'un simple bijou. Elle a un rôle à jouer dans le Grand Cercle. Peut-être même est-elle l'objet de certaines convoitises. C'est un cadeau unique, mon garçon, et celle qui te l'a offert ne l'a pas fait sans raison. Cette bague appelle, elle protège et surtout elle renferme un secret.

– Lequel ?

– Je l'ignore.

– Et comment percer ce secret ?

– Seul celui qui a monté le bijou le sait.

– Mais il est mort, puisque l'objet est si ancien !

– Peut-être pas.

Le reste de la journée se passa dans le silence. La tente les abritait du soleil, du sable et du vent. Longo médita longtemps sur les paroles de Samiel.

# Le Chien

Le lendemain, au réveil, il ne restait plus trace du passage de Samiel ni de la tente qui les avait abrités. La Marcheuse, Longo et Venceslas reprirent leur route. Mazagran suivait, d'humeur toujours égale. La chantelouve, qui souffrait de la faim et de la grande chaleur, recherchait l'ombre des rochers.

Quand ils arrivèrent près d'une mare assez large où barbotaient et cancanaient une poignée de couineurs à long cou, la Marcheuse cria avec une joie non dissimulée :

– Je vais laver mes robes !

Elle ôta sa première toile. Dessous, il y en avait une autre, vraie mosaïque à dominante verte. Elle l'enleva également. Longo en dénombra sept. La vieille paraissait toute maigre. Il ne lui resta bientôt plus sur la peau qu'une combinaison de tulle qui s'enflait dans le vent.

Le lavage était en fait une cérémonie ponctuée d'incantations, et qui ne dura pas moins de trois jours.

Dans le désert, la chantelouve dépérissait. Son lait ne convenait plus à Venceslas. Longo sut qu'il devrait désormais s'occuper de la nourriture de son fils, car l'époque du sevrage approchait. Pendant le lavage des robes, il partit à la chasse. Il rapporta toutes sortes de bestioles qu'il fit griller et qu'il découpa en lamelles, et il fit des bouillies avec quelques pousses arrachées au désert.

La chantelouve bénéficia des restes. Quand ils reprirent la route, elle les suivit. Longo discernait chez elle un besoin de compagnie poussé à l'extrême, ajouté à la douleur de ne plus nourrir l'enfant qu'une seule fois par jour. Or Venceslas aimait la chantelouve. Il jouait avec ses oreilles, se laissait mordiller les pieds. Un jour, Longo eut peur : l'animal avait saisi l'enfant dans sa gueule et le promenait ! Venceslas, lui, riait aux éclats.

Longo restait perplexe en ce qui concernait la Marcheuse. S'il aimait ses paroles et certains de ses enseignements, il doutait parfois qu'au terme de leur longue marche il retrouve Kallysten. Il commençait à se lasser, aspirait à un lieu de repos, un village, des hommes, des femmes qui puissent le renseigner. Mais n'était-ce pas en marchant qu'ils avaient échappé à l'ennemi ?

– Pourquoi ne m'expliques-tu jamais les choses ? demanda-t-il un jour. Tu connais tous les secrets du vieux monde, je le sens bien, tu as vu les Véritables. Et tu ne veux jamais parler ! Quel rôle joues-tu ?

La fureur se lut aussitôt dans les yeux de la vieille. Longo ne désarma pas pour autant.

– Tu sais où est Kallysten. Tu sais comment je peux échapper à Ypner. Tu connais l'énigme de la fondation du Grand Cercle. Tu sais qui je suis, mieux que je ne le sais moi-même. Alors, pourquoi ne rien me dire ? Tu ne veux donc pas qu'on délivre le Grand Cercle ?

La vieille hurla soudain :

– *Insolent !*
*Le ciel n'était pas gravé*
*Que déjà j'existais*
*Portée par le Chien*
*Née d'un silence*
*Entre deux paroles.*
*Oui je suis née d'un silence*
*Comme vous tous*
*La différence*
*C'est que moi, je le sais !*

Longo ne répondit rien.

Le lendemain matin, il sella Mazagran, se chargea de Venceslas et déclara froidement :

– Adieu, la Marcheuse ! Je t'abandonne. J'aime mieux les sabots de mon galopant que tes paroles qui ne servent à rien.

Elle ricana tandis qu'il éperonnait sa monture. Il fila ventre à terre, soulevant des nuages de poussière, en direction du nord. Une ligne bleutée à l'horizon indiquait la fin du désert. Plus loin se découpaient des montagnes et derrière ces montagnes, il espérait trouver un peuple.

Il ne laissait que peu de répit à son coursier. La chantelouve n'ayant pas suivi ce train d'enfer, Longo prépara deux bouillies pour l'enfant. Mais, trop secoué, Venceslas vomit. Longo ne voulut pas s'arrêter à ce signe. Il reprit sa course jusqu'au soir.

La végétation réapparaissait. Des herbes, des arbustes, puis bientôt des sorberoses, des tropliers, des fierchênes, comme dans le pays de son enfance. Il ralentit l'allure. Quelques prés clôturés séparaient des bosquets.

Soudain, il aperçut une silhouette devant lui. Il retint sa monture.

C'était la Marcheuse. Elle avançait tranquillement, de son pas pesant qui écrasait les obstacles. Ses grosses pataugues et sa robe multicolore n'avaient même pas connu la poussière de la route.

Ils prirent le repas ensemble et Longo n'osa plus aucune question. Venceslas cherchait de tous côtés la chantelouve. Longo le toiletta, le changea, étendit les langes mouillés, et l'endormit dans ses bras tandis qu'ils regardaient le feu. Des bruits nocturnes envahirent le sous-bois.

Alors la Marcheuse parla d'une voix un peu cassée :

– *Quand tourne l'infortune*
*Il te faut gagner l'axe*
*Le moyeu l'immobile*
*Pivotant sur toi-même*
*Les bras en deuil ouverts*
*Tu parcours de ton ombre*
*Le cercle inaccessible.*

Elle se tut, savourant le calme de la nuit, à l'écoute de la nature retrouvée. C'était un endroit où Ypner n'était pas encore venu, un endroit heureux, un endroit comme avant, qui ressemblait au village de la Providence. La Marcheuse dit encore :

– *Quand la roue tournera*
*Les jours et les minutes*
*Te seront comptés*
*Dans la mémoire du Chien.*
*C'est à ce moment-là*
*Qu'il te faudra passer*
*Par la dorsale !*

*Franchis ! Franchis le Chien !*
*Le trait traverse l'œil*
*Jusqu'à l'indicible !*

Ils s'endormirent. Quand Longo se réveilla, il se sentait bien, il était d'humeur gaie. Tandis qu'il faisait boire Venceslas dans le gobelet d'argent, il dit à sa compagne de route :

– J'ai quelque chose pour toi ! Écoute ! Cela m'est venu dans la nuit. Je te l'offre.

*Avant de m'endormir*
*Il faut, dit la princesse*
*Ouvrant ses bras de neige,*
*Une once de caresse*
*Et de blanc souvenir.*

La Marcheuse était accroupie auprès du feu. Quand elle eut entendu ces mots, elle se leva, l'air grave, s'approcha de Longo, lui prit le visage dans ses deux mains et dit :

– Comme ça, je t'aime.

Il se mit à rire.

– Dis, la Marcheuse, tu m'aimes comme une mère, ou tu m'aimes d'amour ?

La Marcheuse se dressa lentement et répondit :

– Je n'ai jamais aimé autrement que d'amour.

Puis elle tourna le dos, s'éloigna. Alors elle devint transparente. Elle s'effaçait peu à peu. Elle ne disparaissait pas, elle était le paysage, se fondait en lui, toujours présente cependant, jusqu'à n'être plus qu'un fil, un dessin sur la toile de la forêt, qui s'évanouit dans les premiers rayons de soleil.

# La ligne du front

– Tu sais, mon petit Venceslas, la Marcheuse, je crois que nous ne la reverrons plus.

Ils chevauchaient sous une futaie très large et bien ensoleillée. Dans l'après-midi, ils débouchèrent sur une campagne aride et légèrement vallonnée. Longo, qui craignait autant qu'il espérait la présence de l'armée ennemie, fit assaut de prudence. Puis le terrain commença à décliner et une vallée apparut, au fond de laquelle miroitait un fleuve.

Longo continua encore une heure sur les hauteurs, puis s'arrêta pour chasser. Un grignotin-longues-oreilles tomba sous le coup de sa fronde et il le fit cuire à la broche. Comme il surveillait le paysage, il découvrit au loin les noirs oiseaux de guerre, puis les sombres colonnes d'Ypner. Soudain, une compagnie d'ogs surgit tout près, sur un chemin qui passait à quelques mètres en dessous de lui.

Bientôt, de nouvelles colonnes confluèrent de partout, comme issues du néant, et se dirigèrent vers le fleuve, au creux de la vallée. Personne ne semblait s'apercevoir de leur présence.

Longo éperonna Mazagran avec vigueur. Il arriva bientôt en vue d'une seconde vallée qui rejoignait la première, au confluent de deux fleuves. Sur le versant opposé s'alluma une lueur orangée, amas de minuscules et nombreux points lumineux comme autant de torches tenues par une armée invisible.

– Les Tuniques de Feu ! s'écria Longo. Regarde, Venceslas ! Elles battront l'armée d'Ypner !

Les armées avançaient à la rencontre l'une de l'autre. Sous peu, elles allaient entrer en bataille. Des chants de guerre s'élevèrent : une cacophonie de cris ogs, opposée aux chœurs des Tuniques de Feu.

Soudain, les clameurs se turent. S'ensuivit un silence pesant, interminable. Les deux armées s'observaient. Puis une immense rumeur éclata dans la plaine. De terribles détonations retentirent, des balles sifflèrent. Aux abois, Longo se jeta dans un chemin providentiel qui le mena jusqu'à des gorges assez profondes. Il galopa aussi vite que possible et trouva bientôt une grotte à l'ouverture suffisamment vaste pour qu'il pût y pénétrer sur son galopant.

Ayant mis pied à terre, il se rendit au fond de la grotte. L'endroit était désert. Il déposa Venceslas, sortit une chandelle de son sac et l'enflamma d'un geste magique. Puis il commença l'exploration. La grotte était équipée : une litière, une cheminée garnie de bois, des couvertures, de l'eau dans un tonneau, du petit bois, des torches et un tas de coquetendres qui attendaient la braise.

Il sortit son gobelet d'argent, puisa de l'eau dans le tonneau, s'assit, but, abreuva son fils. Il le changea, fit cuire à petit feu des coquetendres qu'il partagea avec Venceslas. Ils tombèrent presque aussitôt dans un profond sommeil.

Au réveil, Longo commença par se rafraîchir avec l'eau du tonnelet, puis il en offrit à sa monture. Venceslas dormait encore. Il en profita pour se mettre en quête des baies nécessaires à la bouillie de l'enfant. À peine sorti de la grotte, il fut saisi d'horreur : des dizaines de soldats gisaient tout autour. Leur tunique était rouge sombre, comme un feu qui va s'éteindre. Il s'approcha doucement. Un sifflement. Une flèche se brisa sur la muraille de pierre, à moins de deux mètres de lui. Il se jeta à terre, échappant à deux autres projectiles. Des silhouettes d'ogs se découpaient sur les hauteurs.

Une ombre bougea sous les branchages. Une ombre grise. La chantelouve ! Elle était revenue ! La bête n'avait plus que la peau sur les os. Elle sortit du fourré, posant sur Longo ses grands yeux jaunes. Il eut peur de ce regard de haine. Elle traversa le chemin et s'installa devant la caverne où dormait Venceslas. Longo ayant fait mine de revenir, elle montra les crocs, grogna, et son poil se hérissa.

Longo battit en retraite.

Un râle se fit entendre derrière lui, un peu plus loin sur le sentier. Il ne lui fallut pas longtemps pour trouver le blessé parmi les Tuniques de Feu tombées là. C'était un homme de petite taille, le visage maculé de sang. Pour la première fois, Longo serra dans ses mains cette curieuse étoffe de feu. Elle ne brûlait pas. Sans flamboyer comme sur les pentes des collines, face à l'ennemi, elle distillait la lumière d'une manière incompréhensible. Longo chargea le soldat sur ses épaules et regagna la caverne en courant. La chantelouve était accroupie auprès du couffin. Longo allongea le blessé assez loin de son fils, lui lava le visage avec précaution.

Quel ne fut pas son étonnement de découvrir les traits d'un jeune garçon dont la blonde chevelure lui rappela celle de Kallysten.

Quand il revint à la vie, Longo lui donna à boire dans son gobelet d'argent. Ensuite, il pansa tant bien que mal sa tête et lui soigna une plaie à l'épaule. Il le fit boire à nouveau puis rangea le gobelet dans son sac.

Le jeune soldat ouvrit les yeux.

– Merci de m'avoir sauvé, dit-il d'une voix si semblable à celle de Kallysten que Longo fut ému aux larmes. N'es-tu pas celui que les Francisques appellent Benjamin ? Au début, j'ai tiré sur toi. Je t'avais pris pour un ennemi, un soldat d'Ypner. Il enrôle des mercenaires de toutes les parties du Grand Cercle, de gré ou de force. Après, j'ai pensé que tu étais un pillard, car tu as une bien jolie bague que tu n'as sans doute pas achetée... Mais maintenant, je sais que tu es Benjamin.

– Toi aussi, tu me prends pour ce héros de légende.

Le blessé esquissa un sourire.

– Tes grandes oreilles ne sont pas une légende, Benjamin. Enfin... Ce n'est guère le moment... Ramène-moi à mes chefs, je te prie ! Ils te donneront une récompense.

– Il est impossible de les rejoindre sans se faire massacrer !

– Il faut sortir. Les ogs vont investir ce lieu d'un moment à l'autre. La bataille est loin d'être finie. Je dois rejoindre mes lignes. J'ai des informations de la plus haute importance. De moi dépend peut-être le sort de la bataille.

Longo le regarda avec étonnement.

– Peux-tu au moins monter un galopant ?

– Je ne m'en sens pas la force. Couche-moi en travers de la selle.

Longo obéit. Sous la garde de la chantelouve, Venceslas dormait toujours. Le blessé n'avait pu remarquer leur présence.

Quand Longo se présenta avec son fardeau à la sortie de la caverne, il n'y avait plus un seul og. Il s'engagea sur le sentier et gagna le plateau. Une dizaine de tentes rouges carrées étaient dressées au milieu d'un champ, masquées des lieux du combat par une haie de tropliers à tronc blanc. Les gardes signalèrent aussitôt leur arrivée. Une escouade de Tuniques de Feu les entoura.

Les hommes poussèrent des cris de joie en reconnaissant le blessé. Le chef se tourna vers Longo qui cacha aussitôt dans sa main le chaton de la bague.

– C'est bien, ce que tu as fait là ! Viens recevoir les félicitations de notre capitaine.

– C'est inutile.

– Il le faut. Il doit t'interroger sur ce que tu as vu. Cela peut être utile pour la suite des opérations.

Les soldats se saisirent de lui sans ménagements. Longo se retrouva dans la tente centrale, assis d'office dans un fauteuil de toile, au milieu de l'état-major complet. Des hommes entraient et sortaient sans arrêt et parlaient à voix basse. En face de lui se tenait un officier dont la tunique luisait plus que toutes les autres. Il était coiffé d'un chapeau à trois plumes blanches. Il écouta attentivement le récit de ses subalternes, puis il s'adressa à Longo :

– Nous te remercions d'avoir sauvé ce garçon. Cependant nous sommes perplexes à ton sujet. Tu es ce jeune paysan qui courtisait la fille de notre souverain. Je me souviens bien de toi. Tu n'as pas tenu ta promesse. Tu as manqué de respect envers la fille d'Ingmar, notre roi. Tu mérites la mort. Tu seras cependant gracié pour avoir sauvé l'un des nôtres. Va-t'en, mais sache que la prochaine fois que nous nous rencontrerons, ce sera ta perte.

Chassé de la tente d'état-major, Longo siffla Mazagran. Sans succès. Il reprit aussitôt le chemin de la grotte, inquiet pour son fils. Et si les ogs avaient attaqué en son absence ?

Sur le seuil, Longo trouva la chantelouve qui portait dans sa gueule le couffin de Venceslas.

– Non ! s'écria Longo. Laisse-le !

L'enfant pleurait et s'agitait. Longo courut vers le fauve qui, tout en gardant le couffin, se faufila dans le sentier pierreux. Il eut beau crier, l'animal bondit de rocher en rocher et fut bientôt hors de sa portée. La bête s'arrêta un moment au sommet de la crête, regarda une dernière fois vers lui, puis disparut.

Longo regagna la grotte et s'effondra, balbutiant des phrases magiques qui s'entremêlaient sans parvenir à conjurer la douleur.

# Le tunnel

Il y eut grand bruit tout à coup et, en une seconde, Longo retrouva ses esprits. Les ogs venaient de pénétrer dans la grotte. Ils ne l'avaient pas encore aperçu. Longo recula vers le fond, s'adossa à la roche et, au moment où il allait être découvert, il sentit dans la paroi une ouverture étroite par laquelle il se faufila avec peine. En fait, on avait construit là un mur qui masquait l'entrée d'un tunnel circulant sous le plateau. Une pierre avait été descellée et formait comme un guichet. Longo s'en réjouit car cela le mettait provisoirement à l'abri des ogs.

Ceux-ci, dans son dos, poussaient des cris de rage et bientôt ils se mirent en devoir de démolir le mur.

Dans l'obscurité, Longo avançait à tâtons. Dans sa panique, il avait oublié les magies qui permettaient d'allumer un feu. Chaque mètre pouvait receler un piège. Il devait lutter contre le désir permanent de faire demi-tour et, s'il n'y céda pas, ce fut uniquement parce que sa main gauche se resserrait sur la bague de Kallysten.

Il cria, mais la muraille lui renvoya un écho sourd et terrifiant. Il y eut un sifflement. Une caresse glacée lui enveloppa les chevilles. D'étranges voiles qui descendaient des voûtes lui frôlaient parfois le visage. Ce tunnel grouillait d'une vie omniprésente, bien qu'invisible.

Une soudaine rumeur monta avec le bruit d'un effondrement. Les ogs rugissaient de satisfaction après avoir enfin démoli le mur. Maintenant, ils couraient à sa rencontre en se bousculant et en grognant. Longo ne disposait que d'une courte avance et il fut contraint de courir aussi malgré sa crainte de tomber dans un puits.

Une autre rumeur emplit peu à peu le tunnel. Elle provenait de l'extrémité opposée. Des armes s'entrechoquaient. Un clairon. Des galops effrénés. En réalité, une bataille se déroulait non loin de là, sur le plateau, et le bruit parvenait jusqu'à lui ! Il courait toujours, à bout de forces. Derrière, les ogs suivaient sans faiblir. Leurs galoches martelaient la pierre en un grondement incessant. Soudain le sol s'éclaira faiblement. Il crut à un piège. D'autres zones plus claires apparaissaient. La sortie sans doute !

Il éprouva un regain de force. La lumière coulait, oblique, par des fentes dans la muraille. Le bruit de la bataille devint plus proche, plus sauvage aussi. Il couvrait celui des ogs. Les fentes, de plus en plus larges, formaient comme des soupiraux à trois mètres de hauteur, car la voûte s'était élevée et le tunnel élargi. Longo y grimpa pour voir ce qui se passait dehors, mais il n'aperçut que des entrelacs de feuillage, de lianes. Ces ouvertures devaient être masquées à l'extérieur.

– Longo ! Longo ! cria une voix.

– Kallysten ! hurla-t-il.

Et sa voix résonna comme mille démons lâchés au sein de la montagne.

– Longo ! Au secours ! Ne m'abandonne pas ! suppliait la voix.

Oui, c'était bien elle ! Son cri traversait le feuillage, mêlé aux bruits de la bataille. Kallysten était en plein cœur des combats.

Les ogs arrivaient. Longo sauta à terre et s'enfuit. La lumière décrut, les soupiraux s'espacèrent et bientôt, il n'y en eut plus un seul. La nuit était revenue.

La bague avait retrouvé une pâleur verte. Elle n'éclairait rien, mais sa luminosité était une présence.

Les ogs suivaient. Les plus avancés n'étaient guère qu'à dix mètres. Longo les entendait haleter. Il gémissait de terreur. Et pourtant, il lui semblait entendre juste devant le floc floc des pataugues de la Marcheuse qui lui ouvrait la voie.

Tout à coup, dans un hurlement de douleur et de désespoir, Longo se heurta à une paroi.

Les ogs rugirent. Il s'attendait à les voir se jeter sur lui, mais dans son dos eut lieu un combat inexplicable, ponctué de cris, de coups.

Ce qu'il effleurait de ses doigts n'était pas de la roche mais quelque chose de mou, visqueux et arrondi. Il essaya d'escalader l'obstacle qui se mit à ramper, et à l'enserrer dans une froide étreinte.

Un serpent ! Il s'agissait d'un gigantesque serpent ! Il se débattit pour échapper aux anneaux qui cherchaient à l'étouffer, mais chacun de ses gestes favorisait l'étreinte de son adversaire.

Jouant son va-tout, Longo grimpa sur le dos du serpent, s'y campa à califourchon et le serra dans ses bras, de toutes ses forces. Le serpent continuait d'avancer, le ballottant de tous les côtés, mais il tenait bon. Ce combat singulier dura longtemps. Une lueur parut, se fit de plus en plus vive et soudain l'éblouit. De l'avant-bras, il se voila le visage.

Le reptile ne s'était pas battu contre lui. Il lui avait servi de monture et, l'entraînant à une allure vertigineuse, lui avait sauvé la vie. Ils étaient sortis du tunnel, au flanc d'un coteau, comme d'un vulgaire terrier. En plein jour, le serpent ressemblait plutôt à un ver de terre monstrueux. Il dressa sa tête au-dessus de Longo et, faisant demi-tour, replongea dans le tunnel.

Il y eut des râles loin, au fond. Les ogs qui l'avaient suivi rendaient l'âme, s'ils en avaient une.

Le soleil déclinait à l'horizon d'une campagne plate, douce, hospitalière. Longo se trouvait sur un talus couvert d'herbe et envahi par un troupeau de panurges. Il s'avança à la rencontre du berger assis sur une pierre.

– Bonjour, l'ami !

– Bonjour, mon garçon ! répondit l'autre sans cesser de tailler une canne dans une branche de sorbe-rose. D'où sors-tu dans un tel état ?

– Quel état ?

– Tu as l'air d'un ramoneur.

– Je comprends, dit Longo. Je dois être sale. Y a-t-il un cours d'eau dans les parages ?

– Bien sûr. Il y a le ruisseau plus bas, quelle question ! Voilà bien vingt mille ans qu'il y coule. Tu n'es donc pas du pays ?

– Pas tout à fait.

L'homme le regarda fixement.

– Tu es un rescapé de la bataille ? Quoique tu me sembles un peu jeune pour être un de ces guerriers.

– Qui a gagné ?

– Personne.

– Vous êtes de quel village ? demanda Longo.

– De celui-là.

Et l'homme désigna de son bâton un groupe de toits rouges.

– Comment s'appclle-t-il ?

– Le Pays-Tranquille.

– C'est un beau nom.

– En d'autres temps, ce nom lui convenait. Mais aujourd'hui, c'est différent. Le Grand Cercle a tourné. S'il te plaît tant, descends-y. Tu y seras bien accueilli. Mais dis-moi d'où tu viens.

Longo chercha un mensonge convenable.

– Des Portes-du-Ciel. À l'orée sud de la forêt d'Ormoran.

– Diantre ! Ce village a été incendié, voilà trois mois ! Tu vois bien que tu es un rescapé ! Pourtant, tu ne ressembles guère aux Kelconkes. D'ailleurs, ils sont tous morts, non ?

– Oui, je le crains. Ou emmenés en esclavage.

– C'est possible, dit le berger. Il y avait aussi cette jeune fille convoitée par de nombreux roitelets des environs.

– Qui ça ? s'écria Longo.

– La bataille d'hier a eu lieu à cause d'elle. Il paraît que les Tuniques de Feu l'ont arrachée au Sanguinaire. Ils vont la ramener dans son pays, en Freezland, à Gune la Flamboyante. Ils se sont mis en route. Je les ai vus passer. Et c'est tant mieux. Nous aurons la paix. D'ailleurs, les histoires de princesses, cela ne me regarde pas. Va te laver, gamin ! Et attends-moi à la deuxième maison si tu veux ton souper.

– En Freezland, dites-vous ? À Gune la Flamboyante ? Je n'ai pas le temps ! Je dois y aller, moi aussi.

– C'est loin ! Il faut passer l'hiver. Les neiges commencent à s'amonceler, là-bas, de l'autre côté du Chien... et celui qui y tombe y reste.

– Le Chien ? s'étonna Longo.

– Oui ! Le versant nord de la dorsale du Chien est déjà sous la neige, à l'heure qu'il est.

– Vous avez bien dit le Chien ?

– Oui ! C'est cette montagne qui est là devant toi, à l'horizon.

– *Ainsi, le Chien, c'était une montagne !*
*Franchis ! Franchis le Chien !*
*Le trait traverse l'œil*
*Jusqu'à l'indicible...*

– Qu'est-ce que tu racontes ? dit l'homme.

– Rien... Rien... murmura Longo, évasif.

– Pardon ! Qui t'a appris ça ? Tu ne peux pas l'avoir inventé. Le Chien est une série de chaînes de montagnes et ces paroles vont avec. À l'Ouest, la Tête du Chien. Au Nord, la Dorsale, l'Épine, la Vertébrale. À l'Est, la Queue du Chien ou Bout du Chien, vers le désert des Mémoires. Le Chien est en travers du Grand Cercle, comme jeté par le dieu, comme on dit chez nous...

– La vieille ! continua Longo pour lui-même. Tant de jours se sont écoulés…

– Tu marmonnes des choses bizarres… D'abord, que vas-tu faire, en Freezland ? Tu es le servant de la princesse ?

Longo haussa les épaules. Puis, ayant tourné le dos, il traversa le ruisseau et le longea dans le sens opposé au village, à travers champs. Après une demi-heure de marche, il aperçut une grange délaissée et s'y réfugia pour la nuit.

Une surprise l'attendait : Mazagran, qui l'accueillit en mâchouillant de l'avoine ! Il le couvrit de caresses puis se jeta dans la paille et attendit le sommeil.

# La poursuite

Mais le sommeil ne vint pas. Les mains sous la nuque, Longo regardait les rayons de la lune à travers un toit aux tuiles disjointes. Une fois estompée la grande peur du tunnel, il se sentait vide de Venceslas et mesurait le poids de son absence.

Au petit matin, quand les oiseaux chantèrent, il se leva, ouvrit la porte de la grange et huma l'air embaumé des senteurs humides et froides de l'automne finissant. Il savait désormais où retrouver Kallysten. Il fit briller l'émeraude, persuadé que dans sa verte lueur, il puiserait la force de lui avouer la disparition de leur fils.

Il sella Mazagran, déjeuna d'un croûton de briche, but à son gobelet d'argent puis, se fiant au soleil, à la mousse qui chaussait à moitié le pied des arbres et au vol des oiseaux, il monta vers le nord à bride abattue par des chemins étroits qui se coulaient en lisière de grands résineux. Les montagnes du Chien se détachaient à l'horizon en une succession régulière de dômes. Gune la Flamboyante était loin, l'hiver proche. Il lui fallait réussir dans un délai très bref.

« Les Tuniques de Feu ne doivent pas être à plus d'une journée de marche devant moi, se répétait-il. Courage ! Vaincre ou mourir ! »

Quand la route devenait trop mauvaise, il mettait sa monture au pas ou en descendait pour la soulager. Le ciel était d'un gris jaunâtre uniforme, qui annonçait la neige. Les oiseaux migrateurs avaient depuis longtemps déserté les champs.

Évitant les villages des Kelconkes où pouvaient se cacher des espions, Longo traversa des bois sombres, des champs labourés, de froides rivières dont il trouvait à grand-peine le gué, puis, peu à peu, sentit qu'il quittait à nouveau une région habitée pour pénétrer dans une zone plus hostile. C'était la fin de la riche plaine kelconke.

Il avait devant lui trois jours de provisions qui lui permettraient d'atteindre son but, ou à défaut le vaste Austerland, le pays très organisé des Austères dont on lui avait parlé dans son enfance, qui s'étendait au-delà des montagnes du Chien jusqu'aux portes de Freezland.

Son cœur se réjouissait lorsqu'il trouvait quelque objet abandonné par les Tuniques de Feu, et aussi des restes de fourrage et de nourriture sur lesquels il pourrait compter quand ses provisions seraient épuisées. Les Tuniques de Feu étaient nombreuses et leurs bagages lourds, Longo croyait qu'il avait toutes les chances de les rattraper.

Il pensait souvent à la Marcheuse. Il la sentait toujours aussi proche, se surprenant à écouter parfois devant lui le bruit des pataugues écrasant les herbes et les branchages. Cette présence invisible le réconfortait.

Un soir, il dormit sous une tente délaissée par les soldats dans leur hâte de regagner Freezland avant la longue nuit de l'hiver. Il faisait doux sous cette toile grise, et il tenta le lendemain matin de se l'approprier. Le démontage fut plus difficile que prévu. Le vent du matin s'y engouffrait. Elle s'envola, et lui avec. Il dut l'abandonner. « Peu importe, pensa-t-il. J'en trouverai bien d'autres. »

Sans plus tarder, il se mit en selle. Avant de partir, il regardait toujours l'émeraude avec fierté et amour. Quand il y déposait un baiser, l'éclat se ravivait.

Jour après jour, il gagnait du terrain. Un soir, il trouva des foyers qui fumaient encore. Une nouvelle tente abandonnée lui donna raison d'avoir renoncé à emporter l'autre. Elle n'était pas montée mais affalée à même le sol. Il réactiva l'un des foyers par une chanson, tua d'un ricochet deux hilarions sauvages qu'il pluma et embrocha, puis essaya sans succès de dresser la toile. Finalement, il se roula dedans après avoir prononcé les phrases qui chassaient les signes. Il s'endormit au chant des effraies, au coassement des grenouilles dans les marais avoisinants.

Au huitième jour après la sortie du tunnel, l'armée des Tuniques de Feu étant proche, il commença à élaborer un plan pour reprendre Kallysten. Son émeraude brillait au moindre de ses gestes, était-ce en raison de la proximité de sa bien-aimée ? Peut-être savait-elle en ce moment même qu'il s'approchait d'elle ! N'avait-elle pas deviné sa présence dans le tunnel, ne l'avait-elle pas appelé ?

La période qui précédait le sommeil, il l'utilisait à rêver qu'il traversait les lignes ennemies, reprenait la jeune femme au nez et à la barbe de ses agresseurs. Il rêvait aussi que Kallysten appelait Sardone la magicienne, comme elle en avait le pouvoir, et que Sardone les sauvait une fois encore, comme au jour terrible de l'attaque des serrevolants du roi Ypner.

Il s'imaginait avançant parmi les Tuniques de Feu, vêtu de ce curieux habit couleur de flammes qui donnait l'apparence de torches vivantes à ceux qui le portaient. Il l'avait tenu dans ses mains, mais ignorait si sa peau était capable de le supporter.

Ces rêveries se changeaient en angoisse à cause de Venceslas. Son seul espoir était que la chantelouve l'eût déposé dans un village, chez une femme en mal d'enfant.

Bientôt les belles plaines furent oubliées. Il gravit les montagnes du Chien et son allure ralentit.

Le pays des Austères n'étant pas en vue au douzième soir, Longo commença à s'inquiéter. Si les traces du passage d'une armée étaient toujours aussi nettes, il n'arrivait cependant pas à la rattraper. Il se dirigeait invariablement vers le nord, le ciel était toujours plus sombre, plus bas, et les jours qui avaient raccourci n'étaient plus que des crépuscules s'étirant d'un matin tardif vers un soir précoce. Il faisait de plus en plus froid.

Longo trouva la neige d'un seul coup en franchissant un col de la Dorsale. Mazagran renâclait, étonné de marcher dans cette curieuse boue blanche qui lui glaçait les pattes. La vallée des Austères apparut le quatorzième soir, vague lumière dans la pâle étendue qui reflétait le ciel. Une sorte de trait noir s'inscrivait au loin dans la blancheur du paysage.

Longo accueillit cette vision comme une délivrance. Quelques mots prononcés par la Marcheuse, même obscurs, auraient couronné sa joie. Ils ne vinrent pas. Elle lui manquait. Il la savait là, mais il aurait aimé la voir.

Il quittait un versant sud encore tiède des douceurs de l'automne. Devant lui l'attendait un versant nord qui connaissait l'hiver depuis déjà plusieurs semaines. Un vent glacial s'engouffra dans sa chevelure et, transperçant ses habits, le mordit à la poitrine.

Il éperonna sa monture et passa la nuit à l'abri de trois rochers inclinés en faisceau dont il boucha les fentes avec de la paille. Il dormit pelotonné près de Mazagran, après avoir allumé un bon feu en jetant un caillou selon les procédés de la vieille. Un froid mortel le réveilla juste avant l'aube. Ses doigts commençaient à geler. Il souffrait. Il se leva, marcha de-ci de-là, grimpa sur les rochers. Devant lui, à moins d'un kilomètre, se dévoilèrent des centaines de foyers. Les Tuniques de Feu campaient là ! Cette vision le réconforta. Il s'écria soudain :

– *Gune la Flamboyante !*
*Tes trésors sont cachés*
*Mais le plus beau de tous*
*Je le porte à mon doigt*
*Tes perles sont dans ta main*
*Mais la plus belle de toutes*
*Je la prendrai dans ton écrin !*

Il reprit sa marche dans la neige. L'émeraude était restée terne au baiser du départ.

Il s'approcha du camp et, délaissant son galopant dans un bois, il rampa dans la neige pour observer les soldats démontant le bivouac. Il découvrit alors sa méprise.

Ce n'étaient pas les Tuniques de Feu qu'il avait poursuivies, mais une armée aux habits bleu nuit, une troupe d'Austères. Kallysten ne se trouvait pas là, elle n'était plus qu'un rêve, à peine un souvenir devant ces hommes sobrement casqués de cuir et de métal, et parlant un langage aux sonorités désagréables.

Sous les ordres d'un chef, leur troupe se rassembla par colonnes pour le départ. Les cavaliers prirent la tête, suivis des fantassins, flingot à l'épaule, à l'exception d'une escouade qui devait assurer l'arrière-garde. Marchant lourdement dans la neige, ils s'éloignèrent en direction du nord. Longo revint vers le bois, siffla Mazagran, mais l'animal ne se présenta pas. Il eut beau appeler, il ne trouva nulle trace de son compagnon de route. Alors il s'assit dans la neige, se prit la tête dans les mains et pleura sa folie. Les larmes gelaient sur son visage.

Quand il leva les yeux, il était face à trois de ces soldats couleur de nuit. Leur casque masquait la partie supérieure de leur visage. L'un avait une barbe blonde. On ne discernait pas leurs yeux, juste deux petits trous dans la carcasse métallique.

# La forteresse

Dans le Grand Cercle, on employait généralement un seul et unique langage. Mais parfois certaines tribus ou des populations vivant en autarcie le déformaient jusqu'à produire un patois incompréhensible. C'était le cas chez les Austères.

Avec un mécontentement qui se traduisait par des gestes désignant la montagne, le barbu se mit à proférer des paroles que Longo ne put interpréter, mais dont il saisissait toute l'agressivité.

– Je ne comprends rien à ce que vous dites ! répondit-il.

Les hommes se regardèrent. L'un d'eux s'adressa à Longo dans le langage commun.

– Le chef demande qui tu es.

– Je m'appelle Estar, natif des Portes-du-Ciel.

– Que fais-tu là ?

– Je me suis égaré.

– Tu as passé la frontière. Ici, tu es en Austerland. Nul ne doit franchir la frontière sans permission. Tu dois nous suivre.

Les soldats le prirent chacun sous une aisselle et l'entraînèrent sans ménagements. Longo n'arrivait pas à soutenir la cadence. Ses pieds traçaient de grandes traînées dans la neige. Ils rejoignirent la compagnie de fantassins avec lesquels les deux soldats et le barbu se mirent à converser. Il apprit par l'un d'eux que les Austères venaient de conclure une alliance avec les tribus du Landofiel, et avaient fermé leur territoire aux troupes d'Ingmar comme à celles d'Ypner.

Après des heures d'une marche forcée, parmi cette troupe qui puait la sueur, malgré des crampes dans les cuisses et dans les mollets, Longo avait gardé ses esprits.

Une gigantesque muraille couleur de nuit se dessina non loin, barrant le paysage enneigé : la traînée noire aperçue la veille du haut de la Dorsale du Chien. Elle était constituée d'énormes pierres noires s'imbriquant les unes dans les autres selon des schémas compliqués. C'était une structure savante, bâtie pour décourager n'importe quel siège, n'importe quelle attaque, et pour s'opposer aux puissantes machines de guerre de l'envahisseur sudien. Elle était ornée de tours où se découpaient d'étroites fenêtres à barreaux. Un immense donjon carré dominait l'ensemble.

Deux grosses tours rondes protégeaient une entrée. La herse se leva et ils pénétrèrent dans la fortification. Longo s'attendait à trouver une ville animée derrière les murailles, avec ses échoppes, ses badauds, ses auberges, comme dans les bourgs des Kelconkes. Il n'y avait que de grands édifices carrés, réguliers, militaires, taillés dans la même pierre noire, devant lesquels s'affairaient des soldats.

Il fut introduit dans une bâtisse proche de la haute tour et jeté dans une pièce de trois mètres de côté dotée d'un soupirail.

La porte claqua.

Il faisait chaud, et Longo put se reposer sur le sol. Il entreprit de masser doucement ses pieds gelés en retrouvant certains chants de la Marcheuse. L'émeraude s'activa. Les diamants étincelèrent. Toute douleur s'estompa. Par le soupirail, le jour baissait. Puis ce fut l'obscurité la plus complète, avec un méchant vent qui passait par la fenêtre.

Au petit jour, deux gardes le conduisirent dans une pièce plus vaste, où des soldats attendaient debout, entourant leur chef au costume orné de dorures aux manches et sur les épaules. Il commença à l'interroger en aboyant dans son patois. Un soldat servit d'interprète.

– Le chef demande pourquoi tu as quitté ton territoire.

– Je n'ai rien fait de mal ! cria Longo. Vous devez me relâcher !

– Nous sommes en guerre. Ici, tout le monde fait du bien aux uns et du mal aux autres. C'est comme ça. Pour qui es-tu ?

– Je ne sais même pas qui est en guerre !

– Tu mens. Tu es un espion. Certains hommes d'Ypner sont vêtus comme toi. Quelle est ton armée ? Ton corps ? Ton unité ?

– Je ne suis qu'un paysan du peuple des Kelconkes. Quant à Ypner, je le déteste.

– Comment t'appelles-tu ?
– Estar.
– Comment es-tu venu de si loin ?
– J'avais un galopant, mais on me l'a dérobé à votre frontière.
– Tu es bien jeune pour avoir un galopant et bien insouciant pour quitter ton pays en ces temps troublés. Tu n'as pu le faire seul. Qui t'a aidé ?
– Personne.
– Qui as-tu rencontré en chemin ?
– Personne.
– Tu mens ! Les hommes du Sanguinaire ? Tu n'en as pas vu un seul ?
– Non.
– Ni les légions d'Ingmar ?
– Non.
– Le chef dit que tu dois être aveugle. Il n'y a que ça dans les environs. Et si tu n'es pas aveugle, c'est que tu es menteur. Le chef veut savoir où tu allais.
– Je suis à la recherche d'une femme que j'ai épousée et qui a quitté mon village.
Les soldats éclatèrent de rire.
– Tu dois être un mauvais mari. Le chef veut aussi savoir pourquoi tu tiens toujours ton poing fermé. Ouvre-le !
Il refusa. Deux hommes le rouèrent de coups et il fut forcé d'ouvrir la main. Un murmure parcourut l'assistance à la vue de la bague de Kallysten.
– Donne-nous cette bague. Un homme ne porte pas de bagues.
– Je ne peux pas la retirer.
– On va te trancher la main.
Ils essayèrent de lui enlever la bague par tous les moyens, sans succès.

Alors on lui posa le bras sur une table, un soldat sortit son sabre et l'abattit. Sous le choc, Longo hurla. Son bras était resté indemne. La lame s'était brisée net.

– Qui es-tu pour être capable d'un tel prodige ?

– *Malheur à qui s'attaque*
*Au signe de l'ange*
*Nul ne saura*
*Qui je suis : je suis moi.*

Cette déclaration déclencha des commentaires bruyants avant même qu'elle eût été traduite.

– Qu'est-ce que tu crois ? Que nous allons te relâcher ? hurla l'interprète. Ne vois-tu pas cette forteresse ? Tu imagines être capable de t'en échapper ?

Ils le jetèrent sur le sol et le criblèrent de coups, puis ils le fouillèrent de la tête aux pieds. Ayant trouvé le gobelet, ils se le passèrent de main en main, s'interrogeant et discutant longuement.

Longo fut à nouveau saisi par des soldats, traîné dehors et conduit au donjon sans que son bien lui fût rendu. Seule l'émeraude lui restait. On l'abandonna dans une cellule où croupissaient d'autres prisonniers qu'il jugea dans un état pire que le sien. Aucun d'eux ne lui adressa la parole. Sur le soir, des soldats lui apportèrent un bol de soupe puis il fut conduit dans une autre pièce où il se retrouva au secret. Il y resta deux jours et deux nuits sans voir personne, sans boire, sans manger, les poings liés dans le dos.

# Erasyl

La porte de sa geôle s'ouvrit tout doucement sur un rectangle de lumière. Un homme entra, seul, sans bruit, s'éclairant d'un flambeau. Il était très grand, aussi grand que les ogs du Sanguinaire, sans en avoir cependant l'aspect bestial, pour autant qu'on puisse en juger dans la pénombre. Le blanc de ses yeux luisait dans son visage sombre. Il avait le crâne rasé, il était bâti comme un champion, avec des cuisses, des jambes et des bras d'une musculature extraordinaire. Il portait un costume de cuir brun composé d'un justaucorps à lacets faisant pièce avec une jupe courte. Il tenait un fouet.

La porte se referma derrière lui.

Considérant le prisonnier affalé sur la terre battue qui le regardait d'un air suppliant, il resta très longtemps à tapoter l'extrémité de la badine sur sa cuisse droite, tandis que, de la gauche, il tenait le flambeau bien haut.

– Lève-toi ! dit-il enfin, d'une voix neutre.

Ce que fit Longo.

– Qui es-tu ?

– Je m'appelle Estar, du village des Portes-du-Ciel, en territoire kelconke.

– C'est ce que tu as raconté au poste, mais tu mens, dit l'homme doucement.

– Non !

Le géant sourit, fit claquer son fouet en l'air, et cependant parla encore avec douceur.

– Tu mens.

Il s'approcha de Longo et l'examina à la lumière de sa torche. La flamme sortait de l'ombre quelques meubles sommaires dont Longo ne saisit pas l'utilité. Au plafond pendaient des outils, et il se crut dans une remise.

– Tu mens, mon garçon. Allons, que caches-tu dans ta main ?

– Rien.

– Fais voir cette bague !

Le coup de fouet partit cette fois, et ancra sa morsure sur le buste de Longo. Lentement, le jeune homme ouvrit et tendit la main. L'homme se pencha pour contempler le joyau.

– Cette merveille des merveilles ne peut avoir été donnée à un simple paysan.

– C'est une bague que ma mère m'a laissée avant de mourir.

– Ta mère a de bien jolis colifichets. Tant mieux pour elle et tant pis pour toi.

Il lui donna un nouveau coup de fouet et Longo fut agité d'une secousse terrible. Il tomba en criant :

– J'ai rien fait de mal ! J'ai rien fait de mal !

– Mentir est mal. Que cherchais-tu devant la grande muraille ?

– J'ai tout expliqué aux soldats ! Je me suis perdu.

– Pourquoi t'obstiner ainsi ? demanda l'homme. Cet objet représente une des plus grandes valeurs de ce temps. Il ne sortira pas d'ici. Toi non plus. Nul ne s'est jamais échappé de la forteresse de la nuit. Regarde attentivement ces instruments. Ils seraient propres à arracher des aveux aux ogs eux-mêmes s'ils étaient doués de parole ! Nous saurons ce que tu nous caches. Nous saurons qui tu es. Nous saurons ce que tu faisais ici. Je m'appelle Erasyl. Je suis celui qui efface. Retiens bien ce nom ! Aucun secret n'a jamais échappé à Erasyl. Aucune mémoire ne lui a jamais résisté.

Erasyl sourit encore de ses longues dents blanches et ajouta :

– Tu n'as pas de chance. Nous connaissons ce joyau que tu portes, ainsi que le gobelet trouvé sur toi. En ce qui concerne cette émeraude, quand bien même tu ne la lâcherais pas vivant, tu seras obligé de l'abandonner mort !

– Je ne peux pas l'ôter !

– Il y a toujours une formule pour défaire ce qui a été fait, affirma le colosse vêtu de cuir.

Erasyl le regarda un moment, puis il frappa un gong. Deux hommes vinrent chercher Longo à demi évanoui. Ils le menèrent par des couloirs qui se croisaient en des carrefours extrêmement complexes qu'il entrevoyait à la faible lueur de flambeaux accrochés aux murailles.

– Ah ah ! disait l'un. On va habiter dans les sous-sols de Behrend. C'est tranquille, les sous-sols de Behrend ! C'est la nuit pour l'éternité !

– Ça oui, répondait l'autre. Et il y a de tout dans les sous-sols de Behrend. Des habitants de toutes sortes, des gros menteurs, des petits rongeurs, des insectes de nuit. Et on ne s'y abîme pas les yeux. Car ici, c'est le royaume de la nuit!

Ils descendirent trois étages. Au fur et à mesure de leur progression, une obscurité de plus en plus dense se développait dans l'esprit de Longo, qu'il ne pouvait attribuer à la seule nature des lieux.

Le dernier sous-sol n'était qu'une cave puante, où l'on distinguait à peine des grilles noires donnant dans d'obscurs alvéoles. Les geôliers ouvrirent l'un d'eux et le jetèrent sans ménagements sur la roche froide. Puis la porte grinça, la serrure joua et les hommes s'éloignèrent.

Longo se retrouva à plat ventre. L'obscurité était telle autour de lui et en lui qu'il perdit conscience.

Un bruit le réveilla. Une lumière prit naissance et s'arrêta devant sa porte. Elle le brûlait à l'intérieur. Une ombre entra, déposa une cruche et repartit.

C'était de la soupe. Il la but presque d'un trait, puis s'allongea de nouveau, en proie au délire de la nuit. Dès le début, il comprit qu'il devrait surtout lutter contre le désespoir et la folie. Il rampa tout autour de sa prison, pour en deviner les formes, les dimensions. Elle était à peine plus large que la porte, mais profonde d'environ quatre mètres. La muraille était couverte d'aspérités, comme si elle avait été bâtie de briques mal assemblées. Il se heurta à une planche sur laquelle était posé un carré d'étoffe : son lit.

Il avait les yeux grands ouverts et pourtant, il ne pouvait rien voir, absolument rien. La nuit était élevée au rang d'infirmité absolue. Dans ce lieu, les quatre autres sens allaient remplacer ce sens désormais inutile. Son ouïe lui distillait des sons étranges, et il crut au début que sa geôle était peuplée d'infâmes êtres minuscules grouillant dans tous les coins. Il comprit rapidement qu'il était lui-même l'auteur de ces bruits, qu'il percevait les battements de son cœur, les gargouillis de son estomac, le bruissement de ses habits et le raclement de la plante de ses pieds sur le sol.

Après avoir fait le tour de sa cellule, il choisit un coin pour y déposer ses excréments. Une pierre plate découverte au milieu lui permettrait de les recouvrir. Il entendit subitement un léger frémissement dans l'air et un gros insecte se perdit un instant dans ses cheveux. Il se débattit en hurlant.

– Ne t'inquiète pas ! fit soudain une voix. Ces noctambelles sont totalement inoffensives.

Longo sursauta, cherchant à tâtons qui partageait cette geôle avec lui.

Il y eut un ricanement.

– Je ne suis pas dans ta carrée, mon petit. Ma voix glisse le long du couloir. D'après mon estimation, deux cellules nous séparent. J'avais un ami dans l'une des deux, il est mort la semaine dernière. Hi hi hi ! J'en avais d'ailleurs aussi un dans la tienne, mais c'était il y a longtemps. J'espère qu'ils sont venus l'enlever. Hi hi hi !

– Qui êtes-vous ? demanda Longo.

– Et toi ? Qui es-tu ? C'est aux derniers arrivés de se présenter les premiers, il me semble, hi hi hi !

– Estar. Je viens des Portes-du-Ciel.

– Ho ho ! C'est extraordinaire ! J'en viens aussi, figure-toi.

– Vous me connaissez ?

– Non, hélas ! Je pourris dans cette prison depuis trente-deux ans maintenant.

Longo poussa un cri.

– Trente-deux ans ! Mais… pourquoi ?

– Pour rien, mon gars. Pas toujours besoin d'avoir fait quelque chose pour être en prison !

– Qui êtes-vous ?

– Je m'appelle Fahr. J'étais forgeron. On m'a jeté ici à l'âge de seize ans. Tu vois, on peut vivre longtemps dans l'obscurité ! La nuit est un royaume que l'on peuple à sa guise. Ici, tout est dans la tête, il ne nous reste plus que ça. Tu aimeras la nuit. Tu aimeras. Dors, à présent. On reparlera demain, après la soupe. Il ne faut pas trop parler. Dans un an, on n'aurait plus rien à se dire. Je suis content que tu sois là. Surtout que toi, hé hé, tu vas durer longtemps ! À moins que tu sois l'Assembleur. Un voyant m'a dit que je ne mourrais pas sans avoir rencontré l'Assembleur.

Longo s'allongea sur la planche et tira sur lui la couverture. Bientôt, il s'en débarrassa. Elle grouillait de vermine. Un galop de rats parcourut sa cellule. Certains grimpaient sur son ventre pour s'enfuir aussitôt.

En attendant la soupe suivante, il essaya de se rappeler un chant magique de la Marcheuse. Mais Fahr lui parlait sans arrêt et le déconcentrait. Le vieillard ne disait que des choses de plus en plus incohérentes, reniant ce qu'il avait affirmé l'instant d'avant. Il était devenu fou.

Longo s'installa dans cette étrange vie. Pour mesurer le temps qui s'écoulait, il n'avait que le service de la soupe et, comme il avait très faim entre chaque visite, il supposa qu'on ne le servait qu'une seule fois par jour.

Une semaine après son arrivée, Fahr omit de le réveiller avec ses longs discours. Ce silence inquiéta Longo.

– Hé ! Fahr !

Peut-être que le vieux fou le faisait exprès. Les heures passèrent dans le silence. Fahr avait définitivement cessé de parler. Des soldats vinrent enlever son corps en riant. Longo fut saisi d'une tristesse infinie, comme si plusieurs années l'avaient lié au forgeron.

Après cela, il se mit à parler tout haut, et même à chanter, pour tromper la solitude. Mais ses chants n'avaient aucun effet magique. Il tenta à trois reprises de lancer un caillou pour allumer un feu, il n'en tira pas la moindre étincelle. D'ailleurs il n'était plus très sûr de la formule.

À la quinzième soupe, on le sortit de son trou. On le lava dans une prison du premier sous-sol et on le conduisit à nouveau à Erasyl.

– Nous allons reprendre notre conversation depuis le début puisque tu n'as pas eu la courtoisie de me répondre correctement l'autre fois, dit Erasyl. Qui es-tu ?

– Je suis un paysan kelconke, répondit Longo.

– C'est vrai. Tu es passé par les Portes-du-Ciel et le bois de l'Un et l'Autre. Nous avons vérifié.

– Vous voyez que je dis la vérité ! Alors, vous allez me relâcher ?

– Non. Parce que tu n'es pas celui que tu prétends être. Je sais qui t'a donné ce joyau. C'est la fille du roi de Freezland. Tu ne le lui as pas volé, c'est un bijou doué d'une certaine magie qui ne peut s'approprier, elle te l'a confié. Quel maléfice es-tu venu accomplir sur notre territoire ?

– Aucun, je vous assure ! Peut-être que c'est cette princesse qui l'a offert à ma mère, répondit Longo.

– Retourne dans ta cellule. Tu as toute la vie pour réfléchir. Quand tu t'en iras, ce sera à la manière de Fahr. La nuit agit comme un acide. Elle te rongera !

On le reconduisit dans le silence et dans l'obscurité. Longo essaya de se rattacher à tout ce qui vivait dans son esprit. Mais jour après jour, des détails désertaient sa mémoire. Des pans entiers de sa vie disparaissaient.

Invariablement, après quinze repas, on venait le chercher. Erasyl le menaçait, évoquait de nouveaux éléments tendant à prouver qu'il connaissait la vérité. Il mentionna l'invasion de la Providence par le Sanguinaire, les Tuniques de Feu. Mais ce qui l'intéressait, c'était la bague et son pouvoir. Longo répétait sans cesse les mêmes mensonges. Puis on le raccompagnait dans sa cellule. Au fil des jours, sa mémoire le désertant toujours davantage, il choisit un souvenir et s'y accrocha désespérément, s'efforçant d'y penser à chaque heure, de se le répéter, de le revivre. C'était le poème offert à la Marcheuse :

*Avant de m'endormir*
*Il faut, dit la princesse*
*Ouvrant ses bras de neige,*
*Une once de caresse*
*Et de blanc souvenir.*

Il voyait ainsi Kallysten et se fixait sur son image. Après avoir été dominé par la nuit, il sentait monter en lui une force extraordinaire, une fierté qui, de vulgaire entêtement au début, était devenue profonde résolution qu'il éleva à l'état d'idéal.

– Je mourrai, mais je ne dirai rien. Jamais. Et je n'oublierai pas.

Une simple cruche d'eau remplaça bientôt sa soupe quotidienne. Il se sentait faiblir, et les tours de cellule qu'il s'imposait pour garder l'usage de ses jambes se firent de plus en plus pénibles.

Un jour, il se sentit à toute extrémité. Il appela. Sa voix se perdait dans le néant. Il avait l'impression que plus rien n'existait au-dessus de sa tête. Les animaux de la nuit, il les avait apprivoisés. Il ne craignait plus personne, plus rien.

Sinon l'oubli.

# La fenêtre

La dernière image que Longo avait de Kallysten, c'était sa main levée en guise de salut, lorsqu'il était parti pour la chasse maudite. Elle était si vivante que rien n'avait pu l'effacer.

Tout en chantant, malgré l'agonie, il caressa le chaton de la bague. Quand il l'eut frotté longtemps, un point vert apparut à son annulaire. Voilà que cette faculté de la pierre précieuse revenait ! D'abord simple étoile dans la nuit de la forteresse, l'éclat s'accrut.

L'émeraude illuminait la prison. Longo voyait ! La geôle n'avait pas tout à fait la forme qu'il avait imaginée. Elle était plus large, moins longue. Des bribes de chants magiques lui revenaient en mémoire. Puis des images de son passé. La chantelouve s'enfuyant avec Venceslas. Le jour de sa rencontre avec Kallysten sur le plateau, derrière les Loges-Hautes. Et il se sentait mieux. Le spectre de la mort s'éloignait, se dissolvait dans quelque recoin obscur de la forteresse.

Il y eut dans le couloir un bruit de pas, celui des pataugues de la Marcheuse. Soudain, dans un grincement, la grille de sa cellule s'ouvrit. Longo se leva péniblement. Il n'y avait personne dans le couloir que la bague éclairait faiblement.

Au fond du couloir, il discerna un carré lumineux, comme un miroir fixé à la cloison à hauteur de regard.

Longo marcha vers ce carré qui mesurait environ un mètre de côté. Il s'assit et le contempla. Au bout d'un moment, une forme s'y dessina, une silhouette, un buste, un visage, comme si quelqu'un s'avançait vers lui, de l'autre côté du mur.

– Tu m'as appelé ? dit une voix.

– Qui êtes-vous ?

– Tu m'as appelé avec la pierre d'Ophaz. Je suis Benjamin.

Longo resta muet quelques secondes.

– Benjamin ! Oh, Benjamin ! murmura-t-il en tendant la main.

– Ne touche pas le miroir ! ordonna la voix.

– Benjamin ! Vous existez ! Vous n'êtes pas seulement une légende ! Je vous en supplie, si vous le pouvez, délivrez-moi !

Le visage se précisa. Il ressemblait à Longo, avec de grandes oreilles, mais il était immense, il occupait à lui seul la fenêtre carrée.

– Je vous ai déjà vu… Dans le miroir de Sardone… Il y a longtemps… Vous étiez habillé en guerrier.

– Pourquoi m'appelles-tu ? Qui es-tu ?

Longo hésita.

– Estar.

– Je ne connais pas Estar. Laisse-moi vérifier.

Le visage s'estompa. Une écriture verte apparut sur la fenêtre. Les lignes glissaient de bas en haut.

C'était un langage que Longo ne pouvait pas comprendre. Il ressemblait aux signes gravés sur la bague et sur le gobelet d'argent. Puis le visage revint.

– Il n'y a pas d'Estar. Qui es-tu ?

– Longo. Natif de la Providence. Fils de Junon la Pédauque.

– Enfin ! Longo, je te cherche depuis longtemps. Je ne te vois pas bien. Es-tu jeune ? Âgé ?

– Jeune. Mais j'ai déjà un fils.

– Où te trouves-tu ?

– Vous le savez bien… puisque vous êtes là, avec moi. Je suis dans une prison de la forteresse de Behrend.

– Même si nous pouvons nous voir, je suis très loin de toi. Maintenant, écoute-moi bien, Longo. Tu es en réalité Benjamin le douzième du nom. Tu es l'une de mes douze images dans le Grand Cercle. On les reconnaît à leurs longues oreilles.

– Je suis une image ? Qu'est-ce que cela veut dire ?

– Tu es mon porte-parole, mon représentant. Moi-même je ne suis que l'esprit de Benjamin, son souvenir, son rêve. Benjamin est ici, je vais te le montrer. Regarde !

La grande image dans l'écran d'avenir recula peu à peu, laissant apparaître un décor sinistre au fond d'une pièce obscure. Sur une longue stèle, dans un cercueil de verre, un corps était allongé en robe blanche ceinturée d'or. Seul son visage apparaissait. Toujours le même, celui que Longo connaissait : le sien ! Mais ici livide, cadavérique.

– Voici Benjamin, le seul, le vrai, le dernier des Véritables, dit la voix.

– Il est mort ! s'écria Longo.

– Il est mort, mais il est vivant.

– Cela ne se peut pas. On est mort ou on est vivant.

– Le corps que tu vois est mort, mais il ne s'est pas décomposé. Il attend le réveil. Et je suis l'esprit de ce corps, libre, indépendant, mais enfermé à ses côtés au fond de la Vallée des Esprits. Lorsque la déesse réveillera Benjamin, il reprendra possession de son esprit et nous ne ferons qu'un. Il activera le code secret et alors la paix régnera dans le Grand Cercle. Pour toujours. Mais cela ne peut se produire avant que les forces d'Ypner soient anéanties et le tyran éliminé. Le seul qui puisse accomplir cette mission, c'est la douzième image, le douzième Benjamin. C'est toi.

– Je ne comprends pas bien. Cela fait beaucoup de Benjamin.

– Il n'y a qu'un seul Benjamin, celui que tu vois, allongé, là. Nous autres, nous sommes ses représentants, des formes qu'il a prises pour agir dans le Grand Cercle. Car lui-même n'est pas dans le Grand Cercle. Il est dans le puits de la Vallée des Esprits, où se trouve Casarève la Grande, la ville des Véritables. Benjamin est le dernier des Véritables. C'est lui qui a fondé le Grand Cercle.

– Serait-ce lui le Grand Formateur ? Alors, il est un dieu ?

– En effet. Il est en quelque sorte le dieu du Grand Cercle.

– Vous avez dit qu'il y avait douze images de Benjamin dans le Grand Cercle. Que sont devenues les autres ?

– Chacune de ces images fut le fils de la précédente. L'une après l'autre, elles sont descendues dans le puits dans le but de percer le secret de la fondation et de faire cesser les guerres. Mais ce savoir les a rendues folles. Seule la onzième image de Benjamin est parvenue à sortir du puits. Mais elle s'est pervertie. C'est Ypner. Celui que tu dois anéantir.

– Ypner est mon père. Je dois tuer mon père ?

– Tu dois l'anéantir, lui et sa grande armée, sans quoi nous disparaîtrons, inévitablement.

– C'est impossible !

– Pas pour toi. Je t'aiderai. Mais il faut que tu prêtes serment à Benjamin, le Fondateur, et que quels que soient les pièges, violents ou subtils, qui se présenteront à toi, tu ne le renies jamais.

– Je reverrai ma femme et mon fils ?

– Que m'importe ! Si Ypner envahit tout le Grand Cercle, je mourrai, et toi aussi. Et ta femme, et ton fils, ceux que tu as aimés, ceux que tu as haïs.

– Seul, je pourrai vaincre Ypner ?

– Oui. Si tu le veux.

Longo respira profondément.

– Si vous me certifiez que la chose est possible, j'accepte.

– Prête serment, Longo !

– Je vous fais le serment de vous écouter, de vous suivre, et de m'attacher à vaincre Ypner.

– Je t'apparaîtrai de plusieurs manières. Il existe des fenêtres comme celle-ci partout sur l'axe magique, le Diamètre Magnétique du Grand Cercle. Tout le long de cet axe vivent des magiciens et des personnages d'exception. Cet axe va du nord au sud. Il traverse le Grand Cercle depuis Gune la Flamboyante jusqu'au fin fond de la Terre Première, en passant par Behrend, la Providence, le temple de la Vallée des Esprits qui en est le centre, et autour duquel tourne le Grand Cercle.

– La statue du Grand Formateur, dans mon village, est aussi une fenêtre ?

– Oui.

Longo soupira.

– Je comprends, maintenant. Je comprends beaucoup de choses…

– À présent, dépêche-toi. Les jours et les minutes te sont comptés.

L'image s'estompa. La fenêtre s'éteignit. Longo regagna sa cellule et s'endormit sur le sol d'un sommeil réparateur.

Quand il se réveilla, ses idées lui semblaient plus claires et il avait retrouvé le désir de vivre.

Sa main gauche s'ornait toujours d'une pâleur verte. Il était persuadé qu'un événement surviendrait, dont il tirerait profit pour s'évader.

Peu après, un flambeau ranima le couloir et un garde vint lui déposer de la soupe ainsi qu'une briche grosse comme une tête. Il but d'un trait le potage et dévora la briche. En son milieu, elle recelait un objet plat, dur. C'était une lime !

Il avait donc un allié dans la place. Peut-être un de ces soldats, un sans-grade, qui avait prêté le même serment que lui.

À tâtons, il examina la grille de sa cellule. Il lui suffirait de scier un barreau pour être libre. Sans attendre, il en choisit un, déjà rongé par la rouille, y travailla pendant des heures. Seul le bruit l'inquiétait.

Enfin, la lime acheva son office. Ayant recouvré ses forces d'antan, Longo s'arc-bouta et tordit le barreau. Il se glissa à travers la grille et, à pas de loup, se dirigea vers l'escalier éclairé par la lueur d'émeraude. Le couloir formait un angle droit sur la gauche. Il poursuivit sans encombre et aperçut une lueur.

Au deuxième sous-sol, il se mit à courir. Comme il gagnait le premier sous-sol, il entendit des voix derrière lui. Un groupe de soldats approchait. N'ayant aucun recoin où se cacher, il s'élança tout droit. Il arriva devant une lourde porte tandis que les voix des soldats se faisaient plus distinctes. Timidement, il fit jouer la serrure, entrouvrit l'huis.

Une odeur de soupe monta jusqu'à lui. Il venait de pénétrer dans la cuisine. Il avança, le dos à la muraille. Des marmitons revêtus de blanc et coiffés d'une toque s'affairaient autour de vastes fourneaux. Des tenues blanches étaient déposées sur un muret. Il en prit une et s'en affubla.

Les soldats qui l'avaient suivi dans le couloir entrèrent à leur tour. Ils tenaient deux à deux de grandes marmites.

Passant près de Longo, ils lui lancèrent un ordre dans le patois des Austères. Longo saisit une louche et se mit en devoir de remplir la première marmite. Il avait mal compris l'ordre. Les soldats le regardèrent avec suspicion. Il n'eut d'autre ressource que de tout lâcher et de s'enfuir.

Çà et là, des clairons sonnèrent l'alerte. Des portes s'ouvrirent sur des escouades de soldats en tenue bleue au milieu des cris et des ordres.

À bout de souffle, Longo souleva un loquet, pénétra dans une pièce obscure et s'adossa à la porte. Une torche s'alluma dans un coin sur un bric-à-brac d'instruments de torture. C'était la pièce des interrogatoires et Erasyl se tenait devant lui, les bras croisés, souriant.

– Entre, mon petit fuyard, mon petit marmiton ! dit-il doucement en lui arrachant sa toque de cuisinier. Je concoctais une gâterie pour toi. Tu es simplement venu un peu en avance. Maintenant, une fois pour toutes, dis-moi la vérité.

– Je ne sais rien sur…

Il ne put achever sa phrase. Erasyl l'avait pris dans ses mains comme un jouet et allongé sur un établi. Il lui cercla les chevilles et les poignets dans des anneaux de fer.

– Longo, fils de la Pédauque, dit-il doucement, il faut collaborer avec moi. Que fais-tu en Austerland avec le bijou de la princesse de Freezland ?

Erasyl commença à lui rôtir la plante du pied gauche à l'aide d'une torche arrachée au mur. La brûlure était atroce, et Longo déversa sa souffrance dans de pitoyables hurlements.

Après cette séance, il fut raccompagné dans une nouvelle cellule dont les barreaux étaient neufs. Si l'aide était toujours dans la place, une autre occasion lui serait offerte, il en était sûr. En attendant, il s'employa à guérir ses plaies à l'aide de l'émeraude et de quelques chants revenus en sa mémoire.

Lors de sa rencontre suivante avec le bourreau, celui-ci le dévisagea pendant un temps si long que Longo en ressentit une gêne atroce. Il avait l'impression qu'on le scrutait à l'intérieur. Erasyl, cette fois, s'intéressa de près à la bague de Kallysten.

– Cette bague n'est pas comme les autres, dit-il. Elle a un pouvoir. Elle est capable d'indiquer certaines choses. Elle s'allume et s'éteint quand elle veut, sans l'intervention de l'homme. Mais elle possède un autre pouvoir. Je veux savoir lequel. Ta mère a bien dû te l'expliquer, si c'est d'elle que tu la tiens.

– Non, affirma Longo. Ma mère est morte sans rien m'expliquer. Elle s'en servait comme d'une bague ordinaire. Je ne savais pas qu'elle était magique, et elle non plus sans doute.

– Tu mens, dit Erasyl. Ta mère n'est pas morte. Elle n'a jamais connu cette bague.

Longo ouvrit des yeux ronds.

– Junon la Pédauque a été enlevée par nos soins, susurra Erasyl. Elle est dans la pièce voisine. J'ai pensé que ça te ferait plaisir. Voilà combien de temps que tu ne l'as pas vue ? Que tu n'as pas pensé à elle ?

– Non ! cria Longo. Laissez-la ! Elle est en dehors de tout ça !

Erasyl se mit à rire. Il ouvrit la porte. Dans le rai de lumière, Longo aperçut la silhouette massive de sa mère, mais ne put voir son visage. Il tenta de s'élancer vers elle, oubliant qu'Erasyl l'avait ligoté.

– Longo, mon fils... murmura la Pédauque. Dans quelle situation tu nous as mis, au village ! Si c'est pas une grande misère, ça ! Occupés par les troupes du Sanguinaire... Dis tout ce que tu sais !

La porte se referma sur Junon la Pédauque.

– Tu nous as menti sur ton nom et sur ta bague, dit Erasyl. Imagine-toi un instant que ta mère va être murée dans la même nuit que toi. Qu'elle n'en sortira que pour venir ici tâter de la question. Qu'en penses-tu ?

– Vous êtes des misérables ! cria Longo.

– J'ai encore une gâterie pour toi.

Il plaça les jambes de Longo dans des brodequins de bois qu'il serra petit à petit comme un étau. La douleur devint rapidement insupportable.

– Ils te broieront les chairs, puis les os, dit le géant. À quoi bon te taire ?

Longo ferma les yeux et serra les dents, laissant monter la vague de douleur. Il entendit des craquements dans ses tibias. Soudain, les brodequins s'écartèrent et tombèrent, disloqués, sur le sol.

Erasyl ouvrit des yeux énormes. Sans rien dire, il ramassa les morceaux de bois, les jeta dans un coin de la pièce, puis resta immobile, comme désemparé.

– Qui es-tu, Longo ? Vas-tu bien me l'avouer ? Comment as-tu réussi ce prodige ?

Longo se taisait. La force en lui était extraordinaire. Silencieuse, rentrée, insoupçonnable. Elle attendait son heure. La force de l'obstination. Oui. Longo avait appris à être aussi têtu que la Marcheuse dans son parcours incessant autour du monde, que la chantelouve dans l'attente de Venceslas, que Sardone hors du temps, que Benjamin, le dernier des Véritables, à la recherche de la paix, qu'Ypner lui-même dans sa détermination à nuire. Ces entêtements se conjuguaient en lui. Avec la puissance du bélier qui tôt ou tard pulvérise la porte de la forteresse, il passerait l'épreuve et il vaincrait.

– Regarde ! dit un autre jour le bourreau. Je suis sûr que cette visite ne va pas te laisser indifférent.

La porte de la chambre de torture s'ouvrit. Deux hommes apportèrent une civière recouverte d'un drap. Erasyl souleva le drap. Sur la civière gisait le cadavre de Kallysten d'Angnor paré pour les funérailles.

– Kallysten ! hurla Longo.

– Elle-même. Héritière du trône de Freezland. En route pour son dernier voyage. Tu vois, Longo, tu avais tort d'espérer. Que vas-tu devenir sans elle ?

– Qu'est-ce qui lui est arrivé ? pleura Longo.

– Le destin de tout être. Bientôt le tien.

D'un geste, Erasyl ordonna aux hommes de sortir la civière. Longo était effondré.

– Désormais, je sais qui tu es. Tu es l'Assembleur. Ils veulent te faire créer une nouvelle dynastie. Unir le Nord et le Sud. Mais leur projet est mort avec cette femme.

Une nouvelle dynastie !

Du plus profond de son anéantissement face à la mort de Kallysten, Longo se rappela que l'enfant était né et qu'il continuerait son œuvre. Il n'avait jamais pensé que Venceslas pût avoir une telle importance à la surface du Grand Cercle. Ne descendait-il pas des rois de Freezland et de l'image de Benjamin, le vrai Benjamin, le Fondateur du Grand Cercle ?

L'avenir était assuré, désormais. Il ne résistait plus à l'idée de la mort. Cela lui donna la maîtrise absolue. Il sourit et répondit :

– Je ne sais de quoi vous parlez. Je ne connais pas l'Assembleur.

– Il est pourtant honoré chez les Kelconkes, dit Erasyl.

– Je ne suis pas cet homme-là. Je ne suis pas un grand de ce monde, ma bague est un bijou qui n'a d'autre effet que de réjouir celui qui la porte. C'est le plus beau des souvenirs. Quant au mal que vous m'avez fait, c'est une injustice pure et simple. Un jour, elle se paiera.

# Un allié

Longo ne calculait plus le temps qui s'écoulait. Un jour qu'il était à plat ventre juste derrière la grille, il entendit un bruit dans l'obscurité du couloir. Tout à coup, un objet fut passé entre les barreaux et lui toucha le bras. Il le saisit. C'était une barre de fer qui faisait deux fois la longueur d'une main. Au même moment, sa bague recommença à luire.

Bientôt, elle brilla de tous ses feux, comme jamais auparavant. Il y eut un autre bruit dans le couloir et une lointaine torche fit apparaître la grille, dont l'ombre balaya la dalle.

Le soldat porteur de cruche s'arrêta à sa geôle, fouilla dans ses clefs et ouvrit. Longo s'était dressé contre la muraille. Quand l'homme se baissa pour déposer la cruche, il lui asséna un coup de matraque. Puis une foule d'idées se précipitèrent dans son esprit. Il avait longtemps pensé à ce qu'il ferait en pareil cas.

D'abord il but la soupe. Ensuite, il dévêtit le garde et passa ses vêtements.

Il tira le corps dans la cellule, ferma à clef, fourra les clefs dans sa poche, se saisit de la torche qui avait roulé à terre et s'enfuit dans le dédale des couloirs de la forteresse.

Dans les étages supérieurs, il croisa comme une ombre des gardes affairés, poussa des portes, vola un casque ainsi qu'un flingot. C'était la première fois de sa vie qu'il en tenait un.

Il trouva un recoin pour se reposer un instant. Les soldats allaient et venaient dans le couloir, jetant des cris, se lançant des ordres. Quand il eut repris son souffle, il longea le couloir devenu désert jusqu'aux cuisines. Son entrée déclencha un petit scandale, mais il profita de son passage pour étancher sa soif avant de prendre la fuite sous un torrent d'invectives.

Enfin dehors, il ressentit la chaleur du printemps. La neige avait disparu. Des soldats se rassemblaient par colonnes pour une expédition, et il n'eut d'autre ressource que de se joindre à eux, imitant leurs gestes. Autour de lui, les hommes le regardaient, intrigués, tout en obéissant aux ordres.

Enfin sa colonne se mit en marche. Ils longèrent les bâtiments carrés et, par la vaste porte gardée par des tours, sortirent de la redoutable forteresse de Behrend. La chance souriait enfin à Longo. Cette compagnie partait en effet en direction du nord.

Les hommes entonnèrent un chant de marche. Ils allaient au pas, en rase campagne. Après une heure de ce train d'enfer, Longo commença à faiblir. N'avait-il pas donné le maximum de lui-même ? Que se passerait-il s'il trébuchait au milieu de ces colonnes bien ordonnées ?

Lorsqu'ils arrivèrent à la lisière d'une sombre forêt, on leur ordonna de s'arrêter. Il faisait doux et les oiseaux chantaient. Longo comprit qu'ils devaient chercher du bois pour allumer les foyers du bivouac. La colonne se dispersa et, dès que l'occasion se présenta, il s'enfuit dans la forêt, courant le plus vite possible, s'attendant à se voir pris en chasse dès qu'on aurait remarqué son absence. Et puis il se dit que sa présence dans ce peloton étant irrégulière, son absence ne serait pas remarquée. Il s'affala derrière un buisson, posa son flingot et s'endormit.

Quand il se réveilla, il vit deux chevilles solidement campées près de lui, appartenant à deux jambes musclées qui s'échappaient d'une jupe de cuir surmontée d'un buste d'athlète, sur lequel se croisaient deux bras aux biceps impressionnants, et pour finir la tête d'Erasyl.

Le bourreau tenait un fouet à la main.

– Lève-toi ! ordonna-t-il doucement.

Longo esquissa un geste vers son flingot, mais un claquement de fouet l'en dissuada.

– Lève-toi.

Il obéit.

– Longo, fils de Junon, dit Erasyl, en toutes choses tu as été remarquable. Tu as résisté à la torture physique, à la torture morale, aux mensonges, et tu as déjoué mes mises en scène illusoires. Junon n'est jamais venue ici, et Kallysten est toujours vivante. Quelle est donc cette force en toi ? C'est en définitive la seule chose que j'aie cherché à connaître de toi.

Longo baissa la tête. Le spectre horrible des geôles de la forteresse de la nuit réapparaissait en son esprit.

Erasyl poursuivit :

– Je sais ce que tu penses. Tu penses que ta fuite a été vaine et que l'esprit de Benjamin t'a abandonné.

À ces mots, Longo leva la tête. Le bourreau continua son discours :

– Écoute-moi avec attention. J'ai connaissance de tout ce qui te concerne et j'en sais plus que tu n'en as toi-même appris à ton propre sujet. Par toi, j'ai vu dans sa crypte le dernier des Véritables et je lui ai prêté serment hier soir. J'ai organisé ce matin ton évasion. Quand tu es entré dans la forteresse de Behrend, il y a plus de six mois, j'étais ton ennemi et j'étais résolu à tirer tout renseignement de toi et à t'avilir. Mais jamais de ma vie je n'avais interrogé un être à la fois aussi jeune et aussi déterminé. Dans un sens, tes douleurs ont eu du bon. Elles ont réussi à te soustraire à l'implacable hiver devant lequel ta sottise et ta vanité t'ont placé et auquel tu n'aurais pas résisté, car les geôles de Behrend, pour redoutables qu'elles soient, valent mieux qu'une nuit de gel au pays des Austères. Nous, tes ennemis, t'avons donc sauvé la vie. C'est ainsi que l'adversité nous aide souvent. Mais la force qui est en toi est plus grande et plus belle que toutes les forces que j'aie jamais rencontrées dans mon métier terrible. Ta force est celle des Véritables, et tu m'as converti à la cause des Véritables, dont Benjamin est le dernier en ce monde, même s'il est déjà dans l'ombre de la Vallée. Maintenant, éloigne-toi et ne retombe pas aux mains d'une autre troupe, car les compagnons du Grand Formateur sont rares ici. Mais sans doute une telle mésaventure ne risque-t-elle plus de te survenir.

– En effet. J'ai beaucoup appris.

– Qu'as-tu appris ?

– Que le corps ressent la douleur, mais que l'esprit fait le choix d'accepter ou de refuser cette douleur.

– Tu as appris d'autres choses ?

– Oui. Elles sont si nombreuses !

– C'est bien de le reconnaître. Tu comptes désormais parmi les plus grands. Les grands sont ceux qui détiennent le pouvoir et les plus grands sont ceux qui savent d'où ils le tiennent. Tu exerceras un jour ce pouvoir. Que ce soit pour le bien de tous ! Bonne route ! Rien ne saurait t'empêcher de monter vers le nord, bien que ce ne soit pas ta destinée, mais je sais ce qui t'attire là-bas. Tu y trouveras plus de déceptions que de joies. Ce genre d'erreur n'est-il pas notre lot à tous ? Désormais, demande conseil à la bague de Kallysten de Freezland. Ce joyau n'a pas été fait pour les sots. Bien des hommes ont payé de leur vie le désir de le posséder, et ils n'en étaient pas dignes. Ne sois pas comme eux. Monte vers le nord, retrouve Kallysten qui est bien vivante, car c'est ton chemin pour le moment. Allons ! J'ai encore une surprise pour toi.

Erasyl siffla et il y eut de l'agitation dans le sous-bois. Médusé, Longo vit apparaître Mazagran, qui hennit de plaisir.

– Il est à toi. Ne l'abandonne plus ! Bonne route, et ne garde pas un trop mauvais souvenir d'Erasyl. Peut-être nous reverrons-nous dans des temps meilleurs.

Le géant saisit la main de Longo, la porta à ses lèvres, baisa l'émeraude. Puis il tourna le dos. Longo se mit en selle et piqua vers le nord, accompagné de chants d'oiseaux. Tout en chevauchant, il repassait en mémoire les plus durs moments de sa captivité.

Jamais il n'oublierait. Il retrouva intactes les tortures, la violence des interrogatoires, la haine qu'il avait éprouvée pour ses gardes austères, chaque pierre de la forteresse, et une gêne profonde à savoir Erasyl son allié.

Sans qu'il s'en aperçût, sa course commença à s'infléchir. Devant lui, la Marcheuse invisible ouvrait une voie royale, broyant de ses pataugues inexorables toute résistance au mouvement qui s'amorçait.

# Le mur

Longo ne doutait plus de la bonne volonté d'Erasyl : il venait de trouver dans le bagage fixé à son galopant de la nourriture pour plusieurs jours. Quand il y puisa, ce fut un cri de joie. Le gobelet d'argent était au fond du sac.

Après avoir grignoté quelques tranches de viande séchée et bu, il huma l'air printanier qui l'entourait et se dit que la vie au grand jour était décidément une belle chose. Il communiqua si bien son enthousiasme à Mazagran que, vers le soir, il avait franchi la lande qui séparait la forêt des premiers villages austères.

Tout était beau dans le pays des Austères. Le moindre brin d'herbe, la moindre picoulette grise qui prenait son envol, un cours d'eau, les nuages étirés dans le vent. Apparemment, les troupes du Sanguinaire n'avaient pas encore dévasté cette région.

La nuit tombait quand Longo se décida à pénétrer dans un bourg. Il monta Mazagran pour longer la rue principale. Ils débouchèrent sur la place centrale où une fête se préparait.

Sa monture produisit forte impression sur les badauds, mais aussi son uniforme de soldat. On l'appelait, on lui souhaitait la bienvenue, on l'invitait au repas. Il se penchait, répondait par des sourires, se laissant entourer d'une nuée de jeunes filles aux costumes bariolés dont les nattes blondes évoquaient déjà le peuple de Freezland.

Il quitta le village, ses couleurs et sa musique, à la recherche d'un coin discret pour la nuit. Il se sentait très las. Les mois de privations endurées à Behrend ne pouvaient être balayés en une seule journée. La lune éclairait une bâtisse à l'écart. Il bouchonna sa monture avec de la paille et se coucha juste après cette servitude.

L'aurore le réveilla avec de nouveaux chants d'oiseaux. Il partit sans tarder, et partagea sa journée entre les heures de galop, les heures au pas, les heures à pied, entrecoupées de temps de restauration et de repos. Il rencontra peu de gens, ne parla guère qu'aux enfants et ne prit même pas le temps de s'arrêter dans les villages.

La route était belle, de bonne terre bien tassée, avec deux ornières suffisamment écartées, et parfaitement entretenue par ce peuple soigneux et méthodique. Orientée plein nord, elle semblait faite pour lui. Elle longeait l'axe magique, absolument droite entre les plantations d'arbres à noël encore très jeunes, les champs labourés où naissaient les céréales, les prairies envahies par les outrecornes qui levaient à sa venue un museau étonné.

On était fin mai. Les jours étaient longs. Les villages se ressemblaient tous. Les hommes portaient les mêmes costumes de laine grise, des chapeaux de paille ronds à large bord, et les femmes ces robes bariolées de huit couleurs différentes. Elles chaussaient de gros sabots de bois et riaient invariablement sur son passage.

Il ne s'arrêta pas, sauf pour des nuits trop brèves. En trois semaines, il traversa l'immense territoire des Austères, mais l'aventure n'allait pas toujours sans encombre.

Une nuit, alors qu'il dormait dans un fossé, il fut réveillé par des soldats éméchés qui, le croyant un des leurs, lui offrirent à boire. Comme Longo ne comprit pas immédiatement ce qu'ils voulaient, ils le prirent pour un espion et il ne dut sa fuite qu'à Mazagran qui, apparu en silence, décocha une ruade et bouta les assaillants dans les buissons d'épines.

Une autre fois, il eut maille à partir avec la population parce qu'il s'était installé dans une grange sans permission, ce qu'il faisait depuis le début, ignorant que ce n'était pas la coutume. On lui demanda de payer et, quand il eut enfin compris, ce qui prit du temps, voilà qu'il n'avait pas un sou. On le conduisit en grand tumulte chez le juge qui l'acquitta, le croyant sourd, muet et de surcroît idiot. Il eut simplement à couper du bois pendant une journée comme prix de son loyer.

Il fut également surpris par un orage terrible. Un cours d'eau grossissant subitement emporta son paquetage posé près de la rive et il récupéra de justesse sa selle.

Dormant dehors en cette belle fin de printemps, se défiant des villages et des bourgades, il était devenu un homme des bois et des champs, libre, et le plus heureux du monde.

L'espoir de revoir Kallysten, la possibilité d'être à ses côtés dans le pays merveilleux qu'elle lui avait longuement décrit le soir dans la maison du bois de l'Un et l'Autre, tout cela mobilisait son énergie. Il ne doutait plus de la réussite de son voyage. Une fois là-bas, ils mèneraient des recherches et retrouveraient Venceslas. La bague ne cessa de briller durant cette longue chevauchée. Longo acquit la certitude que lorsqu'il en était ainsi, rien de fâcheux ne pouvait lui arriver.

Puis, insensiblement, le paysage changea, se fit plus sauvage, plus rocailleux, désertique. Une nouvelle chaîne de montagnes se profilait à l'horizon. Bien avant de pouvoir les atteindre, il parvint un soir en vue d'une muraille sombre, identique à celle de la forteresse de la nuit. Il fallait la franchir pour quitter le pays des Austères. Au-delà commençait le Freezland.

Ses vivres étaient depuis longtemps épuisés. Il se nourrissait de baies sauvages et de rares poissons attrapés à la main, dans les rivières. Il s'arrêta dans un bosquet pour passer ce qu'il espérait être la dernière nuit en territoire austère. Descendu de Mazagran, il s'approcha de la muraille noire pour y trouver un passage. Hélas, elle était uniforme, ne recelant aucune ouverture, et s'élevait à une bonne vingtaine de mètres.

Il retourna vers le galopant. À la selle était fixée une corde enroulée. Il tailla dans un arbre deux branches, les lia en croix pour fabriquer une ancre qu'il jetterait de l'autre côté du mur, espérant qu'elle agripperait quelque saillie. Ses forces ne lui permirent pas de la lancer plus haut que la moitié du mur.

Un jeune arbre au tronc mince et élancé lui donna une idée. Il le plia avec un cordage pour en faire une catapulte, y déposa son ancre. Au huitième essai, elle franchit le mur. Il tira de toutes ses forces sur la corde. L'ancre s'était bloquée.

Longo se hissa à grand-peine, craignant à chaque instant que la corde lâche. Haletant, suant, gémissant, il monta à la force des poignets, tandis que ses pieds prenaient appui sur la muraille. Enfin, épuisé, il atteignit le sommet. Quand il voulut effectuer un rétablissement définitif, des pierres se descellèrent et, par deux fois, il manqua de tomber dans le vide. La troisième tentative fut la bonne. Il dominait la lande de part et d'autre.

Assis sur le rebord de la muraille, plus étroite qu'il ne l'avait imaginée, il découvrit que son ancre s'était fixée à une pierre qui saillait côté nord, et qu'il n'y avait rien de semblable pour l'accrocher côté sud et descendre.

C'est seulement à ce moment-là qu'il pensa à sa monture. Comment la faire venir de l'autre côté ? Il ne pouvait parcourir le Freezland à pied.

Et puis, avait-il le cœur à se séparer de Mazagran ?

Il passa la nuit en haut de son mur à s'interroger, ne sachant de quel côté il devait descendre. Peut-être valait-il mieux revenir en terre des Francisques, même dans un village occupé par l'ennemi, et sauver la Providence plutôt que se rendre à Gune la Flamboyante… N'avait-il pas fait serment à Benjamin de débarrasser le monde du Sanguinaire ?

L'aube le retrouva au sommet du mur. La nuit avait été éprouvante. Ses paupières se fermaient d'elles-mêmes. Il s'assoupit, dodelina de la tête, se secoua pour rester éveillé coûte que coûte.

Une caresse froide frôla son cou. Il poussa un cri, sursauta, s'agita pour chasser l'intrus, perdit l'équilibre et tomba côté nord, sans un cri, le cœur figé, le souffle coupé.

Sa chute fut ralentie par les branches d'un fierchêne qui le prit en charge de la cime jusqu'au pied et le déposa presque en douceur sur l'herbe tendre.

Il se releva, étonné d'être encore en vie et sur ses jambes. En haut de la muraille, un serpent jaune se contorsionnait, surpris d'avoir laissé échapper une proie aussi facile.

Ainsi son choix était fait. Il n'avait pas parcouru cinquante mètres qu'un hennissement retentit. Mazagran était derrière lui et il donnait l'impression de hennir de rire. Longo longea vers l'est la muraille sur laquelle il avait passé la nuit. À cinq cents mètres de sa chute, elle était démolie et s'affaissait, en pente douce, jusqu'au sol. Il partit d'un grand éclat de rire.

Remonté sur le galopant, il avança vers les grandes montagnes du nord qui barraient le paysage de leurs sommets abondamment enneigés. Il se demandait comment il parviendrait à les franchir lorsqu'il aperçut une maison de rondins.

# Le vieillard

Assis sur un banc accolé à la maison, un vieillard était occupé à réparer des lignes de pêche. Longo s'arrêta à deux mètres de lui et le regarda du haut de son coursier.

– Bonjour ! lui dit-il.

– Bonjour ! répondit le vieillard sans lever la tête.

Le garçon sauta à terre.

– Vous êtes le premier Freezlandais que je rencontre !

– Je suis francisque.

– Pourquoi êtes-vous là ?

– Et toi, répliqua le vieux en levant pour la première fois le regard vers Longo, tu es francisque et tu es bien là !

– Je suis venu rejoindre ma femme. Elle est née dans ce pays.

Le vieillard fit non de la tête.

– Si c'est ta femme, ce n'est pas une Freezlandaise.

– Pourquoi ?

– Les Freezlandais et les Francisques ne s'épousent pas. C'est bien connu.

– La preuve que si ! Je l'ai rencontrée à la Providence.

Le vieillard éclata de rire, et son rire n'était qu'une toux grinçante.

– La Providence ! J'y ai vécu il y a bien longtemps !

– Vous connaissez la Pédauque ?

– Oui. Tout le monde connaît la Pédauque. À cette époque-là, elle était jeune fille.

– C'est ma mère.

– Tu aurais dû rester là-bas. C'était une charmante personne. Je me demande comment elle a pu faire un nigaud pareil.

– Hem… Les troupes du Sanguinaire occupent le territoire, de nos jours. Ils sont même montés plus au nord. Ils ont envahi le pays des Kelconkes, mais je doute qu'ils passent les murailles des Austères ! Pouvez-vous m'aider ? Je suis à la recherche de ma femme. Elle a été enlevée au milieu de l'été par des soldats du Sanguinaire, et reprise par les Tuniques de Feu.

– Les Tuniques de Feu ? grinça le vieillard. Ça alors ! Que de nouvelles ! Veux-tu partager mon humble repas ?

– Volontiers, dit Longo.

La cabane qui côtoyait la forêt était sombre. Dans cette pénombre, le visage osseux du vieillard émergeait à peine. Il avait préparé une soupe qui avait l'air de cuire depuis longtemps sur le feu.

– Ma foi… Je crois que je peux t'aider, dit-il. J'ai entendu parler d'une fille que les Tuniques de Feu ont ramenée d'un endroit éloigné, l'été dernier, mais ce n'est certainement pas celle que tu cherches. Celle-là n'était pas une voyageuse ordinaire. C'était la fille du roi Ingmar.

– La princesse ! s'écria Longo.
– Une princesse, oui.
– Où est-elle ?
– Enfermée dans le château de son père, au cœur de la capitale, je présume.
– À Gune la Flamboyante ?
– À Gune, c'est cela. Le bruit a couru qu'elle s'était enfuie parce qu'elle refusait d'épouser le prince qui lui était promis. Ah, l'amour nous fait commettre parfois de grandes bêtises !
– Par où faut-il passer pour gagner Gune ?
– Hein ? Quoi ? T'es-tu mis dans l'idée de la rejoindre ?
– C'est elle que j'ai épousée ! La princesse Kallysten !
Aussitôt, il se mordit la lèvre d'avoir tant parlé. Il se demanda ce qui le poussait à tout raconter à ce vieillard qu'il ne connaissait pas.
– Mon garçon, tu déraisonnes ! dit le vieux. Tu ne dois pas aller là-bas. Un roi qui est capable d'envoyer une armée au bout du monde pour ramener sa fille au milieu des plus grands dangers ferait une bouchée de toi.
– Dis-moi comment atteindre Gune la Flamboyante !
Le vieillard sourit.
– Fais voir ta main… Tu as là un beau bijou. D'où vient-il, avec ta permission ?
– De ma mère.
– Tiens… Je ne le lui ai jamais connu. Elle me semblait de condition modeste. Aurait-elle fait un fabuleux héritage ? Ou un mariage féerique, comme toi, à ce que tu dis ? Hem, hem ! Voyons… Puis-je le voir de plus près ?

Longo ne put se retenir de lui tendre la main. Le vieillard se pencha dessus.

– Une merveille, en vérité ! Ne dirait-on pas celui de la princesse ? Qui porte un pareil bijou a sans doute une mission à accomplir dans ce bas monde. Prête-le-moi un instant.

– Je ne peux l'enlever de ma main.

– Vraiment, comme c'est dommage, dit l'homme, comme c'est dommage ! Mais il n'y a qu'un seul bijou au monde qui refuse de quitter la main de celui qui le possède après qu'il a été donné en gage d'amour... Serait-ce celui-là ? Non, cela ne se peut pas... Ou alors, serais-tu celui que tous recherchent ?

– Comment atteindre Gune ? demanda Longo. Dans quelle direction dois-je aller ?

– Au-delà des montagnes, mon petit monsieur. Au pays des neiges... La capitale du grand roi est loin... Encore des jours et des jours de marche ! Mais c'est peu pour un galopin qui a choisi de parcourir le grand monde.

Longo se leva d'un bond et se sauva de la cabane.

– Où vas-tu ? cria le vieux. Seul, tu n'as aucune chance. Écoute plutôt le Commodore. Viens ! Le Commodore peut t'aider ! Je vais te dire un secret qui t'intéressera.

Longo cherchait de tous côtés son galopant. Il fit quelques pas dans la forêt, puis revint vers la cabane.

– Qu'as-tu fait de Mazagran ? hurla-t-il. Je ne le vois nulle part. C'est toi qui me l'as pris.

– Qui ? Moi ? Ça par exemple ! Je n'ai pas bougé d'ici.

– Tu n'es qu'un mauvais magicien !

– Mauvais ? Pourquoi mauvais ? En voilà une insulte ! Quel est ce garnement venu troubler le repos des honnêtes gens ? Gordon ? Où êtes-vous, Gordon ? Ah enfin !

Longo vit avec horreur un serpent rouge et vert sortir de dessous la chaise du vieux et ramper vers lui. Un serpent large comme le tronc d'un jeune sorberose et qui s'allongeait indéfiniment. Il en resta pétrifié.

– Alors ? On s'agite moins ? On est sage en présence de Gordon ? Hé hé... Qui te guidera pour franchir les centaines de kilomètres qui te séparent de Gune la Flamboyante ?

Gordon commençait à s'enrouler autour des jambes de Longo.

– Je ne sais pas, Commodore ! De grâce, je vous en supplie, dites à ce serpent de me laisser tranquille !

– Ça ? Un serpent ? Mon petit Gordon ? C'est un ancien compagnon de route. Un homme solide comme toi ! Nous sommes venus ensemble de la Providence. Il m'a insulté, lui aussi. Tu vois l'apparence que je lui ai donnée ! J'en ai une plus belle encore pour toi !

– Impossible ! Je ne crois pas à tes sornettes, vieux sorcier !

– Tu ! tu ! tu ! Si mes arguments ne peuvent te convaincre, Gordon y parviendra. Pas vrai, Gordon ?

Longo trébucha, tomba. Le serpent se lovait autour de son buste, de son cou.

– Benjamin ! Benjamin ! cria-t-il.

– Quoi ? Qu'est-ce que j'entends ? Tu implores cet esprit errant dans les sables ! Cette vieille légende au fond d'un puits... Tu es un espion ! Jamais je ne te dirai mon secret. Serre, Gordon, serre !

Longo devint cramoisi. Il avait beau se débattre, le serpent était le plus fort. Déjà, un voile lui troublait la vue.

Un coup de feu claqua. Gordon desserra son étreinte. Immédiatement, Longo se dégagea de ses anneaux. La bête était morte, la tête transpercée par une balle. Son sang noir giclait sur le plancher.

– Vieux fou ! s'écria Longo. Voilà ce que tu as gagné. Tu ne dis rien ?

Il s'approcha du Commodore. Le vieillard était assis sur la chaise. Appuyé sur sa canne, il regardait fixement la table.

– Réponds-moi ! dit Longo en le poussant à l'épaule.

Mais l'homme s'affaissa et, comme un sac éventré, il se vida d'une fine poussière et disparut. Ses vêtements ne formaient plus qu'un petit tas sombre au pied de la chaise. Le serpent déchiré sur toute sa longueur s'évanouit comme une vapeur dans le néant.

Longo se précipita dehors. Il n'y avait personne. C'est alors qu'il entendit une voix puissante lancer aux quatre vents :

– *Mort à ton teint d'opale !*
*Mort à ton lit d'orgueil !*
*Seul le ver évalue*
*La distance au sommet*
*Mais le serpent déroule*
*Son discours imbécile.*

Les branches mortes craquèrent sous le pilonnage des pataugues. Pourtant Longo ne vit personne. Un rire s'effilocha dans le vent.

Il caressa les naseaux de Mazagran, soudain réapparu. La capitale était loin, mais il décida de passer la nuit dans la cabane. Il y trouva de quoi faire un bon repas et ne s'en priva pas.

Quand la nuit tomba, des hurlements s'élevèrent à la lune. Mazagran hennit de frayeur. Longo le fit entrer dans la demeure et bâcla la porte. Dans son hamac, il ne trouva pas le sommeil. Les hurlements se rapprochaient. Une meute de chanteloups déchaînés entourait la cabane. Longo se releva, ouvrit une fenêtre et lança un caillou qui embrasa l'herbe sèche. Quelques ombres se sauvèrent dans l'obscurité.

Le feu prit bientôt une ampleur imprévue. Il se communiqua aux grandes herbes, aux fougères, puis atteignit le pied des arbres. Une âcre fumée entrait dans la maison. Longo débâcla la porte et se précipita dehors. À l'aide de son gobelet, il puisa dans un tonneau l'eau de pluie recueillie à l'angle du toit et la jeta dans le brasier. L'eau se changea en un brouillard épais qui étouffa rapidement les flammes. L'incendie capitula. Longo s'enferma à nouveau.

Un peu plus tard, les bêtes revinrent et reprirent leur sinistre concert. Dans ces clameurs nocturnes, un même cri réapparaissait souvent. Tout proche. Il se distinguait clairement de la masse, se détachait, aigu, plus long, plus douloureux, plus humain, pensait Longo. Les fauves s'élançaient contre la cabane. La porte vibrait sous leurs coups de boutoir.

Cela dura toute la nuit. À l'aube, quand Longo sortit, il découvrit que la porte de la remise adossée à la cabane avait été déchiquetée. Il y pénétra. Des outils de jardinage. Des étoffes blanches.

Et un couffin de jonc.

Un bruit dans son dos. Il se retourna. Un fauve au poil gris, aux yeux jaunes, le regardait fixement. C'était la chantelouve. Sa chantelouve. Sur son dos était assis fièrement un enfant rayonnant de santé, aux belles boucles blondes, un enfant de treize mois qui éclata de rire.

– Venceslas ! hurla Longo.

Il avait tellement changé ! Ses traits s'étaient affinés, il ressemblait encore plus à sa mère. Il se laissa glisser de la chantelouve et, titubant sur des jambes encore un peu maladroites, s'avança vers Longo en bredouillant quelques syllabes. Le père ne sut jamais que l'enfant, pour la circonstance, venait d'accomplir devant lui ses premiers pas.

Plaisir intense que de sentir contre soi la chaleur du petit. Longo confectionna une nouvelle coquille pour le porter sur lui.

En préparant son coursier, il essayait de deviner quelle avait été la vie de Venceslas en son absence. La chantelouve savait. Elle savait tout. Par quelle magie ? Il la regarda, perplexe. Était-ce seulement un animal ? Une métamorphose ? Un messager de Benjamin ? En volant Venceslas à l'entrée de la caverne, lors de la bataille des Deux Vallées, elle lui avait sauvé la vie. Qu'aurait fait Longo avec son fils dans le tunnel ? Dans le froid de la Dorsale du Chien ? Et à Behrend ?

Longo s'accroupit auprès d'elle. Il caressa son poil gris, rêche. Elle s'allongea sur le flanc, ferma les yeux. Elle paraissait calme. Elle avait compris que l'enfant ne lui serait jamais plus enlevé.

# Gune la Flamboyante

À vive allure, Longo et Venceslas chevauchaient à travers prairies et forêts, traversant des marécages peuplés de désagréables piquerelles qui vrombissaient à leurs oreilles et se collaient à leur peau. Le soir, ils campaient au bord de grands lacs sombres dans lesquels se reflétaient des arbres à noël. La chantelouve les accompagnait. Il faisait très chaud le jour, très froid la nuit.

Bientôt, les contreforts de la chaîne blanche les environnèrent et la route s'encaissa de plus en plus. Mais contrairement à ce qu'il avait redouté, il n'eut pas à se mesurer aux sommets enneigés. Sa route continua dans des gorges profondes, comme si la montagne avait été tranchée net par un coup de hache gigantesque. Un jour, ayant gravi un col, il découvrit droit devant lui une étendue d'eau immense, infinie. La mer.

Le Freezland bordait une mer ! Ils arrivaient à l'extrémité du Grand Cercle, au bout du monde !

Au loin sur le rivage, quand le paysage se dévoila avec plus de netteté, Longo crut apercevoir une ville.

– Regarde, Venceslas ! C'est peut-être Gune ! La ville de maman !

Joyeux, il galopa toute la journée dans une végétation luxuriante. Tandis qu'il s'approchait, un cor sonna. Longo tressaillit. Le cor se déchaînait, résonnait en écho d'une pente à l'autre. C'était une musique grave et lente, un appel douloureux qui s'acheva dans une sorte d'agonie. Nul doute, une alerte était donnée ! Quelle était la cause de cet appel ?

Une nouvelle nuit tomba. Comme il se trouvait sur une lande herbeuse et vallonnée ouverte à tous les vents, il ne trouva aucun refuge, aussi se pelotonna-t-il au milieu d'un champ. L'air était frais. Venceslas, protégé par la fourrure de la chantelouve et bien au chaud, dormait à poings fermés. Pour se réchauffer, Longo se leva et se mit à marcher. En contournant la colline, il discerna des lumières dans le lointain et, au-delà, l'étendue obscure de la mer, comme un morceau de nuit posé sur la terre.

Il revint chercher l'enfant endormi et reprit sa route. La lune se levait. La ville était importante mais sans aucune fortification. En plus des maisons, les rues éclairées par des torches dessinaient dans la nuit un tracé régulier, comme de vastes couloirs qui se croisaient à angle droit.

Plus ils approchaient, plus les lumières étaient intenses et nombreuses. Le centre était dominé par un fabuleux édifice illuminé. Longo atteignit une artère principale, déserte, conduisant directement à la cité. Il abandonna Mazagran dans la nuit, après quelques tapes affectueuses sur le flanc. L'animal avait l'habitude de ces séparations et se tenait prêt à revenir au premier appel de son maître. La chantelouve suivit jusque dans les faubourgs. Mais elle ne poussa pas plus loin. Elle connaissait l'hostilité de l'homme.

Il n'y avait personne dans les rues. Les maisons basses, tassées les unes contre les autres, arboraient deux grands flambeaux en façade. Les fenêtres étaient closes. Longo approchait de l'édifice central, un palais immense de six étages, avec doubles rangées de flambeaux à chaque fenêtre. Il lui restait encore une centaine de mètres à parcourir lorsque éclata soudain un chant immense, un chœur extraordinaire dont les voix se mêlaient en une étrange harmonie. Une force prodigieuse en émanait.

Longeant les murs des dernières maisons, Longo arriva à l'angle du palais sur un vaste parvis. Une foule considérable y était assemblée, chaque personne brandissait une torche.

Il y avait tellement de monde qu'il dut se hisser sur la pointe des pieds pour considérer la façade principale du château. Une large porte centrale était ouverte, d'où provenaient les chants. Il n'y avait ni gardes ni soldats.

Un murmure parcourut la foule. Dans le grand hall sur lequel donnait la porte du palais naquit une lueur rouge. Elle s'amplifia. D'un pas lent et solennel, deux rangées de Tuniques de Feu en surgirent et tournèrent pour longer la façade. Quand une cinquantaine de ces hommes furent passés, deux par deux, comme à la parade, parmi les chants, sortirent de jeunes enfants vêtus de blanc en une troupe nombreuse. Ils devançaient une litière couverte d'un dais portée sur les épaules par huit gigantesques soldats vêtus de rouge, sabre au côté, et nu-tête. Sous le dais était allongé un homme recouvert de fleurs. Des femmes et des enfants chargés de fleurs suivaient ce cortège.

Les chanteurs fermèrent la marche et la foule du parvis leur emboîta le pas.

De toutes parts, on pressait Longo d'avancer. Il se glissa à travers la foule, espérant pénétrer dans le palais. Venceslas dormait toujours, serré contre lui, aveugle à la lumière et sourd au bruit. Les lourdes portes se refermèrent lentement sous la poussée conjuguée de deux hallebardiers. Longo se cacha dans un coin de l'autre côté du parvis, et attendit que la place soit déserte. Il priait le dieu des espions pour que Venceslas ne donnât pas l'alerte par un cri innocent.

Les chants, repris par la foule, s'estompaient. Les torches des façades s'éteignaient une à une dans un grésillement. La ville s'obscurcissait dans une odeur de suif. Elle n'était plus qu'un quadrillage noir dans un champ de lune.

Longo sortit alors de sa cachette et, longeant le palais, trouva le passage convoité. Les soupiraux étaient suffisamment larges pour lui. Il tomba dans une réserve de légumes. Son intrusion provoqua la fuite d'une colonie de souris.

Il longea des couloirs obscurs sans le moindre bruit.

Une vingtaine de marches le conduisirent dans le grand hall. Deux chandeliers tiraient à peine de l'ombre la masse imposante des hallebardiers qui montaient la garde de part et d'autre de la porte.

Longo redescendit à la cave et attendit, l'oreille tendue. Le petit bruit espéré se fit entendre. Il lança la main comme l'éclair et attrapa une souris. Il était à mi-hauteur des escaliers lorsque sa botte heurta le marbre. Les gardes se mirent en alerte et Longo lâcha la souris dans leur direction.

L'animal effarouché poussa un cri, dérapa sur le marbre tandis que les hallebardiers s'amusaient à le poursuivre.

Déjà Longo avait disparu dans les étages. Le palais, plongé dans l'obscurité sauf aux carrefours des couloirs où se consumaient de rares chandelles, semblait totalement désert. Longo ouvrit la porte de nombreuses chambres avec des lits à baldaquin, de salons aux fauteuils tarabiscotés.

Au troisième étage, alors qu'il désespérait, il poussa une porte ornée de moulures.

# Ensemble

Elle dévoila une vaste pièce carrée dont les deux fenêtres à angle droit étaient masquées d'épaisses tentures. Dans un lit à baldaquin reposait une forme humaine.

Longo retint son souffle et s'approcha tout doucement. Venceslas, bien qu'éveillé, était silencieux.

De longs cheveux blonds s'éparpillaient sur la pâleur des draps.

Longo s'assit sur le bord du lit. D'une voix douce, Venceslas émit quelques murmures incohérents. La dormeuse se retourna, ouvrit les yeux et poussa un cri. Elle se dressa sur son séant. Longo lui prit la main.

– Longo ! Enfin !

– Regarde qui j'amène !

Il posa Venceslas près d'elle. L'enfant s'assit et regarda cette étrangère qui était sa mère.

– Venceslas ! Mon petit ! Comme tu as changé ! Comme tu es beau !

Longo en était presque venu à oublier le timbre de cette voix d'antan, cette voix tant aimée et disparue.

Il parcourut la main de Kallysten de mille baisers, et son bras, et son cou.

– Longo ! Fuis avec le petit ! La mort vous attend ici !

– La mort ? Je l'ai rencontrée plusieurs fois. Elle n'a pas voulu de nous.

Une porte grinça à l'autre bout de la pièce et Longo se tapit sous le lit avec l'enfant. Une femme posa une question et Kallysten lui répondit un boniment. L'autre referma la porte.

– C'est ma gouvernante.

– Oh ! Kallysten, si tu savais comme j'ai pensé à toi ! Viens vite ! Il nous reste peu de temps avant que les autres ne reviennent.

– Pour aller où ?

– À l'autre bout du Grand Cercle ! Il faut fuir !

Kallysten sourit.

– Fuir... Il n'est plus temps, Longo. Le Grand Cercle a tourné, le monde a changé.

– Qu'est-ce que tu me racontes ? Tu ne veux pas venir avec moi ?

– Ce n'est plus possible. Où que nous allions, en quelque endroit à la surface du Grand Cercle, les Tuniques de Feu nous retrouveront.

– Nous nous cacherons.

– Où ?

– Chez Sardone !

– Tu ne te rends pas compte du danger ! Tu ne sais rien du Grand Cercle ! Les Tuniques de Feu disposent d'un pouvoir sans faille. Même chez la sorcière Sardone, on nous retrouverait. Laisse-moi, Longo. Notre histoire s'achève ici. Elle fut brève, mais douce, intense...

– Et Venceslas ! Tu ne vas pas l'abandonner ! Kallysten, je ne te reconnais pas ! Cette faiblesse n'est pas la tienne. Quel traitement as-tu subi ? Raconte-moi…

– Chut ! La vieille Caridwen va revenir ! Ingmar, mon père, vient de mourir… En principe, j'aurais dû lui succéder. Mais c'est mon jeune frère, Sven, qui hérite du trône. N'as-tu pas rencontré, en venant, le cortège des funérailles ?

– Justement, il faut en profiter ! La voie est libre !

– Non, je suis épuisée. Tu n'imagines pas. Je ne pourrai jamais…

Longo soudain avança la main vers sa compagne. Il lui caressa le visage doucement.

– Les autres vont revenir, Longo. Ils ne doivent pas vous découvrir. Ils vous tueraient. Ils savent tout sur Venceslas. Ils savent même ce que j'ignorais.

– Quoi ?

– Que notre Venceslas est le fils de Benjamin, l'image du dernier des Véritables. C'est pourquoi ils veulent le tuer lui aussi. Mon père l'aurait défendu, mais il vient de disparaître. Les conseillers de Sven n'auront pas cette clémence. Venceslas est un étranger. Pire, il descend des Mauvaises Gens ! Personne ici ne veut les voir revenir.

– J'ai rencontré le vrai Benjamin dans un miroir d'avenir, au fond de la forteresse de la nuit. Il nous protégera.

– Tu as réchappé de la forteresse de la nuit ?

– Oui.

Kallysten paraissait renaître en présence de son enfant, qu'elle serrait dans ses bras.

– Ne reste pas dans cette tenue, dit-elle. Dans cette autre pièce, il y a des vêtements freezlandais. N'oublie pas une perruque pour masquer tes oreilles.

Longo obéit et réintégra bientôt la chambre de la princesse.

– Me voici en Freezlandais bon teint ! fit-il gaiement. Viens ! On s'en va !

– Je suis trop faible.

– Je te porterai.

– En plus du petit ? Nous n'irions pas loin.

– Raconte-moi ce qui t'est arrivé depuis notre séparation.

– Après m'avoir fait prisonnière dans le bois de l'Un et l'Autre, les troupes d'Ypner ont saccagé la maison. Puis elles ont été obligées de se retrancher dans la forêt d'Ormoran car les Tuniques de Feu approchaient. Dans les Deux Vallées, il y a eu une bataille terrible. Je t'ai appelé au secours !

– Je t'ai entendue. J'étais sous terre.

– Là, les Tuniques de Feu ont défait les troupes d'Ypner et m'ont récupérée. Mon père qui menait le combat fut gravement blessé. Mon frère aussi. Le voyage pour regagner Gune fut très long et nous avons enduré les rigueurs de l'hiver. Les Austères nous avaient refusé le passage. Qu'ils soient maudits ! Il nous a fallu faire un détour de plusieurs mois. Enfin j'ai réintégré le château paternel. Prisonnière de cette chambre. Mon père allait de plus en plus mal. Les conseillers assuraient déjà la régence. Il est mort, et vous voici. Si vous restez, dans une heure vous serez morts aussi, l'un et l'autre !

– Pas question de te quitter. Il y a toujours un moyen de survivre. Il faut le désirer, le rechercher, le chérir. Je veux te retrouver telle que tu étais quand tu creusais devant la caverne, à la recherche du trésor du Sanguinaire.

Kallysten rit doucement.

– C'est vrai. Quelle force j'avais alors ! D'une certaine façon, je me sens revivre, depuis que vous êtes là, tous les deux.

– La bague ! Regarde comme j'en ai pris soin ! Elle brille. Cela veut dire que nous sommes sur la bonne voie. Je suis sûr qu'elle t'a manqué, je suis sûr que son absence à ton doigt est la cause de ta maladie. Je te la rends !

– La bague ! murmura Kallysten. À présent que tu la portes, elle ne peut plus me revenir.

Longo leva les yeux sur son épouse.

– Continue à me parler, lui dit-elle, cela me fait tant de bien ! Et Venceslas contre ma peau !

– Tu sais, il marche maintenant.

– Comment as-tu fait pour le trouver, et surtout pour le nourrir ?

– Et toi, comment as-tu fait pour l'abandonner dans la clairière, à une journée de marche de la maison ?

– Mais je n'ai pas abandonné Venceslas ! Il était dans son couffin quand les ogs ont attaqué. La chantelouve a surgi, les ogs ont reculé, ils n'aiment pas ces animaux ; elle a pris les anses du couffin dans sa gueule et s'est enfuie.

– Nous avons reçu tellement d'aide… et tu voudrais renoncer ? Écoute-moi une dernière fois ! C'est d'ici que va partir la reconquête du trône, de cette chambre. Voici votre royaume, Majesté, Kallysten Ire de Freezland ! Il ne nous reste plus qu'à l'agrandir.

Je suis votre premier serviteur, chef de vos armées. Et voici votre dauphin. Il ne vous a pas reconnue, certes, mais il vous aime déjà. Maintenant, partons à la conquête de votre peuple, sujet par sujet.

– Fou ! s'exclama la princesse.

Il se précipita sur le cordon et le tira. La gouvernante apparut. Voyant Longo, elle eut un sursaut, mais quand elle découvrit l'enfant, elle fut pétrifiée.

– Salut à vous, Caridwen ! s'écria Longo. Venez rendre hommage à votre souveraine et à son héritier.

– Mais... monsieur... mademoiselle...

– Ce n'est pas une demoiselle. Et l'enfant qui est devant vous est légitime. Je suis son père.

– Vous ! Grand Dieu !

Elle joignit les mains, leva les yeux vers le ciel.

– Allons ! Prêtez allégeance à Kallysten de Freezland !

– Mais... Sa Majesté le roi Sven... Et monsieur le ministre Olsen...

– Destitués par ordre de Sa Majesté.

– Ils vont nous tuer, monsieur !

– Qu'est-ce que c'est que ces manières de vouloir perpétuellement mourir, ici ? Caridwen, faites-moi visiter le château.

Le regard effrayé de la gouvernante naviguait de Longo à Kallysten.

– Je n'ai pas le droit. Monsieur est un traître... Sa tête est mise à prix... Et ce malheureux bébé qui est si beau...

– Faites ce qu'on vous dit ! ordonna Kallysten.

– Je suis désolée, Altesse. Vous n'avez aucun pouvoir. C'est Sa Majesté qui commande aujourd'hui.

– Qu'est-ce que le pouvoir ? s'écria Longo.

La gouvernante le regarda froidement et dit d'un air pincé :

– Le pouvoir des flingots, des bâtons, des prisons et de l'échafaud, monsieur.

– Pour l'instant, il n'y a rien de tout ça ici, dit Longo. Le pouvoir est dans la volonté des gens. Venez avec moi !

La femme suivit Longo.

– Je voudrais surtout savoir s'il n'y a pas dans le palais une étrange fenêtre qui s'allume et s'ouvre sur des choses peu communes.

– Oh ! Monsieur sait cela ?

– Je sais tout. Montre-moi, et vite, sinon Sven t'enverra au bûcher à mes côtés. De toute façon, tu es perdue. Je suis ta seule chance.

Ils traversèrent des salles obscures et désertes.

– Normalement, susurra Caridwen, je ne suis pas au courant. Je l'ai découverte par hasard.

Elle poussa un pan de la bibliothèque.

– C'est là.

Longo caressa le chaton de la bague. La dalle carrée de verre lisse dévoila progressivement une cité inconnue dont les ruelles étaient en escalier. Puis un grand voilier sur la mer, et enfin la crypte funéraire. Sur sa pierre était allongé Benjamin, dans sa robe blanche à ceinture d'or. La pâleur de la mort était sur son visage. Mais soudain une image se décolla de lui, comme en surimpression, et, tandis que le corps restait allongé, elle vint jusqu'à Longo sous le regard médusé de la gouvernante.

– Est-ce toi, Longo ?

– C'est moi, esprit de Benjamin ! Je suis sorti de la forteresse.

– Que me veux-tu ?

– Je suis dans le château de Gune la Flamboyante. Les prétendants au trône veulent me tuer ainsi que mon fils Venceslas.

– Mes félicitations pour cet enfant. C'est de Gune que doit partir la reconquête du monde, ainsi qu'il est écrit dans la mémoire du Grand Cercle. Mais cela ne se fera pas comme tu l'imagines et encore moins comme tu le souhaiterais. N'oublie pas que l'enfant est à l'origine de tout. Je vais t'aider, mais patience ! Patience ! Que la paix soit avec toi, Longo ! Mes pensées te protègent. N'oublie pas... La mission... Ypner ! Rien qu'Ypner !

L'image s'estompa dès qu'elle revint sur la stèle, coïncidant avec le corps inerte de Benjamin.

– Que voyais-tu par la fenêtre magique quand tu espionnais ? demanda Longo à Caridwen.

– Notre roi parlait avec d'importants personnages dans le Grand Cercle, monsieur.

– Qui as-tu vu en particulier ?

– Il y a eu Ypner avant la guerre. Une très très vieille femme avec une drôle de robe et des gros chaussons de laine...

– La Marcheuse !

– C'est un nom comme ça, je crois.

– Qui d'autre ?

– Une autre femme avec un chat roux...

– Sardone !

– Des rois de toutes les parties du monde. Je ne les connais pas. Et encore...

Elle hésita.

– Vous, monsieur !

– Moi ! Ainsi les gens de ce lieu avaient connaissance de mes faits et gestes ! Qui d'autre as-tu vu ?

– Une femme un peu boulotte. Elle venait souvent à cette fenêtre, surtout ces derniers temps... Elle lavait du linge dans le fleuve... Elle avait un drôle de nom... Je ne sais plus...

– Comment s'appelait-elle ? Je t'en supplie, dis-le-moi !

– Junon, je crois. Oui, ils l'appelaient comme ça... Toutes sortes de magiciens lui rendaient visite... Un homme avec un singe sur l'épaule, aussi...

– Junon ! murmura Longo. Elle a vu Junon !

Il se prit la tête dans les mains.

– Vite, Caridwen ! Nos minutes sont comptées. Retournons à la chambre royale !

Ils revinrent vers le lit de Kallysten et Longo raconta par le détail à son épouse ce qui venait de se produire. Tandis qu'il parlait, un orage éclata. Venceslas, soudain effrayé, poussa des cris perçants. Longo se mit à rire.

– Ho ho Venceslas ! On a traversé bien d'autres dangers que la foudre du ciel, nous trois. Tu ne dois pas en avoir peur, compris ? Cet orage est un signe. Benjamin le Véritable vole à notre secours ! Le monde tremble, Venceslas ! Demain, c'est toi qui régneras !

# L'orage

Longo écarta le rideau pour regarder à la fenêtre. Les éclairs dévoilèrent des silhouettes se précipitant vers le château, sous la pluie.

– Cet orage va nous être utile, déclara-t-il. Les serviteurs rentrent en ordre dispersé. Caridwen ! Va chercher les premiers arrivés et introduis-les dans la pièce voisine.

Caridwen s'exécuta. Longo revint s'asseoir au bord du lit, prit Venceslas dans ses bras et l'embrassa.

Les éclairs inondaient la pièce. Le tonnerre faisait trembler les vitres. Cela n'empêchait pas d'entendre du bruit et des échanges de voix derrière la porte. La gouvernante apparut dans l'entrebâillement. Elle tenait un chandelier.

– Ils sont là, monsieur.

– Fais-les entrer.

La porte s'ouvrit sur quatre valets en perruque blanche, deux servantes, un majordome et un homme au costume richement décoré de dentelle. C'était le régisseur du château. Ce dernier avança avec assurance et s'adressa à Kallysten.

– Qu'est-ce que cela signifie, Altesse ? Oubliez-vous que le droit de visite vous a été retiré jusqu'à nouvel ordre ? Et vous, qui êtes-vous ? Quel est cet enfant ?

Chargeant Venceslas sur son bras droit, sans se lever, Longo tendit sa main gauche sur laquelle luisait l'émeraude.

– Que vous importe qui je suis ? Vous êtes en présence de la reine Kallysten. Son règne commence aujourd'hui.

– Ce ne sont pas les volontés de son défunt père, répondit le régisseur. Elle sait à quoi s'en tenir. Quant à vous, je vous considère comme un espion introduit dans la chambre de la princesse. Vous n'avez pas répondu à ma question concernant l'enfant.

– C'est Venceslas, fils de votre reine, dauphin de Freezland. Connaissez-vous cette bague ?

– Je suppose que vous l'avez extorquée à la fille de notre roi. Je vous conseille de la rendre avant de passer en jugement.

Kallysten se redressa sur sa couche.

– Frédérik ! Vous êtes régisseur de ce château, c'est entendu. Cependant un rang nous sépare, ne l'oubliez pas et veuillez modérer vos propos.

Le régisseur fit un pas en arrière.

La foudre tomba à nouveau. La pluie redoubla. Des gardes pénétraient dans le hall du palais. Frédérik eut un regard haineux et quitta la pièce.

– Votre Altesse ! gémit l'une des servantes. Il peut vous causer du tort !

Kallysten se leva et vint chercher l'enfant qui s'endormait dans les bras de son père. À sa silhouette amaigrie, Longo jugea de sa fatigue.

– Puis-je compter sur votre fidélité ? demanda Kallysten en montrant Venceslas.

Les personnes présentes acquiescèrent.

– Vive la reine Kallysten de Freezland ! s'écria Longo. Occupons la pièce suivante !

Les valets et les servantes ouvrirent grand les portes.

– Regarde, Kallysten ! Ton royaume comporte à présent deux pièces ! C'est la première victoire de Venceslas.

– Puisse-t-elle être suivie par d'autres ! soupira la jeune mère.

Soudain la porte de la deuxième pièce s'ouvrit sur une dizaine de gardes noirs coiffés de bicornes d'apparat, qui avaient sorti leurs épées du fourreau.

– Rendez-vous ! cria le chef de l'escouade.

– Venez me prendre ! répondit Longo.

Ils avancèrent vers lui, un peu gênés par la présence de Kallysten tenant son enfant dans les bras.

– Eh bien ! poursuivit Longo, je vois que vous n'hésitez pas à lever vos armes sur quelqu'un qui n'en possède aucune, ainsi que sur une femme et sur un enfant.

– Nous ne pouvions deviner que vous êtes désarmé ! maugréa le chef qui, d'un signe, ordonna aux gardes de rengainer. Veuillez me suivre sans résistance, ajouta-t-il.

À nouveau, Longo exhiba l'émeraude.

– Connaissez-vous ce bijou ?

– L'émeraude royale ! murmura le chef.

– Cette émeraude brille sans doute à votre intention, dit Longo, qui faisait preuve d'une grande assurance. Montée par un magicien que connaissait votre souverain, elle a le pouvoir d'attirer ce qui est bien et d'éloigner ce qui est mal. Voyez-vous, si je l'approche de vous, son éclat augmente. Cela signifie que vous avez été fidèle à votre roi.

– C'est vrai ! dit le chef des gardes. Je n'ai jamais manqué à mes devoirs.

– Soyez-en félicité ! Mais votre roi, hélas, n'est plus, et sa succession s'annonce difficile.

Il s'avança vers les gardes et poursuivit :

– Il serait intéressant de savoir si la bague va briller pour chacun de ces hommes.

– L'idée est séduisante, convint le chef. Essayez, jeune homme.

– C'est une absurdité ! s'écria l'un des gardes en reculant. On ne va pas me faire avaler ces sornettes. Dix ans de fidélité à l'épreuve d'un colifichet ?

– Colifichet ? s'exclama le chef. La bague royale un colifichet ? Tu as des mots malheureux. Essayez sur lui, je vous prie !

– Je refuse ! s'écria le garde. C'est un coup monté. Rien ne prouve que cet objet soit doué de la capacité de montrer la vérité.

– C'est un objet royal et il doit être respecté, Odar !

Mais Odar avait déjà tourné les talons, suivi d'un autre garde.

– Jeune homme, dit le chef, je suis perplexe à ton sujet. Mon maître, le roi Ingmar, qui me faisait totalement confiance, semblait te connaître et m'a souvent parlé de toi. Il ne savait trop que penser et il s'est longtemps demandé s'il fallait te faire du bien ou du mal. N'es-tu pas le fils de notre ennemi ? D'un autre côté, nous avons appris que tu t'étais rebellé contre lui, ce qui plaide en ta faveur. Ces deux imbéciles se sont démasqués eux-mêmes. Ils n'iront pas loin. Certains conseillers nous avaient trahis au profit du roi des Austères, et nous cherchions vainement les coupables.

– Le complot est sur le point d'être dévoilé, dit Longo. Quant à moi, je n'ai jamais voulu causer du tort à qui que ce soit dans le royaume de Freezland. Comme vous, je suis pour la paix. Ypner est notre ennemi commun. Et on ne peut me reprocher d'aimer votre princesse.

Le chef des gardes porta un regard sur Venceslas.

– Je crois que le défunt roi mon maître se serait réjoui de connaître cet enfant.

– Rejoins-nous, Holgersson ! cria Kallysten.

– Cela demande réflexion, Altesse. Les lois sont sévères.

Un coup de tonnerre terrible ponctua cette déclaration. Holgersson resta perplexe un long moment, puis il quitta en silence la pièce, suivi de ses gardes. Il y eut des bruits et des éclats de voix dans les autres pièces, dans les vestibules, les couloirs et les escaliers. Le palais était en effervescence.

– Qu'est-ce qu'ils font ? demanda Kallysten. Pourvu que Sven ne revienne pas tout de suite !

L'orage s'éloignait. Sans un mot, les valets et les servantes remirent un peu d'ordre dans les deux pièces. Un profond silence avait gagné la ville. Par la fenêtre, Longo pouvait constater que la place et les rues adjacentes étaient désertes.

– Parle-moi de ton frère, dit-il à Kallysten.

La jeune reine soupira.

– Sven est un enfant sauvage, grand amateur de chasse et de guerre. Il accompagnait mon père contre les troupes du Sanguinaire. Il a été blessé, lui aussi, mais une âme charitable l'a soigné et remis à nos capitaines. Je pense qu'il a pris une part active à la victoire finale. Hélas, il se réjouissait de ma capture.

– Quel âge a-t-il ?

– Quatorze ans. Mais c'est un soldat à fière allure.

– Je n'en doute pas. L'as-tu entendu parler de moi ?

– Non.

– Que pense-t-il de toi et de Venceslas ?

– Il pense que je suis une fille perdue. Quant à l'enfant, il a dit qu'il ne voulait pas le voir. C'est pour lui un étranger. Il faut comprendre les mœurs de Freezland. Ce sont des hommes fiers de leur race, et hautains vis-à-vis des autres.

Il y eut soudain une ovation dans le vestibule du rez-de-chaussée, rapidement couverte par des cris terribles.

– Les soldats investissent le palais ! s'écria Caridwen. C'en est fait de nous, monsieur.

– Nous n'avions aucune chance, dit Kallysten. Ton projet était insensé. Mon frère est redoutable. Prends Venceslas et partez. Je vous en prie, partez !

– Mais où, Kallysten ? Où partir ? Un an que je me cache et que j'endure tout pour te revoir ! Et tu me parles de partir ?

– Ne discute pas ! Dépêche-toi. Sauve-le, sauve-toi ! Et n'oublie pas... Venceslas est descendant de Freezland, mais aussi de l'image de Benjamin. Si tu ne le fais pas pour moi, ni pour toi, fais-le pour Benjamin ! Je sais que tu lui as prêté serment. Honore-le, aujourd'hui ! File ! Occupe-toi d'Ypner, c'est ton rôle ! À la quatrième rue qui suit l'esplanade, tu tourneras à droite et tu verras l'échoppe d'un sabotier. Réfugie-toi là. C'est l'un des nôtres. Vite ! Que le Grand Formateur te protège !

Longo ne pouvait se résoudre à abandonner Kallysten. Il se pencha sur elle et ils échangèrent un long baiser.

Des pas résonnaient déjà dans le couloir lorsque Longo, chargé de l'enfant, se précipita à la porte. Celle-ci s'ouvrit brusquement sur une importante fraction de la garnison vêtue de rouge qui se répandit dans la pièce. Devant se trouvait un jeune homme accompagné du régisseur Frédérik et des deux traîtres. Longo reconnut le blessé qu'il avait sauvé lors de la bataille des Deux Vallées.

– Frédérik ! Tu ne m'as pas menti, déclara le prince. Tu auras ta récompense.

– Sven ! Par pitié ! s'écria Kallysten.

Longo se réfugia près de la fenêtre.

– Je vois qu'on se préparait à la rébellion, reprit le prince.

– La rébellion ne date pas d'aujourd'hui, expliqua Longo. Le trône appartient à Kallysten. Il faut le lui rendre.

– Vraiment ? dit Sven. Il ne convient pas à un étranger de faire la loi dans ce pays...

Et il dégaina son épée, s'approcha de Longo qui serrait contre lui Venceslas.

– Je devrais t'ôter la vie, dit-il. Je ne le ferai pas. J'ai une dette envers toi. Je n'ai pas oublié. Tu m'as ramené dans nos lignes lors de la bataille des Deux Vallées. Le capitaine alors t'avait gracié. J'ai pris goût à la vie, grâce à toi. Je te laisse une nouvelle chance. Je te donne vingt-quatre heures pour disparaître. Passé ce délai, je lance mes troupes à ta recherche.

– Et Kallysten ?

– Kallysten est ma sœur. Elle aura la vie sauve et épousera un homme du Nord.

– Elle est déjà mariée ! s'écria Longo.

Sven eut un mauvais sourire.

– Nullement. Un mariage sans témoins n'est pas un mariage. Nous l'oublierons. Quant à l'enfant né de cette union illégitime, puisqu'il est de ta chair, il mérite le même sort que toi. Comme toi, il a vingt-quatre heures de délai. À l'issue de quoi cette épée vous embrochera l'un et l'autre.

– Et Caridwen ?

La gouvernante pleurait dans un angle de la pièce.

– Il y aura amnistie pour les traîtres, car si ce jour est un jour de deuil, c'est également celui qui me voit monter sur le trône. Pars, Benjamin douzième du nom, et ne reviens jamais troubler notre peuple !

Les gardes s'écartèrent et Longo, après un dernier regard en direction de Kallysten, s'enfuit, serrant farouchement son fardeau précieux.

Il traversa le palais désert. Il longea la façade, franchit l'esplanade obscure. Une dernière fois, il se retourna. Au troisième étage, un éclat de lune scintilla. Une fenêtre s'était refermée. Il courut sur le pavé, son enfant bien calé contre lui, se tapissant contre les murailles ou aux angles des portes dès qu'il entendait le moindre bruit de pas. Il compta quatre rues. Un grand sabot pendait devant l'échoppe du sabotier. Il frappa. Un petit homme à barbiche parut dans l'entrebâillement, une chandelle à la main. Longo le bouscula, entra, ferma la porte derrière lui.

– C'est Kallysten qui m'envoie, dit-il.

– Hein ? Quoi ? Qui c'est ?

– La princesse.

– Quelle princesse ? s'étonnait le bonhomme en ouvrant de grands yeux.

– Vous êtes des nôtres, elle me l'a dit !

L'homme posa sa chandelle sur l'établi.

– Ça n'a aucun sens, ce que vous me racontez là. Voulez-vous bien vous en aller ?

Le plafond grinça. Une femme vêtue d'étoffes grises descendait par un petit escalier.

– Qu'est-ce que vous portez ? demanda-t-elle.

Longo sortit Venceslas de la coquille et le posa sur l'établi. L'enfant sourit au vieux couple qui en fut tout attendri.

– Qu'il est beau ! murmura la femme du sabotier.

– C'est mon fils, dit Longo.

– Vous êtes des nôtres, dit le vieux. Vos oreilles et les siennes en témoignent. On n'en fait pas d'aussi longues dans tout le Grand Cercle. Pardonnez ma méfiance.

– Elle est légitime.

– Il y a ici une confrérie qui travaille en secret pour rendre le trône à Kallysten, notre princesse. Elle seule peut garantir la paix. Le Nord et le Sud unis à jamais ! Quelle époque merveilleuse ce sera.

– Vous ne pourrez pas rester longtemps ici, dit la femme. Cet enfant est déjà grand et fort. Il va pleurer et nos voisins l'entendront.

– Je vais réparer cette coquille, proposa le sabotier. Elle ne saurait aller loin dans cet état.

La femme trouva un berceau qu'elle dépoussiéra, et elle y installa Venceslas qui tomba bientôt dans un profond sommeil.

Le matin suivant, elle alla faire quelques emplettes.

– Les Tuniques se préparent, dit-elle en revenant. Elles sont rassemblées sur la place du palais pour s'élancer à vos trousses, sûrement. Malheureusement, tout n'est pas prêt pour votre fuite. Nous devons résoudre le problème du navire. Il nous faut encore quelques heures, votre avance sera bien mince.

Le soir venu, les sabotiers lui donnèrent une musette pleine de vivres, des habits courants en Freezland, une perruque blonde et des bottes neuves. La coquille réparée était enveloppée de cuir qui ferait croire à une besace, sauf si l'enfant se mettait à crier.

– En sortant de la ville, prenez du côté du port. Avez-vous déjà traversé la mer ?

– La mer ? Je ne l'ai vue que de loin !

– Au port, n'essayez pas de vous cacher. On est habitué à rencontrer toutes sortes de gens et vous n'attirerez pas l'attention si vous ne parlez pas trop. Cherchez un navire qui s'appelle *Le Résurgent*. Son capitaine est l'un des nôtres. Dites que vous venez de la part d'Olufsen. Vous débarquerez aux Sept Clefs. Cela vous rapprochera de la terre des Francisques. Espérons que vous attirerez les Tuniques de Feu, ainsi elles auront l'occasion de faire la guerre contre le Sanguinaire, ce qui, somme toute, n'est pas une mauvaise chose. Pendant ce temps, ici, on est un peu plus libre. Bonne route ! Que le petit Venceslas devienne un jour un grand roi, et qu'il règne sur nos deux royaumes rassemblés ! Et que Benjamin vous protège !

# La fuite

Le navire était un trois-mâts. Longo, qui ne connaissait guère que les barges remontant le fleuve Espérance, n'en finissait pas d'admirer les marins qui grimpaient aux gréements.

Quand il se présenta sur le pont qui était encombré d'un imposant matériel caché sous des bâches, le capitaine, un gros homme barbu du nom de Bertie Barrensson, ne fut pas surpris de son arrivée. Il salua le jeune père et son fils et leur donna une longue accolade. Puis il ordonna aussitôt de larguer les amarres.

– Viens, l'ami ! Je vais te montrer ta cabine ! dit Bertie, quand il estima le navire bien engagé vers le large.

Longo se faufila à sa suite par l'écoutille, serrant contre lui Venceslas. Il regarda, intéressé, les marins qui s'affairaient dans le ventre du navire. Le capitaine le poussa bientôt dans une étroite cabine où il y avait juste de la place pour une couchette, une table et un tabouret.

– Bienvenue à bord ! s'écria Bertie. Montre-nous à quoi ressemble le Libérateur !

– Le Libérateur ?

– Celui que tu tiens dans tes bras. C'est ainsi que beaucoup l'appellent dans ce pays.

Longo posa Venceslas sur la table recouverte d'un tapis de velours vert.

– Voilà l'enfant.

Barrensson le regarda un moment, lui chatouilla le menton.

– C'est une réussite. Assieds-toi et causons.

– Volontiers, mais j'ai quelques servitudes auparavant, si vous le permettez.

Sous les yeux amusés du capitaine, Longo se mit en devoir de langer l'enfant et de lui donner la bouillie.

– Voilà un heureux qui est en de bonnes mains, dit Bertie.

– J'aurais préféré le savoir dans celles de sa mère, répondit Longo.

– Cela viendra en son temps.

– Quand reviendrai-je en Freezland ? Croyez-vous que Kallysten sera épargnée par son frère ? Est-ce que je la reverrai un jour ?

– Dans les grands pays nordiques, déclara Bertie, il n'est pas de tradition de s'entretuer au sein d'une même famille. Tu reverras un jour Kallysten. Pour l'instant, c'est Ypner, le Sanguinaire, qui doit retenir toute ton attention.

Longo fut touché par ces propos. Maintenant que Kallysten n'était plus prisonnière d'Ypner, il avait perdu de vue la nécessité de combattre le roi maudit. Pire, il en avait peur.

– Où le trouver ?

– Après la bataille des Deux Vallées, Ypner s'est replié derrière les montagnes des Dragons. Plus que jamais, il fait régner la terreur sur la Providence et la terre des Francisques.

– Je dois faire la guerre, mon enfant sur les bras ?

– Peut-être t'aidera-t-il, s'il a hérité de toi la force invisible.

Ils cessèrent de parler. Longo et Venceslas montèrent sur le pont. Il faisait beau. C'était l'été. Le vent du soir poussait le navire vers le large.

– Ce qu'il y a de bien, dans cette aventure, dit-il à Venceslas qui ouvrait sur l'infini de grands yeux calmes, c'est que je ne cherche plus à savoir ce que je vais faire pour moi, mais ce que je vais faire pour toi. Je t'aime, Venceslas. Mon cœur, mon amour, mon bébé. Je t'aime. Boule de chair et de vie. On n'a même pas besoin de se parler. Comprends-tu ?

Il avait l'air de comprendre !

La côte avait à peine disparu qu'un cri tomba de la dunette, provoquant une agitation intense parmi l'équipage.

– Redescends dans ta cabine avec ton fils, l'ami ! dit Bertie. Nous allons avoir de la visite. L'usurpateur a envoyé ses sbires à nos trousses.

Longo obéit. De toutes parts, on se préparait à la bataille. Les bâches sur le pont furent tirées, elles masquaient quatre gros canons.

Il s'enferma et essaya de calmer Venceslas qui pleurait, indisposé par le tangage et le roulis.

Bientôt, il y eut des déflagrations, et la mer se constella de trombes d'eau soudaines. Ils étaient la cible des canonnières de Sa Majesté Sven, premier du nom. Les masses sombres des navires ennemis se distinguaient à peine dans le clair de lune.

Un boulet porta, un second. *Le Résurgent* trembla, puis commença à donner de la bande. Il y eut un choc terrible. Longo se retrouva sur le plancher, Venceslas roula sur la couchette et tomba sur lui avec un grand cri. Il s'ensuivit une rumeur entremêlée de hurlements, de râles, et du choc des armes. Les assaillants avaient pris le navire à l'abordage.

Longo passa la tête par l'écoutille. Le combat faisait rage sur le pont supérieur. Bertie, armé d'un flingot arraché à l'ennemi, ordonna la contre-offensive, et les marins tentèrent de reprendre pied à l'étage. Longo était démangé par le désir de saisir une arme et de se rendre au combat, mais il lui aurait fallu pour cela abandonner Venceslas. Il ne put s'y résoudre.

Il regagna sa cabine et serra contre lui l'enfant apeuré. L'âcre fumée de la bataille arrivait jusqu'à eux. Ils étouffaient.

Les bruits cessèrent brusquement. Les combats s'étaient achevés. Le navire s'inclinait de plus en plus. Il sombrait. Longo se ceignit de la coquille, y installa son fils et gagna le pont. Il enjamba les corps, les débris et les cordages, traversa des rideaux de fumée. La seule lumière était celle de l'incendie qui avait pris au gaillard d'avant.

Quand il arriva sur le pont, les soldats embarquaient Bertie Barrensson et une dizaine de marins qui avaient survécu. Deux autres le poussèrent dans une trirème que de nombreux rameurs entraînèrent loin de l'épave du *Résurgent*.

Le navire de la liberté n'était plus qu'une colonne de fumée à la racine rougeoyante. Une violente explosion l'anéantit définitivement et il fut englouti par les flots.

On approchait du rivage. Les prisonniers furent débarqués. On leur enchaîna les mains dans le dos. Ils durent marcher toute la nuit parmi les Tuniques de Feu sur de mauvais chemins, dans une plaine balayée par le vent. L'obscurité s'épaissit après le coucher de la lune. La luminosité des tuniques n'apportait aucune chaleur ni n'éclairait la route. Les prisonniers avaient l'impression de circuler dans un étau incandescent, aveuglant et froid.

Au petit jour, ils découvrirent un paysage désert, sauvage, collines de pierre parsemées de rares touffes d'herbe. Aucun arbre.

Les prisonniers furent rassemblés et désentravés pour le repas du matin. Les soldats les encerclèrent à quelque distance et s'assirent pour déjeuner eux aussi. Au début, le chaud soleil fut accueilli avec bonheur, mais il devint vite brûlant et insupportable.

Avant de reprendre la route, le capitaine des Tuniques de Feu s'approcha des prisonniers et, après les avoir fait s'agenouiller à terre, leur parla en ces termes :

– Le roi Sven, notre souverain, vient de se mettre en campagne. Nous allons le rejoindre. Il décidera de votre sort, après avoir consulté le Grand Conseil. Vous êtes considérés comme traîtres à la couronne.

– Capitaine ! cria Longo en se dressant devant tous et en exhibant Venceslas. Capitaine ! Peut-on dire que cet enfant est un criminel ?

– Il fait partie de toi et subira ton sort ! À genoux !

– Écoutez tous ! Cet enfant est Venceslas, le descendant de feu votre roi Ingmar.

Il y eut des murmures parmi les soldats.

– Silence ! hurla le capitaine. Tu parleras quand on te l'ordonnera.

– C'est lui qui vous parle ! Il ne fait qu'emprunter ma voix. Je ne suis rien. Il est tout.

Le capitaine s'avança et dégaina son épée. Il y eut de vives discussions dans les rangs. Des protestations fusèrent et le capitaine recula. Un autre officier s'approcha.

– Parle, si tu as quelque chose à dire en son nom. Mais ne te fais aucune illusion, cela ne changera rien à ta peine.

# Trois enfants

Longo prit la parole et dit :

– Venceslas est prince de Freezland. Sa mère, Kallysten, fille d'Ingmar, doit selon vos lois régner sur vous.

– Ce n'est pas à toi de débattre de cette question.

D'autres Tuniques de Feu s'approchèrent. Longo s'assit et, prenant son fils sur les genoux, leur fit face, sans se laisser impressionner. Les prisonniers ne soufflaient mot.

– Je ne débats de rien. C'est Venceslas qui vous le dit. En chassant sa mère, vous le privez d'un trône qui lui reviendrait un jour, et il a le droit de vous le rappeler. Vous n'avez pas appliqué vos propres lois sur le droit d'aînesse.

– Tu ne sais rien de nos lois. Nous pourrions te confondre à tout moment sur ce sujet.

– La vérité, s'écria Longo pour être entendu de tous, j'ai mis du temps à la comprendre. La vérité, c'est que vous répugnez à être gouvernés par une femme.

Il y eut des cris de colère parmi les soldats. Les prisonniers sentirent que ce type de débat avait déjà eu lieu et qu'il divisait encore les troupes de Freezland.

– Venceslas est bien placé pour vous dire que c'est un tort, continua Longo. Votre pays est un beau pays, les terres sont riches, les villes sont belles. Il doit être dirigé avec amour. Seule une femme en est capable.

– Qui commanderait les Tuniques de Feu ? cria quelqu'un.

– Moi ! répondit Longo avec fierté.

Il y eut des rires, des sarcasmes et encore plus de colère. Le capitaine ramena le calme.

– Assez discuté, prisonnier. Tes propos sont insensés. Nul ne peut prétendre parler au nom d'un enfant. Tu cherches à gagner du temps pour éviter le châtiment que tu mérites. Seul un Freezlandais peut être le chef des Tuniques de Feu.

– Et vous, n'est-ce pas au nom d'un enfant que vous agissez ? Votre roi n'est-il pas un enfant ?

– Est-il vrai que l'étranger a épousé la princesse ? cria quelqu'un.

– Qu'importe ? Ce mariage n'est pas légitime ! répondit le capitaine.

– Est-ce qu'il a eu lieu ?

– Cela n'est pas notre affaire. En route !

Les prisonniers refusèrent de se lever. Un soldat prit la parole.

– Elsen ! Chez nous, il n'est pas d'usage d'interrompre quelqu'un qui se défend. Que ce jeune homme continue. Nous avons bien le temps.

– Ce mariage a-t-il eu lieu oui ou non ? insista un autre.

– Demandez-le-lui !

Mais Longo refusa de répondre.

– Il a dû avoir lieu, dit un soldat. Il suffit de considérer cet enfant. Les princesses de Freezland ne passent pas pour être frivoles.

La discussion s'envenimait. Les hommes se dressaient les uns contre les autres.

– Kallysten a été désavouée par Ingmar.

– Et elle a été ramenée de force ici.

– Ce jeune prisonnier a sauvé Sven lors de la bataille des Deux Vallées. J'y étais.

– Il a déjà été gracié une fois. Ce n'est pas à nous de juger. Nous ne sommes pas un tribunal, mais une armée. Nous ne discutons pas les ordres, ici.

– S'il a épousé une Freezlandaise, il est freezlandais par alliance selon nos lois, et ne peut être jugé comme étranger.

– Et s'il est freezlandais, rien ne l'empêche de conduire les Tuniques de Feu, en tant qu'époux de la reine, selon les statuts des Tuniques de Feu.

La discussion dura longtemps. Enfin, Elsen, le capitaine, revint vers Longo.

– Voici ce que nous avons décidé. Nous ne pouvons démêler si tu as tort ou raison, et nous ne prendrons pas le risque de mal agir envers un homme qui serait dans son droit. Le combat seul va décider de ce que tu es. Nous allons choisir un champion dans nos rangs et tu te présenteras contre lui, toi ou l'un de ton choix.

Les prisonniers échangèrent un regard inquiet.

– C'est juste, approuva Longo. J'accepte cette proposition.

Alors sortit des rangs des Tuniques de Feu un colosse armé de pied en cap, portant glaive et bouclier ; il se campa à quelques mètres de Longo.

Les marins du *Résurgent* se placèrent parmi la troupe, sur le pourtour du cercle qui entourait les combattants. Longo se leva et considéra ce géant.

– Je le combattrai moi-même, dit-il.

Il y eut dans la foule des murmures d'admiration, de réprobation et de moquerie.

Longo serra Venceslas contre sa poitrine et s'avança. Il avait sorti sa fronde et la faisait siffler au-dessus de sa tête.

– Je ne peux pas me battre contre lui ! cria le guerrier. Je risque de blesser l'enfant.

– Dépose l'enfant ! ordonna le capitaine Elsen.

– Aucune loi ne m'oblige à abandonner Venceslas, dit Longo.

– Le combat n'aura pas lieu ainsi ! dit le champion des Tuniques de Feu. Je ne courrai pas le risque de blesser le petit-fils de mon souverain.

– Il doit avoir lieu ! hurla Elsen. C'est conforme à nos lois. Quant à toi, Longo, si tu ne peux combattre, pour quelque raison que ce soit, choisis-toi un champion, et qu'on en finisse !

Bertie Barrensson se leva et se proposa. Il était grand et fort, sans toutefois rivaliser avec le Freezlandais. Mais c'était lui le plus solide des prisonniers.

– Est-ce le champion que tu t'es choisi ? demanda Elsen à Longo.

Longo hésitait quand une voix grave se fit entendre au milieu de la foule.

– Moi ! C'est moi qui serai son champion.

Les soldats s'écartèrent pour laisser entrer sur l'aire de combat un homme gigantesque, d'une prodigieuse musculature, bardé et casqué de fer et de cuir et qui, pour seule arme, tenait un fouet.

– Erasyl ! s'écria Longo.

– C'est bien moi, fils de lumière, répondit le bourreau de la forteresse de la nuit.

– Est-ce lui ton champion ? demanda Elsen.

– Oui, répondit Longo.

– Écoutez-moi ! tonna Erasyl. Puisque combat vous désirez, combat il y aura. Mais cette guerre des enfants est la plus stupide de toutes. Vous venez au nom d'un enfant qui prétend vous gouverner, Longo parle au nom d'un autre enfant, moi je viens au nom d'un troisième qui demeure loin d'ici. Or la paix est tout ce qui manque à votre richesse !

– Qui nous protégera du Sanguinaire, si nous déposons les armes ? protesta quelqu'un.

– Lui ! dit Erasyl en désignant Longo. Son mariage avec Kallysten est valable. J'en ai ici la preuve. Si cela vous semble nécessaire, il vous est encore possible de faire une cérémonie publique.

– Donne-nous la preuve de ce que tu avances ! cria Elsen.

Erasyl montra à tous une grosse boule ronde de terre cuite.

– La boule de la promesse ! clama Longo. Elle contient mes empreintes et celles de Kallysten. Nous l'avons cuite dans notre foyer et enterrée en témoignage de notre alliance !

– J'ai parcouru le bois de l'Un et l'Autre à sa recherche, et je l'ai déterrée, dit Erasyl. Selon vos lois, cette boule remplace les témoins. Vous pouvez vérifier.

Elsen reçut l'objet, l'observa, tandis que les Tuniques de Feu se rassemblaient autour de lui. Après discussion, le capitaine appela Longo.

– Longo ! Avant de faire examiner les empreintes, peux-tu jurer sur l'honneur que ce sont tes doigts et ceux de la princesse qui ont marqué cet objet ?

– Je le jure ! s'écria Longo.

– C'est troublant, en effet, dit Elsen. Tu serais donc prince de Freezland par alliance ?

– Je le suis. Rendez-moi justice !

– Longo vous sera utile, reprit Erasyl. Ypner s'approche à la tête de la plus puissante de toutes les armées. Il contourne l'Austerland pour mieux le digérer dans un proche avenir. Il faut parlementer avec lui pour gagner du temps. Ce jeune prince vous y aidera. Il vous unit à Ypner. Car Longo, de la Providence, fils de Junon la Pédauque, n'est autre que le fils d'Ypner.

Il y eut un grand trouble dans l'assistance et les discussions reprirent de plus belle. Erasyl se pencha sur Longo.

– Mon garçon, cette filiation ne te plaît guère, mais elle ne peut être niée et tu le sais. Console-toi ! Nul ne choisit son père.

– J'ai fait serment de le vaincre ! hoqueta Longo.

– Et tu le vaincras. Quant à vous, soldats libres de Freezland, obéissez à vos propres lois et reconnaissez votre souveraine ! Longo sera votre guide. Il est grand parmi les grands. Il a résisté à six mois de tortures dans les sous-sols de la forteresse de la nuit.

– Pour être notre chef, dit un officier, il doit être membre de notre Ordre. Pour cela, il doit passer par le Chemin de Lumière.

– Que son champion gagne d'abord contre notre champion ! ordonna Elsen.

– Qu'il en soit ainsi ! cria Erasyl en se plaçant face au Freezlandais.

Longo, prostré, n'observa pas comment Erasyl détournait sans bouclier les coups de glaive d'Artik, le champion de Freezland, comment ce glaive faillit le transpercer plusieurs fois et fut arrêté par le cuir et le fer de son costume de guerre. Il ne vit pas comment Erasyl arracha le bouclier de son adversaire et le lança au loin, ni comment le fouet eut raison d'Artik. Tout juste entendit-il les cris et les silences.

Quand il leva la tête, Artik était à genoux et demandait grâce. Le verdict d'Elsen tomba aussitôt.

– Longo est dans son droit. Qu'il soit libre ainsi que son fils et ses hommes. Nous allons en référer aux supérieurs.

– Acceptes-tu d'entrer au sein de l'Ordre des Tuniques de Feu ? demanda un autre en s'adressant à Longo.

Ce dernier ignorait tout des Tuniques de Feu. Tout sauf une chose. Il avait toujours rêvé de porter cet habit incandescent qui ne se consumait jamais, et qui semait la terreur parmi les ogs du Sanguinaire.

– Je le souhaite ! répondit-il. Et je me soumets à votre décision.

– Ce soir, tu marcheras sur le Chemin de Lumière. Si tu arrives au bout, tu seras l'un des nôtres. Mais seul notre souverain, ou notre souveraine, peut faire de toi un chef.

Ils quittèrent la plaine désertique et cheminèrent toute la journée, passant dans des hameaux et traversant des forêts. Les marins étaient libres, mais ils suivirent Longo. D'heure en heure, la popularité de Longo grandissait. Sur le soir, ils dressèrent le camp en lisière d'une forêt d'arbres à noël. C'était l'un des terrains secrets des Tuniques de Feu, un point de ralliement, l'un des douze lieux de cérémonie.

De nombreux soldats remirent en état le Chemin de Lumière en y étalant une épaisse couche de charbon de bois. Le chemin mesurait deux cents mètres de long sur quatre de large.

D'autres soldats vaquaient aux occupations habituelles d'un campement. Les chefs se rassemblèrent pour organiser la cérémonie. Longo se sentait gagné par l'inquiétude.

– Sois confiant, lui dit Erasyl. L'habit flamboyant n'est qu'une étape. Rien ne sera exigé de toi qui soit au-dessus de tes forces. Il te reste la bague de la reine de Freezland. Et si tu te sens faible, tu peux en appeler au Dernier des Véritables ! N'oublie pas non plus le gobelet d'argent !

– Je l'ai perdu avec mon coursier !

– Pas si sûr, fit Erasyl. Pas si sûr.

Il y eut un bruit dans les fourrés. Longo se retourna. Mazagran s'avançait vers lui et baissait le museau, en quête d'une caresse qui ne lui fut pas refusée. Sur ses pas apparut la chantelouve, ce qui provoqua la stupeur des Tuniques de Feu les plus proches. Certains parlèrent de la tuer.

– Laissez-la ! s'écria Longo. Pendant une année, elle a servi de nourrice à votre prince !

Il dut fournir de nombreuses explications qui passionnèrent les Freezlandais, de plus en plus intéressés par Venceslas. L'attendrissement fut à son comble lorsque l'enfant s'attacha à la mamelle pour une tétée du soir.

# Le Chemin de Lumière

Quatre hommes sonnèrent du cor aux quatre points cardinaux. Cela faisait une mélodie très douce, un chorus admirable, et rappelait l'appel entendu par Longo lors de son entrée en Freezland.

Les journées d'été n'en finissaient pas, en terre nordisque. Longo n'en avait jamais connu d'aussi longues. Elles grignotaient les heures habituellement réservées au sommeil et, après une courte obscurité, c'était déjà l'aube.

Quand le repas du soir fut pris, quand la nuit commença à tomber, arrivèrent de nombreuses troupes de Tuniques de Feu. Environ cinq cents personnes en tout. Elsen les rassembla, leur expliqua qui était Longo et comment il était devenu candidat à l'épreuve. Après d'âpres discussions, les chefs se rallièrent à son point de vue.

Le moment de l'épreuve approchait. Les servants de la cérémonie versèrent sur le chemin une huile qu'ils enflammèrent et le long ruban de la route s'embrasa. D'abord des flammes très hautes, blanches et jaunes, qui rapidement raccourcirent et disparurent, laissant apparaître l'incandescence des brandons. Les Tuniques de Feu se rangèrent de part et d'autre de cette voie illuminée. L'éclat de leur étoffe semblait pâle en comparaison.

Longo fut invité à se rendre à un bout du chemin. Auparavant, il s'était abreuvé à plusieurs reprises d'une eau de source à l'aide de son gobelet d'argent. Il fut revêtu d'une simple tunique grise, sombre en regard du feu, qui lui tombait jusqu'aux genoux. Il lui faudrait avancer pieds nus sur les braises dont il ressentait déjà la chaleur à plusieurs mètres de distance.

Quand il s'approcha du point de départ, la température lui parut insupportable. Il résista de toute son énergie, et ne recula pas.

Il se fit un grand silence. On attendait ses premiers pas. Venceslas, non loin de là, bredouilla quelques mots bien à lui.

– Amenez-moi Venceslas ! dit Longo.

On fit circuler l'enfant de main en main, et il lui fut remis.

– Donnez-moi la coquille.

Il installa son fils sur sa poitrine, comme lors de sa longue marche. La chantelouve s'était approchée. Ses yeux viraient au rouge à cause du reflet des braises. Longo caressa le long poil gris. Elle posa un instant sa tête contre la jambe de Longo. Venceslas, fortement incommodé par la chaleur, agitait bras et jambes en proférant des borborygmes qui menaçaient d'éclater en une violente colère. Dans la foule, il y eut des protestations, des mises en garde. D'évidence, ce qui se faisait là était trop dangereux.

Longo ferma les yeux, se concentra sur l'émeraude qu'il caressa jusqu'à ce qu'un point vert s'inscrivît par-dessus les rougeurs du feu. Il avança un pied. Brûlure intolérable. Il le retira. Venceslas poussa des cris perçants. Des rumeurs parcoururent l'assemblée.

– Ça va, Venceslas ! C'est pour Kallysten. Pour le trône de Freezland. Il faut le faire.

« Laisse-toi aller, et tu iras ! »

Pourquoi ces paroles lui revinrent-elles en mémoire ?

Les murmures s'arrêtèrent. Tous retenaient leur souffle. Et tout à coup, le bruit fut parfaitement perceptible. Une présence invisible marchait sur le Chemin de Lumière. On entendait craquer les braises. Et pourtant, on ne voyait personne.

Longo s'écria :

– *Il est un puits d'ébène*
*Au fond de la Vallée*
*La Vallée des Esprits*
*Pour étancher la soif*
*Du guerrier solitaire.*
*J'ai descendu le puits*
*C'est la nature des choses*
*Les puits ne sont-ils faits*
*Pour être descendus ?*
*Les puits ne sont-ils faits*
*Pour éteindre les flammes ?*
*La vallée se raconte*
*Quand on y met le feu*
*Jamais le feu des autres*
*Seul celui que tu couves*
*Sous le manteau.*

Et il avança. Il marcha dans la fournaise. Pas à pas, la plante de ses pieds prenait appui sur les charbons ardents. Dix mètres, quinze mètres. Il ne courait pas. Venceslas s'était tu. La souffrance fut atroce sur un tiers du parcours. Puis elle se dissipa, peu à peu, et abandonna ses membres, son corps et son esprit. Naquit un sourire. Il ouvrit les yeux et le spectacle alors l'émerveilla.

Son vêtement gris absorbait les rougeurs flamboyantes du chemin. L'étoffe devenait à chacun de ses pas plus luisante, plus rouge, une vraie tunique de feu. Il se retourna. Derrière lui, le chemin était sombre. Le feu était mort. Longo lui avait pris sa substance, sa chaleur, sa force. Il poursuivit sa marche sereine.

Quand il arriva au bout, les Tuniques de Feu explosèrent en vivats et se précipitèrent. Venceslas était tout amusé de se voir ainsi entouré. Il avait pris au passage quelques couleurs et distribuait du bout des doigts des caresses, ou tirait des barbiches.

Elsen s'approcha.

– Bienvenue dans l'Ordre des Tuniques de Feu, Longo. Désormais ton vêtement ne s'éteindra qu'avec ta vie. Marche à nos côtés ! Que ton droit triomphe, et que ta vérité soit reconnue.

On sonna des trompes et Longo reçut tout un équipement. Pantalon en peau de musquin et bottes de cuir d'outrecorne, large chapeau de feutre gris et flingot à double canon. Chargé de Venceslas, il faisait un drôle de soldat. Les chefs sur leurs galopants, les hommes à pied, ce fut le départ en direction de Gune la Flamboyante. Longo chemina en tête de la troupe accompagné par Mazagran, la chantelouve et les naufragés du *Résurgent*. Erasyl suivait à distance.

Après une nouvelle journée de marche, les troupes arrivèrent en vue de la capitale. Elle était encore trop éloignée pour être ralliée dans la foulée. Les soldats installèrent leur bivouac, des gardes furent désignés, et le camp sombra dans un sommeil réparateur.

Peu avant l'aube, les gardes sonnèrent l'alerte. Les hommes se mirent rapidement sur pied. Un régiment complet, fidèle à Sven, leur barrait la route. Les factions armées se firent face et attendirent.

Longo vit sortir du rang adverse un de leurs capitaines. C'était Sven en personne.

– Où est celui qui vous pousse à la trahison ? s'écria-t-il.

Elsen s'approcha à son tour et se tint devant lui.

– Personne ici n'a trahi.

– Dans ce cas, où allez-vous ? Pourquoi n'avez-vous pas rejoint mon poste de campagne ? Où sont les prisonniers ? Où est le Francisque ?

Sur un geste d'Elsen, Longo se porta à ses côtés.

– Lui ! hurla Sven. Vous en avez fait un membre de notre Ordre ? C'est contraire à nos lois ! Elsen, je te dépose ! Rends-moi ton épée.

– Le mariage de Longo et de la princesse Kallysten est légitime, dit Elsen. Cela a été prouvé.

– Arrière ! Vous n'entrerez pas à Gune ! Je vous chasse du pays ! N'insistez pas, vous n'êtes qu'en petit nombre. J'ai l'armée entière derrière moi.

Il se retourna vers ses lignes et ajouta :

– Faites-les prisonniers !

Il y eut quelques remous, un peu d'agitation, mais les troupes gardèrent leurs positions.

– Ce n'est pas l'usage, Sven ! cria Elsen. Une loi de l'Ordre précise qu'il ne peut jamais y avoir combat entre nous. L'ignores-tu ?

– En tant que roi, j'abolis cette loi !

– Les Tuniques de Feu existent depuis plusieurs siècles. Les lois de l'Ordre sont au-dessus des rois. Tu es trop jeune, Sven, inexpérimenté, même si tu es courageux dans les combats. Pour gouverner un tel royaume, il faut d'autres qualités. Nous avons décidé d'obéir à la femme à qui le trône revenait de droit.

– Ce n'était pas la volonté de mon père !

– Ton père est mort, Sven. Le Grand Cercle a tourné, le monde a changé.

– Vous me devez aide et secours ! lança Sven à son armée. L'heure est venue de tenir vos engagements.

Quelques palabres suivirent cette injonction. Puis une voix grave s'éleva.

– Sven ! Te sens-tu capable de montrer devant tous ton courage légendaire ?

– Qui parle ? Qu'il approche et je lui donnerai ma réponse !

Les rangs s'écartèrent et Erasyl se présenta. Sven le regarda de la tête aux pieds et recula d'un pas.

– Qui es-tu ?

– Sven ! Saurais-tu résister à six mois de souffrance et d'obscurité ininterrompues ? Et marcher ensuite sur le Chemin de Lumière sans aucune préparation ?

– Qui es-tu ? Pourquoi me demandes-tu cela ?

– Je suis celui qui efface les mémoires, qui broie les corps et les esprits. Je suis le gardien de la forteresse de Behrend, la plus grande place forte d'Austerland, et à moi seul la moitié de son armée !

– L'Austerland ? Parlons-en ! Il nous a refusé le passage. Nous sommes en guerre contre lui.

– Alors, c'est le moment ou jamais de te mesurer à moi, Sven. Les Tuniques de Feu ne peuvent se combattre mutuellement, c'est certain.

Le fouet d'Erasyl claqua soudain dans la nuit. Les lignes de Sven reculèrent de quelques pas. Sven sortit son épée de capitaine, mais elle lui fut enlevée d'un deuxième coup de fouet. Plusieurs fois, la lanière s'abattit sur lui. Il tomba. Des hommes montèrent à sa rencontre pour lui prêter main-forte. Erasyl les repoussa. Alors les deux armées se réunirent contre le géant.

– Nous ne pouvons laisser un étranger frapper l'un des nôtres, quel qu'il soit, cria Elsen.

Longo, horrifié, assistait à cette folle bravade d'Erasyl, seul contre tous. Tant que les flingots ne furent pas utilisés, le bourreau de Behrend eut le dessus et de nombreux combattants tombèrent.

Mais des coups de feu claquèrent. Dans la mêlée, Longo ne vit rien, sinon les blessés au secours desquels se précipitaient les soignants. Erasyl avait réussi à arracher une dizaine de flingots à ses assaillants et les déchargeait sur eux au hasard.

Enfin le combat cessa. Les Tuniques de Feu s'écartèrent.

Sur le sol gisait Erasyl, inerte, ensanglanté. Près de lui, Sven se relevait lentement, cherchait à tâtons son épée, complètement étourdi, une vilaine blessure au bras et à l'épaule.

Longo se précipita. Il s'agenouilla auprès du géant qui agonisait.

– Longo… Sven… Vos deux factions se sont rassemblées contre moi, l'heure de la paix entre vous a sonné. Une autre guerre se prépare. Elle aura besoin de toutes les énergies. Unissez-vous. Que la princesse règne sur vous. Vous aurez votre part du festin, chacun selon son mérite. C'est Benjamin qui l'a dit…

Son regard se voila. Il était mort.

Longo s'approcha des soignants. Il leur prit les linges avec lesquels ils tentaient d'enrayer l'hémorragie du jeune prince et lui fit un pansement. L'émeraude brillait. La plaie cessa rapidement de saigner.

– Tu ne peux être roi, dit Longo, tandis qu'il achevait de prodiguer ses soins. Mais une fois de plus tu as montré ton courage. Notre première rencontre, dans la caverne des Deux Vallées, doit rester notre seul souvenir. C'est le souvenir d'une guérison. Oublions le reste. Faisons la paix ! Je ne serai jamais chef des Tuniques de Feu. Cette place te revient de droit. Avec le temps, à ta bravoure s'ajoutera la sagesse, et tu n'auras aucun regret. Tu sais qu'Ypner s'approche de nous en ce moment même. Ne lui offrons pas la victoire par notre division.

Sven hocha la tête. Il avait récupéré son épée, et la remit au fourreau. Longo l'aida à se relever. Les soldats achevaient de creuser les tombes de leurs défunts. Il y en avait quatorze. D'autres ouvrirent une grande fosse dans laquelle ils allongèrent le géant Erasyl. Puis ils rebouchèrent le trou, roulèrent une énorme pierre et y scellèrent son fouet. Après quoi les deux troupes se recueillirent sur les tombes, ramassèrent armes et bagages en silence et, portant les blessés, se dirigèrent vers la ville dans le petit matin.

# La reine de Freezland

Quand ils firent leur entrée dans Gune la Flamboyante, la cité royale était en liesse. Ovations et musiques éclataient sur les balcons fleuris, sur les places, au coin des rues, autour des fontaines, devant les échoppes, sur les pas des portes. Ce fut sous une pluie de pétales qu'ils se rendirent au palais qu'Ingmar IV avait restauré et agrandi sous son règne et auquel désormais était attaché son nom. La nouvelle de la bataille d'Un-contre-tous et du ralliement final de Sven avait été rapportée par de rapides coursiers. La capitale avait eu une journée pour improviser les festivités.

À leur passage dans l'artère principale, les colonnes rouges furent délestées de leurs blessés. En tête chevauchaient les capitaines et, côte à côte, Sven et Longo. On les applaudissait, on les congratulait, la foule les suivait, les entourait, s'étonnait de la présence inattendue d'une chantelouve se frayant un chemin à l'ombre de Mazagran. Mais surtout, elle s'extasiait sur Venceslas assis à l'encolure du galopant fidèle, maintenu par son père qui de temps en temps le soulevait pour le présenter à son peuple.

Le palais d'Ingmar était orné de drapeaux et d'oriflammes jaunes, blancs et bleus. Les Tuniques de Feu se déployèrent sur l'esplanade. Longo mit pied à terre sans se séparer de Venceslas. Accompagné de Sven, il gravit les marches tandis que les hallebardiers ouvraient les lourds vantaux. Les compagnies s'immobilisèrent. Une foule considérable envahissait la grande place.

Longo pénétra sans bruit dans la chambre du troisième étage. Fenêtres et volets étaient clos. Sa tunique apporta un peu de lumière. Il aperçut d'abord Caridwen, assise dans un fauteuil et qui sourit à son entrée. Le lit était fait, la chambre propre et rangée. La porte du fond s'ouvrit et Kallysten entra, vêtue d'une robe blanche ornée de somptueuses broderies. Quelques bijoux au cou, aux poignets, et une aigrette sertie de diamants retenait ses cheveux. Elle avait dans la main droite son cadeau de mariage, le sceptre d'Olnar, taillé à même l'arbre par un bûcheron magicien.

Kallysten était à l'apogée de sa splendeur. Longo lui remit Venceslas. Elle embrassa son fils, déposa sur les lèvres de son époux un baiser-papillon, puis s'arrêta un instant à contempler sa tunique de feu.

– Où est Sven ? demanda-t-elle.

Son jeune frère se précipita et Kallysten le serra contre elle.

– Allons nous présenter à la foule, dit-elle.

Elle apparut au balcon, rayonnante, son fils dans les bras, entourée par Longo et Sven. La foule éclata en délire, des coups de feu ponctuèrent l'événement. On joua des hymnes, les chœurs des Tuniques de Feu entonnèrent des chants d'espoir.

Il y eut dans les grandes salles du château un festin qui compta jusqu'à six cents convives.

L'après-midi eut lieu la cérémonie funèbre à la mémoire des morts de la bataille d'Un-contre-tous.

Le soir, Longo se vit désigner une chambre bleue au quatrième étage. Elle lui parut immense, avec un vaste lit où il risquait bien de se perdre seul. Après en avoir effectué la visite, il courut à la recherche de Kallysten qu'il trouva en conférence avec le majordome.

– Comment ? s'écria-t-il. Nous ne faisons pas chambre commune ?

Kallysten eut un sourire gêné.

– Ce n'est pas l'usage ici, Longo. Nous devons l'un et l'autre disposer d'appartements privés. Pour partager la chambre de la reine, le prince doit lui en demander la permission.

Et, devant la mine ébahie de Longo, elle s'empressa d'ajouter :

– La permission est rarement refusée.

Cette nuit-là, la permission fut accordée, ainsi que les suivantes. Cependant Longo, même s'il n'osait l'avouer, regrettait la petite maison solitaire du bois de l'Un et l'Autre. Le palais était trop grand, il avait partout des yeux et des oreilles.

Ils ne dormirent pas une seule minute, ces premières nuits. Il y avait trop à se dire et le soleil ne restait pas caché assez longtemps.

Le 31 août, Kallysten fut sacrée en grande pompe reine de Freezland, en présence des souverains qui étaient restés fidèles à la couronne : le roi de Farland, un prince des Kelconkes, et des chefs de tribus du Landofiel. Il y avait aussi Joaquim de Luz, ancien roi de Luz chassé du pouvoir par le Sanguinaire.

Quelques jours plus tard, la reine se mit en route, accompagnée de son époux. Ils visitèrent le royaume, s'arrêtant dans les campagnes, participant avec simplicité aux fêtes données en leur honneur. Ils savaient partager autour des feux les repas et les danses. La population s'attacha aussitôt à ce jeune couple qui présidait à sa destinée.

Il coula dans les veines de Freezland un sang neuf, le sang de la jeunesse.

Kallysten ordonna dans le même temps de relever les anciennes murailles qui réglementaient jadis l'accès au royaume de Freezland. Elle fit restaurer les forteresses abandonnées par l'insouciance de la précédente génération. Rien n'était achevé au début de l'hiver, lorsque les premières neiges recouvrirent les montagnes.

Les opérations militaires devenaient impossibles, et l'on n'entendrait pas parler d'Ypner avant le printemps. Venceslas fut confié à Caridwen qu'il aima comme une grand-mère, ce qui ne le privait aucunement de la présence quotidienne de ses parents. Mais sa seule vraie compagne du jour et de la nuit était la chantelouve. Ce fut pour la nommer qu'il prononça son premier mot. Il la désigna du doigt et dit :

– Dao !

On crut à une syllabe sans signification, mais bientôt on s'aperçut que Dao revenait dans son babillage chaque fois qu'il s'adressait à l'animal.

La chantelouve fut donc ainsi nommée.

Le jour, Kallysten travaillait avec les grands commis du royaume. Elle donnait aussi les ordres pour l'organisation du palais. De l'aveu de tous, son caractère s'affirmait, et on voyait là les prémices d'un grand règne.

La nuit, elle attendait la venue du prince.

Le prince Longo, lui, s'ennuyait. Il s'émerveillait des qualités de sa royale épouse, mais commençait à comprendre qu'elle ne vivait pour lui que des heures trop brèves.

À la fin de l'été et tant que l'automne le lui permit, il s'offrit des promenades sur Mazagran, à la découverte des grandioses paysages nordiques. Il se rendit plusieurs fois aux rassemblements de l'Ordre des Tuniques de Feu, dont il faisait désormais partie, et apprit quelques rudiments du maniement des armes. Mais peu à peu, il retrouvait sa timidité face à Kallysten, comme aux premières heures de leur rencontre, quand il n'osait encore lui déclarer son amour.

Il avait épousé une aventurière, pas une reine. Il s'en ouvrit à Kallysten quand elle s'inquiéta de la mine triste qu'il affichait depuis plusieurs jours.

– Je ne comprends pas, dit-il. Ici, tout le monde s'emploie à notre confort, à notre bonheur. Tu es à mes côtés, Venceslas prospère, et pourtant je ne suis pas bien.

– Es-tu malade ?

– Non.

– Souffres-tu du souvenir des tiens restés à la Providence ?

– Oui, mais ce n'est pas nouveau. La Providence occupée, ce sont des images qui me reviennent souvent, et depuis longtemps. Mais ton pays…

– Notre pays, Longo !

– Non, Kallysten. Ce n'est pas mon pays.

– Tu ne l'aimes pas ?

– Si ! Mais ce n'est pas mon pays. Je voulais dire que Freezland, même au sommet de sa gloire, même allié aux autres royaumes d'Angnor, ne pourra anéantir Ypner.

– J'imagine ce qu'il t'en coûte de devoir combattre ton propre père.

– Je n'ai aucune estime pour lui. Pour moi, comme pour tous, il est le Sanguinaire. J'ai fait serment de l'éliminer.

Mais cette déclaration manquait de conviction. Kallysten réfléchit.

– Voilà ce que je te propose, dit-elle. Au printemps, tu descendras en délégation et tu le rencontreras. Tu signeras un traité de paix avec lui. Cela fera gagner du temps.

– À qui profitera ce temps ? À lui, ou à nous ?

– À toi. Tu n'es pas encore prêt pour le défier et l'anéantir.

– J'ai jadis reconnu publiquement que j'étais son fils, mais je n'en croyais pas un mot. C'était pour sauver ma peau. Maintenant que je le sais, je suis en proie à un terrible dilemme... Connais-tu le dernier des Véritables ?

– Oui.

– Tu ne l'as jamais vu ?

– Si. Une seule fois.

– Grâce à ton émeraude ?

Kallysten se tut un moment.

– Mon père m'a légué cette bague peu avant ma fugue, sachant qu'il allait mourir. J'avais déjà aperçu l'écran d'avenir dans la bibliothèque. C'est cette bague qui a été la vraie raison de l'acharnement de mon père à me retrouver.

– Pourquoi as-tu fugué ? Simplement à cause du trésor d'Ypner ?

– Non. J'ai suivi l'axe magique. Il m'a mené à toi. Mais j'étais partie pour aller plus loin. Jusqu'à Benjamin.

– Pourquoi t'es-tu arrêtée ?

– J'ai rencontré à la Providence ma destinée. J'ai dormi dans l'ancienne caverne de Sardone, ma marraine. Elle y revient, en songe. J'ai appris que je ne devais pas aller plus loin. Vois-tu, Longo, parfois nous croyons que nous sommes élus pour les tâches les plus hautes, les plus belles, celles dont le souvenir sera immortel. Ce n'est pas moi qui éveillerai le dernier des Véritables. Ma tâche est de gouverner Freezland et, un jour peut-être, tout l'Angnor. Tu es ici chez toi, fais ce que tu veux. Mais ne m'en demande pas davantage.

– Tu ne veux pas qu'on partage ces choses ?

– Non, Longo.

– À ton aise. J'ai encore une question. Pourquoi as-tu placé la bague dans le couffin ? Comment pouvais-tu imaginer que j'allais la trouver ?

– Dès que j'ai vu les serrevolants, j'ai confié à la bague le soin de protéger Venceslas. Ses doigts étaient trop petits pour la retenir. Je savais qu'ainsi il ne mourrait pas, qu'il grandirait, et qu'il hériterait du bijou comme moi j'en ai hérité.

– C'était donc pour lui ! s'écria Longo. Je n'aurais jamais dû la mettre à mon doigt.

– Non, tu n'aurais pas dû ! Elle lui revenait de droit.

– Si je pouvais l'ôter, je la lui rendrais !

– La chose est possible. Cette bague se transmet à un héritier direct. Mais je t'en prie, garde-la encore !

Apprends ses secrets ! Et laisse l'enfant grandir à l'écart des soucis du monde. Et puis, qui te dit que tu ne l'offriras pas à un autre de nos enfants ?

– Tu penses à tout ! Je vais pouvoir réparer ma bévue.

– Une bévue ? Rappelle-toi. Quand tu as mis cette bague à ton doigt, n'était-ce pas un gage d'amour ?

Ce furent leurs derniers mots de la nuit.

# Princesse de la Paix

Les premières neiges tombèrent sur Gune au milieu de novembre. Les enfants sortirent les luges et occupèrent les flancs des collines aux abords immédiats de la ville. Longo, qui se promenait revêtu de sa tunique de feu, ne craignait pas le froid. Il s'amusait à les voir glisser et rire aux éclats.

C'est à cette même époque que le prince consort, chevalier de l'Ordre des Tuniques de Feu, plus connu sous le nom de Longo, de la terre des Francisques, fils de Junon, reçut le commandement d'une escouade de soixante-quatre soldats, composée pour moitié de novices. Cela l'éleva au rang de premier de Cavale, et il en fut très heureux. Ses soixante-quatre Tuniques de Feu, il les instruisait avec une attention soutenue pour chacun, leur apprenant des secrets magiques arrachés çà et là, surtout à la Marcheuse. Son escouade acquit bientôt une grande renommée.

Kallysten profita de l'occasion pour annoncer officiellement ce que sa robe ne pourrait plus cacher très longtemps. Venceslas devrait partager avant l'été son rôle d'enfant chéri avec, espérait-elle, une princesse. Ce fut l'occasion de réjouissances supplémentaires à la cour.

Dans le secret de l'alcôve, Longo et Kallysten avaient nommé le bébé qui allait naître l'enfant-d'après-la-nuit. Il avait été conçu dans la chaleur de la victoire, dans l'ivresse des retrouvailles, dans l'élan que donne la vision soudaine d'un horizon défait de ses brumes.

Le jour, Longo consacrait de longs moments à Venceslas qui déjà commençait à parler. Il partageait ses jeux. Quand le temps le permettait, le père sortait la coquille d'outrecorne et ils partaient tous les deux, dans la neige, le petit serré sur sa poitrine comme au temps de leur grande marche.

La nuit, Longo se penchait sur le ventre un peu arrondi de son épouse, à l'affût d'un premier signe de vie. Encore quelques bébés comme ceux-là, et, se disait-il, il vieillirait à la tête d'une dynastie qu'il voulait garante du bien-être au sein de tout le Grand Cercle.

Longo guérissait. Un jour, même, il se sentit bien, parfaitement bien.

Fin février, pendant le premier redoux, alors que les jours n'étaient encore que de pâles et brèves lueurs dans les campagnes, il sortit seul du palais royal. La neige était toujours là, mais moins épaisse, plus dure. Il entra dans le bois qui entourait les jardins et s'assit au pied d'un sorberose pour regarder le paysage lumineux dans le froid soleil de midi.

Soudain, il entendit des pas crisser dans la neige. Il ne voyait personne, sinon sur le sol blanc des marques précises qui venaient dans sa direction.

Elles s'arrêtèrent à quelques mètres. L'air se troubla, les arbres bougèrent, se déformèrent comme à travers une vapeur. Une vague coloration de jaune et d'orangé teinta cette portion du paysage, puis se rassembla dans un contour qui passa du flou au net.

La Marcheuse se tenait juste devant lui, appuyée sur son bâton, vêtue d'une robe mosaïque et avec ses grosses pataugues. Elle posa son sac et le regarda, moqueuse.

– Te voilà revenue ! murmura Longo. Je n'ai pas cessé de penser à toi. Tu sais, il m'est arrivé tant de choses !

– Tu es bien, ici ? dit-elle de sa grosse voix.

– Oui.

– Alors il est temps de partir.

– Partir ? Pourquoi partir ? J'ai ma femme, mon enfant, bientôt un autre… Je suis enfin arrivé quelque part.

– *On n'arrive jamais*
*Qu'à son point de départ.*

– Tu n'as guère changé, dit le prince. Toujours tes paroles étranges !

– *Prends garde !*
*Tout lieu est commun*
*Même en privé*
*Même en secret*
*Même en dehors*
*Même en spirale.*
*Rappelle-toi*
*Les Mauvaises Gens sont mortes*
*À cause des regards.*

Longo se passa les mains sur le visage.

– N'insiste pas ! dit-il. Si tu veux me faire comprendre que ma tâche n'est pas ici, tu te trompes. Je m'occuperai d'Ypner au printemps. Les guerres cesseront. J'y travaille. Je serai fidèle à mon serment.

La femme sourit.

– *Ne te détourne pas*
*Du sillon, de la courbe*
*Et souviens-toi*
*On ne doit désobéir*
*Qu'à l'autre.*

Longo ne répliqua pas tout de suite, comme s'il voulait se recueillir sur les paroles qui venaient de passer, pour en mesurer l'écho, de loin en loin.

– Parfois, dit-il enfin, je me demande à qui tu parles pour dire des choses si compliquées. Est-ce à moi, ou à Benjamin ?

– Mais je ne vous ai jamais dissociés ! répondit la Marcheuse.

Elle se détourna, s'enfonça dans le bois. Sa forme à nouveau se répandit dans le paysage. Longo se releva brusquement. Il courut au palais et se regarda dans le premier miroir venu. Il examina son visage et, devant son reflet, se demanda quelle part de lui-même il avait en face de lui.

« Au fond, se dit-il, mon image, ce n'est pas autre chose que moi. C'est moi vu autrement. »

La bibliothèque n'était pas occupée. Il y entra, s'y enferma, poussa le faux rayonnage et se tint devant l'écran d'avenir. Ayant frotté le chaton de la bague, il appela :

– Benjamin ! Si je suis ta douzième image, est-ce que je suis toi ?

L'écran s'éclaira. Un grand désert apparut et, au milieu du désert, une ville immense. Tout y était immobile, figé. Les gens dans les rues n'étaient que des statues. Longo entendit la voix de Benjamin :

– Ici devant tes yeux, c'est Casarève la Grande, la ville des Véritables. Quand tu y descendras, je t'ouvrirai ses trésors et ses secrets. Mais le temps devra s'écouler avant que tu sois vraiment capable d'assumer ta promesse.

Les images de Casarève la Grande défilèrent sur l'écran d'avenir. Elles firent place aux vagues déferlantes de la mer Sauvage, et enfin à un paysage que Longo reconnut.

– La Providence !

Les soldats d'Ypner avaient saccagé les champs, rasé les bois, et l'eau du fleuve était trouble, sale. La falaise était noircie par endroits de traces d'incendies qui avaient ravagé les cavernes du bas. On voyait un peu partout des feux à moitié éteints entourés d'ogs qui s'engraissaient des dernières richesses des Francisques.

– Oh non ! gémit Longo. Benjamin ! Où es-tu ? Je veux te voir !

– Me voir ? répondit la voix. Tu le peux où tu veux. Dans n'importe quel miroir de ta demeure ou même du monde entier. Tu peux me voir si tu oses te regarder.

L'écran d'avenir s'éteignit.

À la table de la reine, on remarqua la mine triste et défaite du prince. Il cessa de se nourrir pendant plusieurs jours. On s'inquiéta de son état, mais il ne partagea aucune de ses visions. Il laissa venir le printemps.

Solweig naquit le 31 mai, deux ans jour pour jour après Venceslas. Ce fut l'occasion d'une grande fête dans le royaume. Quand la princesse eut reçu les honneurs des rois d'Angnor, Longo s'approcha du berceau et publiquement ôta de son doigt la bague royale, la pierre des temps anciens, clef de l'axe magique et des écrans d'avenir. Il la posa sur la petite enfant et fit le vœu suivant :

– Que devant nous tous rassemblés, Solweig soit reconnue comme la princesse de la Paix et honorée sous ce nom.

L'émeraude, sur la brassière blanche, brilla de tous ses feux. L'assistance défila pour contempler cette merveille.

Longo retrouva l'appétit et la joie de vivre. Quinze jours plus tard, il fit sonner le cor, rassembla son escouade de soixante-quatre Tuniques de Feu, embrassa son épouse, salua la cour et descendit à la rencontre d'Ypner, le roi Sanguinaire, à la recherche d'une inaccessible paix.

# 3

# La fontaine maléfique

# Un messager, un flacon et une légende

– Non, non et non ! s'écria Solweig en empoignant le feston de sa robe de chanvrequin nacré. Je n'irai pas jouer à la guerre. La gouvernante ne veut pas. Elle dit que c'est salissant. Elle dit aussi qu'à douze ans, tu es trop grand pour faire le bêta. Tu es quand même l'héritier de la couronne de Freezland, le premier royaume d'Angnor !

Drapé dans sa belle tenue de tourmentelle sang et or, le prince haussa les épaules et s'en fut en claquant la lourde porte de fierchêne. Le martèlement rageur de ses semelles résonna dans l'escalier central du château de Gune la Flamboyante. Du haut de ses dix ans, Solweig regarda par la fenêtre son frère aîné, le dauphin, s'enfuir dans le parc et lui tira la langue dans l'espoir qu'il se retournerait.

Peine perdue. Venceslas rejoignit promptement ses camarades de jeu parmi les bosquets embrasés d'or et de roux par l'automne, sous l'œil attendri d'une poignée de gardes. Une chantelouve à poil gris jouait avec eux. C'était Dao, l'animal favori du prince.

Elle l'avait nourri à la mamelle douze ans plus tôt, tandis que, nourrisson, il fuyait dans les bras de Longo, son père.

Car l'enfant n'avait pas toujours connu la paix. Il se savait l'héritier d'une lourde histoire. Sa vie avait commencé au temps de la guerre contre Ypner, le terrible aïeul dont on lui avait si souvent parlé.

Lorsque Kallysten, sa mère, lui racontait des épisodes de cette guerre qui avait ensanglanté le Grand Cercle, il se demandait comment cet affreux roi avait pu avoir un fils aussi bon et généreux, Longo, son père qu'il aimait tant.

Heureusement, tout cela n'était plus que souvenirs racontés au coin du feu. La paix entre Kallysten et Ypner, entre le continent Nord et le continent Sud, avait été signée, et Longo avait épousé la reine de Freezland. Le jeune couple avait su s'attirer les faveurs de la population. Grâce à lui, le commerce avait repris, les routes étaient sûres, et une succession d'abondantes récoltes avait permis des fêtes somptueuses chez les humbles aussi bien que chez les grands.

Son jeu entraîna Venceslas au cœur du bois. Il se retrouva seul, avançant à pas de loup vers les buissons de piquemalines qui s'agitaient. Et tout à coup surgit devant lui une sorte de vagabond à la barbe blanche, hirsute, coiffé d'un turban violet orné d'un diadème et vêtu d'un manteau brun.

– Oh ! s'écria le prince. Qui êtes-vous ?

– On m'appelle l'homme sans âge. Et toi, tu es bien Venceslas, fils de Kallysten et de Longo, le dauphin de Freezland, n'est-ce pas ?

Venceslas fronça les sourcils.

– Qu'est-ce que vous me voulez ?

L'autre partit d'un grand rire, puis il se figea, ses yeux grossirent, sortant de leurs orbites, et il répondit :

– Prends garde, fils de Kallysten et de Longo ! Aujourd'hui tu t'amuses, insouciant, dans les allées de ton paradis, mais demain, tu te lamenteras sur la vie des tiens ! Prends garde et souviens-toi !

– Allez-vous-en ! cria le dauphin.

Apparue au détour du sentier, la chantelouve se précipita sur l'intrus. L'homme la cloua au sol d'un simple geste et, saisissant le bras de Venceslas, poursuivit :

– Vite ! Conduis-moi jusqu'à ton père !

– Il n'est pas là.

– Voilà qui est regrettable... Alors, écoute bien, prince. Jadis, ton père a fait une promesse à Benjamin, qui est prisonnier du puits, au fond de la Vallée des Esprits. Cette promesse n'a pas été tenue. À cause de cela, la mort nous guette, moi, toi, les tiens. Le Grand Cercle risque de disparaître. Dis à ton père qu'il mette de côté toute affaire, même la plus urgente, et qu'il honore sa parole sans délai. Voici un précieux flacon. Cela peut l'aider. Tu le lui donneras dès que tu le reverras et surtout, n'en parle à personne ! Sinon, tes jours seront en danger.

Il sortit une fiole noire de son grand manteau.

– Prends ! Allons, prends !

– Laissez-moi, vous me faites mal ! Fichez le camp ! gémissait Venceslas en se débattant.

Mais l'autre approcha son visage.

– Le temps nous est compté. Aujourd'hui se joue le sort d'un monde, héritier de Freezland ! Tu ne crois donc pas à ce que je dis ? Comment espères-tu être un bon roi si tu n'écoutes pas la voix des magiciens de ton propre royaume ?

– Non ! Ce n'est pas vrai ! Vous n'êtes pas un magicien ! Allez-vous-en, ou j'appelle les gardes !

– Pas un magicien, moi ? Te faut-il une preuve, galopin ? Écoute encore : le pays va connaître un hiver tel qu'il n'en a pas connu depuis cent ans, et le vent rouge soufflera sur vos terres ! Avant de mourir de froid, souviens-toi de moi, dauphin !

– Lâchez-moi ! Vous n'êtes qu'un menteur. Laissez-moi tranquille ! Gardes ! Gardes !

Venceslas eut beau crier, personne ne vint. Une force l'obligea à tendre la main pour recevoir le curieux présent.

– Ton père doit subir un grand changement, ajouta l'inconnu. Sans cet élixir, point d'espoir ! Fais ce que je te dis !

Le vagabond lâcha son emprise et disparut. La chantelouve retrouva aussitôt ses forces et, grognant, ne cessa de renifler le sol où il ne restait aucune trace de l'étrange messager. Venceslas regarda le flacon noir au bouchon de cuivre sur lequel il y avait des inscriptions incompréhensibles. Il l'enfouit dans une poche. Il avait été si choqué et il avait si peur de représailles qu'il n'osa parler à quiconque de cette aventure.

Cependant, comme prédit, Freezland subit les assauts d'un hiver précoce et rigoureux. Aux épaisses chutes de neige succédèrent deux semaines d'un ciel pur qui augmenta le froid aux limites du supportable. Alors se leva sur les plaines de Freezland le redoutable vent rouge, ainsi nommé car il naissait les jours où le soleil, semblable à une grosse sanguine, s'arrachait d'une aurore incertaine pour plonger aussitôt dans les marais au-delà du Landofiel, la contrée des esprits maléfiques, interdite aux hommes.

On chuchotait volontiers dans les demeures que ce vent annonçait la misère, et les femmes attendaient l'accalmie en murmurant des litanies le soir, au chevet des enfants, afin de les protéger contre les mugissements porteurs du mal.

En ces heures rudes, Gune la Flamboyante se renfrogna derrière ses murailles de granit. On voyait de temps à autre un coursier traverser une rue, un soldat sortir d'une auberge en titubant, un muflier de traîneau traverser la place du palais royal en hurlant un peu plus haut que la bourrasque.

Le prince-colonel Longo n'avait pas reparu à la cour. En visite chez les Kelconkes, à la tête d'une cohorte de cinq cents Tuniques de Feu, il avait été surpris par les grands froids et avait sans doute pris ses quartiers d'hiver dans l'une des forteresses de ce pays, Oëster ou Gatz. Nul ici, à Gune, ne s'en faisait souci. Seul Venceslas guettait le retour de son père.

Un jour de février plus venteux que les autres, tandis qu'il jouait avec sa sœur cadette dans l'appartement qui leur était réservé, n'y tenant plus, il avoua :

– J'aurais dû écouter ce vagabond. Il avait raison. Le froid est pire que jamais. Nous allons mourir.

– On te fait des prédictions et tu me les caches ? s'écria la princesse. Tu n'as pas le droit. Tu sais ce que nos parents nous ont dit. De maman tu tiendras le sceptre d'Olnar et le pouvoir de la royauté, de papa je tiens l'émeraude et le pouvoir magique. Personne ne doit tricher. Raconte-moi !

Venceslas confia donc à la petite princesse l'affaire du messager, sans toutefois mentionner l'existence du flacon qu'il avait caché en lieu sûr et dont il s'était juré de ne parler qu'à son père. Solweig leva sur son aîné un regard stupéfait.

– Mais c'est très grave ! Tu aurais dû rapporter immédiatement à notre mère ce que t'a raconté cet affreux personnage !

Venceslas baissa la tête.

– Il a dit que je serais en danger si je parlais... Et notre père qui ne rentre pas... Tu crois vraiment que c'est très grave, dis ? Toi qui perces les secrets avec ton émeraude magique, est-ce que tu sais quelque chose ?

– J'ai consulté le miroir d'avenir cette nuit, répondit la princesse en montrant la bague verte qu'elle portait à l'annulaire gauche, et qui se mit à briller de tous ses feux. Le miroir m'a dit : « Nous sommes entourés d'ennemis. Il y a des traîtres jusque dans notre maison et la reine doit veiller sur sa personne. »

– Ce soir, dit Venceslas, nous lui demanderons de nous recevoir.

Kallysten les accueillit dans son grand lit de torfil pourpre, au seuil de la nuit.

– Mes enfants, dit-elle gravement après les avoir écoutés, cette affaire a un rapport avec la très ancienne légende de la Vallée des Esprits que je vous ai déjà racontée. Prêtez-moi donc attention. Mais sachez avant tout que votre père n'a rien à se reprocher. Il ne cesse d'agir pour le bien de notre royaume.

Les enfants se blottirent un peu plus contre leur mère, et Kallysten commença :

– Vous vous souvenez qu'il existait au commencement deux déesses qui se querellèrent et tombèrent dans un puits profond appelé la Vallée des Esprits.

– Oui, s'écria Solweig. Et un méchant magicien nommé Artifex descendit et ressortit du puits Altariga, la déesse de la guerre, qu'il épousa.

– Sans compter qu'il empêcha Altarifa, déesse de la paix, de remonter, renchérit Venceslas. Et depuis ce temps-là, la guerre parcourt le Grand Cercle.

– En effet, reprit Kallysten. Il se trouve toujours sur la terre un homme pour incarner la guerre. On l'appelle le Sanguinaire. Il ne cesse d'aller et venir dans le Grand Cercle pour assujettir tout ce qui est vivant. Quand le Sanguinaire meurt, un autre prend sa place et continue sous ce nom son œuvre de malheur. Ypner, votre aïeul, en est le dernier représentant. Il a eu cependant un mérite : celui de donner la vie au prince Longo. Mais revenons à la légende.

« Vous vous souvenez de Benjamin, qui lui aussi s'est aventuré dans le puits à la recherche de la déesse de la Paix. On est sûr aujourd'hui qu'il a réussi à descendre après avoir vaincu le gardien Olofromidès. Mais il n'est jamais remonté. Nous l'attendons toujours. Sans doute a-t-il bu de l'eau de la fontaine maléfique qui ensorcelle et emprisonne à jamais les intrépides. Il est enfermé à Casarêve la Grande, la ville des souvenirs, la ville des Véritables qui fondèrent notre monde dans les temps anciens. Ce Benjamin, c'est celui que tu vois, ma fille, sur l'écran d'avenir, quand tu approches l'émeraude dont tu as la garde au nom de notre dynastie. Il est prisonnier du puits et du miroir. On l'appelle aussi le dernier des Véritables.

« Or votre père, un jour qu'il était enfermé dans une grande et terrible forteresse, a découvert un miroir d'avenir enchâssé dans la pierre de son cachot. Benjamin lui est apparu. En échange de sa liberté, votre père lui a fait serment de consacrer sa vie à débarrasser le Grand Cercle de toute guerre et de vaincre à jamais Ypner, le Sanguinaire. Pour cela, il lui fallait retrouver la Vallée des Esprits et découvrir le secret de la fondation du Grand Cercle. Il a cherché, cherché. Mais comment retrouver un lieu qui n'est qu'une légende ? »

– Pourtant, on le voit bien dans le miroir, ce Benjamin, dit Solweig. Ce n'est sûrement pas une légende...

– Tu as raison, mon enfant. Il y a dans ce récit beaucoup plus qu'une légende. C'est une sorte de message écrit par notre fondateur, et faisant appel à notre sagesse. Voilà pourquoi il est important d'écouter chaque mot et de le retenir avec attention. S'il nous raconte les exploits passés, ce récit nous laisse aussi entrevoir les actions futures. Tant qu'Altarifa la pacifique ne sera pas sortie du puits, combats et bouleversements seront à craindre. Et peut-être qu'en ce moment même, le démon de la guerre est en train de se réveiller.

# Le prince-colonel Longo

Trente jours de festivités avaient marqué le couronnement d'Aristide II, roi des Kelconkes. Visites, bals sans fin, festins, joutes sportives, rien n'avait manqué. Les défilés des Tuniques de Feu et leurs chants remarquables avaient remué les foules, et cette liesse avait renforcé les liens d'amitié entre les deux royaumes.

Maintenant, les Tuniques de Feu, commandées par Longo, avaient pris congé et remontaient vers Freezland.

– Prince ? Vous dormez, prince ?

Un bras venait de soulever la toile bleue. Il était environ minuit. Dans la tente de commandement, les flammes des chandelles vacillèrent sous la bouffée d'air glacé.

Épuisé par une longue chevauchée, le prince-colonel Longo s'était jeté tout habillé sur sa couche. Il remua légèrement, ouvrit les yeux. Comme il avait commencé un rêve où il se tenait près de Kallysten et de ses enfants, il se montra de mauvaise humeur.

– Qui est-ce ?
– Ossoev, prince ! L'officier de garde.
– Pourquoi me réveilles-tu ?
– Écoutez, prince !
Le colonel se dressa, fronça les sourcils.
– Qu'est-ce qu'il faut que j'écoute ?
– Ce bruit. Venez, s'il vous plaît.
Longo se leva, se ceignit de ses deux poignards et sortit. Il était maintenant un grand gaillard dans la force de l'âge, arborant de longues moustaches brunes, à la peau tannée par le vent, la neige, le soleil, car il parcourait sans cesse la région, se consacrant à maintenir la paix dans les territoires d'Angnor. Il ausculta la nuit. D'autres hommes parmi les Tuniques de Feu se tenaient devant leurs tentes, malgré le gel intense.

Un grondement régulier, assez éloigné, témoignait de la marche d'une nombreuse troupe.

– Une population qui se déplace en pleine nuit ? Ou plutôt des cavaliers qui montent à notre rencontre ? reprit Ossoev.

– Une armée, répliqua le prince.

– Les Kelconkes souhaiteraient nous rejoindre, nous escorter ? Qu'est-ce que cela peut bien signifier ?

Longo murmura, perdu dans ses pensées :

– Je ne connais qu'une armée capable d'avancer jour et nuit, sans trêve. Qu'on envoie immédiatement des éclaireurs !

Ceux-ci revinrent vers deux heures du matin et les chefs se réunirent dans la tente de Longo.

– Votre Altesse ! C'est un régiment important qui monte de Farland. Ce ne sont pas des troupes kelconkes. Ce sont des fantassins gigantesques, vêtus de pelisses noires et portant de petits boucliers ronds.

Ils vont à pied et leurs rares galopants traînent de grands chariots. À la lueur de leurs flambeaux, on reconnaît leurs étendards : noirs frappés de trois gouttes de sang !

– Non ! gémit le prince. Il a rompu la trêve !

Il se frappa le front de ses deux poings.

– Croyez-vous qu'il ose pénétrer en Freezland ? Qu'il monte assiéger la ville ? fit Ossoev.

– Comment ai-je pu être assez naïf pour croire à la paix ! se maudissait Longo. La paix est impossible avec ce monstre ! Ces dix années, il les a mises à profit pour se jouer de nous. L'heure est grave au-delà de tout ! Oui, c'est Gune qu'il veut, et moi, et le Grand Cercle en entier ! Il faut rentrer d'urgence. Nous avons peut-être une chance d'arriver avant lui !

– Votre Altesse, il ne s'agit que d'un régiment à pied. Nous sommes à cheval et il devra traverser l'Austerland, notre allié. Nous arriverons avec une confortable avance !

– Vous ne connaissez pas Ypner et ses ruses. S'il attaque, c'est qu'il est sûr de lui. Partons ! Haut les cœurs !

Le prince sortit d'une poche son petit gobelet d'argent finement ciselé, cadeau de mariage offert par Kallysten, dont il ne se séparait jamais. Il y versa une rasade de liquefolle qu'il but d'un trait.

Fergusson sonna le réveil dans la nuit glaciale. À quatre heures précises, galopants nourris, sellés, harnachés, les cinq cents Tuniques de Feu étaient prêtes pour la grande chevauchée vers Freezland.

Leur troupe, composée de ces vaillants cavaliers semblables à des torches vivantes, avait fière allure dans la nuit. Au bruit sourd des engins complexes de l'ennemi, Longo opposait le galop léger de son élite.

Et de même qu'ils entendaient les troupes d'Ypner, celles-ci apercevaient le rougeoiement lointain de leur flamme.

Cependant Gune la flamboyante était encore loin.

Le cinquième soir après leur départ, il y eut un brusque redoux. Le ciel se couvrit de nuages sombres et lourds, et une tempête de neige rendit bientôt toute avancée impossible. Les Tuniques de Feu avaient presque atteint le col de la dorsale du Chien qui devait leur permettre de passer en Austerland. De là, ils espéraient traverser à bride abattue les plaines austères et se retrouver en vue de Gune en moins de huit jours.

Encore cinq cents mètres, et ils auraient été à l'abri sur le versant nord. Mais sans aucune visibilité, grand était le danger de s'égarer, d'être entraîné dans une avalanche ou de tomber dans une crevasse. Les bêtes, à demi ensevelies dans une neige molle, renâclaient en poussant de lugubres hennissements. Le prince ordonna de planter les tentes et de remettre à l'aube leur tentative.

La veillée fut courte. On confia la garde à quelques soldats bien fatigués. Au plus profond de la nuit, la troupe fut réveillée par de terribles aboiements. Les hommes eurent à peine le temps de quitter leur couche.

– Aux armes ! Des mufliers sauvages !

– Rallumez les feux ! Activez-vous !

Mais il était trop tard. Déjà des hordes de ces redoutables carnassiers se jetaient sur eux, déchirant toiles, peaux et habits, égorgeant les guerriers les moins lestes.

Ce fut un terrible et sanglant combat. Le prince se retrouva encerclé et, après avoir déchargé ses flingots de bronze et s'être démené comme un beau diable, plantant ici et là ses deux poignards, il ne dut son salut qu'à la bravoure de son second qui faisait tournoyer une lame redoutable et tranchait des têtes par dizaines.

– Ces bêtes sont surnaturelles, ou bien elles ont été dressées dès la naissance pour le combat ! lança un capitaine au visage ensanglanté par une morsure affreuse.

– Un tel acharnement n'a qu'une seule explication : la magie ! cria Longo en éventrant le chef de la horde qui expira dans un grognement terrible.

Les soldats ne se débarrassèrent définitivement de l'envahisseur qu'après avoir réactivé les foyers et enfilé leurs tuniques flamboyantes. Les animaux maléfiques, qui redoutaient le feu et la lumière, s'évanouirent dans l'obscurité.

Un long silence s'ensuivit, ponctué de temps à autre par les gémissements des blessés. On s'occupait à panser les plaies lorsque soudain il y eut une nouvelle explosion de hurlements.

Des ogs gigantesques les avaient encerclés en silence et, surgissant de l'ombre, lançaient leur attaque. Délaissant les soldats dont ils craignaient la tunique lumineuse, ils lacérèrent les tentes, saccagèrent le matériel, renversèrent les brancards où gisaient les blessés, terrorisèrent les galopants dont la plupart prirent la fuite pour se jeter en hurlant dans les ravins. C'est ainsi que Longo perdit Mazagran, son fidèle coursier.

Les Tuniques de Feu tuèrent plusieurs centaines de ces géants. Mais, devant le nombre, elles furent obligées de reculer dans la nuit, abandonnant ce qu'elles possédaient, ainsi que vingt-cinq des leurs.

L'armée d'Ypner, qui les observait depuis longtemps et leur avait tendu ce piège, tenait la crête et probablement l'ensemble de la dorsale du Chien. Il leur serait impossible d'emprunter ce chemin. L'Austerland, qui avait jusque-là observé une stricte neutralité, venait d'ouvrir en secret ses portes à l'ennemi.

Agiles, rapides sur les galopants, les Tuniques de Feu étaient très diminuées lorsqu'il s'agissait d'aller à pied. Dès le lever du jour, après avoir rassemblé les troupes et fait enterrer les corps qu'on avait pu retrouver, Longo, accablé par cette nuit d'horreur, prit le parti de contourner les montagnes du Chien par l'ouest et de pénétrer en Freezland par le royaume de Landofiel. Il rencontra l'opposition de son état-major car cela imposait un détour de cinq cents kilomètres.

– De plus, objecta Fergusson, c'est un endroit malsain et dangereux.

– Préfères-tu la compagnie des ogs ou des mufliers ? Ils ont dévoré nos galopants, tué vingt-cinq d'entre nous, blessé une soixantaine. C'est une troupe diminuée qui va se déplacer. Comment ferait-elle front à une nouvelle attaque ?

– Mais prince, nous devrons traverser les marais des esprits maléfiques. C'est un endroit où nul ne se risque, même en temps de paix.

– C'est pourquoi nous avons toutes les chances d'y éviter l'ennemi. Par ailleurs, les marais sont gelés. Nous passerons.

– Pas partout ! Et il règne là-bas une bien étrange faune. Sans parler des esprits.

– Souhaites-tu monter par l'est ?
– Ce serait notre seule chance.
– Il faut pour cela traverser les déserts de la mort. Tous les complots se trament là-bas. La haine suinte de cette terre comme la résine des arbres. Et Ypner y a sans doute laissé des troupes. Elles nous extermineront jusqu'au dernier.

Comme Longo s'entêtait, les lieutenants obéirent et la troupe prit la direction de l'ouest, l'angoisse de retrouver Gune la Flamboyante aux mains de l'ennemi habitant toutes les consciences. Ils cheminaient lentement, dans la neige, dans le froid, passant des nuits trop courtes au fond des forêts ou blottis contre des rochers. Ils bâtissaient parfois des igloos. Chaque jour, ils enterraient ceux qui ne survivaient pas à la longue marche.

# Ypner et Junon

Ypner avait placé son lieutenant Morgan à la tête de l'armée qu'il avait dépêchée dans le Nord. Lui-même avait renoncé à prendre part à cette campagne. Sans être encore un vieillard, il s'estimait à l'âge où il devient urgent de profiter des plaisirs de la vie, et laissait à de plus jeunes le soin de s'illustrer dans les hauts faits d'armes.

Ces dix dernières années ne l'avaient guère affecté. C'était toujours un bon vivant, bien rond, au rire facile, au verbe haut, à la barbe grisonnante et à l'œil perçant. Mais sous sa jovialité, il cachait une froide détermination. Il ne craignait la mort ni pour lui ni pour les autres, et pour ces derniers il en usait abondamment.

Il n'avait de cesse de tuer ou d'assujettir tout ce qui respirait dans le Grand Cercle. Par la ruse, la flatterie, la peur, l'envie, il avait placé sous sa coupe les plus grands de ce monde. Freezland était le peuple qui lui avait le plus longtemps résisté. Trop longtemps.

À la Providence, après avoir chassé la plupart des paysans, il avait investi et aménagé une trentaine de cavernes pour ses princes et quelques-uns de ses officiers, mais lui, en vieux soldat, vivait dans la tente de commandement, en fait un vrai palais de toiles, de peaux et de tapis.

Ce jour-là, Ypner était seul, hormis les ogs de garde, assis sur son trône de cuir d'outrecorne et de bronze. Il avait fait calfeutrer sa tente par des peaux supplémentaires et des fourrures d'ongridés sauvages, tant l'hiver était rude. Une lanterne en corne de musquin bistre éclairait la pièce. Elle se balançait légèrement dans le mouvement imprimé à la toile par le vent qui soufflait en rafales.

– Entre ! cria-t-il.

La femme fut introduite par deux ogs.

Se caressant la barbe, Ypner la regarda s'avancer jusqu'à lui. En haillons noirs, voûtée, claudiquant, elle paraissait avoir cent ans. Il se mit à rire.

– Junon ! Ainsi donc il faut que je t'envoie mes soldats ? Te souviens-tu seulement de notre première rencontre ?

Elle cracha au sol.

– Pouh ! C'était y a trente ans au moins.

– Tu étais belle.

– Pour c'que ça m'a servi !

Le roi rit encore plus fort.

– Oublies-tu donc que cette rencontre a changé la face du monde ?

– Si c'est le cas, c'est pas une réussite !

– Ça ne te ferait pas plaisir de revoir notre fils ?

– Lui ? Qu'a abandonné sa vieille mère ! Si c'est pas une honte. Qu'il reste où il est. Il est bien digne de son sauvage de père.

– Tu n'en penses pas un mot, vieille folle. Je t'ai laissé la garde de cet enfant et tu t'es attachée à lui. Normal, puisqu'il est à toi aussi. Et tu m'en veux de te l'avoir repris.

– Personne l'a repris. Il va où bon lui semble.

Un serviteur apporta un plat de gâteaux.

– Mange, Junon !

– Pas question.

– Mange ! Je sais que tu crèves de faim.

La femme releva la tête.

– C'est vrai. Mais c'est pas une raison pour met' la main dans n'importe quel plat.

Le rire du roi se figea.

– Tu n'es donc pas fière du prince que nous avons eu ensemble.

– Si on m'avait demandé mon avis, j'l'aurais pas mis au monde.

– Tu as raison. Je reconnais qu'il oublie parfois ses obligations. Dix ans qu'il n'a pas demandé à me voir, moi, le maître du Grand Cercle !

– De la moitié seulement.

– De la moitié ? Laisse-moi rire, Junon ! Longo a fait le mauvais choix. Angnor se désagrège. Il faut qu'il revienne dans sa patrie.

– C'est aussi mon avis, mais c'est pas moi qu'irai le chercher.

– Tu n'auras pas besoin de te donner cette peine. À l'heure qu'il est, mes troupes envahissent ce qui reste de l'Angnor. Nous allons retrouver le fils rebelle et le ramener.

– Alors, qu'est-ce que vous attendez de moi ?

– Il s'est mis en tête, je ne sais pas pourquoi, d'achever une vieille légende désuète. Tu peux l'en dissuader et le pousser à demeurer ici.

– Il va pas abandonner sa princesse et ses enfants pour sa mère, encore moins pour un père comme vous.

– Sa femme et ses enfants ? Je les ferai disparaître s'il ne nous obéit pas. Voilà ce que j'attends de toi : trouve-lui une autre femme. Quand il sera revenu, tu la lui présenteras. Il faut absolument qu'il se détourne de sa quête insensée. S'il s'entête, il court à sa perte. Les esprits le feront disparaître du Grand Cercle. Tu ne le reverras jamais !

– C'est donc vrai ce qu'on dit de ces esprits ?

– Ils sont redoutables, dit Ypner. Sauve ton fils. Fais alliance avec moi...

Une discussion, à la porte de la tente, l'interrompit. Trois cavaliers demandaient à être reçus d'urgence.

– Réfléchis bien, Junon. À toi de choisir ce que seront tes vieux jours.

Il la congédia sur ces paroles.

Les messagers entrèrent en secouant la neige de leur manteau et la boue de leurs bottes. Leur haleine partait en fumée.

– Majesté ! Nous n'avons pas pu capturer Longo. Après l'attaque, les Tuniques de Feu se sont disséminées à pied dans la plaine. Nos troupes la quadrillent. Mais elle est vaste et enneigée. Cela risque de prendre des jours.

Ypner entra dans une violente colère.

– Incapables ! Un corps d'élite avec des animaux de combat qui n'arrive pas à bout d'une poignée de cavaliers !

– Ce n'est qu'une question de temps, Majesté.

– Le temps ! Encore le temps ! Nous n'avons pas le temps ! Il me faut Longo tout de suite, avant qu'il ne trouve le temple de la vallée et le puits ! Il en remonterait avec je ne sais quel pouvoir qui entraînerait notre chute !

– Majesté… Il est plutôt probable qu'il cherche à regagner Gune la Flamboyante.

– Gune ! Je prendrai Gune et je la raserai ! Qu'il ne reste pierre sur pierre dans cette cité de démons ! Qu'on en tue les habitants jusqu'à ce que Longo soit retrouvé et ramené ici, pieds et poings liés !

Il renvoya les cavaliers à la tête d'un bataillon de choc entraîné et reposé.

# L'assaut

Il y eut du bruit près de la porte d'Acre. Les gardes engourdis par la nuit s'éveillèrent et l'un d'entre eux posa la question rituelle « Qui va là ? ». On entendit pour toute réponse un rire gras. Sur le chemin de ronde, les porte-flingots de la garnison mirent en batterie.

– Hé ! Vous affolez pas comme ça ! cria quelqu'un au pied de la muraille. On apporte de la grappine chaude. De la grappine chaude, vous saisissez ?

Des murmures de satisfaction retentirent et la herse fut aussitôt levée. Les gardes firent quelques pas dans la neige, devant la ville. À leur rencontre montaient en titubant une dizaine d'hommes portant, suspendus à de longues perches, des fûts dont s'échappait une vapeur de bon augure. On les distinguait à peine dans l'obscurité.

Les porte-flingots du chemin de ronde reposèrent leurs armes et se détendirent. À vrai dire, leur veille n'était que pure routine. Ils reprirent jeux de cartes et conversations.

– Allons ! Fais donc voir un peu ce nectar ! ricana le chef des gardes quand il parvint à la hauteur des arrivants.

Et il se pencha sur le premier fût. Mal lui en prit. Le liquide bouillant lui sauta en pleine figure. À peine eut-il poussé un cri qu'il se retrouva assommé.

Déguisés en paysans, la poignée de faux ivrognes entra par l'issue béante. Issus de l'ombre de la muraille, une centaine d'assaillants leur emboîtèrent le pas en silence. Avant que l'alerte fût donnée et que la herse retombât, le corps d'élite du Landofiel s'était dispersé dans la cité.

La reine fut réveillée une heure plus tard. On entendait partout des fusillades.

– Un corps d'élite du Landofiel ? s'étonna-t-elle. J'en ai reçu les ambassadeurs il y a peu. Qu'est-ce que le Landofiel a à voir dans cette affaire ?

– Nous avons fait trois prisonniers, Votre Majesté. Leur interrogatoire nous a appris…

– Envoyez-moi le maréchal dès que possible.

Kallysten d'Angnor se vêtit en hâte d'une tunique de chanvrequin blanc, d'un pantalon de rousquin des montagnes et d'une fourrure de grignotin argenté. Elle reçut ainsi le maréchal et son état-major, autour de la table de fierchêne qui ornait le grand salon des Rencontres. Les nouvelles n'étaient pas rassurantes.

– Votre Majesté… Cette horde répandue dans la ville est destinée à saboter nos dispositifs de l'intérieur et à faire diversion. Ce n'est que le prélude à une opération de grande envergure. Une armée importante approche de nos murailles.

– C'est impensable, répliqua la reine. Le Landofiel n'est peuplé que de tribus errantes au milieu d'un désert ou de marécages. Il ne peut soutenir seul un siège contre nous.

Elesser, le plus ancien des officiers, se leva. On se taisait devant sa couronne de cheveux blancs.

– Seul, sans aucun doute ! Mais hélas, Votre Majesté… d'après nos éclaireurs, il est parfaitement clair qu'Ypner a repris les hostilités selon un plan mûrement réfléchi et qu'il s'est allié au Landofiel.

Kallysten réfléchit un moment.

– Il aura mis à profit l'absence de Longo. Maréchal, que prévoyez-vous désormais ?

– Toutes mesures ont été prises, Majesté. Le siège de notre cité peut durer des jours, voire des mois. Le temps sera notre meilleur allié. L'ennemi va s'épuiser vainement à l'assaut de nos murailles, le froid transpercera ses tentes alors que nous serons au chaud, et le redoux permettra à nos Tuniques de Feu actuellement en campagne de le prendre à revers. Quant à ceux qui sont entrés dans nos murs, ils seront bientôt hors d'état de nuire.

# La chute

Venceslas s'arrêta, épouvanté. On entendait déjà les coups de boutoir par lesquels leurs ennemis tentaient d'enfoncer la porte d'Acre qui fermait la première muraille.

Le jeune prince s'était approché des fortifications, dans l'espoir d'assister aux derniers préparatifs, mais les événements s'étaient précipités à une telle allure qu'il arrivait en pleine bataille. Les fermiers avaient été encerclés et faits prisonniers avant d'avoir atteint la forteresse. Les messagers envoyés pour demander des renforts avaient été capturés sans avoir eu le temps d'accomplir leur mission… La montée de l'ennemi avait été foudroyante. Terrorisée, la population se cloîtrait en prévision d'un siège impensable quelques jours plus tôt. Aucun doute ! À entendre le choc des armes, les décharges rauques des flingots à quadruple canon, les cris de douleur, une féroce bataille était engagée.

Il y eut une violente explosion. Des corps tombèrent du chemin supérieur en tournoyant tandis que le haut de la muraille volait en éclats. Venceslas recula.

Dans un hurlement monstrueux, des êtres immondes, gigantesques, bardés de noir, portant des casques aux nombreuses pointes, apparurent par la brèche et les créneaux avoisinants. Ils lâchèrent par poignées des petites choses bizarres qui piaillaient en rampant à toute allure, s'attachant aux talons des défenseurs qui n'avaient pas eu le temps de fuir.

– Des persifleurs ! criait-on de partout.

Les hommes se préparaient à faire face, courageusement. Dans la nuit tombante, au son hideux de la palsambuque, des milliers d'ogs montaient à l'assaut de la citadelle.

Venceslas assistait pétrifié au combat, à la merci d'une flèche, d'une balle, d'un madrier ou de l'un de ces horribles serpents. Les ogs d'Ypner attaquaient en masse, lançant par-dessus les merlins de l'étoupe enduite de graisse enflammée.

– Retranchez-vous derrière la deuxième muraille ! hurla un capitaine.

La ville était en proie à la panique. Des fleuves d'ogs coulaient des remparts impropres à les endiguer. Dans le ciel bas et gris tournoyaient des oiseaux gigantesques.

– Les serrevolants ! criait-on en se barricadant.

Ces animaux tenaient dans leurs serres des ogs qu'ils lâchaient dans les rues ou des torches enflammées qu'ils laissaient choir sur les maisons. Des hommes, qui tentaient d'organiser un semblant de résistance à l'intérieur du palais, refluèrent dans l'escalier de la grande tour qui dominait la place royale.

Venceslas courait parmi eux, désemparé, quand jaillit un cri :

– Prenez garde, Votre Altesse !

Il se retourna. Des ogs lançaient des hallebardes qui rebondissaient sur la muraille en arrachant des étincelles. Un officier s'effondra près de lui, mortellement blessé.

Le prince trébucha, évita par miracle le tranchant des lames et roula dans les escaliers, ce qui lui sauva la vie puisqu'il échappa de peu à une lourde hache. Un soldat le remit sur pied et l'entraîna dans la descente, tandis que les ogs les poursuivaient avec des hurlements bestiaux. Le soldat se planta devant l'og le plus proche et, ayant ramassé un flingot abandonné, le rechargea en un éclair pour lui en décocher un coup en plein cœur. Le monstre se mit à crier et le sang coula de sa poitrine comme d'une fontaine. Il s'effondra aux pieds de ses congénères.

Le soldat poussa Venceslas dans la salle des gardes envahie par une foule de blessés et de soignants. De toutes parts montaient sanglots et gémissements.

– Où est la reine ? demanda le dauphin.

Il n'y eut pas de réponse mais Solweig apparut et se dressa devant lui.

– Venceslas ! Tu n'as pas dit la vérité, l'autre jour !

– Quelle vérité ?

– Le vagabond t'a remis un flacon pour notre père. Je l'ai su par le miroir d'avenir.

Le dauphin baissa la tête.

– Tu sais bien que père n'est pas rentré de l'hiver.

– Va chercher ce flacon.

– Allons-y ensemble !

Il conduisit sa sœur dans la bibliothèque royale. Le silence feutré tranchait avec la panique qui régnait dans les communs. De toutes ses forces, Venceslas poussa une étagère qui coulissa, dévoilant la niche où il avait caché le précieux objet qu'il remit à sa sœur.

Solweig sourit.

– Puisque nous sommes là, à mon tour de te dévoiler mon secret.

À trois mètres de là, elle déplaça une autre étagère derrière laquelle était dissimulé un écran d'avenir. Elle frotta le chaton d'émeraude qu'elle portait à l'annulaire gauche et l'approcha. L'écran s'alluma peu à peu et s'emplit d'une image, comme s'il était une fenêtre ouverte sur un autre monde. Il dévoila une crypte funèbre au centre de laquelle était allongé, dans un cercueil de verre, un jeune roi vêtu de blanc et paré de bijoux. C'était un enfant d'une douzaine d'années, dont les traits et surtout les oreilles rappelaient Longo.

Venceslas ouvrait des yeux émerveillés.

– Benjamin ! appela Solweig. Esprit de Benjamin !

Le jeune roi sembla s'éveiller. Un double de son image se détacha de lui, se leva, passant à travers le cercueil de verre, et s'approcha avec lenteur de l'écran d'avenir.

– Pourquoi m'appelles-tu encore une fois ?

Son visage, devenu gigantesque, emplissait la fenêtre.

– La chute de Gune est imminente, mais nous avons le flacon ! répondit Solweig. Dites-moi ce qu'il faut faire.

L'esprit de Benjamin baissa la tête et réfléchit. Des lignes vertes moulées dans une écriture étrange défilèrent sur l'écran, puis il la regarda à nouveau et répondit :

– Ce flacon est de la plus haute importance. Il est urgent de le faire parvenir au prince Longo. Sans cela, rien de bon ne se fera plus dans ce monde.

– Mais comment ? s'écria Venceslas. Nous sommes assiégés !

Benjamin se tourna vers lui.

– Qui se méfierait d'un enfant ? Faufile-toi parmi les ennemis et fuis sans tarder !

– Où trouver le prince ?

– Je ne sais pas, répondit Benjamin. Le Grand Cercle est rempli d'ennemis, mais il existe encore ici et là des personnes acquises à notre cause. Elles te guideront quand tu seras hors de la ville. Ta sœur, la princesse de la Paix, gardienne de l'émeraude, partira avec toi et te protégera. Plus tard, Solweig bâtira, et tu gouverneras… si le Sanguinaire ne l'emporte pas.

– Quand est-ce que nous reverrons Gune la Flamboyante ? demanda Solweig.

– Peut-être jamais. Désormais, un bâton pour la marche te sera plus utile qu'un palais de granit. Tu dois te suffire à toi-même. Tant qu'un seul être humain reste libre dans ce monde, il existe une chance. Rappelle-toi ce que je t'ai enseigné. Ypner est ma grande maladie, il me gangrène, il est ma mort. Pars maintenant, ô mon image d'espoir et de paix. Mes pensées te protègent.

Solweig se hissa sur la pointe des pieds et, à la surprise de Venceslas, déposa un baiser sur l'écran d'avenir, juste à l'endroit où s'inscrivait la bouche de Benjamin. Puis l'écran s'éteignit.

– Tu l'as embrassé ! s'écria le dauphin.

– Occupe-toi de ce qui te regarde.

– Qu'est-ce qu'il t'a raconté ?

– Ce n'est pas le moment de poser des questions, mais d'agir.

Entraînant son frère, elle courut à leurs appartements privés, enfila des habits chauds, se chaussa pour une longue marche et prépara un sac de voyage. Venceslas l'imita.

La reine entra à cet instant. Elle tenait à la main un sceptre de bois sculpté. Les cheveux dénoués, la mine défaite, elle portait sur son visage tout le poids de la déroute.

– Nous partons, dit Solweig. Nous devons remettre ce flacon à père. C'est Benjamin qui l'a ordonné.

Elles se jetèrent dans les bras l'une de l'autre et pleurèrent. Venceslas attendit la fin des effusions et à son tour fit ses adieux. Kallysten lui remit le sceptre d'Olnar.

– Ne perdez pas courage, mes enfants. Des millions de personnes attendent avec un secret espoir votre réussite. Dès maintenant, je vais m'occuper de votre retour. Ce sera une grande fête. Il faut du temps pour s'y préparer.

– Nous ne reviendrons peut-être jamais, chuchota Solweig.

– Chaque pas qui t'éloigne d'ici est un pas qui t'en rapproche. N'attendez pas que la victoire vienne à vous. Agissez en vainqueurs.

# Dao

Les deux enfants marchaient à grands pas au milieu des décombres et des blessés.

Quand ils arrivèrent sur les dernières marches du perron, tentant de se frayer un chemin vers la porte nord parmi les poutres calcinées, une horde d'ogs se rua sur les soldats qui refluaient. Solweig ne fut pas effrayée. Elle avait déjà vu des ogs dans le miroir d'avenir. Elle pointa sa bague devant elle et les ogs reculèrent, incapables de soutenir l'éclat de la pierre bénéfique. Venceslas suivait en cachant le sceptre sous son manteau de poil de rousquin.

Ils coururent jusqu'à la herse qui était levée, car Gune, désormais aux mains d'Ypner, attendait des renforts et du matériel. C'est ainsi qu'ils quittèrent la capitale de Freezland, vaste charnier abandonné aux corbeaux, aux serrevolants et aux pillards. Quand l'ordre de fermer la porte arriva, ils étaient déjà loin dans la plaine enneigée.

Il régnait un froid terrible dans la forêt. Les deux enfants s'assirent à l'abri du vent contre le large tronc d'un pleuristène noueux.

– J'ai faim, se plaignit Solweig.

– Tu ne sais pas fabriquer d'omelette avec ton émeraude ? se moqua Venceslas.

– Non. J'attends que ton sceptre fasse venir une armée, puisqu'il paraît que tu gouvernes.

– Nous serons morts avant qu'elle arrive, si nous ne mangeons pas.

– Nous serions déjà morts si nous étions restés là-bas. J'espère que maman parviendra à s'échapper.

– Frotte un peu le chaton de la bague, au lieu de faire des discours.

– C'est une idée, répondit Solweig.

La bague se mit à briller.

– Ça ne nourrit pas son homme ! admit Venceslas.

– Peut-être que tu pourrais essayer de chasser.

– Il n'y a pas une seule trace sur cette neige. Il faudra se contenter de grignoter l'écorce de cet arbre.

– Il y a sans doute mieux à faire ! répliqua une voix inconnue qui semblait venue de l'arbre où ils étaient adossés.

Les deux enfants se regardèrent.

– Je crois que nous avons été suivis, murmura Venceslas.

– Pour ça, oui, très certainement, ajouta la voix.

Et juste devant eux tomba un magnifique grignotin-longues-oreilles, dépecé, prêt à la cuisson.

– Il y a de la magie dans l'air, souffla Solweig.

– Bien pensé ! ironisa la voix.

Solweig observa l'émeraude, puis le tronc de l'arbre, puis Venceslas.

– Seulement, poursuivit la voix, il faut allumer le feu.

Un caillou tomba près du grignotin et s'enflamma comme de l'étoupe, vaporisant la neige alentour.

Il y eut un éclat de rire, et la voix lança fièrement :

– Disons que sans moi, vous seriez bientôt morts de faim, de froid, ou dévorés par les mufliers qui approchent. Mais tel n'est pas mon désir, car j'aimerais qu'on s'occupe un peu de mon flacon. Et puis, quand les arbres parlent, il est sain de regarder dans les branches.

Les enfants levèrent la tête. Un homme descendait de la cime jusqu'à eux, vêtu d'un manteau brun et coiffé d'un turban violet où brillait une pierre bleue.

– Salut à vous, perles de Freezland. Je m'appelle Engelbert, l'homme sans âge.

Venceslas reconnut le magicien qui lui avait donné l'élixir à l'automne et dont il avait eu si peur.

– Par ma barbe ! continua l'homme. Faut-il tout vous dire ? Ce grignotin ne cuira pas si personne ne le met sur le feu.

Venceslas s'occupa du déjeuner. Tandis qu'il tournait la broche faite d'une baguette de grillemenu, Engelbert poursuivit son monologue.

– Vous auriez tort d'être rassurés en ma présence. Je ne vais pas à moi seul chasser le Sanguinaire de la contrée. Mais si vous m'acceptez en votre compagnie, je vous conduirai hors de son pouvoir pour un temps.

– Nous retrouverons notre père, pour lui remettre le flacon ? s'inquiéta Venceslas.

– Ah ! Si cet élixir lui avait déjà été donné, nous n'en serions pas là. À l'heure actuelle, personne ne peut dire où il est, à supposer qu'il soit encore vivant.

– Comment faire, alors ? dit Solweig.

Engelbert souleva le menton de la princesse.

– Je sais qui le peut, mademoiselle. Et si monsieur le dauphin avait réfléchi au lieu d'avoir peur, il aurait trouvé la solution.

Engelbert siffla dans ses doigts. Bientôt une ombre grise apparut.

– Dao ! s'écria Venceslas, en caressant sa chante-louve.

– Dao fera ce que nul ne peut plus faire, dit Engelbert. Donnez-moi ce flacon.

Venceslas le lui tendit. L'homme le fixa au collier de l'animal et lui parla à l'oreille. Dao regarda les enfants comme pour leur dire adieu puis disparut dans la forêt.

Peu après, ils entendirent les cris des dogues conduits par les ogs sauvages qui se rapprochaient.

– Il est grand temps de fuir, conseilla Engelbert. Mais nous avons un avantage : pas de table à plier ni de vaisselle à faire. Et je vous félicite d'être venus vous cacher dans la forêt. Les serrevolants ne pourront pas vous attraper.

Ils se mirent à courir dans la neige. Des escouades d'ogs étaient à leurs trousses et des soldats tenant en laisse des dogues renifleurs. Ils retrouvaient à chaque fois leurs traces, mais Engelbert parvenait au dernier moment à les dérouter, ouvrant une voie imprévisible au milieu d'un bosquet ou faisant naître derrière lui une rivière qui ne se figeait qu'au bout de cinq ou six précieuses minutes.

Au crépuscule, ils se nourrirent d'un picotin-musqué qu'ils firent griller sur un feu allumé par la magie d'Engelbert. Les enfants étaient transis et le vieillard les tenait serrés contre lui, sous son grand manteau.

– Qu'est-ce qu'on va devenir, Engelbert ?

– Ne l'as-tu pas demandé au miroir, princesse ?

– J'ai froid ! gémit Venceslas.

– Le froid est notre allié. Je le ferai devenir encore plus terrible pour rendre fous nos poursuivants.

Les fuyards purent apprécier l'exactitude de cette déclaration. La température leur fit oublier l'approche du printemps. Elle paraissait obéir à Engelbert. Toutefois, sous le manteau du magicien, ils retrouvaient à chaque arrêt forces et courage.

De fait, ils ne rencontrèrent pas un ennemi.

Le lendemain, ils arrivèrent au bout des terres, sur une plage de cailloux prise d'assaut par les vagues tumultueuses d'une mer gris sombre. Engelbert écarta les bras et, le regard tourné vers le large, proféra une incantation.

Un vent se leva en hurlant, aplatit les vagues et la mer gela devant eux. Ils s'avancèrent sur cette banquise improvisée.

– C'est la mer de l'Extrême-Nord, dit le magicien. À une lieue d'ici se trouve une île. Une vieille femme appelée Sardone y monte, de temps à autre, par un chemin secret. C'est une magicienne que votre père et votre mère ont bien connue, jadis. Elle viendra vous chercher pour vous conduire dans sa cachette. Elle vous enseignera les secrets de l'émeraude et du sceptre. Vous serez en sécurité. C'est le seul endroit dans le Grand Cercle qui échappe encore au contrôle d'Ypner. Mais pour combien de temps ?

– Et toi, pendant ce temps-là, tu iras à la chasse ? demanda Venceslas.

– En quelque sorte.

– Et il n'y aura personne d'autre ?

– Personne.

– On va mourir d'ennui, fit Solweig.

– Non, princesse ! Une autre vie t'attend. Elle sera passionnante.

– Et qu'est-ce que je devrai faire dans cette autre vie ? À quoi je servirai ?

– Chaque chose en son temps. Tu es la gardienne de l'émeraude dans laquelle se trouve la force de vie du Grand Cercle. C'est ce bijou que convoite ton grand-père. Il renferme des secrets qu'une petite fille ne peut porter seule, fût-elle princesse. Ton rôle, pour l'instant, est de survivre jusqu'à ce que la déesse sorte du puits et anéantisse les troupes du Sanguinaire. Après quoi, ce que tu devras faire de cette émeraude te sera indiqué.

– Je pourrai délivrer Benjamin de sa cage de verre ? Il me l'a dit !

Engelbert sourit.

– Bien d'autres magies devront être vaincues avant. Des secrets devront être révélés. Des choses difficiles.

– Et moi ? demanda Venceslas. Quel sera mon rôle ?

Engelbert le prit dans ses bras et le leva bien haut.

– Toi ? Peut-être seras-tu un grand roi. Ou un petit soldat. Que préfères-tu ?

– Un grand roi.

– Alors, considère que tu l'es déjà ! dit Engelbert.

# Les marais

Après huit jours d'errance, une nouvelle tempête se leva sur les Tuniques de Feu et balaya le ciel, exhalant un souffle de moins quarante degrés. Par cela Longo reconnut que sa troupe avait dépassé la longitude de la Tête du Chien et que rien ne retenait les vents du nord. Ils approchaient des marais maléfiques par lesquels Longo avait décidé de rallier Gune, mais l'épuisement des soldats était tel qu'ils ne progressaient que d'un kilomètre par heure.

Au lendemain d'une nuit sans sommeil, ils arrivèrent en vue d'un village, au plus haut du territoire des Kelconkes.

L'accueil des Kelconkes fut très chaleureux, ce qui leur fit grand bien et les ramena à la vie. On leur trouva des granges, du fourrage, un peu de nourriture qu'il fallut partager entre plus de quatre cents hommes.

– Vous êtes ici au village de l'Œil du Septentrion, leur dit le bourgmestre, un petit homme grassouillet, vêtu de cuir d'outrecorne mauve, qui rendit visite dans leur grange à Longo et aux capitaines du détachement. Votre venue va mettre du baume au cœur de mes concitoyens. Ils en ont vraiment besoin, avec les événements fâcheux qui surviennent les uns après les autres en ce moment.

– Nous n'oublierons jamais votre accueil, répondit le prince. Toutefois nous ne pouvons rester. Nous nourrissons les plus vives inquiétudes pour notre cité, Gune la Flamboyante.

– Vous avez raison.

– Que voulez-vous dire ?

– Comment ? Vous ne savez pas ? Certains prétendent que Gune la Flamboyante est tombée voilà bientôt une quinzaine. D'autres disent que ce sont simplement les villes des abords, qu'il n'y a plus de monde libre, ou presque !

– Quoi ? Freezland serait envahi ?

– Depuis quelques jours, des convois d'esclaves descendent de Freezland. Leur route ne passe pas si loin. Ils racontent la chute des villes du Nord à qui veut l'entendre, avec force détails. Ots, Manahir sont tombées. Gune est assiégée selon les uns, rasée selon les autres.

– Gune est une forteresse inexpugnable ! répliqua le prince. Les murailles ont été reconstruites, les bastions relevés ! Assiégée, oui, mais nul ne peut la prendre et la détruire en quelques jours. Cette information est destinée à nous ralentir !

– Vous avez tort de mettre ma parole en doute, prince. Les soldats du Sanguinaire sont partout. Nous avons vu monter les premiers il y a deux mois. Au début, nous les avons pris pour des marchands. C'était en fait un convoi militaire. Il fut bientôt suivi de brigands qui ont pillé et dévasté la région.

– Raison de plus pour nous hâter. Nous avons projeté de passer par les marais du Landofiel.

– Les marais ? s'écria le bourgmestre. Ce serait de la folie. Le gel vous tuera, les maléfices vous rendront fous, ou la faune qui y règne causera votre perte dans d'horribles souffrances... Il faut connaître ces marais maudits avant de s'y engager.

– N'avez-vous pas un guide ?

– En cette saison ? Les guides dorment au coin du feu et, si vous le permettez, je vais en faire autant.

Après cinq nouvelles journées de marche, Longo et ses hommes avaient atteint les marais des esprits maléfiques. Ils passèrent là une courte veillée au cours de laquelle se joignirent à eux quelques soldats errants qui prétendaient avoir assisté de leurs yeux à la chute de Gune. Ils décrivaient diverses horreurs, telles que l'emploi de curieux serpents qui auraient effrayé les défenseurs et jeté le trouble sur les fortifications.

– Nous étions sur les remparts. Moi, à la porte d'Uts.

– Et moi, dit un autre, à la porte d'Acre. Une partie de la population a été massacrée.

– Ils ont décapité la reine sur la place publique, à ce qu'il me semble, dit un troisième. Ce raffinement de cruauté vous étonne ?

Longo devint froid et dur comme une pierre. Il murmura :

– Kallysten ! Tout cela est ma faute. Je n'ai pas tenu ma promesse. Je n'ai pu lever la main sur mon géniteur. Nous sommes maudits.

Pendant la froide et interminable nuit qui s'ensuivit, le prince se laissa envahir par de nombreux souvenirs. Il revit sa rencontre avec Kallysten, sa fuite, son mariage dans le bois de l'Un et l'Autre, il fut hanté par l'image de sa mère, Junon la Pédauque. Il aurait aimé qu'une magie l'emmenât d'un seul coup vers elle, au village troglodytique de son enfance. Il regrettait soudain d'avoir été aussi ingrat, d'avoir si peu pensé à elle, de ne lui avoir fait parvenir aucun message, de ne lui avoir rien dit de sa vie à Freezland.

Au matin, il se leva le premier, se mit en route, et sa troupe le suivit sans un mot.

Il était peu avant midi quand ils pénétrèrent sur les étendues gelées des marais. La marche leur parut aisée au début, mais le froid pénétrait peu à peu les corps et les esprits. Ils avançaient en silence. Les haltes n'apportaient que peu de repos.

Vers minuit, le brouillard se répandit à la surface des marais, et il fut bientôt impossible de discerner quoi que ce soit à plus d'un mètre. De-ci de-là montaient des appels par lesquels les hommes tentaient de se situer, de se reconnaître. Dans le même temps, ils eurent l'impression que l'atmosphère se réchauffait. Cela se confirma bientôt.

La glace commençait à fondre et ils ne trouvaient plus la terre ferme. Les ordres les plus farfelus circulaient. On constata rapidement qu'une bonne partie des effectifs s'était perdue. Quand Fergusson sonna le rassemblement, il était déjà trop tard. Les soldats couraient dans tous les sens, glissaient et tombaient dans des trous d'eau. Ceux qui se penchaient pour les en retirer y plongeaient à leur tour. Longo ne commandait plus.

Bientôt, il se retrouva seul. Autour de lui, les cris s'éteignirent. Au petit matin, quand le brouillard se retira, les marais s'étaient à nouveau solidifiés. L'ensemble de son escadron gisait corps et biens dans une chape de glace. Il n'avait dû sa survie qu'aux branches d'un arbre providentiel. Il n'osa redescendre.

Vers midi, un animal s'approcha et leva vers lui un douloureux regard. C'était une chantelouve. Longo finit par reconnaître Dao, la nourrice de Venceslas. La pauvre bête, exténuée, famélique, poussa vers le ciel un long sanglot et s'allongea sur la glace.

Le prince sauta enfin de l'arbre. Il caressa le poil gris, mais la bête ne lui rendit aucun signe d'affection. Elle était morte. Longo pleura des larmes amères. Il songeait à lui donner une sépulture lorsqu'il découvrit à son cou, attachée au collier, une fiole noire. Il la détacha.

Le bouchon de cuivre, en fines lettres, portait une inscription, en langage commun :

*L'enfant doit se défaire de 1'enfance*
*Le raisonnable doit perdre la raison.*
*Celui qui boit de ce flacon*
*Sera deux quand bien même il se croirait seul.*

Longo réfléchit longtemps à ce message et à la manière dont il lui était parvenu. Piège d'un magicien à la solde de son père ? Ultime tentative des défenseurs de Gune ? Son sentiment de solitude l'emporta. Être deux, quand bien même on se croirait seul. Il lui fallait essayer. Il but d'un trait la liqueur inconnue qui soudain le réchauffa.

Une grande euphorie le gagna, puis tout se brouilla dans son esprit. Il ne se souvenait plus de ce qui s'était passé juste avant, ni pourquoi il était là.

Peu après, un paysan s'approcha sur un traîneau tiré par six mufliers agrémentés de grelots. Les animaux avaient été attirés par le cadavre de la chantelouve. L'homme s'étonna de la tunique de feu que portait Longo.

– Oh, là ! cria-t-il à ses mufliers qui s'immobilisèrent sur-le-champ. Ben ça, par l'Altarifa, quêque tu peux ben faire là, à flamber au milieu de la gelée sans te consumer ? T'es donc pas fait comme tout le monde ? Et c'te chantelouve, c'est toi qui lui as réglé son compte ?

Longo ne répondit rien.

– Bon ! Faudrait p'têt voir à t'en aller d'ici, mon gars, sans quoi le génie de la nuit va faire fondre les marécages comme chaque soir, et nous précipiter dedans.

Ces mots éveillèrent une lointaine résonance chez le fils d'Ypner. Il se leva, s'avança en titubant jusqu'au traîneau et y monta, aidé par son hôte.

– Tu as un habit bien curieux. De loin j'avais cru voir le soleil couchant.

Ils arrivèrent à un village d'une vingtaine de huttes de chaume et de torchis. L'ensemble tenait sur de frêles pilotis qui s'enfonçaient dans les glaces, au milieu de gigantesques herbes jaunes.

– Ici, c'est le Hameau Tranquille. En temps ordinaire, on trouve pas pire désert, expliqua l'homme. Mais on n'est plus depuis belle lurette en temps ordinaire. Et y en a qui préfèrent la compagnie des moustiques à celle des ogs, des persifleurs et des serrevolants. Question de goût. On a bâti ici l'an dernier. C'est pas solide, mais c'est chaud, protégé, et les esprits des marais ne viennent pas nous chercher querelle.

Un certain Cobranthe, leur chef, coiffé d'un serre-tête à plumes de picoulettes bleues, se présenta, annonçant qu'il organisait sur l'heure une grande veillée dans la hutte communale.

On posa beaucoup de questions à Longo qui, après quelques tentatives, dut avouer qu'il ne se souvenait de rien.

– Comment t'appelles-tu ?

Il se prit la tête à deux mains et finit par répondre :

– Estar.

Il n'aurait pu dire comment ce nom lui était venu, et encore moins se rappeler qu'il l'avait utilisé jadis pour cacher sa véritable identité alors qu'il était prisonnier de la forteresse de la nuit.

– Notre ami est épuisé, sans doute par une trop longue marche et ces heures passées dans l'arbre, dit Cobranthe. Laissons-le dormir. Il parlera demain.

Le lendemain, Longo n'en dit pas davantage. Cependant, il accepta la proposition de Cobranthe de rester aussi longtemps qu'il voudrait. Il se sentait parfaitement inutile, mais la population lui offrait une si chaleureuse affection qu'il ne trouva aucun prétexte pour partir. Il animait les soirées d'hiver par ses récits imaginaires dont les hommes se délectaient. Il en suivit quelques-uns à la pêche, courtisa par jeu quelques filles sans s'engager ni les compromettre, apprit aux enfants à manier la fronde et à chasser le muflier sauvage.

Il avait oublié qui il était, quel objectif il s'était fixé, se rattachant à son seul nom qui le faisait rire quand on l'appelait.

# Soreya

– Est-ce toi que l'on nomme Soreya ? demanda Ypner, juché sur son trône qu'il quittait de plus en plus rarement.

– Oui, Majesté, répondit la jeune femme vêtue de noir.

– As-tu vraiment les pouvoirs que l'on t'attribue ?

Elle secoua sa longue chevelure brune et répondit d'une voix douce :

– Je suis magicienne des eaux. Les sources, les fontaines, les breuvages, n'ont aucun secret pour moi. J'ai longtemps travaillé la magie avec les plus anciens maîtres. Je connais ce qui lie les gens et les choses, et je sais que tout lien peut être rompu. Cependant j'ai à ma disposition une corde qui entoure et enserre, et que nul ne peut briser, ni même tenir dans sa main.

– Quelle est cette corde ?

– L'eau, Majesté, l'eau qui coule interminablement.

Ypner considéra la magicienne sans rien dire, puis ses yeux allèrent jusqu'à Junon la Pédauque tapie dans un angle de la tente.

– Tu crois qu'elle plaira à Longo ?

– Qui peut savoir ce qui lui plaira ? soupira-t-elle.

Revenant à Soreya :

– Et toi ? Est-ce qu'il te plaît ?

– Je suis comme tout le monde ici, Majesté. Nul n'a revu le fils de Junon depuis treize ans. Il a dû changer. Mais je peux vous assurer que je l'ai aimé en son temps.

– Pourquoi ne l'as-tu pas épousé ?

– Je n'ai pas osé le lui demander… et puis…

Elle eut un regard vers Junon.

– Continue ! ordonna le roi.

– Ma famille et celle de Junon étaient brouillées, à la suite d'une bagarre. Longo avait gravement blessé mon frère. Juste après, ce fut l'invasion… enfin, je veux dire, votre venue… et il est parti.

– Je me souviens en effet de cette affaire. Pourquoi ne t'es-tu pas mariée par la suite ?

Elle baissa la tête et murmura :

– Par amour pour lui. C'est aussi la raison pour laquelle j'ai appris la magie.

Le roi réfléchit un moment.

– Nous voulons le ramener ici, mais jusqu'à présent il a totalement échappé à nos recherches. Il a probablement reçu une aide magique. Sais-tu délivrer quelqu'un d'un philtre ?

– Oui, Majesté.

– Même s'il vient de Sardone ?

– Sardone fut jadis la grande prêtresse de notre Ordre. Je n'ai certes pas ses pouvoirs ni sa connaissance, mais la ruse est de mon côté.

– Es-tu prête à nous aider ?

– Oui, Majesté.

– Comment t'y prendras-tu ?

La jeune femme sourit. Ses yeux brillèrent.

– Si vous me donnez un sauf-conduit, je suis prête à parcourir le Grand Cercle. Un simple bâton de sourcier m'indiquera à chaque instant la direction pour rejoindre Longo. Je me présenterai à lui et le ferai boire à la fontaine qui lui convient. Alors, il s'attachera à moi quels que soient les pouvoirs qui l'envoûtaient jusqu'alors.

– Tu auras tout ce que tu demandes. Mais prends garde ! C'est un homme volontaire et rebelle.

Soreya se mit à rire en dévoilant des dents pointues.

# La Renarderie

Baignée par les sources capricieuses d'un affluent du fleuve Espérance, la Renarderie se situait sur la partie la plus ensoleillée du plateau des Francisques, au nord-ouest de la Providence. Ce bourg d'environ mille âmes, des femmes pour la plupart, aurait vécu heureux s'il s'était trouvé à l'écart des chemins de la guerre. Mais, depuis des décennies, il avait été rançonné, pillé, dépouillé de ses hommes valides par les armées du Sanguinaire.

À la sortie du village se trouvait un bassin ovale, d'une centaine de mètres dans sa plus grande dimension, totalement circonscrit par un muret de pierres. En son milieu, la source jaillissait en créant des remous, puis la rivière s'écoulait sous un pont qui fermait l'enceinte. Les femmes venaient souvent y laver leur linge et les jeunes enfants aimaient s'y baigner.

C'est là que Longo arriva, harassé, un matin d'été. Il avait quitté le Hameau Tranquille et marché vers l'est pendant quarante jours. Il posa sur le muret une cape poussiéreuse d'outrecorne, des haillons de chèvrefil et son chapeau de feutre roux. Il avait abandonné sa tunique de feu, mais gardé précieusement son gobelet d'argent, seul objet qui lui laissât l'ombre d'un souvenir. Il se coula dans l'eau tiède.

Après quelques brasses, il s'aperçut qu'une trentaine de femmes le regardaient. Il interrompit ses ablutions et se tint debout vers le milieu du bassin, près de la source qui bouillonnait. Assise sur le muret, une femme le héla. Vêtue d'une robe blanche, elle semblait s'être échappée d'une noce.

– Hé, toi ! N'es-tu pas un de ces esclaves enlevés par Jost, et qui se serait enfui ?

Il s'approcha du bord et la considéra de plus près. C'était une forte femme, à l'œil noir et vif, qui faisait penser à Junon la Pédauque, sa mère, dont il entretenait encore un imprécis et lointain souvenir.

– Que dis-tu ?

Elle répéta sa question. Il eut un regard étonné.

– Qui est Jost ?

– Un être méprisable recruteur pour Ypner. Je vois bien que tu es l'un de ces esclaves. Tu défilais avec eux hier. Vous étiez enchaînés les uns aux autres par le pied gauche. Je te reconnais.

– Moi ? Tu dois te tromper. Je suis un homme libre !

– Cela n'existe plus nulle part, dit la femme. Il y a les esclaves ou les soldats d'Ypner. Nul n'est libre. Si tu prétends ne pas être de ceux que Jost a ramenés hier, il faut le prouver.

– Qu'est-ce que tu me veux ?

– Tu fais un bel homme, ma foi. Comment t'appelles-tu ?

– Estar. Je viens d'un village sur l'eau, le Hameau Tranquille.

– Je ne connais pas ce Hameau Tranquille. Si tu m'en parlais un peu ?

Il sortit de l'eau, s'habilla et s'approcha de la femme sous le regard intéressé des autres villageoises.

– Alors ? Ce Hameau Tranquille ?

– Un village au bord des marais du Landofiel.

– C'est à l'autre bout du monde ! Tu as pu traverser le Grand Cercle sans être pris par les troupes d'Ypner ?

– Comme tu le vois.

– Eh bien, tu as eu plus de chance que les hommes d'ici. Ypner les enlève régulièrement pour qu'ils servent dans ses armées et il tue les réfractaires. Pourquoi ne resterais-tu pas chez nous ? Je m'appelle Leggia. Tu es marié ?

– Non. Je ne crois pas.

– Comment ça, tu ne crois pas ?

– C'est que, vois-tu… J'ai tout oublié.

Leggia le regarda un moment.

– Ce n'est pas grave. À la Renarderie, tu n'auras guère besoin de tes souvenirs. Viens avec moi.

Longo suivit Leggia dans la rue principale. Sur leur droite, les remises, les magasins de fourrage, les échoppes. Sur leur gauche s'entassaient d'étroites chaumières percées de fenêtres régulières. Des femmes en sortaient pour le regarder passer. Leur peau, leurs habits, leurs cheveux étaient imprégnés de la poussière ocre des pierres, si bien qu'on les voyait à peine sur le pas de leur porte. Seuls leurs yeux brillaient sur la muraille qui semblait bâtie de pierres vivantes.

Leggia le conduisit dans sa propre demeure, une vaste chaumière, où elle le nourrit de chantelunes mûres, rouges, sucrées. Puis elle l'habilla d'un somptueux costume de cérémonie. Chemise blanche de torfil, pantalon noir de rousquin des montagnes, souliers de musquin bistre. Elle lui tailla les cheveux, lui rasa la barbe.

– Pourquoi fais-tu tout ça pour moi ?

– Je suis la marieuse du village. Aujourd'hui, c'est la quête des maris. Tu ne pourras demeurer avec nous que si tu prends une épouse. Je vais t'en trouver une digne de toi. Ne bouge pas d'ici avant mon retour.

– Qui te dit que je veux me marier ?

– Préfères-tu être dénoncé à Jost et partir comme esclave ?

– Ne puis-je choisir une femme moi-même ?

– Fais-moi confiance, tu ne le regretteras pas.

Elle s'absenta une heure et, à son retour, conduisit le galant jusque sur la place publique qui n'était qu'une clairière de sable ocre écrasée de chaleur. Là, les candidates aux épousailles s'agitaient comme autant de flammes de tissu aux couleurs vives autour des tables sous le soleil de midi. Elles prenaient des gâteaux sur les tables et les offraient à quelques garçons qui échangeaient des rires gênés. Elles leur versaient aussi à boire dans de grandes coupes de terre cuite et peinte.

Enfin elles les abandonnèrent pour se rassembler dans un angle ombragé de la place publique. Longo ne quittait pas du regard leur groupe bariolé qui conversait en secret. Il crut reconnaître l'une d'entre elles. Sa manière de rejeter en arrière ses longs cheveux bruns lui rappelait… Il ne savait trop qui.

Dès cet instant, il ne la perdit pas de vue. Peu après, il l'aperçut en train de discuter avec la marieuse qui se tenait à l'écart, et regretta de ne pouvoir entendre leur conversation.

La marieuse avait regardé avec étonnement l'inconnue venir à elle et lui laissa l'initiative des présentations.

– Salut à toi, Leggia. Tu ne me connais pas. Je ne suis pas d'ici. Je m'appelle Soreya. Je suis une jeune veuve et je compte m'établir parmi vous.

– Ce n'est pas à moi de décider qui peut et qui ne peut pas s'installer ici, répondit Leggia. Pourquoi t'adresses-tu à moi ?

– Je vais danser à la fête. Je veux cet homme-là.

Elle désigna Longo et sortit de sous sa robe un sac de pièces d'or.

– J'ai déjà conclu l'affaire, dit Leggia. Estar est promis aux Preciosi.

– Comment se nomme-t-il, m'as-tu dit ?

– Estar. Tu ne sais même pas son nom et tu ambitionnes de l'épouser ?

– Estar n'est pas son vrai nom. Maintenant, si tu ne veux pas de cet or, je vais l'offrir aux Preciosi.

– Ce ne serait pas apprécié. Les maris ont plus de valeur que l'or, ici.

– Soit. Permets-moi seulement de danser un peu plus que les autres.

Leggia eut un malin sourire, tandis que sa main recevait l'or. À cet instant, les femmes formèrent un cercle. Une musique éclata, savant mélange de pipeaux, violons et tambourins. Les vieillards sortirent des maisons. Ils poussèrent les adolescents ainsi que Longo sur le pourtour du cercle.

Les danses commencèrent. Chaque femme venait danser en solo devant les candidats époux. Quand son tour s'achevait, la musique, par une intonation différente, lui intimait l'ordre de regagner le bord et de chanter pour les autres.

De temps en temps, un de ces garçons se levait, tendait la main à la danseuse et l'amenait à ses côtés, sur le pourtour. Elle était désormais à lui. Certains en prirent deux, trois.

Longo ne se décidait pas. Il resta le dernier homme à marier.

La fête durait depuis une heure lorsqu'une jouvencelle ornée de bijoux aux poignets, aux chevilles, au cou, aux oreilles, fut introduite dans le cercle. Elle était d'une très grande beauté. Le cercle s'élargit, et elle dansa devant Longo.

– Diva ! Diva ! murmura la foule.

La marieuse s'approcha de Longo.

– C'est elle que je t'ai choisie, prends sa main ! Elle s'appelle Diva ! Sa famille est prête à t'adopter. J'ai réglé l'affaire. Tu seras heureux !

Diva était brune, aux yeux marron, ses cheveux flottaient sur ses épaules, retenus par un serre-tête blanc. Elle ne dépassait pas quinze ans et dansait avec application, comme une enfant obéissante et bien élevée. Les autres filles s'étaient effacées. Diva dansait pieds nus, faisant tout son possible pour charmer Longo.

Alors parut une autre femme, ce qui créa un mouvement de colère dans les rangs des spectatrices. Soreya dansa très longtemps, ignorant la coutume qui lui ordonnait de laisser sa place et utilisant les charmes de sa féminité pour séduire Longo.

Il se sentit attiré vers elle. Mais la jeune Diva ne désarmait pas. Contre toute attente, elle revint à la danse sans attendre la sortie de Soreya, s'approcha du prince pour le caresser du pan de sa robe et Longo se demandait jusqu'où il devrait endurer les affres de l'indécision.

Puis la musique cessa d'un coup. Les deux concurrentes s'immobilisèrent. Le village retenait son souffle. Longo se leva et, titubant, se sachant scruté par plus de cinq cents regards, déclara :

– Je ne peux choisir aujourd'hui. Qu'on me donne une semaine de réflexion.

Il y eut des murmures de désapprobation et les regards se tournèrent vers la marieuse.

– Notre ami est arrivé aujourd'hui et ne s'est pas encore habitué à nos coutumes, dit-elle à la foule. Accordons-lui le délai qu'il réclame.

Et elle repoussa les deux femmes vers la périphérie du cercle. L'assemblée se désagrégea dans un brouhaha mécontent. Chacun rentra chez soi, et l'on fêta les mariages qui s'étaient conclus ce jour-là.

Leggia s'approcha de Longo resté seul.

– Pourquoi ne viendrais-tu pas habiter chez moi pour cette semaine ?

Le repas était composé d'un plat unique, une épaisse soupe aux coquetendres parfumée d'humerolles et de plantagenêts. Ils étaient six autour de la table, à la lueur de la lampe de cuivre. Outre Longo et Leggia, il y avait Mara, Leïla et Iris, les trois filles de la marieuse, ainsi qu'une aïeule, Adriana.

Mara, l'aînée, gardait en permanence la mine renfrognée des candidates déçues.

Leïla, la cadette, ayant à peine quitté l'enfance, était encore frêle et agitait sans cesse sa longue chevelure dans l'espoir d'attirer l'unique homme de la maison pour agacer Mara. Elle plut à Longo, qui n'en laissa rien paraître.

Quant à Iris, elle devait avoir une dizaine d'années et ne tenait pas en place, s'affairant sans cesse au service de la table, montrant à Longo ses jouets en bois de sorberose et ses poupées de laine, lui posant mille questions auxquelles il ne répondait que par un sourire ou une caresse dans les cheveux.

La vieille Adriana assistait au repas sans réellement y prendre part. Ses regards allaient de l'un à l'autre au gré de la conversation. Quant à la marieuse, elle ne disait rien. Elle semblait se satisfaire de la tournure des événements.

Lorsqu'il fut l'heure de dormir, après que Leggia eut congédié un défilé de voisines venues heurter son huis sous divers prétextes, Longo remercia les hôtesses et se fit montrer sa chambre.

Trois jours passèrent dans une douce quiétude. Longo reprenait des forces, se remettant peu à peu de sa longue marche. Il sortait rarement dans les rues pour éviter Diva aussi bien que Soreya. Entouré par les prévenances des cinq femmes, il ne semblait guère pressé d'annoncer sa décision.

Le soir, il lui arrivait de prendre le frais sur un banc adossé à la maison, à l'ombre d'un canson odoriférant à larges feuilles pourpres. La petite Iris venait souvent s'asseoir près de lui et le questionnait inlassablement sur son passé, bien qu'il ne répondît jamais.

Quand arriva le jour où il devait rendre sa réponse, Iris s'agenouilla à ses pieds et lui demanda :

– Es-tu vraiment certain de t'appeler Estar ?

– Pourquoi cette question ?

Elle haussa les épaules.

– On prétend dans le village que tu es quelqu'un d'autre, que tu as des secrets.

– Qui fait courir ce bruit ?

– On ne me l'a pas dit.

– Sans doute l'une ou l'autre de ces deux femmes qui me convoitent. Mais je vais te faire une confidence : je n'épouserai ni Diva ni Soreya. J'annoncerai cela ce soir.

Iris ouvrit des yeux ronds.

– Ça va faire grand bruit. Tu ne pourras pas rester à la Renarderie. Elles te dénonceront.

– Je partirai demain.

– Pour aller où ?

– Qu'importe ? Je ne suis de nulle part et je ne vais nulle part. Je suis un marcheur, simplement.

– C'est dommage. Je te regretterai beaucoup, Estar ! Je peux te confier un secret, moi aussi, avant ton départ ?

– J'aime les secrets, répondit Longo.

– Tu ne le répéteras pas ?

– Promis.

– Je suis habillé en fille, mais je suis un garçon. C'est pour me cacher du Sanguinaire et de Jost, le Recruteur.

Longo sourit.

– Drôle de village, murmura-t-il. Je l'aimais bien.

Le même jour, au seuil de la nuit, la jeune Leïla poussa le rideau de la chambre de Longo et s'assit près de lui, au bord du lit.

– Estar ?

Il n'eut pas le cœur à la congédier.

– Pourquoi refuses-tu de nous parler, Estar ? Qui es-tu ? Que caches-tu ? Un secret trop lourd à porter ?

– Au contraire. Je n'ai plus aucun secret. Je me sens léger. Si je ne dis rien, c'est que ma mémoire est vide.

– Tu ne veux ni de Diva ni de Soreya. Tu as raison. L'une croit pouvoir tout acheter, l'autre n'est qu'une étrangère arrivée sur tes talons. Et moi, tu ne me regardes pas.

– Je te regarde depuis le premier jour, Leïla. En d'autres temps, je t'aurais aimée. Mais je vais partir.

Le visage de Leïla s'éclaira. Elle se jeta sur lui, lui passa les bras autour du cou.

– Qu'est-ce que tu gagneras à courir le monde ? Tu ne crois pas que nous serions heureux, ici ?

– Possible. Mais tu ne me connais pas. Nul ne me connaît. Même pas moi. Et je ne souhaite pas me recréer une histoire.

– Je ne sais comment vous remercier pour votre hospitalité, dit-il le lendemain matin, alors qu'il rassemblait ses affaires.

Les quatre femmes le regardaient, l'air surpris, et Iris s'interposa pour l'empêcher de jeter son sac sur son épaule.

– Une seule chose nous remercierait, dit Leggia. Que tu épouses ma fille.

– Tu n'as donc pas déjà conclu l'affaire avec les Preciosi ?

– Ils m'ont fait savoir qu'elle renonçait à toi.

– Et... l'autre ?

– L'autre ? fit Leggia. Pourquoi me parles-tu de cette étrangère ? Elle n'a aucun droit ici. À moins que tu ne la connaisses déjà... Car elle prétend te connaître, toi.

– Cela se peut, dit Longo.

Il était sur le pas de la porte quand il se retourna. Après une hésitation, il posa son sac.

– Donnez-moi encore une semaine pour réfléchir.

# Le jour de la colère

Les jours passèrent dans la torpeur silencieuse de la saison chaude. Soreya, qui avait loué une chambre minuscule à une vieille couturière, allait et venait dans les rues du village, s'approchant parfois de la maison de Leggia lorsque Longo venait s'asseoir et réfléchir sous le canson pourpre. Il la regardait, cherchant dans sa mémoire en quelle occasion il l'avait rencontrée. Mais sa mémoire était morte.

Soreya n'osait pas s'aventurer trop près. Elle craignait une réaction de la marieuse. Elle avait eu de sérieuses difficultés à convaincre les Preciosi de renoncer à Longo. Mais rien ne s'oppose longtemps à une magicienne de talent. Son plan prenait forme. Le prince ne résisterait pas davantage.

Au matin du septième jour, Longo fut assiégé par les femmes au pied de son lit. Il se leva, se rendit sur le perron où toutes le suivirent et il les considéra l'une après l'autre. Puis, sans se presser, il but un gobelet d'eau fraîche. C'est alors qu'il aperçut Soreya, sur le seuil de la maison d'en face.

Il sentit une force le pousser vers elle. Au début il résista, mais peu à peu, il se sentit faiblir. Non, il ne voulait pas d'elle et pourtant le regard de cette femme, tout en l'intimidant, l'appelait, le dominait.

Il fit un pas dans la rue, deux pas, malgré les murmures désapprobateurs dans son dos.

Soudain, un groupe de femmes apparut à l'angle de la maison voisine en hurlant :

– Jost ! Il arrive !

Les rares hommes encore présents dans la Renarderie disparurent comme par enchantement. Chez Leggia, on s'empressa de cacher Iris dans un placard et Longo descendit par une trappe dans une cave.

Quand le Recruteur mit pied à terre au milieu de sa troupe, sur la place ensoleillée, les femmes virent qu'il n'était pas dans son meilleur jour.

Arrivaient derrière lui, entourés de gardes, une vingtaine d'hommes enchaînés les uns aux autres par les pieds, puis des garçonnets enfermés dans des cages aux roues de fer traînées par des poneys. Ils venaient d'un lointain village, car ils étaient couverts de poussière et de sueur.

– Donne-leur à boire ! cria Jost à Leggia qui balayait devant chez elle, et qui aussitôt s'exécuta en compagnie de ses deux filles.

Il regarda les femmes servir sans un mot, mâchouillant une racine. Quand elles eurent achevé leur tâche et que les prisonniers furent désaltérés, il s'approcha de Leggia, lui colla son fouet sous le nez et lança :

– Il y a un homme chez toi, à ce qu'il paraît.

– Nullement, monseigneur ! gémit la femme.

Jost sourit et entra dans la maison.

Mara et Leïla le regardaient avec épouvante. Jost voulut arracher à chacune leur habit. Comme Leïla s'y opposait avec force, il la gifla.

– Vous voyez bien que c'est une femme ! larmoyait Leggia.

– Je me méfie. Vous passez pour rusées, ici. Pas pour rien que ce bouge s'appelle la Renarderie.

Il déchira la robe de Leïla et la lui lança à la figure. Puis il continua à fureter jusqu'à ce qu'il ait ouvert le placard où se terrait Iris. L'ayant dévêtu, il éclata de rire et traîna derrière lui le gamin qui hurlait, implorant sa mère et ses sœurs.

Mais soudain une trappe s'ouvrit dans le sol et Jost vit apparaître un Longo au regard mauvais, armé de sa fronde.

– Laisse cet enfant ! ordonna le prince.

– Hé hé... fit Jost. On m'a bien renseigné. Il y a du beau monde en réserve, ici. Et ça veut échapper au service du roi Ypner, n'est-ce pas ? Qu'est-ce que vous craignez ? Dans ses armées, on est mieux que partout ailleurs.

– Laisse-le ! répéta Longo. Il n'est pas pour toi. Quant au service du roi, je t'en relève. Tu ne reparaîtras plus jamais devant lui.

– C'est toi qui m'en empêcheras, esclave ?

– Oui.

– Avec quoi ?

– Ceci.

La fronde tourna, siffla, se détendit, et Jost tomba mort aux pieds de Leggia affolée. Les gardes se précipitèrent, se saisirent de Longo après un bref pugilat, tandis que d'autres tentaient vainement de ramener leur chef à la vie. Quand ils voulurent attraper Iris, le gamin s'était sauvé.

En pleurant, les femmes du village regardèrent s'éloigner Longo enchaîné avec les prisonniers. Quand il se retourna, ce fut pour voir Leïla dans sa robe blanche, comme des années plus tôt il avait vu Kallysten de Freezland.

# Artifex

Longo s'était attendu à une chute verticale suivie d'un grand choc, et puis la mort.

Au lieu de cela, il glissait dans le noir intégral d'un boyau en pente douce agrémenté de nombreux virages. Il se cogna mille fois, virevolta, sauta, roula dans tous les sens. Enfin, il chut lourdement sur un sol couvert de paille, au milieu des rires.

– À boire ! gémit-il, découvrant qu'il vivait toujours et qu'il était dans un lieu habité. À boire ! Par pitié, à boire !

Il sentit dans sa main une gourde d'eau fraîche. Il but goulûment, à s'en faire éclater la panse. Il soupira, s'essuya la bouche de l'avant-bras, et put alors distinguer les lieux, ses hôtes ayant allumé une chandelle en guise de bienvenue.

Quatre barbus l'entouraient. Après l'avoir considéré sans rien dire, chacun lui adressa la parole dans son patois. Longo ne comprit que le dernier.

– Tu es francisque, n'est-ce pas ? déclara-t-il. Qu'as-tu donc fait pour mériter la glissière ?

– Tué un Recruteur… Huit jours de marche en plein soleil… trois jours sans eau, sans nourriture… après ça ils m'ont jeté dans un puits… Et toi ?

– Moi aussi, j'ai tué. Comme eux tous.

Longo but encore une fois et parcourut la grotte du regard.

– Que devient-on, ici ? On pourrit ? On s'entretue ? On est jeté aux monstres ?

– Rien de tout cela. On mange à sa faim, on a de la distraction, on est entre forbans de bonne compagnie.

– On est nourri à ne rien faire ? Par qui ? On passe en jugement ?

– En jugement ? Non. Ici, on participe à une grande œuvre. Tu verras. En attendant, je te présente Merquiel dit la Plume, Donbrass dit le Tonnerre, et Schoukemi dit Triple-feu. Moi je m'appelle Jobran.

Les hommes saluèrent d'un petit mouvement de tête.

– Ce sont de jolis noms. Moi, je suis Estar.

– Bienvenue, Estar. Tu tombes à pic. Voilà la soupe.

Un colosse bardé de fer poussa une grille et déposa une marmite, échangeant dans la bonne humeur quelques propos incompréhensibles avec les quatre prisonniers.

Longo se précipita sur le potage qu'il trouva excellent, il était agrémenté de coquetendre ferme, de navelles parfumées et de cubes de saligoret. Une fois rassasié, il s'endormit profondément.

Le lendemain, le garde le réveilla.

– Honneur au nouvel arrivant. Aujourd'hui, c'est toi qui commences.

– Je commence quoi ?

– Ton travail.

Longo se leva, posa un regard inquiet sur ses compagnons et suivit le géant. Après cent mètres d'un étroit couloir voûté, éclairé par de trop rares flambeaux, ils débouchèrent dans une salle gigantesque, illuminée, dont le plafond naturel culminait à une cinquantaine de mètres au-dessus d'eux.

Il y pendait des dentelures de pierre, tandis que le sol était encombré de concrétions élevées qui se découpaient en couloirs, en salles et où s'affairait une population nombreuse d'hommes et de femmes. Des fumerolles s'élevaient çà et là, des éclairages changeaient de ton, d'intensité. On entendait des grondements sourds et d'inquiétants borborygmes.

Le garde conduisit le prince à travers ce dédale, jusqu'à un vieillard à moitié chauve et vêtu d'une longue blouse blanche. Il était assis sur un tabouret au milieu d'une aire circulaire et tenait sur ses genoux une écritoire. Le garde congédié, le vieillard offrit un sourire édenté à Longo et le convia à s'allonger sur le canapé de velours rouge qui lui faisait face. Puis il l'observa lentement.

– Nous voilà donc, c'est bien, c'est bien... répétait-il dans un rire qui l'accompagnait en permanence.

Longo garda un silence prudent.

– Comment nous appelait-on, là-haut ? demanda le vieillard.

– Nous ? Vous voulez dire, moi ? Estar, je crois.

– Nous n'en sommes pas certain ?

– J'ai oublié en route une partie de mes souvenirs.

– Fâcheux, fâcheux... Je vois en effet que notre chute nous a laissé quelques traces.

Ayant frappé dans ses mains, il fit apparaître une femme-garde qui entraîna Longo dans une autre pièce, le soigna, le pansa, et lui donna une tunique et un pantalon gris. Il ne lui abandonna ses hardes de berger qu'après avoir repris son gobelet d'argent. Puis il fut reconduit auprès du vieillard.

– Bien. Nous voilà tranquilles pour un moment, dit l'homme. Je me présente. Je suis le mage Artifex.

– Artifex ?

Longo fronça les sourcils.

– Artifex, insista le vieillard. Celui des légendes.

– Artifex ! murmura Longo. Artifex !

– Et je fêterai bientôt mes trois cent cinquante ans. Mais c'est une autre histoire. Eh bien, quel crime nous a valu de tomber dans les entrailles de la terre ?

Longo expliqua sommairement sa vie à la Renarderie, le meurtre de Jost et sa condamnation.

Le vieillard notait sur son écritoire.

– Ah. Un meurtre. Je vois que nous sommes qualifié pour ce qui va suivre.

– Qu'est-ce qui va suivre ?

– Allons ! On se calme et on va boire sa potion.

Artifex frappa une nouvelle fois dans ses mains. Un géant apparut avec un flacon de grès rouge fermé par un bouchon de cuivre.

– On va boire la potion et on va retrouver la mémoire, toute la mémoire. Sans mémoire, on ne peut rien créer.

Longo s'exécuta sans protester. Le sirop était agréable. Soudain, il fut pris de tremblements et poussa des cris épouvantables tandis que le vieux frappait des mains, jubilait comme un enfant à la fête.

Et brusquement, Longo retrouva sa mémoire la plus récente. Les images du désastre des marais lui apparurent dans leur totalité. Les décisions erronées, les conseils refusés, l'annonce de la mort de Kallysten. Mais il constatait de grandes lacunes en ce qui concernait ses souvenirs plus lointains.

Artifex applaudissait.

– Formidable ! Quel monstre intéressant nous allons faire, nous ! Quelle merveille ! Qui sait ? Peut-être un serpent à deux têtes ?

Longo fut reconduit à sa cellule. Allongé sur sa paillasse, il tentait de rassembler les pièces manquantes dans le puzzle de sa mémoire.

Au bout de quelques jours, Jobran consentit à lever le voile.

– Artifex, le magicien de la Vallée des Esprits, existe bel et bien, dit-il. D'ailleurs, toute cette légende est vraie.

Longo se souvenait des récits de son enfance.

– Alors, que fait-il ? Il nous transforme en monstres ?

– Oui, dans un sens... Il a connu les Véritables qui lui ont enseigné une partie de leur science. Il en profite pour faire des expériences. Il fabrique des monstres à l'usage des rois en guerre. C'est lui qui a créé les ogs et les serrevolants. Dans cette grotte aboutissent des glissières qui émanent des villages du Grand Cercle. On y jette les condamnés de droit commun, comme toi, comme moi. Artifex nous endort, il nous fait rêver et de nos rêves il tisse des monstres qu'il lâche en plein jour. Ainsi, avec tes plus mauvaises pensées, tu donnes naissance à une créature qui ira torturer les bienheureux restés là-haut.

Deux jours plus tard, Longo se retrouva sur le même canapé rouge. Près de lui, on avait déposé une bonbonne de deux mètres de haut, remplie d'un liquide transparent.

– Sommes-nous prêt ? demanda le vieillard en lui tendant un gobelet. Voilà une potion qui prépare de beaux rêves. Allons... Buvons gentiment, jusqu'au bout, voilà... Encore, il en reste un peu, voilà...

Longo s'endormit presque aussitôt. Dans son rêve, il erra dans des pays extraordinaires, inondés de lumière. Il faisait chaud, il était bien.

Alors s'approcha de lui un personnage qu'il ne reconnut pas tout de suite, car ses traits évoluaient sans cesse. Quand ils se fixèrent, Longo découvrit un enfant qui lui ressemblait. Il aurait voulu tendre les mains vers lui, mais, comme dans la plupart des rêves, il était paralysé.

« Benjamin... » pensa-t-il.

Mais bientôt, derrière Benjamin apparut un être immense, laid, épouvantable... Pire qu'un og, un géant parmi les géants, une monstruosité qui poussait des rugissements et exhalait le soufre. Ses doigts portaient des ongles qui évoquaient les serres des serrevolants, ses yeux étaient jaunes comme ceux des serpents persifleurs...

Attention Benjamin ! voulut crier Longo.

Mais aucun son ne sortait de la gorge du dormeur. Le monstre attrapa Benjamin et, plantant ses griffes dans la chair enfantine, en fit gicler le sang. Le rêve durait une éternité, une éternité au cours de laquelle Longo ressentait des souffrances intolérables. Puis tout à coup il s'éveilla. Quelques femmes-gardes s'affairaient auprès de lui tandis qu'Artifex surveillait l'opération.

– Hé hé... Nous voilà revenu ? Regardons ce que le beau rêve va enfanter.

Le liquide dans la bonbonne n'était plus aussi transparent. Une boue prit forme en son sein qui devint un organisme vivant. Longo se demandait quelle étrange et horrible créature allait sortir de là. Peut-être un serpent. Mais l'ensemble adoptait peu à peu une forme humaine.

– Merveilleux ! trépignait Artifex. On nous a fait un og, n'est-ce pas ? Ou pire ?

Soudain, la bonbonne se fendit et tomba en morceaux. À sa place, se tenait un homme, nu, qui regardait Longo. C'était l'enfant du rêve, grandi, mûri.

– Lui... murmura Longo. L'homme que j'aurais voulu être... Celui que je ne serai jamais... Benjamin !

La totalité de sa mémoire lui était revenue.

– Je ne suis pas Benjamin, répondit l'arrivant. Je m'appelle Estar. Et toi tu es Longo. Je suis ton clone. Ton double. Mieux, je suis la meilleure partie de toi-même.

Artifex poussa un grand cri.

– Malédiction ! Qu'as-tu créé ? Sont-ce là les rêves d'un meurtrier ? Éliminez-moi cette créature ! Tout est à refaire !

Il fut obéi par une dizaine de géants aussitôt apparus, qui s'acharnèrent à coups de massue sur Estar. Une mêlée s'ensuivit, dont il s'échappa sans trop de peine. Il prit Longo par la main, l'entraîna parmi les rochers, dérobant au passage quelques habits.

– Vite ! Tu dois fuir, Longo. Artifex ne te pardonnera jamais. C'est moi qui t'ai conduit en ce lieu, parce que j'habitais en toi et qu'il me fallait éclore pour la poursuite des combats. Viens ! Le plus difficile reste à faire.

Des hallebardes furent lancées par les gardes dont Estar se joua et leur course reprit à travers le labyrinthe des salles et des couloirs. Ils se tapirent dans une caverne très basse, en recoin.

– Ils ne peuvent m'attraper, dit Estar, car j'ai été créé par toi et par Artifex et j'ai hérité de vos magies. Je sais comment sortir d'ici. Je connais la montagne mieux qu'eux. J'y suis déjà venu onze fois ! Lors de chacune de tes précédentes visites.

– Mais je n'étais jamais venu ici. Encore une aventure que j'aurais oubliée ?

– Chut ! Regarde ces idiots... Ils croient pouvoir m'attraper !

Ils laissèrent passer les poursuivants.

– Des siècles de vie dans cette montagne les ont rendus quasiment aveugles. Viens !

Ils parcoururent encore des couloirs, descendirent et montèrent des escaliers. Enfin ils s'approchèrent d'une porte dans la pierre ; Estar prononça une formule. La paroi rocheuse vibra, se descella et s'ouvrit sur une forêt. Ils coururent se mettre à couvert sous les arbres.

– Où sommes-nous ?

– Dans la Vallée des Esprits, Longo. Nous sommes DANS la légende. Nos routes se séparent ici. Nous avons chacun une mission distincte. Seul, quand tu rassemblais en toi tes deux tendances, tu portais le poids de ta propre contradiction. Tu ne pouvais accomplir la tâche qui te revenait. Désormais, *te voilà deux, quand bien même tu te croirais seul*. Engelbert nous a enfin dissociés, moi mémoire morte, toi mémoire vive. Je détruis, et tu sauvegardes. La pesanteur du passé ne peut plus t'empêcher de te mouvoir dans la légende, ni de vaincre. Tu vas trouver le puits de la déesse de la paix, tandis que moi, je m'attacherai à faire disparaître les monstres d'Artifex sur lesquels tout pouvoir m'a été donné. Tu seras confronté à des choix, Longo, fais toujours celui de la sauvegarde. Ne détruis jamais. Va, Longo, et que l'esprit de Benjamin te protège !

# Le temple

Longo marcha trois jours dans une jungle humide et obscure sans rencontrer quiconque, ami ou ennemi. Un chemin rectiligne, étroit mais bien entretenu, offrait la seule piste possible. Il s'abreuva à de rares ruisseaux et se nourrit du seul grignotin qu'il parvint à chasser.

Tout en cheminant, il méditait sur les paroles d'Estar. Était-il vraiment ici pour la douzième fois ? Avait-il déjà vécu onze vies ? Le puzzle de sa mémoire se reconstituait, tandis qu'il avançait. D'abord son désir d'être Benjamin, l'enfant de la légende, puis sa rencontre avec le dernier des Véritables dans les sous-sols de la forteresse de la nuit, enfin le serment d'éliminer Ypner.

Soudain devant lui se dressa le temple, celui qui abritait le puits.

L'édifice, une pagode de pierre grise, était percé en son centre d'une porte d'or sur laquelle était sculpté un enfant gigantesque, à genoux sur un socle, de face, tenant la lune au-dessus de sa tête.

Sur le socle, douze images de l'enfant portant la lune étaient reproduites. Cet enfant, c'était Benjamin, l'image des miroirs d'avenir.

Longo observa les douze répliques. Les lunes avaient été sculptées en creux, seule la dernière à droite était représentée par un disque argenté. À l'aide de ses deux mains, il le descella. Le disque était très mince et de la taille d'une petite écuelle, forgé dans un métal d'une pureté absolue, moins lourd qu'il ne l'avait imaginé.

Il était perforé au centre d'un trou du diamètre d'un petit doigt. Longo serra l'objet contre lui.

À ce moment un grondement de tonnerre se fit entendre et il recula. La porte du temple s'était relevée comme une herse. Une chaude lueur s'y inscrivit qui l'invita à entrer. Son pas résonna sur la dalle froide. Les quatre murs inclinés se rejoignaient au-dessus de sa tête à une dizaine de mètres. La porte se referma. Longo s'était attendu à trouver la margelle du puits et il fut surpris de découvrir trois stèles disposées en triangle.

Celle qui était sur sa droite supportait une vasque de pierre où s'agitait la courte flamme qui éclairait la pièce. Celle de gauche servait de socle à la statue d'une fillette assise sur ses talons. Il reconnut sa fille, Solweig. Elle tenait les deux mains ouvertes, comme prête à recevoir une offrande. Et devant lui, sur la troisième stèle, reposait un miroir carré d'environ deux mètres de côté : un écran d'avenir.

– Benjamin le douzième ! fit une voix de femme. Écoute-moi avec attention ! Tu as entre les mains la lune de la connaissance qui contient le secret de la fondation du Grand Cercle. Ce disque est à lui seul une représentation du monde. Il répond à la question de la vie et de la mort. Tu as le choix entre deux solutions. Le détruire en le jetant dans la vasque où brûle ce feu ou entrer dans le secret, en le déposant dans les mains de la statue qui est à ta gauche. Alors son contenu te sera révélé. Mais sache que le secret peut tuer celui qui le découvre s'il n'est pas assez puissant pour le porter !

– Quel être humain est suffisamment sage pour faire un tel choix ? s'écria Longo. Il me faudrait l'aide d'un grand magicien !

– Un magicien ? Si tel est ton désir, ouvre les yeux !

Longo sursauta. Posée à même le sol, près de la statue, une tête humaine tournée vers lui le regardait. Il ne pouvait donner à ce visage imprécis, figé dans un demi-sourire, ni âge ni sexe. Près de la vasque enflammée, il trouva un visage identique qui le contemplait avec une semblable ironie, si bien qu'il se demanda si l'un n'était pas le reflet de l'autre.

– Dépêche-toi de choisir ! insista la voix.

Longo avait la sensation que chaque tête l'attirait de son côté. L'une lui conseillait silencieusement de sauvegarder le disque, l'autre lui intimait l'ordre de le détruire dans la flamme.

Comme il ne prenait aucune décision, les deux visages s'élevèrent du sol. Dans leur prolongement s'étirèrent les anneaux de deux grands serpents, ils n'avaient pas encore fini de dérouler leur corps interminable que, déjà, ils enlaçaient Longo. Le prince se débattait, mais il n'avait pour armes que ses mains nues. Il commençait à étouffer. Tout à coup il découvrit qu'après quelques mètres, les corps des serpents se rejoignaient comme deux branches émanant d'un tronc commun. Il s'agissait d'un être unique !

Olofromidès, le prince des démons, gardien du puits de la déesse Altarifa, resserrait son emprise sur Longo.

– Laissez-moi ! hurla-t-il.

Il tendit le disque à bout de bras, essayant d'atteindre la statue ou la flamme, afin d'accomplir son œuvre et de se débarrasser de la terrible bête.

– À moi ! râlait-il.

Il ne pouvait plus respirer. Sa vue se voilait de rouge. Dans son agonie, lui apparurent les images et les sensations du rêve par lequel il avait donné naissance à son clone.

– Estar ! Viens à mon secours ! gémit-il dans un souffle.

La suite lui sembla irréelle. Un guerrier se dessina sur l'écran d'avenir, tenant un glaive.

– Laisse cet homme ! ordonna-t-il au serpent.

Il abattit sa lame et trancha net le corps du monstre. Mais le serpent se reconstitua. De nouvelles têtes apparurent. Le combat reprit de plus belle. Le glaive étincelait et tranchait sans merci. Le guerrier lançait des imprécations à la bête qui se multipliait et se convulsionnait en sifflant. Longo perdit conscience.

Quand il reprit ses esprits, il se trouvait allongé sur le côté, aux pieds d'Estar qui le regardait, les mains posées sur la garde du glaive planté en terre. La lune de la connaissance avait roulé à quelques mètres de là. Olofromidès avait disparu.

– Si tu m'avais écouté, tu aurais immédiatement choisi la sauvegarde, dit Estar. Tu te serais épargné cette épreuve. Maintenant, j'ai fait mon office ! À toi de faire le tien.

Et il disparut.

Longo retrouvait peu à peu son souffle. Il se leva, rajusta sa tenue, ramassa le disque, s'approcha de la statue et le déposa sur les mains ouvertes.

– Solweig, ma princesse, murmura-t-il. Puisses-tu me donner le secret et apporter au Grand Cercle la paix qu'il attend depuis si longtemps !

La figurine s'éclaira de l'intérieur, comme si elle avait été habitée par une lanterne magique. Elle se dressa, vivante, puis par le jeu de ses bras fit entrer le disque dans sa poitrine comme un tiroir se refermant.

– Longo ! déclara la voix féminine qui l'avait accueilli. Te voilà enfin au seuil du secret ! Entre dans la connaissance !

Le miroir d'avenir se désagrégea, dévoilant un couloir voûté en plein cintre dont chaque pierre était lumineuse. Ce couloir de lumière descendait en pente douce. Longo s'y engagea. Sa fatigue avait mystérieusement disparu. Le couloir débouchait devant un large puits où s'enfonçait un escalier en une vaste spirale lumineuse.

Après une descente longue et prudente, une nouvelle lumière, plus bleue, l'enveloppa. Longo se pencha. Au fond du puits gisait une sphère du diamètre du puits. Intrigué, il s'arrêta un moment. Un visage de femme dont les longs cheveux roux semblaient flotter dans le vent y apparut. Ce visage lui sourit, et ce sourire toucha le cœur de Longo.

– Viens ! lui dit la femme.

La vision était trop belle, trop proche de son être, de ses pensées inconnues. La femme lui révélait tout ce qu'aurait pu être son désir, si seulement il avait pu l'imaginer.

– Viens, Longo, mon petit Benjamin, mon enfant de souffrance, mon guerrier, ma délivrance, viens, pour la dernière fois ! Je suis ta déesse !

Plus rien ne retenait Longo dans le monde des vivants, si on pouvait donner le nom de vivants à ces ombres occupées à une guerre perpétuelle. La vie était là, dans la sphère bleue. Il voyait maintenant la femme dans sa totalité. Elle était sans artifice, sans voile, et lui tendait les bras.

– Plonge ! lui disait-elle.

Elle paraissait en effet flotter dans un océan. Il s'approcha du bord, hésita, retenu par des raisonnements qui ne se rattachaient à rien. Il s'assit au bord du vide et regarda la femme nager. Puis il leva la tête. La spirale de lumière montait à l'infini.

Alors il se lança dans le puits. La sphère grandit, la femme aussi, et il se retrouva dans ses bras, nu, minuscule, enfant. Elle, immense, le berçait. Il se sentit rapetisser encore, entrer dans une enveloppe de chair, se tasser dans la tiédeur du sein maternel, se désintégrer dans l'implosion de l'amour. Il se recroquevilla dans cette douce torpeur humide, cessa de respirer, cessa d'être et s'endormit dans le plus profond des silences, dans la paix absolue, dans le grand immobile.

Il s'éveilla assis contre un mur froid, sur le sol carrelé d'une salle éclairée par trois chandeliers, avec à ses côtés une prêtresse d'un grand âge, en aube grise, accroupie près d'une porte de fer. Elle leva sur lui des yeux perçants et, un moment, il crut reconnaître son visage.

La femme lui sourit.

– Te voilà revenu ?

– Revenu ? Comment cela ?

– Oui. Cela ne fait-il pas de nombreuses fois que tu descends dans ce lieu sombre ?

Pourquoi lui répétait-on sans arrêt qu'il était déjà venu, qu'il avait déjà fait ceci ou cela... Il ne se souvenait aucunement d'une précédente rencontre avec cette personne, mais la joie commençait à l'envahir.

– Prêtresse, je ne te connais pas. Pourtant je suis venu au fond du puits de la sagesse autour duquel tourne sans cesse le Grand Cercle, afin de chercher la déesse Altarifa, la déesse de la paix, que la rage de sa rivale a maintenue cachée pendant des siècles aux yeux des hommes.

– Te voilà donc prêt à achever ta propre légende, Benjamin. Tu parles comme le Fondateur, ce qui est de bon augure pour nous autres mortels. Et ton ambition est noble, à condition qu'elle ne soit pas seulement ambition.

– Ce n'est pas de l'ambition, Vénérable, mais la plus grande espérance de ma vie, depuis que, dans mon enfance, Engelbert commença à me conter la légende.

– Eh bien, mon garçon, le secret de la fondation du monde est à toi. Il se cache de l'autre côté de la porte. Désires-tu la franchir ?

– Oui, Vénérable.

– Il te faut un courage à toute épreuve. Il y a ici une image qui peut te le donner. Approche !

La femme fit un geste et la porte s'ouvrit sur un miroir. Longo s'avança, mais son reflet, face à lui, devint incertain et se désagrégea. Le miroir révéla bientôt l'intérieur d'une chaumière. Un hamac était accroché d'un mur à l'autre. Il y avait une table, un banc, un pouf, une armoire. Dans un panier dormait un chat roux.

Longo reconnut la maison de Sardone où il avait vécu jadis les jours de convalescence qui avaient suivi son terrible combat avec les serrevolants.

Il se retourna vers la femme qui lui sourit.

– Sardone, c'est toi ! murmura-t-il, émerveillé.

– Oui. Sardone elle-même, attachée à tes pas depuis la nuit des temps, pour te guider, te protéger. Regarde encore !

Apparurent dans le miroir le dauphin et la princesse de Freezland. Ils se précipitèrent vers lui.

– Venceslas ! Solweig ! s'écria-t-il en voulant les prendre dans ses bras.

Mais le verre du miroir d'avenir les séparait et la vision s'évanouit.

– Sont-ils toujours vivants ? demanda Longo.

– Ils le sont.

– Et Kallysten ?

Il n'y eut pas de réponse. Dans un grondement, le miroir se leva comme une herse sur la fraîcheur d'un jour pâle et embrumé. Longo aperçut le profil d'une vaste cité. Naquit un murmure semblable au vent qui souffle dans des orgues de pierre, mais c'étaient des voix humaines, des chœurs, qui murmuraient des litanies incompréhensibles.

– Qu'est-ce que c'est ?

– La grande ville, répondit Sardone. Le souvenir des Véritables, les tenants de l'ancienne civilisation. Ce sont eux qui gardent le secret de la fondation du Grand Cercle.

– Pourquoi ne les voit-on pas ?

– Il faut aller plus avant dans la ville. C'est ce que tu vas faire, mais seul. Ici s'arrête ma science. Maintenant, va ! Tu as une tâche à accomplir, et beaucoup attendent tout des jours qui vont suivre.

Avance dans la ville, mais détourne-toi des Véritables. Leurs sortilèges sont nombreux, puissants, et surtout désirables. Ne te fie point à eux. Marche dans les rues et contente-toi de regarder. Ne t'attarde jamais, en aucune façon. Certaines portes sont fermées, d'autres sont ouvertes. Ne ferme aucune porte, n'en ouvre aucune, emprunte les seuls chemins qui s'offrent à tes yeux sans toucher à rien. Il y a une autre condition très importante à remplir. Tu trouveras des fontaines et tu auras soif. Or c'est une eau qu'il ne faut pas boire. Tu seras tenté de le faire, mais il faudra résister à ton désir. Je ne serai pas là pour te le rappeler. Maintenant, va ! Va jusqu'au dernier des Véritables, pénètre dans son tombeau, demande-lui la force et le secret, et reviens-nous pour la victoire !

# Casarève la Grande

Longo avançait dans la cité. Les maisons, à étages, étaient correctement entretenues, à part une étrange poussière qui les nappait. Tout était d'un gris uniforme, les toits, les murs, la route, la végétation. Longo tenta d'ôter cette poussière, mais sa main passait à travers les choses. Une ville fantôme.

Un homme gris au visage sans expression se tenait debout devant la clôture d'un jardin. Ce n'était qu'une statue. En progressant, Longo en découvrit d'autres, des hommes, des femmes, des enfants, des animaux domestiques. La ville devenait très dense, la foule aussi. Des voix s'élevaient de ces statues. On parlait de lui, semblait-il. La cité endormie depuis des siècles attendait sa visite.

Sur les places publiques coulaient des fontaines, et c'était bien la seule animation qui régnait là.

Il visita quelques maisons. Les citadins avaient été figés dans les gestes de la vie courante. Ici, des enfants accroupis poussant des jouets sur le sol. Là, une femme dans une cuisine au milieu de ses plats. Le temps s'était arrêté.

Il pleuvait sur la ville une lumière invariable. Le soleil restait fixé dans le ciel, toujours au même endroit.

Une demeure cossue l'attira. Il monta le large escalier extérieur, franchit un perron imposant, emprunta de longs corridors et aboutit dans une pièce plus sombre. Sur le mur du fond s'éclaira un panneau carré qui n'était pas de la couleur uniforme de la ville. Des formes y bougeaient. Il s'approcha avec prudence.

– Prends garde, étranger ! fit la voix entendue dans le puits. Tu es ici à Casarêve, au seuil de la fondation du monde. C'est le lieu où dort le *programme résident*. Regarde et ouvre tes oreilles !

L'image bientôt se précisa. Benjamin, allongé sur une stèle, vêtu de sa robe blanche, paré de bijoux et les yeux clos. La vie semblait s'être retirée de lui.

– Benjamin ! murmura Longo.

L'enfant ouvrit les yeux, se leva de sa stèle, mais ce n'était qu'une image en superposition qui se séparait du corps resté inerte. L'esprit de Benjamin.

Longo se sentit scruté jusqu'aux tréfonds de son être.

– Bonjour ! Est-ce déjà l'heure de l'épreuve ? Donne-moi ton numéro. Dis-moi qui tu es.

– C'est moi, Longo ! Votre numéro douze !

– Longo ! s'écria Benjamin en s'approchant de l'écran d'avenir, et son visage devint gigantesque au point d'épouvanter le prince. Longo ! Te voilà enfin au central ! Tu as réussi à me rejoindre ! Quel bonheur ! Maître ! Venez vite ! Longo est presque de notre côté ! L'heure de la délivrance a sonné ! Libre ! Je vais être libre ! Dis-moi, Longo… As-tu tué Ypner ?

– Non.

Le visage de Benjamin se rembrunit aussitôt.

– Ah... C'est donc cela... Je ne suis pas encore guéri, n'est-ce pas ? Enfin Longo, que te manque-t-il pour vaincre ?

– Je suis venu pour avoir le secret de la fondation du monde. Il me faut aussi le mot interdit, celui qu'un seul homme à la fois a le droit de connaître ?

– Le secret de la fondation, tu vas le découvrir ici. Mais pas le mot interdit !

– Pourquoi ?

– Un seul homme à la fois, Longo, tu le sais. Or il y en a déjà un qui le possède en ce moment, dans le Grand Cercle.

– Qui ?

– Cesse de m'importuner avec tes questions ! Tu n'as pas vaincu ton père, tu ne peux pas être libre, numéro douze ! Ni moi être guéri.

L'esprit de Benjamin recula et rejoignit le corps allongé sur la stèle. Fermant les yeux, il retrouva sa pâleur mortelle.

– Non ! Benjamin ! cria Longo.

Un homme entra dans la crypte, s'approcha de l'enfant. Longo reconnut Engelbert, le sage de son village natal. Cet homme se pencha sur Benjamin et lui murmura quelques mots à l'oreille. Par magie, Benjamin reprit vie, et ils conversèrent un long moment. Enfin Engelbert se dirigea vers l'écran d'avenir et son regard, devenu gigantesque, fixa Longo.

– Longo, fils d'Ypner et de Junon la Pédauque, natif du village de la Providence en terre des Francisques. Tu as été jugé digne d'être initié et de recevoir le secret de la fondation du Grand Cercle. Approche-toi de l'écran et pose tes mains sur la vitre.

Le prince obéit. Il se sentit happé par un souffle terrifiant et se retrouva *de l'autre côté*, près de Benjamin. Engelbert se mit à rire.

– Bienvenue au pays des Véritables, enfant intrépide ! dit-il.

– Je ne suis plus un enfant, si vous me permettez.

Cette remarque n'eut pas pour effet d'arrêter le rire d'Engelbert. Longo s'avança en direction de Benjamin qui n'était plus allongé sur la stèle de la crypte mais dans un grand lit, au milieu d'une chambre d'enfant ordinaire, semblable à celles qu'il avait découvertes en visitant la ville morte. Son visage était celui d'un malade au teint de cire. Le dernier des Véritables n'était qu'un enfant semblable à tant d'autres, à ceux de la Providence, de Freezland et de partout, et Engelbert le magicien un banal médecin. Le malade roulait de grands yeux étonnés, de Longo à Engelbert et d'Engelbert à Longo.

– Maître, murmura-t-il, comment est-ce possible ? Ce Longo n'existe pas... Ce n'est qu'un jeu que j'ai inventé, n'est-ce pas ? Comment puis-je le voir devant mon lit ? Je délire, maître ?

– Sans doute, Benjamin. Mais qu'importe ?

– S'il vous plaît ? fit Longo. Je ne crois pas être un délire. Encore moins un jeu. Je prétends exister.

– C'est ton droit, Longo, dit Engelbert en s'éloignant.

Il ajouta :

– Je vous laisse tous les deux. J'ai une tâche à achever, et ce n'est pas la moins importante.

Quand il fut parti, Longo demanda :

– Pourquoi me considérez-vous comme un jeu ?

L'enfant se souleva légèrement et répondit :

– Parce que tu es un personnage de mon jeu, Longo ! Le jeu le plus formidable qu'on ait jamais inventé : le Grand Cercle.

– Le Grand Cercle, un jeu ? Vous trouvez qu'on joue, depuis quelque temps ? Non ! Je ne viens pas d'un jeu et on ne m'a pas inventé. J'atteins la trentaine et je suis vivant. J'ai épousé une femme de Freezland. J'ai deux enfants. Je connais la vie et je connais la mort.

– Ne crie pas, s'il te plaît, Longo, murmura le malade. Assieds-toi sur le bord de mon lit. C'est étrange. Je n'arrive pas à croire que tu existes vraiment. Touche-moi !

Longo tendit la main et caressa la chevelure de Benjamin. Il ne cessait de penser que, quelques mois plus tôt, il fourrageait dans les cheveux de son fils, de sa fille...

– Ainsi, dit-il, tu m'as créé et tu m'as fait vivre. Mais je refuse d'être pris pour un jeu.

L'enfant se redressa et devint cramoisi de colère.

– Si ! Tu es un jeu ! hurla-t-il. C'est ça le secret de la fondation du Grand Cercle ! C'est pourquoi il fait disparaître ceux qui en prennent connaissance : ils sont tellement vaniteux qu'ils ne peuvent admettre qu'ils ne sont qu'un jeu ! En fait, ils ne sont rien. Je suis le seul être conscient. Je vis à travers eux, en tant qu'eux, je suis chacun et je suis le tout ! Voilà le secret de la fondation du Monde !

– Doucement, Benjamin, doucement !

L'enfant se calma. Son regard implorait Longo.

– Tu me crois, Longo, mon numéro douze ? C'est tellement important que tu acceptes cette idée ! Tu me crois si je te dis que tu n'es que le héros d'un jeu ?

– Comment un jeu peut-il créer des hommes et des femmes ? Les rendre vivants ?

– C'est devenu possible par la science des écrans, dit l'enfant. Ces miroirs captent nos images et leur donnent vie. C'est dans les écrans que le jeu s'est construit, qu'il est devenu un peuple et un monde. Tu me crois, n'est-ce pas ?

– Oui, Benjamin. Ça m'est égal d'être un jeu à tes yeux. Et même, je dirais que cela me fait plaisir et que j'en suis fier, parce que tu es un concepteur merveilleux.

Benjamin se détendit.

– Mon jeu reflète ma vie, murmura-t-il. Le Sanguinaire, c'est ma maladie. Si tu l'avais chassé du Grand Cercle, tu aurais chassé en même temps la maladie de mon corps. C'est dans ce but que je t'ai créé à mon image et à ma ressemblance. À travers toi, je suis rentré dans le jeu, pour le comprendre et le changer de l'intérieur, si la chose est possible. Pour mettre toutes les chances de mon côté, j'ai créé douze Benjamin semblables à mon image. Dans le Grand Cercle, chaque Benjamin est le fils du précédent. J'ai déjà tenté le sauvetage du Grand Cercle onze fois, j'ai échoué onze fois. Je suis toujours malade, et le Sanguinaire est toujours vivant. Tu es la douzième incarnation. Ma dernière chance. Sauve-moi, s'il te plaît, Longo !

Son visage exprima soudain la souffrance, et Longo ressentit cette souffrance comme si l'enfant avait le pouvoir de lui transmettre ses sensations.

– Longo, aide-moi comme tu me l'avais promis quand tu étais prisonnier de la forteresse de la nuit... J'ai volé plusieurs fois à ton secours par mes conseils et mes magiciens, mais les soucis de la vie, l'amour, la haine, ont eu raison de ta promesse. Retourne dans le Grand Cercle et tue-le, je t'en supplie, Longo ! Tu dois comprendre cela... Retourne dans le Grand Cercle ! Réincarne-toi ! C'est pour moi une question de vie ou de mort !

– Je te guérirai, dit Longo.

# Les Véritables

De nouveau, Longo pénétra dans Casarève la Grande, la ville immobile. Sa mission était claire, à présent. Sa connaissance de la création du Grand Cercle lui avait montré l'urgence de la situation. Benjamin allait mourir et peut-être avec lui le Grand Cercle ! Mais pour anéantir le Sanguinaire, il fallait d'abord sortir de la ville, de la Vallée des Esprits, de la légende, retrouver la porte des vivants.

Son errance le conduisit près d'une fontaine aux sculptures compliquées, haute d'une dizaine de mètres, représentant un enchevêtrement de corps à corps guerriers, où béaient quatre visages convulsés qui alimentaient le bassin. La chanson claire de l'eau lui donna soif. La fontaine le tentait. Quelques citadins au visage sans expression avaient le regard tourné vers lui. La soif se faisait dévorante.

– Bois ! lui ordonna une jeune femme en longue robe noire soudain apparue devant lui, en lui désignant les jets capricieux. Bois ! Cela soulagera ton corps et ton esprit. Pourquoi t'acharnerais-tu contre des pouvoirs supérieurs qui t'écraseront finalement ?

La femme lui plaisait. Il essaya de détourner les regards, mais la soif empirait.

– Allons ! Bois !

Il s'avança, se mouilla les mains.

– Bois ! Tu ne sais pas le bien que cela va te faire ! La paix pour ton âme ! Imagines-tu ce que sera ta paix, dans quelques instants ?

Il en but deux petites gorgées. Le plaisir était extraordinaire, et il avait l'impression d'assouvir une envie montée du fond de son enfance. Puis le charme se rompit. Cette eau était sale, croupie, détestable. Longo poussa un hurlement sauvage et tenta de vomir. La femme en noir partit d'un grand éclat de rire qui résonna dans la ville et dans l'esprit de Longo.

– À moi ! Tu es à moi ! Tu ne partiras jamais d'ici, jamais !

– Qui es-tu ? hurla le prince.

– Je m'appelle Soreya. Tu ne te souviens donc pas de moi ?

– Ton visage ne m'est pas inconnu.

– Je suis la sœur de Bonaventure Fleurimiche, que tu as blessé dans ta jeunesse. Tu m'as vue récemment à la Renarderie. J'ai dansé pour toi, mais tu t'es attaché à une autre.

Longo se mordit les lèvres.

– Comment es-tu parvenue en ce lieu interdit ?

Soreya sourit.

– Je suis magicienne des sources. Sais-tu ce que représente l'eau qui coule ? C'est le temps, Longo ! Je tire cette science d'Artifex et d'Altariga. Même Sardone, qui se veut hors du temps, éternelle, s'est inclinée devant ma puissance. Elle a été obligée de m'ouvrir la porte de la ville, où je t'ai attendu.

– Malédiction ! Qu'as-tu fait ? Si tu ne me laisses pas remonter immédiatement, nous mourrons. Le jeu va s'achever !

– Ne crois pas cela. Le jeu est fini depuis longtemps. Il est mort et enterré dans la mémoire des Véritables ! Viens dans mes bras. Nous allons vivre ensemble dans notre temps à nous, celui de Casarève la Grande ! Un jour ici, c'est une année là-haut ! C'est nous qui sommes éternels ! Regarde ces merveilles !

Un grand vent se leva, mugissant de mille notes ascendantes. S'engouffrant par les avenues, il parcourut la ville. La poussière fut balayée des êtres et des choses. Les couleurs réapparurent. Les statues prirent vie. Des bruits terribles assaillirent le prince. Oui, c'était bien la ville des anciennes gens, des Véritables, une des villes du temps de la civilisation. Les gens passaient sans le voir, affairés. Longo venait de faire irruption dans LEUR vie, exactement comme il s'était retrouvé dans la chambre de Benjamin !

Des carrosses de diverses couleurs filaient à toute allure en grondant parmi les rues, et Longo se demandait comment ils pouvaient avancer sans galopants. Des oiseaux blancs grondaient en s'élançant dans le ciel. Tout était magie. Il se souvint. Les Véritables étaient les plus grands magiciens de la terre, les plus grands magiciens de tous les temps ! Longo cria, appela, se boucha les oreilles pour échapper à ce tintamarre, mais personne ne semblait s'apercevoir de sa présence.

Soreya trépignait de rire. Il s'enfuit.

# La séparation

Venceslas découpait les coquetendres en fines rondelles tandis que Solweig achevait de broyer des gésiers de picoulettes pour les mélanger à la farine de briche printanier. Dans son panier, le chat roux somnolait.

Les enfants étaient seuls depuis trois jours, depuis qu'ils avaient entrevu leur père dans le miroir d'avenir. Cette brève rencontre les avait réconfortés. Bien installés dans la chaumière, ils attendaient le retour de Sardone. Régulièrement, ils consultaient le miroir, mais celui-ci restait trouble. Alors ils vaquaient à leurs occupations domestiques : la cuisine et l'entretien du potager.

– Ça fait combien de temps qu'on est là ? demanda Venceslas.

– Ici, le temps ne se compte pas.

– Je me demande ce que maman est devenue.

– Tu m'avais promis de ne plus en parler.

– Oui, répondit Venceslas. Mais c'est plus fort que moi. Je n'arrive pas à oublier.

– Si tu veux savoir ce qui se passe là-bas, une seule solution. Tu te jettes dans le puits qui est au fond du jardin.

On frappa à la porte. Venceslas se précipita. C'était Engelbert qui revenait d'un de ses longs voyages.

– Sardone n'est pas là ? demanda-t-il de méchante humeur en jetant un gros sac brun dans un angle de la pièce.

– Nous l'attendons, dit Venceslas.

De lassitude, le magicien se laissa tomber sur le pouf et se cacha le visage dans les mains. Les enfants le regardaient sans bouger. Solweig était restée les bras ballants, les mains pleines de farine et de chair de picoulette.

– Quelque chose ne va pas, Engelbert ? osa Venceslas.

Le magicien leva la tête et revint à la réalité.

– Rien ne va. Voilà ce qu'on peut dire. Rien ne va.

Il se leva, arpenta la pièce de long en large, rajusta son turban violet.

– Votre père est prisonnier de Casarève la Grande.

– Comme Benjamin ? s'écria Solweig en s'essuyant les mains dans son tablier.

– Exactement. Il n'en sortira pas avant longtemps, s'il y parvient. Il est probable que vous ne le reverrez jamais.

Dans le silence qui s'ensuivit, ponctué par les sanglots des deux enfants, Sardone apparut par le miroir d'avenir. Elle poussa le rideau qui le masquait et pénétra dans la pièce.

– Mes petits, dit-elle, vous ne pouvez plus rester en ce lieu désormais. La bague et le sceptre doivent accomplir ce pour quoi ils ont été créés. S'il est acquis que votre père n'abattra pas le Sanguinaire, il est encore possible d'éviter sa victoire totale. À vous revient la tâche de l'empêcher de contrôler l'ensemble du Grand Cercle.

Engelbert prit le sceptre d'Olnar que Venceslas avait déposé dans son hamac, le lui tendit et dit :

– Venceslas, tu n'as pas encore treize ans, et ta mission sera délicate. Sans nouvelles de Kallysten, ce sceptre t'aidera. Il a été sculpté par Olnar, un bûcheron magicien. Celui qui le touche retrouve courage et force. Parcours le Grand Cercle. Adresse-toi à la jeunesse. Va vers les plus abattus. Rassemble autour de toi une troupe, et harcelez les armées du Sanguinaire. Ne les combattez jamais de face, vous seriez trop jeunes, trop inexpérimentés. Fondez sur l'adversaire comme la foudre, pour disparaître l'instant d'après. Recommencez, encore et encore, sans trêve ! Si vous parvenez à retarder la victoire définitive d'Ypner, peut-être retrouverons-nous Longo et marcherons-nous encore à ses côtés.

Venceslas prit à deux mains le sceptre d'Olnar. Il sentit monter en lui, comme jamais auparavant, une immense force. La victoire, soudain, lui parut envisageable, possible, certaine.

Engelbert se tourna vers Solweig, lui prit la main, la souleva. L'émeraude brilla.

– Quant à toi, princesse, il te revient la mission la plus ingrate, la plus difficile et la plus nécessaire de ce temps. Un long voyage te conduira vers des terres inconnues. Un étrange chasseur sera ton guide. Il te mènera à celui qui peut ouvrir l'émeraude et utiliser sa puissance. Si tu réussis, tu seras la mère d'une nation qui ne connaîtra pas la guerre. Ton père t'a choisie pour cela au jour de ta naissance en t'appelant princesse de la Paix.

Solweig ouvrait de grands yeux. On y lisait à la fois la crainte et l'émerveillement. Elle ferma sa main. L'émeraude s'éteignit, mais son sourire demeura.

– Et moi, dit Sardone, je m'efforcerai chaque fois que je le pourrai de vous porter secours bien que, désormais, je ne quitte plus la vallée. Mais ma maison vous est toujours ouverte.

Les deux enfants la remercièrent chaleureusement et l'embrassèrent. Puis ils quittèrent la chaumière et s'approchèrent du puits bâti au fond du jardin. Engelbert se pencha sur la margelle, puis il ordonna :

– Faites comme moi !

Il se laissa choir dans le puits. Les héritiers de Freezland le suivirent sans perdre de temps.

Un vent puissant s'engouffra dans leurs habits, dans leurs cheveux, puis ils furent sur un rivage où une mer sombre venait mourir en vaguelettes.

– Nous revoici devant la mer d'Extrême-Nord ! cria Engelbert dans le vent. Nous allons nous séparer ici. Princesse, descends par l'est. Prince, descends par l'ouest. Et que Benjamin vous protège !

Ils s'éloignèrent, chacun dans sa direction tandis que le magicien faisait route vers Gune.

Solweig n'avait pas parcouru deux kilomètres qu'elle vit apparaître dans le ciel trois serrevolants qui tournoyèrent au-dessus d'elle en poussant de longues plaintes qui lui glacèrent le sang. Ils perdaient de l'altitude à chaque cercle. Quand ils furent à moins d'une dizaine de mètres au-dessus d'elle, elle leva les bras pour s'en protéger.

Soudain, l'une des trois bêtes, déséquilibrée dans son vol, chut lourdement sur le dos. Ses plumes s'arrachèrent de son corps et de ses ailes. Une flèche noire l'avait transpercée. Les deux autres serrevolants connurent quelques instants plus tard la même fin tragique. Leurs carcasses s'évanouirent. Il ne resta dans le sable aucune trace de leur chute.

Apparut un homme coiffé d'un large chapeau de paille et portant un carquois. D'une main, il tenait la longe d'un bourricot, de l'autre un arc.

– Vous êtes la princesse Solweig ? demanda-t-il.

Comme elle restait pétrifiée, il s'approcha et, ôtant son grand chapeau, se présenta :

– Je suis Estar, le chasseur de monstres.

Solweig en resta bouche bée, tant cet homme ressemblait à son père. Il sourit en comprenant son étonnement.

– Je suis en quelque sorte votre oncle, poursuivit-il. Nous aurons le loisir d'en parler tout au long de notre voyage. Pendant que je tuerai des monstres, vous me ferez de la farce de picoulette. Il paraît que vous cuisinez fort bien.

La princesse sourit et tendit l'émeraude. Estar y déposa un baiser. Puis ils quittèrent le rivage et s'enfoncèrent dans les bois.

De son côté, Venceslas se cramponnait à son sceptre. Plus il le serrait, plus il sentait monter en lui un courage indomptable.

Après cinq heures de marche, il atteignit un village. Des patrouilles d'ogs circulaient dans les rues. Les paysans rentraient des champs sous le fouet de meneurs d'esclaves. Jetant au loin ses habits, sauf le pantalon de rousquin qu'il déchira et macula de terre, il se mêla à eux. La poussière eut tôt fait de cacher sa peau trop claire.

Il s'approcha d'un groupe de garçons faméliques, qui traînaient de lourds fagots, tête baissée.

– Hé ! souffla-t-il. Ça vous plaît de courber l'échine devant ces crapules ?

L'un d'entre eux répondit :

– Que faire d'autre ?

– Me suivre.

– Pour recevoir le fouet ? Dix coups déjà aujourd'hui. C'est suffisant.

Et tous se détournaient de lui, le prenant pour un fou, ou peut-être pour un provocateur envoyé par l'ennemi.

Un peu plus tard, tandis qu'il empilait les fagots sur la place, un garçon de son âge s'approcha de lui et glissa discrètement :

– Je suis prêt à m'allier avec toi. Qu'est-ce qu'il faut faire ?

– Voler deux galopants et fuir d'ici.

– Tu es fou ?

– Tu as peur ?

– Oui, j'ai peur. Nous avons affaire à des monstres.

Venceslas tendit le sceptre d'Olnar à son nouveau compagnon.

– Je suis l'héritier du trône de Freezland, dit-il. Saisis ce sceptre.

L'autre obéit. Il s'écria :

– Je crois que je peux faire ce que tu m'as demandé. Oui, je le ferai !

Ainsi Venceslas recruta-t-il le premier compagnon de la horde sauvage qui devait longtemps défier le roi Ypner.

# Les onze Benjamin

La ville n'en finissait pas. Longo courait imperturbable, comme le jour très lointain où, adolescent, il avait échappé à la fusillade des ogs du Sanguinaire. Sa poitrine le brûlait. Il fuyait la magicienne, il fuyait son erreur tragique. À la tombée de la nuit, quand des milliers de lumières s'allumèrent dans la cité, il s'arrêta. Les gens, qui parlaient dans un langage incompréhensible, ne semblaient pas s'apercevoir de sa présence. Il cria, appela, on ne lui prêta aucune attention. Quand il toucha le bras d'un passant, sa main le traversa.

Au milieu d'une place publique, dix hommes s'étaient regroupés autour d'un feu qu'ils nourrissaient de vieux cageots. L'un d'entre eux, un vieillard coiffé d'un bonnet de laine verte qui laissait échapper des cheveux blancs, se tourna vers lui, et Longo eut le sentiment que cet homme le voyait. Il s'approcha de lui.

– Ne t'occupe pas d'eux ! cria non loin la voix de Soreya. Viens !

Longo fit quelques pas en direction de la magicienne. Il avait beau lui vouer une haine éternelle, elle était son seul contact en ce lieu.

– Qui sont-ils ? Tu crois qu'ils nous voient ?

Elle éclata de rire.

– Bien entendu ! Ils t'ont reconnu, toi, Benjamin le douzième du nom ! Regarde-les ! Tu ne trouves pas qu'ils ont un air de famille, avec leurs grandes oreilles ? C'est normal ! Ils se succèdent de père en fils.

Longo comprit. Les dix hommes d'âges différents étaient Benjamin. Avec lui, cela faisait onze.

Onze Benjamin étaient prisonniers de Casarève la Grande parce qu'ils avaient échoué. Cependant, il aurait dû y en avoir douze puisque Longo était le dernier. Il s'appelait Ypner, le Benjamin qui avait abandonné sa mission de paix pour devenir le Sanguinaire.

Longo s'éloigna en compagnie de Soreya.

– Nous sommes ici au séjour des morts ? demanda-t-il.

– En quelque sorte. Nous sommes dans la mémoire des Véritables. Nous sommes dans le disque que tu as saisi sur la porte d'or du temple d'Olofromidès, qui est la douzième copie du grand disque que l'enfant portait au-dessus de sa tête. Jadis les Véritables rangeaient leurs souvenirs dans des disques de mémoire. Je te l'ai dit : les personnes que tu vois aller et venir dans cette ville sont mortes depuis des siècles. Chaque Véritable avait son disque de mémoire que l'on gardait après sa mort, en souvenir de lui. Ces disques se sont perdus avec l'ancienne civilisation, sauf un : celui d'un jeune garçon qui s'appelait Benjamin.

– Comment as-tu appris ces choses ? s'étonna Longo.

– J'étudie ces magies depuis que tu as quitté la Providence. Je t'aimais. Je t'ai toujours aimé. J'ai rapidement compris que tu avais un rapport avec la légende que nous contait le vieil Engelbert. Je savais que ta longue marche te conduirait ici. J'ai appris la magie avec Sardone, j'ai pactisé avec Ypner, je me suis laissée enfermer ici. Je voulais t'avoir et maintenant je t'ai !

– Je vais rester là pour toujours ?

– Oui, en ma compagnie. Tu vas vivre dans cette ville, l'observer sans jamais pouvoir parler à un seul de ses habitants, sauf aux dix Benjamin, tes ancêtres, et tu vas l'apprendre par cœur, car elle est prodigieuse.

– Alors Benjamin est mort ? Réellement mort ?

– Oui. Au temps des Véritables. Et nous errons dans sa mémoire. Fascinant, non ?

– Pourtant je l'ai rencontré ! Je lui ai parlé ! Il me connaissait ! Il m'a dit que je n'étais qu'un jeu ! Tout cela est faux ?

– Non, Longo. Dans le disque de mémoire de Benjamin se trouve le jeu qu'il a inventé. Ce jeu est un monde imaginaire : le Grand Cercle ! Un monde dont il se voulait le maître absolu ! Il en a inventé les principaux personnages et il a joué avec, pendant des semaines ! Puis sa maladie l'a emporté. Un jour, par une magie que j'ignore encore, ce disque a été retrouvé et les personnages du jeu ont été injectés dans la matière du monde. Voilà qu'ils ont pris corps et sont devenus chair, aussi vrais que les Véritables eux-mêmes, des êtres humains réels, naissant, vivant, se reproduisant et mourant. Des hommes et des femmes ! Toi, moi, les tiens ! Benjamin a donné naissance à une civilisation nouvelle, ce monde dans lequel nous avons vécu, le Grand Cercle. Ce n'était pas sa volonté, il ne l'a jamais su. Cela s'est fait bien après sa mort. Hélas, les habitants du Grand Cercle sont prisonniers des lois du jeu, et ils ne font que vivre aujourd'hui dans la réalité ce qui a été joué hier par un enfant.

Longo repensa à la Providence, à sa mère, à Kallysten, à ses enfants. Il erra des jours durant dans la ville en compagnie de Soreya et des autres Benjamin, passant ses nuits dans les maisons. Il n'avait rien pour se nourrir ni se désaltérer mais ne ressentait jamais la faim ni la soif, ni le plaisir ni la douleur. Son corps n'était qu'une ombre. Soreya semblait se délecter de cette vie dans la cité.

– Depuis combien de temps sommes-nous ici ? demanda un jour Longo.

– Inutile de compter. Le temps des Véritables n'est pas celui du Grand Cercle, je te le répète : un jour pour un an. Occupe-toi donc un peu de moi.

Et elle se pendait à son cou en lui répétant cela.

– Si tu veux que je m'occupe de toi, réponds à ma question, insista Longo.

– Bon ! Eh bien… Je crois que cela fait déjà neuf jours…

– Neuf jours ? Cela fait neuf années, là-haut ?

Elle éclata de rire. Et lui se prit la tête à deux mains.

– Ils ont vieilli de neuf ans !

Il s'enfuit. Désormais il se livra à travers la ville gigantesque à une énorme partie de cache-cache avec la magicienne.

Au quinzième jour, tandis qu'il regardait une affiche collée sur un mur de la ville, il eut une impression étrange. Certaines inscriptions, qu'il ne savait ni lire ni traduire, lui rappelèrent un souvenir lointain. Il partit à la recherche de l'un des dix Benjamin qu'il retrouva un soir autour du feu de cageots. Il lui fit traverser la ville pour lui montrer l'affiche.

– Il est écrit sur cette affiche : Jupiter, roi des dieux ! répondit le vieillard. C'est un spectacle, comme en donnaient beaucoup les Véritables. Si tu veux te glisser dans l'un de leurs théâtres, tu le verras. Je t'accompagnerai.

Le soir même, ils assistèrent au spectacle. Jupiter était un grand barbu dont la femme s'appelait Junon.

– Ma mère s'appelle ainsi, dit Longo. Toi, quel Benjamin es-tu ?

– Je suis Benjamin numéro dix, répondit le vieillard. Ton grand-père. Mon fils, dans sa jeunesse, avant qu'il ne se fasse appeler Ypner et oublie qu'il était Benjamin numéro onze, avait secrètement pris le nom et l'image de Jupiter, une divinité dont il avait lu l'histoire dans des livres de l'antique civilisation. Il admirait en effet les Véritables et leurs magies. Voilà comment il en est venu à donner le nom de Junon à ta mère quand il l'a rencontrée. Il aimait se prendre pour le roi des dieux. Il voulait être la divinité du Grand Cercle. Il a même gravé ce nom en langage ancien sur un gobelet d'argent que lui ont dérobé par la suite les rois de Freezland. De cette époque datent les guerres entre le Nord et le Sud. Jupiter, roi des dieux ! C'est le mot de passe grâce auquel Ypner ouvre les portes du trésor qu'il a entreposé dans une montagne, aux Gués-du-Sud.

– Le trésor du Sanguinaire est aux Gués-du-Sud ? Près de la Providence ?

– Oui. Personne ne l'a jamais su, sauf moi.

– Dommage de ne plus pouvoir y retourner, dit Longo. Tu as bien parlé d'un petit gobelet d'argent que les rois de Freezland auraient possédé ?

– Oui. Un de nos aïeux pourrait t'en dire davantage, Benjamin six ou sept, je ne sais plus.

Longo glissa sa main dans sa poche et serra le cadeau de mariage de Kallysten. Il soupira :

– Dommage ! Vraiment dommage !

Trois jours plus tard, il s'arrêta devant l'une des fontaines maléfiques, en compagnie de Soreya, pour regarder l'eau couler. Un éclair se fit dans son esprit. Il se souvint de la phrase prononcée par Kallysten, le jour où elle lui avait offert le gobelet :

*Celui qui boit en moi*

*Puisera des forces nouvelles.*

Il leva les yeux sur la fontaine et, tremblant, s'approcha. Il tira de sa poche le gobelet d'argent, l'emplit de cette eau saumâtre et s'écria :

– Si je réussis à sortir d'ici, je jure que ma seule préoccupation sera de vaincre Ypner, et je fais serment de déjouer tous les pièges qui prétendront m'en empêcher !

– Non ! hurla la magicienne en se précipitant sur lui.

– Ainsi, tu connais ce gobelet ?

– Jette cette eau, je te l'ordonne ! Et donne-moi ce gobelet ! Il n'est pas à toi !

– Je ne te procurerai pas cette joie, sorcière !

Il but d'un trait. Autour de lui les citadins s'immobilisèrent. Soreya se déforma en hurlant, tendant vers lui des bras suppliants. Rapidement, la poussière des siècles recouvrit la cité. Dans la main de Longo le gobelet étincela et disparut au milieu d'une épaisse fumée, comme s'il se consumait.

Alors le fils d'Ypner tomba à genoux, s'allongea et perdit conscience.

# Les Gués-du-Sud

Comment était-il arrivé là, juché sur ce galopant qui allait au pas, tiré par un homme en aube grise ? Dodelinant de la tête, il se sentait d'une extrême faiblesse, rattaché à la vie par un fil trop mince. On l'avait chaudement enveloppé dans des laines de panurges de couleurs vives.

Ils cheminaient sur une lande de pingrelins trapus, qui croissaient très bas, à travers lesquels une terre rouge réapparaissait constamment. Çà et là, des arbres à noël, rassemblés en maigres bosquets, barraient l'horizon. Il faisait froid. Le ciel, s'accrochant au sommet des collines proches, était d'un gris uniforme.

Quelques cendres blanches voletaient autour d'eux. La neige. Elle se mit à tomber en abondance, et les touffes de pingrelins blanchirent peu à peu.

Puis la tempête se leva et la neige cingla leurs visages. Les arbres à noël se faisaient de plus en plus nombreux. Alors le prince comprit qu'il avait quitté Casarève et qu'il était revenu dans le Grand Cercle par la vertu de son gobelet d'argent. Il était sauvé.

Ce monde n'était pas encore mort. L'espoir de vaincre Ypner naquit.

Le vent mugissait au-dessus de leurs têtes, apportant avec ses plaintes des rumeurs semblables à celles d'un champ de bataille. Ils s'arrêtèrent à l'abri d'épais buissons de grillemenus.

Quand son guide l'aida à descendre de selle et à s'asseoir, le prince reconnut le sage de la Providence.

– Engelbert ! Comment m'as-tu retrouvé ? Est-ce toi qui m'as délivré de Casarève la Grande ?

– Oui. Mais nous n'avons que peu de temps. De précieuses années en effet ont été consacrées à te tirer de la ville des Véritables.

– Des années ? s'écria le prince. Tu as bien dit des années ? Combien ?

Engelbert soupira.

– Tu as passé exactement dix-huit jours dans la cité, ce qui représente ici dix-huit ans ! Tu dois frôler les quarante-sept.

– Non ! hurla le prince. Un miroir ! Un miroir !

– Il est bien temps de se contempler, Longo. Ypner vit encore. Il est à deux doigts de la victoire finale. N'as-tu pas une mission à accomplir ?

– Comment le Grand Cercle a-t-il résisté pendant si longtemps ?

– Grâce à tes enfants. Tu peux être fier d'eux. Sardone et moi les avons aidés un peu au début. Venceslas harcèle l'ennemi avec sa horde. Il nous a fait gagner un temps précieux. Quant à Solweig, nous ignorons ce qu'elle est devenue. C'est pourquoi il faut faire vite.

– Dix-huit ans ! murmura Longo. La petite a vingt-huit ans, maintenant...

– Il m'a fallu ces dix-huit années et une énergie considérable pour t'arracher au breuvage des esprits et t'empêcher de disparaître à tout jamais avec eux au fond du puits. J'aurais sans doute échoué si tu n'avais eu en ta possession le gobelet. Il y a aussi ce curieux guerrier capable d'anéantir une compagnie d'ogs d'un seul jet de pierres. Mais il apparaît trop peu souvent, à mon avis.

– Estar !

– On l'appelle ainsi, en effet. Certains l'ont confondu avec toi. Ils te croyaient revenu. Aujourd'hui, je vais pouvoir leur annoncer la bonne nouvelle. Car toi seul en ce monde peux éliminer Ypner. Maintenant que tu as vu le fondateur du Grand Cercle, tu vas utiliser tes connaissances neuves. Allons ! Assez de discours ! L'ennemi nous environne. Le destin t'a attendu. Ce qui te reste à faire, tu dois le faire très rapidement désormais.

Longo s'assoupit quelques instants puis Engelbert donna le signal du départ. Une heure plus tard, ils sortirent de la forêt.

– Et où m'emmènes-tu ?

– À la Providence. Le Sanguinaire ne l'a jamais quittée. Nous y sommes presque. Tu dois le rencontrer et achever ta mission. Voici ton arme.

Il lui tendit un long poignard caché dans son fourreau. Longo l'accrocha à sa ceinture. Ils laissèrent la forêt derrière eux. Engelbert l'infatigable conduisait toujours le galopant par la longe, et le prince se laissait bercer par le roulis de l'animal, des flocons plein les yeux, et dans le cœur une douleur qui allait grandissant.

Au petit jour, l'atmosphère s'adoucit. La neige avait cessé de tomber et ils abordèrent une région qu'elle avait totalement épargnée. C'était une contrée dont les odeurs rappelèrent au prince le pays de son enfance. Des prairies soigneusement entretenues indiquaient la proximité d'une zone habitée. Un grand fleuve la traversait.

Engelbert s'y arrêta et dit à Longo :

– C'est le fleuve Espérance. Te sens-tu de taille à le traverser ? En passant ces gués et en poursuivant vers le nord, tu trouveras celui que tu cherches.

Le ciel se dégageait peu à peu. Le soleil parut.

– Traverse et va vers ton destin ! cria Engelbert. Ici, nos chemins se séparent, pour le bien ou pour le mal, nul ne saurait le dire. Si tu triomphes, nous nous reverrons.

Le prince posa un dernier regard sur le vieillard et éperonna sa monture. Il entra dans le fleuve, son galopant souleva une gerbe d'écume puis il emprunta le gué sans se retourner.

Il chevauchait depuis une demi-heure quand apparurent çà et là des bâtisses de terre et de chaume. La route entrait dans un village à flanc de colline. Longo reconnut les Gués-du-Sud. Il mit pied à terre, observa les alentours. C'est seulement à ce moment-là qu'il découvrit les serrevolants d'Ypner tournoyant au-dessus de la prairie et des bois proches.

Ils indiquaient un lieu particulièrement cher à son ennemi. Et il se souvint de la parole de Benjamin numéro dix : les Gués-du-Sud, lieu du trésor du Sanguinaire ! Ces oiseaux lui désignaient l'endroit ! Ils planaient au-dessus de la colline et plongeaient sur l'autre versant, comme de gigantesques frelons à l'entrée de leur nid.

Longo quitta le village pour contourner la colline, malgré des taillis très denses constitués de ronciers aux pointes acérées. La partie opposée tranchait avec la bonhomie du village francisque. Là se dressait un important dispositif militaire. Des ogs montaient la garde de part et d'autre d'une haute porte de fer aux vantaux marqués de trois larmes de sang. Longo supposa qu'aucun soldat doué de parole ne s'aventurait ici, car personne ne devait entendre l'ordre qu'Ypner donnait à la porte.

Il était aux environs de midi et la surveillance des ogs était plutôt relâchée. Cela permit à Longo de s'approcher de la porte par le côté, sans attirer leur attention. Quand il ne fut plus qu'à deux mètres, il sortit sa fronde, l'arma et frappa un og qui attendait, immobile, sur le parvis. Celui-ci chuta lourdement en plein soleil. Les autres ogs se précipitèrent pour lui porter secours. Longo courut devant les vantaux de fer et s'écria :

– Jupiter, roi des dieux !

Rien ne se produisit. Les ogs le découvrirent et il n'eut que le temps d'abattre les deux plus proches. Puis il cria :

– Par Jupiter, roi des dieux, que cette porte s'ouvre !

Dans une sourde vibration, les vantaux de fer pivotèrent sur leurs gonds. Quand les ogs virent que le charme opérait, ils reculèrent épouvantés et s'enfuirent dans les bois proches.

Le fils d'Ypner s'avança sur le seuil et entra. La lumière jaune qui éclairait le ventre de la colline l'enivra d'un seul coup. Il se crut gagné par la folie. Tout l'or du monde était là, les pierres précieuses, les étoffes, les travaux des hommes de toutes les époques. Il avait déjà tenté d'imaginer ce trésor.

Cela ne ressemblait en rien à ce qui était devant ses yeux.

S'étant retourné, il intima aux portes l'ordre de se refermer. Il tendit la main et toucha à ces montagnes débordantes de merveilles contenues à grand-peine par des barricades de bois fichées dans le sol. Ces richesses étaient rangées par quartiers. L'or en vrac, l'or en pièces, l'or en larmes, l'or sculpté et ciselé, l'or en barres, d'autres secteurs pour des monnaies moins nobles, le tout éclairé par des trous dans les flancs de la colline.

Il y avait le secteur des ivoires, le secteur des étoffes, le secteur des parfums, et cela continuait très loin sous la montagne. Longo y resta jusqu'à la nuit. Ayant trouvé un miroir, il se regarda.

L'âge avait affecté ses traits. Sa barbe grisonnait. Et sa fatigue n'était pas seulement due à une lutte contre la magie de la fontaine maléfique.

Il se choisit des étoffes, s'y confectionna un couchage et s'endormit. Au petit matin, il reprit la visite des lieux et vers midi, ayant ordonné à la porte de s'ouvrir, il sortit.

De nombreux serrevolants criaient et tournaient au-dessus de lui, sur le parvis. Il referma la porte, siffla son galopant qui ne se présenta pas et retourna aux Gués-du-Sud. La population le regardait passer avec un certain étonnement. Il atteignit bientôt la place du village.

# L'enfant prodigue

Les serrevolants qui l'avaient suivi s'écartèrent. Apparut alors dans le ciel un de leurs semblables, le plus grand de tous. D'une dizaine de mètres d'envergure, il avait un plumage rouge et quand il fondit sur lui, Longo aperçut un diadème sur sa tête. Le serrevolant royal l'arracha du sol et le hissa dans les airs.

Pour la première fois de sa vie, Longo voyageait dans le ciel. Il en eut le souffle coupé et une peur terrible tant qu'il put distinguer en détail le village, les toits, les cheminées, des paysans dans les ruelles. Mais les serres de l'oiseau géant tissaient autour de lui une cage solide, et ses craintes s'évanouirent peu à peu. Il découvrit les prairies, les plaines, les hauts plateaux, les forêts et, loin devant lui, les montagnes des Dragons.

L'oiseau s'éleva encore dans le ciel froid et sans nuage, si haut que Longo entrevit l'ensemble du Grand Cercle. Les neiges éternelles des montagnes de l'extrême nord, et la ligne sombre de la mer Sauvage au sud, avec, au-delà, le ruban clair des sables de Terre Première. Il vit briller comme des diamants certains lieux situés sur l'axe magnétique du Grand Cercle qui faisait comme une route allant du nord au sud. Là se trouvaient les écrans d'avenir, les magiciens, les forces inconnues, ceux qui travaillaient en secret à la sauvegarde du monde. Loin des querelles, des batailles, l'immensité de cette terre ronde lui apparut étrangement pacifique.

Lorsque le serrevolant plongea sur la Providence, Longo repéra la falaise, les hauts plateaux et le large et sombre serpent du fleuve Espérance qui découpait des gorges profondes et obscures. L'oiseau rouge s'abaissa vers les terrasses et leurs nombreuses cavernes. Après plus de trente années, l'enfant prodigue était de retour.

Au milieu du champ sacré, devant la statue du Grand Formateur, sphère de bronze fichée dans un cube de pierre, se dressait la tente du roi Ypner. Les tropliers qui entouraient jadis cette place carrée avaient été coupés, et le lieu était sinistre. Le serrevolant rasa l'eau du fleuve. Ramenant ses ailes et ouvrant ses serres, il laissa choir son fardeau devant la tente, puis reprit son envol sans s'être arrêté. Longo, après trois roulades dans la boue, se releva. Des soldats se précipitèrent sur lui et le jetèrent dans la tente de commandement.

Vêtu de son manteau rouge et coiffé de sa couronne, Ypner pontifiait sur son trône de campagne dans l'une des pièces constituées de peaux et de tapisseries. Les deux ogs qui lui servaient de gardes du corps se saisirent de son fils et l'agenouillèrent à ses pieds.

Le roi n'était plus qu'un vieillard maigre et voûté, aux rares cheveux blancs. Il s'adressa au prisonnier d'une voix mielleuse.

– L'enfant que les Tuniques de Feu m'ont volé, cet enfant-là est loin, Longo. Même si Soreya t'a laissé filer, tu vois... rien ne m'échappe finalement.

Longo serra dans sa main le poignard d'Engelbert.

– Qu'attends-tu de moi, désormais ? demanda-t-il. Tu me voulais pour fils. C'est acquis depuis longtemps.

– Mon intérêt était que tu restes à jamais prisonnier de Casarêve la Grande. Toi absent de ce monde, ma victoire pouvait être considérée comme définitive. Mais puisque te voilà revenu, j'attends de toi que tu te comportes en vrai fils. Un vrai fils doit rester aux côtés de son père et lui succéder dans l'œuvre qu'il a entreprise.

– Pas s'il s'agit d'une œuvre de mort !

– Une œuvre de mort ?

– En plus de milliers d'innocents, tu as tué Kallysten.

– Qui te dit que Kallysten est morte ?

Le visage de Longo changea soudain. Une lueur s'alluma dans ses yeux.

– Si elle est vivante, rends-la-moi !

– Tout doux... Si une telle faveur s'accorde à un fils, elle ne s'accorde pas à un ennemi.

– Dis-moi seulement où elle est.

Le roi esquissa un sourire.

– Kallysten est vivante et sous bonne garde. Et elle y restera jusqu'à ce que ton fils rebelle et sa horde de vauriens aient déposé les armes, et que ta fille soit venue ici rapporter le joyau que ses ancêtres m'ont dérobé !

– De quel droit exiges-tu cela ? s'écria Longo qui, sans l'intervention des gardes du corps, se serait précipité sur le roi.

– Du simple droit que j'ai de récupérer ce qui m'appartient, à commencer par toi. Du simple droit que je suis votre roi et que vous me devez obéissance. Ignores-tu que je suis votre seul rempart contre les esprits ? Tu as peur que je gagne, n'est-ce pas ? Selon toi, ce serait la fin de ce monde ! Tu devrais également craindre de me voir perdre. Sans celui que vous appelez le Sanguinaire, il n'y aurait pas de Grand Cercle, pas de conscience, pas de vie ici !

– Une vie d'esclave, est-ce une vie ? cria Longo. Il n'y aura bientôt plus un seul être libre.

– Libre ? Pauvre naïf ! Crois-tu que le Fondateur nous ait créés libres ? Nous sommes son jeu ! Est-ce cela, la liberté ? La liberté est un mythe, sache-le. Médite là-dessus. Tu as tout ton temps. Te voici rendu à toi-même jusqu'à demain. Tu dormiras ici. À l'aube, tu m'informeras de tes intentions.

Longo sortit. Il déambula seul dans le village, passa devant la caverne de Junon avec l'espoir de l'apercevoir par la fenêtre. Il n'y avait que très peu de Providents dehors, et ils marchaient courbés en regardant la terre.

Amèrement déçu, il revint à la tente du roi. Deux ogs le poussèrent dans une pièce contiguë à la salle du trône. Un couchage de torfil rouge avait été préparé. Resté seul, Longo s'y allongea et laissa s'écouler les heures.

Sur le soir, le rideau se souleva.

– Longo ?

Il se dressa sur son séant. Un garde venait d'introduire une silhouette épaisse, trapue, entièrement vêtue de noir, qui tenait une chandelle.

– Mère !

Il la reçut dans ses bras et ils pleurèrent ensemble.

– Tu vas bien, mère ?

– Mon fils… Tu m'demandes si j'vais bien après tant d'années sans nouvelles ? C'est une grande misère, l'état dans lequel on s'trouve ! Tu peux pas imaginer nos souffrances. La moitié des nôt'sont en prison ou partis, et l'aut'moitié collabore avec l'ennemi. Pouah ! Si on m'avait dit qu'un jour on d'vrait en arriver là ! Ah, pourquoi faut-y qu'tu m'écoutes jamais ! Qu'esse t'as eu b'soin d'courir l'grand monde. Quand on voit le résultat. Déjà p'tit… tu voulais tout faire seul ! Enfin… si seulement tu pouvais attendrir le cœur du roi, cette infecte pourriture qui nous prend jusqu'à not'pain ! On mangerait à not'faim, ça s'rait déjà ça.

Il la serra contre lui. Elle était si petite !

– Je suis revenu pour ça, mère. La délivrance n'est plus qu'une question d'heures. Tout sera comme avant. Mieux qu'avant. Assieds-toi !

Junon posa sa chandelle et, s'étant tassée au bout du lit, considéra son fils de la tête aux pieds.

– Quel bel homme tu fais ! C'est parti enfant, ça vous r'vient dans la force de l'âge ! Ah, misère de misère !

Elle essuya une larme.

– Mère… Vous croyez tous que c'est ma faute ?

– Bah… C'est la faut'de personne si les bandits c'est des bandits. Mais beaucoup d'temps a été gâché. On est vieux, Longo.

– Ne t'inquiète pas. Je sais comment faire. Ce ne sont pas les idées qui me manquent.

– Les idées ? Oh ben avec ça… Vaut mieux un bon flingot ! Tiens, c'est quoi, ça, à ta ceinture ?

– Une dague.

– Eh ben, approche-toi du roi et plante-lui cette ferraille entre les côtelettes ! Sans quoi j'me consolerai jamais de t'avoir fait. Allons ! Maintenant, raconte-moi un peu tes aventures.

– Il y en a tellement ! dit Longo.

Il parla de Kallysten, de leurs enfants, de sa longue marche à travers le Grand Cercle. Junon ouvrait des yeux démesurés et poussait des exclamations. L'entretien s'acheva fort tard dans la nuit. La chandelle était usée quand Junon prit congé. Longo la regarda sortir avec un pincement au cœur.

# L'ultime soumission

Au petit jour, après s'être restauré de viande séchée et de grappine déposées par un og de service, Longo fut conduit vers le roi. Ypner congédia ses gardes et resta seul avec son fils. Il le contempla longtemps sans rien dire. Enfin, il prit la parole.

– As-tu réfléchi ?

Longo baissa la tête. Sa main se serra sur le manche du poignard qu'il portait toujours à son côté. Il guettait le moment propice pour sortir la lame du fourreau. Ypner se leva de son trône, s'approcha de lui.

– Longo ! Quel homme invraisemblable tu fais ! Tu connais mes secrets, et tu ne les as pas utilisés. Tu as ouvert les portes du trésor et tu n'as rien volé. Le secret de la fondation du Grand Cercle t'a été révélé, tu as survécu, ce qui fait de toi mon égal en puissance.

Longo tremblait. Des deux mains, Ypner le saisit par le col et le secoua.

– Longo ! Enfin, Longo ! Tu ne peux pas me le cacher ! Qu'attends-tu pour me le dire ! La blanche vieillesse ? À quoi cela te servira-t-il alors ? Je le sais, gamin entêté, je le sais que tu m'aimes !

Longo tourna la tête. Ypner le relâcha.

– Une dernière fois, murmura Longo, rends-nous la liberté !

– Si tu acceptes mes conditions. Oublie tes anciennes et vaines amitiés. Marche à mes côtés.

Longo leva les yeux.

– Père, dit-il, serre-moi dans tes bras.

Ypner le prit dans ses bras et l'embrassa comme un fils. Longo saisit la dague, la sortit du fourreau, mais une panique terrible s'empara de lui. Sa main trembla et l'arme tomba à ses pieds.

Le roi recula d'un pas. Il regarda froidement la dague et dit :

– C'est donc avec cela que tu comptais changer la face du monde ? Pourquoi as-tu hésité ? Tu es un faible, Longo. Tes maîtres t'ont laissé dans l'ignorance des pouvoirs qui font tourner le Grand Cercle. Ils se sont moqués de toi. Ta naïveté a quelque chose d'infiniment touchant. Quel héritier vais-je présenter aux chefs de mes armées ?

– Je n'ai rien à voir avec ton armée.

Ypner ramassa la dague et, en faisant mine de s'intéresser à l'objet, répondit :

– C'est vrai. Tu n'as rien d'un combattant. Tu as laissé ces qualités à Estar, ton double, qui décime mes animaux magiques. Mais contre mes hommes il reste sans pouvoir. Il aurait pu être mon héritier à supposer que je me contente d'une copie. Non. C'est toi qui marcheras à mes côtés et prendras ma succession. Si tu veux revoir ton épouse vivante, il te faut en passer par là. Le temps s'écoule et je vais mourir. Je n'étais pas un guerrier non plus, au début. Pourtant, j'ai tué l'homme qui à l'époque incarnait le Sanguinaire. C'est ce geste qui a fait de moi son héritier, car son armée, ainsi que les populations, m'ont aussitôt reconnu comme tel. Tuer un homme est toujours possible, n'est-ce pas ce que tu as tenté aujourd'hui ? Mais qui saurait tuer une armée créée par une magie qui nous dépasse ?

– Où est Kallysten ? s'écria Longo.

Ypner sourit.

– Loin dans le sud, au pays de Luz. Dans les pays chauds, elle, l'héritière des neiges ! Elle cultive pour moi un jardin au milieu du désert. Je la ferai revenir si tu acceptes d'être présenté à mon armée.

– Choisis comme successeur un de tes meilleurs guerriers ! Il en sera digne. Pourquoi moi, et seulement moi ?

– Seule doit régner sur le Grand Cercle la conscience de Benjamin. Mon armée te revient de droit. Prends-la ! Elle est invincible ! Si tu refuses, personne ne t'en sera reconnaissant. Pourquoi te poserais-tu éternellement en victime ? Allons... J'attends ta réponse, et pourtant, je la connais déjà.

Quand il sortit de la tente, Longo embrassa du regard la Providence. Il sentit derrière les fenêtres la haine accumulée, qui grouillait comme des milliers de serpents se terrant et sifflant sur son passage, prêts à mordre quand viendrait l'heure. Pour eux, il était l'héritier du roi. Les années n'avaient rien changé et n'y changeraient rien. Ypner avait raison.

Le lendemain, peu avant midi, les principaux chefs militaires d'Ypner étaient rassemblés dans la prairie de la rive sud.

– Voici l'heure ! dit-il à son fils.

Longo avait revêtu une tenue princière de tourmentelle rouge. Une coiffe en fourrure de barbottin noir encombrée de dorures indiquait à tous sa qualité.

Le père et le fils avancèrent côte à côte entre les rangs des soldats, sous une forêt d'étendards et de gonfanons noirs et rouges. Ypner marchait à la droite de son fils. Longo avançait la tête haute, cachant mal son émotion. Les Providents l'épiaient, bien qu'il n'en aperçût aucun. À Freezland, il était prince, ici il était le fils de la haine. Bien moins que rien. Et pourtant, il ne méritait pas ce ressentiment. Il aurait voulu leur expliquer qu'il était en train de les sauver...

On ne pouvait tuer le Sanguinaire avec une dague, mais il restait un moyen de l'anéantir. Longo y avait songé toute la nuit. Peu à peu un plan s'était mis en place dans son esprit, un plan audacieux, fou, et maintenant il était en marche pour l'accomplir.

Quartiers par quartiers, les hommes du Sanguinaire se distinguaient par la variété de leur habillement. Ils avaient sorti leur tenue d'apparat. Les princes de Terre Première arboraient leur longue cape verte et rouge, les Luziens leurs tuniques sang et or, les capitaines ogs leurs capes noires aux franges argentées et, de loin en loin, d'autres parements agrémentaient la prairie de leurs éclats multicolores. Ces états-majors s'étaient déplacés avec leurs drapeaux somptueux qu'ils déployaient au bout de hampes ciselées, et le premier rang avait dégainé l'épée, la tenant en biais pointée vers le sol en signe d'allégeance.

Alors le roi s'écria :

– Compagnons d'armes, principaux officiers de la plus puissante armée du Grand Cercle, princes des contrées bordant la mer Sauvage, j'ai longtemps attendu ce jour !

Il poussa Longo devant lui et un murmure parcourut l'assemblée.

– Voici Longo, mon fils et mon héritier. Il a enfin décidé de mettre sa vaillance au service de notre cause. Que désormais on le considère comme un chef, et que son nom soit respecté.

Après l'ovation, Longo s'avança.

– Salut, noble armée! s'exclama-t-il d'une voix claire et puissante. Ma joie est immense de mettre à votre disposition la force qui m'a été donnée par les esprits de la Vallée. Je connais votre fidélité envers le roi mon père et je sais que cette fidélité sera aussi sur moi. D'ores et déjà vous pouvez espérer de moi toutes les gratifications que votre conduite méritera. Vive le roi!

– Vive le roi! s'écria l'état-major d'Ypner, et ce cri rebondit contre la falaise en un terrible écho.

Alors le roi fit un geste et un cavalier apparut, montant un galopant noir aux parements rouges incrustés d'or. Il arrêta sa monture devant le roi et sauta à terre. Ypner prit l'animal par la longe et le présenta à son fils.

– Il est pour toi.

Longo arbora un sourire. Il contourna l'animal, lui caressa les flancs, le museau.

– Merci, père. C'est un présent qui m'honore et que je saurai utiliser.

Il monta aussitôt le galopant et fit quelques figures devant l'assistance.

Une tente immense avait été dressée dans le champ. Après la cérémonie d'intronisation de son fils, Ypner y offrit aux principaux de ses chefs un somptueux repas auquel le prince trôna en bonne place. Son cœur se serra quand il vit que certains de ses anciens amis faisaient le service de la table. Il reconnut Bourbon Grovelu qui portait les plats,

Césarine son épouse, ainsi qu'une jeune sœur de Soreya et Bonaventure Fleurimiche. Il chercha leurs regards, mais ils lui furent refusés, car ils avaient entendu le discours de Longo.

À la fin du repas, pendant que la foule des princes et des capitaines conversait joyeusement, Longo quitta la table pour rendre visite à sa mère. Il porta un dernier regard sur le mobilier, les objets familiers et les murs qui l'avaient vu grandir.

– Je m'en vais accomplir ma mission, dit-il. Il est peu probable qu'on me revoie jamais dans ces lieux. Enfermez-vous, protégez-vous ! La bataille qui s'annonce sera terrible. Bientôt le monde sera enfin délivré du tyran. Mais ce qu'il restera de ce monde, je l'ignore.

Junon hocha la tête. Il lui prit la main, la baisa, y versa quelques larmes et partit sans se retourner. Revenu dans la prairie, tandis que les chefs s'enivraient à grand bruit, il détacha son galopant noir, le monta et s'enfuit à bride abattue vers le sud.

Ce n'est que dans la fin de l'après-midi que l'on s'aperçut de son absence. Quand il fut clairement établi qu'il avait quitté la Providence, Ypner chargea Morgan, son lieutenant, de la poursuite. Les principaux chefs lancèrent leurs troupes vers le sud et quittèrent la Providence avant la nuit.

# La dernière bataille

Après avoir chevauché presque sans repos, Longo arriva le lendemain matin au village des Gués-du-Sud avec, sur ses talons, une partie importante de l'armée d'Ypner.

Une colonne de poussière avait signalé leur venue aux paysans qui s'étaient enfuis, ainsi qu'aux ogs en faction devant le trésor. Le fils du roi monta sur la colline, juste au-dessus des portes, et là il attendit ses poursuivants.

Ceux-ci arrivèrent bientôt. Les principaux chefs se rangèrent sur le parvis tandis que les soldats occupaient à perte de vue la vallée alentour. Il se fit un silence impressionnant. Les regards étaient levés sur le fils d'Ypner.

Fébrile, le cœur battant, sachant que le sort du Grand Cercle se jouait à l'instant, Longo baissa la tête, ferma les yeux un instant, en appela dans le secret de son cœur au Grand Formateur, à Engelbert, à Benjamin. Enfin il prit son souffle et cria aux milliers d'hommes et d'ogs qui le regardaient :

– Vaillants guerriers ! Nous voici réunis dans le lieu le plus important de ce monde. Sous mes pieds dort le plus grand trésor de tous les temps, le trésor que vous avez amassé, vous et vos prédécesseurs. De l'autre côté de cette porte des richesses incomparables vous attendent. Mon père en a promis une part à quelques-uns d'entre vous.

Certains parmi les chefs se regardèrent avec curiosité, inquiétude, soupçon. Un murmure naquit, qui devint tumulte. Longo leva les bras.

– Silence ! Je n'ai pris la fuite que dans le seul but de rassembler ici les plus prompts, les plus courageux, ceux qui parmi vous sont les meilleurs serviteurs du roi. Je me suis donné pour charge de les récompenser sans plus attendre. Je vais révéler l'ordre magique, les portes s'ouvriront et le trésor sera à vous.

Longo descendit, s'approcha des portes et cria :

– Par Jupiter, roi des dieux, que cette porte s'ouvre !

La porte tourna lentement sur ses gonds et, dans un silence de mort, la lumière de l'or se peignit sur les visages. Une immense ovation jaillit, et les hommes se ruèrent à la conquête du trésor. Ils n'arrivaient pas à entrer dans le sanctuaire, ils s'entre-tuèrent bientôt sur le seuil, chacun voulant en profiter seul.

Morgan, voyant la soudaine folie de ses troupes, et ayant vainement tenté de ramener le calme, dégaina son épée et courut vers Longo qui se frayait un passage au milieu de la meute.

Il faillit le pourfendre, mais se perdit dans la bousculade générale. Voyant s'enfuir sa proie, il ordonna aux ogs les plus proches de s'en emparer. Six d'entre eux saisirent Longo et l'entraînèrent loin du champ de bataille.

Les hommes et les ogs couraient dans tous les sens. Des messagers des différentes factions s'échappaient du carnage pour aller chercher des renforts. Ceux-ci affluèrent et se neutralisèrent soit en cours de route, soit dans la plaine, soit aux portes du trésor. Ce fut une effroyable hécatombe.

Tous les humains aux ordres d'Ypner s'investirent dans cette dernière bataille. Il n'en resta pas un pour s'occuper du sort de Longo, prisonnier des ogs. Il n'avait rien à espérer de ces êtres stupides et cruels qui, à l'orée d'une forêt, le lièrent au poteau de torture.

Au coucher du soleil, ils préparèrent la cérémonie du supplice, affûtant leurs lames et mettant des fers à rougir au feu. Ils lui bandèrent les yeux. Longo entendait avec effroi leurs rires, leurs grognements de plaisir. Il se souvenait du jour où il avait eu à vaincre la douleur dans les sous-sols de la forteresse de la nuit. Retrouverait-il le même courage ?

Il y eut des cris étouffés, puis le silence. Longo se raidit dans l'attente de la première brûlure. Elle ne vint pas. Les minutes passèrent. Il sentit qu'on tranchait ses liens. Son bandeau tomba.

Les ogs gisaient çà et là. L'homme qui venait de le délivrer portait un grand chapeau de paille lui masquant en partie le visage. Longo tomba, à bout de forces. L'homme lui tendit une gourde, puis il le remit sur pied.

Au loin, on entendait encore des bruits de bataille.

– Dans quelques heures, ces imbéciles auront fini de s'entre-tuer et il n'en restera pas un seul. Passons la nuit ici, et demain je te reconduirai à la Providence.

– Qui es-tu ?

– Tu ne me reconnais pas ? Il est vrai que dix-huit années nous séparent de notre dernière rencontre.

L'homme ôta son chapeau. Son visage apparut dans le rougeoiement du feu.

– Estar !

– Lui-même. Occupé comme toujours à la chasse aux ogs et aux serrevolants. C'était une bonne journée, aujourd'hui ! Je crois que je n'en ai jamais tué autant de ma vie.

Au matin, Estar siffla son bourricot.

– En route, compagnon !

Longo monta sur la bête et ils prirent le chemin de la Providence. Au bout d'une heure, ils sortirent de la forêt. Les environs de la colline des Gués-du-Sud étaient méconnaissables. Toute végétation avait complètement disparu. Il ne restait que des troncs fracassés de pleuristènes, des ruines calcinées. Il n'y avait pas un être humain, pas un animal, pas un oiseau. La colline n'était plus qu'un crâne ras au milieu d'un paysage désolé.

Ils montèrent au trésor. Les portes étaient ouvertes, l'or était toujours là.

– Par Jupiter roi des dieux, que cette porte se referme ! ordonna Longo.

Et dans un sourd grondement, les portes cachèrent le trésor à la vue des hommes. Estar et Longo laissèrent dans leur dos les ruines du village des Gués-du-Sud et, après avoir franchi quelques haies de tropliers à demi ravagées, débouchèrent sur un champ de terre battue. Longo ne put réprimer un cri. Des milliers de corps étaient allongés là, vêtus de hardes de diverses couleurs, derniers vestiges de la grande armée du roi Ypner. La monture s'arrêta, leva les naseaux et se mit à braire. La mort s'étalait presque à l'infini dans ce désert. Pas un brin d'herbe n'y poussait, ni ne pousserait plus jamais. Ces soldats morts entraient dans la mémoire du Grand Cercle.

De nouveau Estar tira le bourricot par la longe. Ils avancèrent ainsi pendant plusieurs heures. Rien ne bougeait dans le paysage, sinon des sobriquets rongeurs s'acharnant sur les cadavres.

Bien qu'épuisé, Longo ne souhaitait pas s'arrêter pour la nuit au milieu de ce charnier puant. Son désir fut exaucé. Dans le ciel crépusculaire, une nuée de muses carnassières et de noirplanants marqua la périphérie du champ de bataille. Peu à peu, ils quittèrent la sinistre vallée.

La végétation reprit timidement ses droits. Quelques buissons, des tropliers rabougris, des pleuristènes nains, puis peu après des bosquets de fierchênes. Ils approchèrent d'une forêt épargnée. Estar fit descendre Longo et prit dans le paquetage fixé aux flancs du bourricot une couette de plumes. Longo s'y endormit paisiblement.

Au matin, un galopant marchant au pas le réveilla. Longo se leva précipitamment. Un cavalier rouge s'était arrêté devant eux. C'était Ypner.

Voûté, livide, le roi du Sud n'était plus que l'ombre de lui-même. Il mit pied à terre et s'avança vers Longo.

– Ainsi donc, tu es arrivé à tes fins. Tu as détruit tout ce que je voulais t'offrir. Quelle amertume pour mes vieux jours !

Il baissa la tête et fut secoué par un sanglot. Levant à nouveau ses yeux rougis, il ajouta :

– Seulement, je ne suis pas rancunier, Longo. Je comprends aujourd'hui que cette armée t'aurait été complètement inutile. J'ai un ultime cadeau pour toi.

Il sortit de son manteau un cylindre de cuir brun qu'il tendit à son fils.

– Tiens ! C'est ce dont tu as rêvé toute ta vie. Le mot secret. Le mot qui commande tout ici-bas. Ouvre cette poche de cuir et déroule le parchemin qui est à l'intérieur. Tu liras quatre lignes de lettres et de chiffres. Ce n'est pas un mot que l'on prononce. Ce n'est pas une parole. Va vers le Grand Formateur, à la Providence, sur la place du feu sacré ! Ouvre l'œil de bronze et dis-lui chacun de ces signes, un par un ! À cet instant, tu deviendras le maître du Grand Cercle.

Longo eut une hésitation.

– Il s'agit bien... du mot qu'un seul homme à la fois a le droit de connaître ?

– En effet.

– Et si deux le connaissent, le plus âgé meurt instantanément ?

– C'est juste.

– Dois-je comprendre que tu voudrais mourir pour moi ?

Ypner sourit.

– Je n'ai plus rien à attendre de la vie. Savoir que j'ai un fils qui règne en maître absolu sur le Grand Cercle me suffit.

– Comment as-tu obtenu ce secret ?

– J'ai survécu à la folie qui nous menace dès l'instant où nous apprenons que nous ne sommes qu'un jeu. Comme toi, je suis remonté du puits, mais sans boire à la fontaine maléfique. Je n'ai donc pas perdu de temps. Comme toi, je voulais vaincre le Sanguinaire. À l'époque, c'était un général dissident de l'armée des Austères. J'ai réussi à le joindre et je lui ai dérobé cet étui de cuir. Ainsi ai-je eu connaissance du code secret. Et il est mort instantanément. Sa place me fut offerte, comme je t'offre la mienne ! Allons ! Prends !

Longo tendit la main avec hésitation, se saisit de la poche de cuir, l'ouvrit et il en sortit un parchemin noué par un ruban scellé. Il n'osa pas briser le sceau. Lentement, il remit le parchemin à l'intérieur de sa housse et la rendit à Ypner.

– Je n'ai pas à être responsable de ta mort. J'ai respecté mon serment. J'ai accompli ma mission. Tu n'es plus le Sanguinaire, tu es un homme comme les autres et tu dois finir comme les autres.

– Tu es plus malin que je ne le pensais. Qu'as-tu appris sur Benjamin et sur les Véritables, à Casarève la Grande ?

– Benjamin est mort depuis longtemps. Quant aux Véritables, je croyais les avoir rencontrés mais il n'en est rien. Je n'ai vu que leurs souvenirs, qui datent de plusieurs siècles. Nous sommes prisonniers de leur jeu, mais, quelque part, le jeu a dû prévoir ta fin. Honneur à ce jeu et à son fondateur !

Ypner s'approcha tout près de son fils.

– Je m'en doutais. Tu ne sais pas l'essentiel. Écoute... Benjamin va revivre. Oui... le fondateur. Il n'est pas mort comme les autres Véritables. Son corps est en hibernation. Il attend une guérison que ses semblables n'ont pas su lui donner à l'époque où il a vécu, mais maintenant la chose est devenue possible.

– Benjamin est encore vivant après tant d'années ? Et quelle force peut le réveiller ?

– L'émeraude des reines de Freezland. Une fois Benjamin ressuscité, nous aurions été deux à connaître le code secret. Il n'a réellement vécu que douze années. Son réveil marquera ma fin. Tu comprendras mon insistance à récupérer l'émeraude, ou à empêcher ce réveil.

– Ainsi, s'écria Longo, si j'avais accepté de lire le code secret, il y a un instant, tu serais mort, mais moi aussi peu après sans doute, puisqu'il va se réveiller.

Ypner eut un sourire méchant.

– Je regrette que tu aies déjoué ce piège. Cela ne rendra ma fin que plus amère. Encore, si j'étais le seul à mourir, cela n'aurait pas d'importance. Mais tout le Grand Cercle m'accompagnera dans la tombe. Notre espèce disparaîtra. Benjamin fera renaître les Véritables, à votre détriment. Adieu !

Il se retourna et partit en direction de son galopant.

Soudain il s'arrêta. Longo vit blanchir son manteau. Il s'approcha doucement. Ypner n'était plus qu'une statue de pierre. Son regard de marbre était tourné vers la Providence.

Par cela, Longo comprit que le dernier des Véritables, quelque part au loin, avait repris vie.

La longue marche se poursuivit, sous la direction d'Estar qui s'était éloigné pendant l'entretien. Longo demeura silencieux. Il s'interrogeait sur les dernières paroles d'Ypner. Au bout d'une heure, un cri se fit entendre non loin de la route. Comme Longo cherchait de tous côtés, Estar désigna le ciel. Un serrevolant y tournoyait.

– C'est le serrevolant royal ! s'écria Longo.

– Il se lamente sur la disparition de son maître, dit Estar qui avait sorti de la sacoche un arc et une flèche. Il est le dernier animal magique de ce monde. J'ai tué les autres, sa souffrance nous est inutile.

La flèche partit. Le serrevolant, touché en plein cœur, se désagrégea dans le ciel. Aucune de ses plumes ne toucha le sol.

– Ma tâche est achevée, dit Estar. La magie d'Artifex est entièrement vaincue. Poursuis ta route, Longo, mon double. Te voilà seul maintenant. Mais ceux que tu aimes seront bientôt près de toi.

Il se coiffa de son chapeau de paille, tourna le dos, fit quelques pas dans un sentier adjacent et disparut.

# Des retrouvailles

Longo cheminait vers la Providence au rythme lent de son bourricot fatigué. Le temps avait brusquement changé. Il s'était mis au beau fixe et le doux parfum du printemps embaumait le Grand Cercle. Les chemins étaient encombrés. Les populations libérées par la disparition des troupes d'Ypner regagnaient leurs villages. Ces retours multiples s'accomplissaient sans heurts et les retrouvailles donnaient lieu à de touchantes effusions de joie.

Longo fut invité à chaque étape par des Francisques heureux d'écouter son histoire et d'apprendre par quel stratagème le Sanguinaire avait été vaincu. On le nourrit, on l'hébergea dans des granges ou dans des ruines, et jour après jour il s'approcha de la Providence.

Un soir, assis en solitaire au bord du fleuve Espérance, Longo était plongé dans de profondes réflexions lorsque deux cavaliers se dirigèrent vers lui sans mettre pied à terre. Il leva les yeux sur eux. De petite taille, ces deux personnes étaient vêtues de longs manteaux gris et leur capuchon leur tombait sur les yeux, si bien qu'on ne pouvait voir leur visage.

– Que fais-tu là, prince ? demanda le premier cavalier avec une voix d'enfant.

– Qui êtes-vous ?

– Nous sommes qui tu voudras, répondit l'autre, d'une voix semblable. Et cela nous attriste de te voir si soucieux. La guerre n'est-elle pas finie ?

– Elle l'est, répondit Longo.

– Alors, réjouis-toi !

– Oh, je ne suis ni gai ni triste. J'ai achevé un travail sans trop me soucier de ce qui m'attendrait ensuite. Maintenant, ce que je crois, c'est que je ne suis plus dans le jeu. J'ai beau regarder à l'horizon, je ne vois plus rien. Il y a comme un brouillard qui inonde la campagne. Le monde se dissout. Tout m'est devenu étranger.

– Même ta femme et tes enfants ?

– Qui sait ce qu'ils sont devenus ?

– Nous les avons rencontrés près d'ici.

– Vous me connaissez ?

– Oui. Et il n'est pas dit que celui qui a accompli sa mission doive rester à l'écart. Retourne à la Providence. Tu y es attendu. C'est de là que part la reconquête du monde. Le désert reverdira.

– Le désert ? Quel désert ? Qui êtes-vous ?

Les deux cavaliers s'éclipsèrent sans répondre. Alors Longo reprit espoir. Après avoir bu de l'eau du fleuve, il se remit en route.

Si la falaise ne lui avait pas été familière, il n'aurait pas reconnu son village natal. C'était désormais un désert. Il ne restait plus un seul arbre, un seul jardin, un seul plant de grappine. Des soldats d'Ypner, alertés par l'ouverture du trésor, s'étaient rendus aux Gués-du-Sud et avaient tout incendié, tout saccagé sur leur passage. Il restait quelques touffes de chiquenoire jaunies par le gel qui, avec le redoux, présentaient de nouvelles pousses.

Longo entra au village par le chemin de halage et ne rencontra personne, sinon un petit garçon qui faisait office de gardien du feu ancestral.

– Où sont les autres ? demanda Longo.

– Dans les cavernes, prince.

– Pourquoi m'appelles-tu prince ?

– Tu es le fils du roi, tu portes sa tenue.

Longo regarda son costume. N'était-ce pas celui que lui avait fourni Ypner pour la cérémonie de présentation aux armées ? Il était un peu défraîchi, mais reconnaissable !

– Il n'y a plus de roi ni de prince, répondit Longo. Comment faites-vous pour manger ?

– On mange des racines et de la chiquenoire. Ça coupe la faim, la chiquenoire. Dis, pourquoi il n'y a plus de roi ?

– Il est mort.

– C'est toi qui le remplaces ?

– Non. Il n'y a plus de roi.

– Bon. Alors on a bien fait de prendre les vivres de la troupe quand les soldats sont partis. On ne sera pas punis.

Longo sourit.

– Tu es un brave garçon. Comment t'appelles-tu ?

– Léon.

– Léon comment ?

– Fleurimiche ! répondit-il en bombant le torse.

– Tu es le fils de Bonaventure ?

– Non. Son petit-fils.

La venue de Longo ne passa pas longtemps inaperçue. Il entendit bientôt des cris qu'il prit au début pour des messages de bienvenue. C'étaient des insultes. Les Providents sortaient sur le pas de leur porte, l'invectivaient, ne voyant en lui que l'héritier d'Ypner. Ils ne le croyaient aucunement quand il affirmait que le roi était mort, encore moins quand il prétendait être à l'origine de leur délivrance.

– Longo ! hurla Junon la Pédauque, dès qu'elle l'aperçut. Longo ! Bougre de nigaud ! Ils veulent tous ta peau ! Le roi n'est pas là, en ce moment. Ils pourraient bien en profiter pour se venger... Viens un peu chez moi, tu s'ras plus tranquille...

– J'avais dit que je ne reviendrais pas et j'aurais dû m'y tenir. Mais je suis heureux de m'asseoir un peu chez toi. Je suis fatigué. Très fatigué.

– Ici aussi, on est fatigués. Et y a plus rien. À moins d'manger du sable, on va tous crever d'faim. Plus un arbre, plus un poireau, plus un pied de vigne. Ah, bond'là ! À quoi donc qu'ça sert d'avoir vécu jusque-là ?

Ils étaient à peine entrés qu'on frappa à la porte. Junon ouvrit avec précaution. Quelle ne fut pas sa surprise de voir Engelbert.

– Ben ça... dit Junon. Il y a longtemps qu'on vous a point vu, vous !

– Engelbert ! s'écria Longo en se précipitant.

– Venez donc vous asseoir avec nous, insista Junon. Je f'sais juste un brin d'causette avec ce vaurien de vagabond qu'a jamais fini de courir le monde...

– Ça ne sera pas de refus. Moi aussi, je marche depuis si longtemps.

Le vieillard se laissa choir sur une chaise. Il ajouta :

– Mais je crois que ça n'a pas été en vain. Sais-tu, Junon, que ton vaurien de vagabond, comme tu l'appelles, a achevé la légende ?

– Quelle légende ?

– Celle de la Vallée des Esprits.

– Oh, ça m'surprend pas. Il fait n'importe quoi.

– Et il a vaincu le Sanguinaire.

– Ypner ? s'étonna Junon. Cette vieille crapule ? Ben ça... Alors, mon fils, enlève-moi ce déguisement, que les autres vont t'assassiner s'ils te trouvent ! Allons ! Raconte-moi cette nouvelle filouterie.

Longo rapporta l'épisode. La vieille Junon hochait la tête, ouvrait de grands yeux et faisait :

– Non ! Non ! Pas possible !

– Ce qu'il raconte là est la plus stricte vérité, assura Engelbert.

Elle regarda son fils.

– Ça, personne ici voudra y croire, mon gars. Ils sont loin d's'imaginer que tu les as délivrés du tyran. Ils t'prennent toujours pour son héritier.

– Ce soir, dit le vieillard, il y aura une grande veillée autour du feu ancestral. Je raconterai à tous cet exploit.

– À peine si on trouvera du bois pour s'éclairer, fit la Pédauque.

– Le feu ancestral n'a jamais manqué de rien, dit Longo.

– Il a raison, lança Engelbert. Voilà une flamme qui ne s'est pas éteinte depuis plus de cinq cents ans ! Je vais de ce pas convoquer la population.

La nuit tombait. Au début, environ trois cents personnes, en comptant les enfants, s'étaient présentées à l'appel du sage. L'antique flamme brûlait près de la tente d'Ypner que personne n'avait encore osé démonter. C'est là qu'ils s'étaient rassemblés. Mais d'heure en heure, d'autres Providents arrivaient, de différents hameaux, certains épuisés par une marche forcée.

Aussi la veillée commença-t-elle fort tard dans la nuit, après les retrouvailles et les congratulations. La tension était vive, à cause de la présence de Longo que la plupart avaient reconnu, bien que Junon lui eût fourni des habits discrets.

Engelbert se leva et obtint le silence.

– Mes amis, je dois reconnaître que plusieurs fois, durant ces trente dernières années, j'ai perdu l'espoir de vivre une soirée semblable à celle-ci, qui nous retrouverait libres autour du feu ancestral. Pourtant la patience a porté ses fruits. En cette heure de liberté commence le plus fabuleux récit que le Grand Cercle ait jamais connu, mais s'achève aussi la plus étrange légende qui ait jamais été inventée. Le récit qui commence, c'est celui de vos années de souffrances et de lutte. La légende qui vient de trouver enfin son dénouement est celle de la Vallée des Esprits. Car Benjamin est sorti vainqueur du puits. Il a ramené avec lui la paix. Et ce Benjamin auquel chacun de vous a rêvé pendant son enfance est ici parmi nous, pour un court moment.

La foule murmura. Il lui semblait impossible de rencontrer un héros de légende en chair et en os. Les gens se levaient ici et là pour essayer de deviner de qui il s'agissait.

– Celui que vous cherchez n'est autre que Longo fils de Junon, prince de Freezland, paysan de la Providence, le plus petit parmi les petits, et le plus grand parmi les grands. Grâce à lui, ce lieu ne connaîtra plus jamais la guerre.

Les murmures se changèrent en commentaires hostiles, mais la présence d'Engelbert, que chacun respectait depuis toujours, tempéra les humeurs. Dans le silence, Longo se leva et fit sommairement le récit de la chute d'Ypner. Certains le crurent, d'autres ne le crurent pas. Il y eut cependant des témoignages pour confirmer les événements.

Au petit jour, alors que personne n'avait dormi et que discussions et polémiques continuaient de plus belle, un homme et une femme arrivèrent, traînant derrière eux quinze mules lourdement chargées, et précédant un troupeau d'une centaine de moutons. Longo fendit la foule et se rendit à leur rencontre.

C'étaient Sadac et Savira, le berger et sa femme qui l'avaient hébergé une nuit quand il avait quitté adolescent la Providence, dans les premiers jours de sa longue marche. Le temps et les épreuves les avaient vieillis mais le fils de Junon les aurait reconnus entre mille.

Il les serra l'un et l'autre longuement dans ses bras.

– Plus aucun serrevolant ne viendra hanter votre demeure, dit-il en riant.

Sadac sourit avant de demander :

– Te souviens-tu, Longo, des bocaux qui ornaient les étagères de notre demeure ?

– Oui. Ils contenaient des graines de toute la végétation qui peut se trouver dans le Grand Cercle !

– À l'époque, ajouta la bergère, nous ne savions pas pourquoi nous avions entrepris une telle collection. Aujourd'hui, nous le savons, nous allons planter ces graines, et le désert refleurira !

Quand Longo fit l'annonce de cette nouvelle, elle déchaîna l'enthousiasme, quoique chacun se demandât en secret s'il survivrait jusqu'aux premières pousses. Les habitants de la Providence exigèrent que l'on se mît aussitôt au travail. Sous la direction du couple de bergers, la restauration de la Providence commença.

Longo apporta son aide. Tandis que sa mère préparait des semis, il arracha les souches des tropliers qui avaient jadis bordé la placette, lieu sacré du feu ancestral et de la statue du Grand Formateur. Il se fit aider par Bonaventure Fleurimiche et Fulcrand Alcazar, ses anciens ennemis.

La haine entre eux avait disparu. Vraiment, Altarifa, déesse de la paix, était sortie du puits et commençait à étendre son influence bienfaisante sur le Grand Cercle.

# Le retour

Il fallut attendre le début de l'été pour tirer bénéfice de ces rudes travaux. Entre-temps, on avait tué quelques panurges, accommodé des baies de piquemalines, glané des tiges de chafoin et mâchouillé de la chiquenoire. La population de la Providence comptait désormais mille cinq cents âmes, la moitié de sa population au temps de la prospérité.

Des enfants naquirent sous le signe de la paix. Ils étaient doux comme leur déesse. Peu à peu, le village retrouva son apparence d'antan.

Un jour que Longo labourait une parcelle, un cavalier s'avança jusqu'à lui et mit pied à terre.

– Vous êtes bien Longo, fils de Junon ?

– Oui.

L'homme ôta sa capuche et courut se jeter dans ses bras.

– Et vous… qui… qui êtes-vous ? bégaya Longo.

– Tu ne me reconnais pas ? Je suis Venceslas !

Longo en resta pétrifié. Ses lèvres tremblèrent.

– Et mère est avec moi. Elle t'attend chez Junon.

– Kallysten ! s'écria Longo. Est-ce possible... est-ce seulement possible...

Il planta là sa charrue et courut vers le fleuve qu'il traversa à gué. Venceslas suivait sur sa monture.

Kallysten avait moins souffert des années que de la séparation. Même dans sa modeste tenue de voyage, elle était encore reine. Junon assista avec plaisir aux tendres effusions.

– Combien de jours avons-nous passé ensemble dans notre longue vie ? demanda Longo à son épouse.

– Peu, à côté de ceux qui nous attendent. Laissons le soin à notre vieillesse de nous offrir ce que notre jeunesse nous a dérobé.

Venceslas les rejoignit et s'assit auprès d'eux. Longo l'admira en silence. Son fils aîné était un homme magnifique, qui aurait fait un grand guerrier... s'il y avait encore eu des guerres.

– Et qu'est devenue Solweig ?

– Nul ne le sait, dit la reine de Freezland.

– Nous nous sommes séparés quelques mois après la chute de Gune, expliqua Venceslas. Engelbert nous avait donné à chacun une mission.

– Hélas, dit Longo, si personne n'a entendu parler de sa mort, on ne sait rien non plus de sa vie. Engelbert est le dernier à l'avoir vue vivante, et il y a si longtemps ! Mais racontez-moi tous les deux ce qui vous est arrivé après la chute de Gune la Flamboyante.

Kallysten sourit.

– Il nous faudrait des jours, comme toi pour nous rapporter ta part de légende. Voilà qui meublera nos longues soirées d'hiver à Gune.

– Gune ?

– Je vais rebâtir la ville, dit Kallysten.

– Quand ?

– Dès que possible. Freezland a besoin d'être gouverné, et les murs relevés avant l'hiver.

Elle fixa Longo au fond des yeux et ajouta :

– Je crois que la Providence est sauvée. Elle n'a plus besoin de tes services. Dans quelques semaines, lorsqu'elle aura reverdi, elle te présentera un visage plus resplendissant que jamais. Tu partiras avec cette image dans le cœur. Ce sera encore plus beau que tes souvenirs d'enfance.

– Mais toi, Kallysten... Auras-tu la force de gouverner un grand pays tel que Freezland ?

– Je ne sais pas, dit Kallysten. Ce ne sont pas la force ou le courage qui manquent, mais nous sommes si différents, maintenant.

Elle tourna le regard vers leur fils.

– Je pense que le moment est venu de confier cette tâche à Venceslas. Il a fait preuve de tant de bravoure en harcelant sans trêve les troupes d'Ypner ! Il a su utiliser au mieux le sceptre d'Olnar. Qui donc est plus qualifié que lui pour présider aux destinées de Freezland ?

– Et toi ?

– Toi et moi nous nous occuperons l'un de l'autre ! Cela nous prendra tout notre temps !

– Voilà un'chose qu'est bien dite ! s'autorisa Junon. On voit que cette dame a de l'expérience, y a pas !

Kallysten se tourna vers elle.

– Tant d'années de souffrances ne nous ont-elles pas enseigné à vivre et à reconnaître les choses essentielles ?

Au début de la saison chaude se constitua une caravane qui devait monter vers le nord. Ce fut le temps pénible des séparations, bien que les plus belles promesses de retrouvailles eussent été échangées.

Junon la Pédauque, malgré son âge, décida d'être du voyage. Elle avait tant entendu parler des terres de Freezland, disait-elle, qu'elle voulait les voir avant de mourir. Elle quitta donc la Providence sans regret, sachant qu'elle n'y laissait pas que des amis.

Longo et Kallysten n'attendirent pas les longues nuits d'hiver pour se raconter leurs aventures. Leur marche jusqu'à Gune leur en fournit l'occasion. C'est ainsi que Longo apprit les détails de la captivité de Kallysten pendant les premières années de leur séparation, son errance de camp en camp, et les atrocités dont les populations captives avaient été l'objet. Il décida de les consigner dans un livre afin que nul n'en perdît le souvenir.

– Toutefois, dit Kallysten, je recevais de temps à autre la visite d'Engelbert. Il n'a cessé de parcourir le Grand Cercle pour protéger le peu de liberté qu'on y trouvait encore, et sauver ce qui pouvait l'être. Sur son instigation, j'ai demandé et obtenu d'Ypner d'être conduite au milieu d'un désert pour y faire naître un jardin. C'était un stratagème dont je n'ai pas encore pleinement compris la signification. J'espère qu'Engelbert nous la donnera.

De son côté, Longo raconta l'épisode de la Renarderie, son dédoublement par la magie d'Artifex et surtout comment il avait échappé à Soreya au sein de Casarève la Grande.

Quand ils arrivèrent en Freezland, Longo et Kallysten se sentaient plus unis qu'ils ne l'avaient jamais été. Venceslas marchait devant eux et Junon à leurs côtés. À la mi-juillet, ils se retrouvèrent près des ruines de la capitale. Des architectes posaient déjà les repères de la future ville.

La population rentrait peu à peu d'exil.

# Les deux cavaliers

Les premières maisons furent recouvertes en septembre et il y eut à cette occasion une fête somptueuse. Kallysten annonça solennellement aux cinq mille personnes présentes son abdication en faveur du dauphin. Bien que l'on regrettât une si douce reine, Venceslas fut acclamé avec ferveur.

Au troisième jour de la fête, alors que les Freezlandais s'étaient rassemblés autour des feux, eut lieu une visite dont peu de personnes comprirent l'importance sur le moment. Mais le récit qui allait en être fait plus tard témoignerait fidèlement du plus grand événement de tous les temps.

Deux cavaliers revêtus de bure grise se présentèrent sur le parvis de la maison où Kallysten, Longo, Venceslas et quelques dignitaires du royaume échangeaient encore certains détails sur leurs aventures.

Ils ne mirent pas pied à terre, prenant part à la conversation du haut de leurs montures. L'un d'eux déclara, d'une voix enfantine :

– J'aime assez vos aventures et le récit que vous en faites.

Kallysten leva vers eux son regard et répondit :

– Nos aventures ne sont pas des légendes. Elles ont été écrites avec du sang, de la sueur et des larmes.

– C'est précisément ainsi que naît une épopée, et c'est ce qui en fait la beauté, reprit le visiteur. Une part de vérité, une part d'admiration, une part de souvenir, une part de rêve. Vous êtes la légende, et la légende est la mémoire vive de n'importe quel peuple. De qui vous entreteniez-vous ?

– D'une personne qui nous est chère et qui nous manque aujourd'hui.

– À vous entendre, ce sera sans doute celle qui aura la plus belle part dans les récits futurs.

– Nous préférerions l'avoir avec nous en chair et en os, dit Longo, qui avait reconnu les deux étranges cavaliers rencontrés quelques mois plus tôt au bord du fleuve Espérance. Pouvez-vous nous dire qui vous êtes et pourquoi vous ne vous séparez jamais de vos montures ? Dînez-vous et dormez-vous aussi en selle ?

Ils se regardèrent en éclatant de rire et, après être descendus de leurs galopants, s'immiscèrent dans le cercle royal.

– Nous parcourons ce monde. Nous chevauchons du centre à la périphérie du Grand Cercle. C'est notre domaine.

– Vous me semblez très jeunes, bien qu'il soit difficile d'en juger, puisque votre visage nous est interdit, dit Kallysten. Pourquoi tant de secrets ?

– Parce que peu de personnes dans ce monde sont capables d'admettre la réalité de ce que nous sommes, et ainsi de nous regarder en face. Cela ferait naître des polémiques et nous désirons les éviter.

– Et moi, dit la reine mère de Freezland, suis-je autorisée à vous découvrir ?

– Certainement, Majesté.

Ils ôtèrent ensemble leur capuchon. Leur visage fut révélé à tous dans la lumière du foyer. Il s'agissait d'une fille et d'un garçon âgés d'une douzaine d'années. La fille était la réplique exacte de la princesse Solweig, et le garçon celle de Benjamin.

– Par exemple ! s'écria Longo. Si je ne savais pas que le temps avait passé, et que notre fille aurait aujourd'hui vingt-huit ans, je croirais l'avoir là devant moi ! Et ce garçon, est-il différent de celui que je contemplais dans les miroirs d'avenir ?

Junon, qui était assise dans un fauteuil d'osier, tendit la main vers eux et dit :

– Approchez, merveilles des merveilles... Ça pourrait paraître bizarre, mais on dirait qu'y a comme d'la lumière autour de vous... Vous seriez pas des gens un peu surnaturels, des fois ?

Ils s'avancèrent et Junon put constater qu'ils étaient en chair et en os. Mais elle avait raison. Une aura les entourait.

– Je vous en prie, insista Kallysten. Dites-nous la vérité.

– Je suis Solweig d'Angnor, s'écria la jeune fille.

– Solweig ! Notre fille !

– Non. Je suis Solweig II, fille de Solweig.

– Heureuse de faire votre connaissance, mon enfant. Mais qu'est devenue notre Solweig ?

– Je vous en parlerai d'ici peu. Laissez-moi d'abord vous présenter mon compagnon. Voici Benjamin, le dernier des Véritables, fondateur du jeu du Grand Cercle, modèle des douze Benjamin de la légende.

– Benjamin... murmura Longo. Celui qui dormait dans sa cage de verre quand je l'ai aperçu pour la première fois dans les profondeurs de la forteresse de la nuit.

Il se leva et, hésitant, se dirigea vers l'enfant, lui saisit un bras, le toucha, le palpa comme pour s'assurer que c'était bien un être de chair.

– Un Véritable ! poursuivit Longo. Comment es-tu entré dans notre monde ?

– L'heure des explications a sonné, dit Benjamin. Êtes-vous prêts à commencer une veillée qui pourrait ne jamais finir ?

– Comme la Terre tourne autour du Soleil, notre vie n'est rien qu'une longue veillée autour d'un feu, répondit Kallysten.

Peu à peu leur cercle s'était étoffé, et de nombreux habitants de Gune, ayant pressenti que se dénouait là le mystère de leur monde, s'étaient approchés.

– Je vais commencer, dit Solweig II. À la chute de Gune la Flamboyante, Engelbert conduisit ma mère, c'est-à-dire Solweig, votre fille, en compagnie de Venceslas, son frère, chez une magicienne nommée Sardone. Là, ils furent épargnés, ainsi que l'émeraude. Quelques mois plus tard, ayant appris la disparition de Longo dans le puits de la Vallée des Esprits, ils se séparèrent et Solweig, ma mère, erra en direction du sud, échappant de justesse aux espions du roi Ypner. Un guerrier appelé Estar la conduisit en Terre Première, dans les déserts de sable, au pied d'une haute tour. Dans les profonds sous-sols de cette tour vivait un mendiant qui avait été jadis un magicien mais qui avait perdu l'essentiel de ses pouvoirs. Il s'appelait Artifex. Ce magicien était maître dans l'art de forger d'étranges créatures. Estar l'avait vaincu.

« Solweig, ma mère, vécut en captivité dans la ville construite au pied de la tour. Personne ne la reconnut en tant que princesse de Freezland. Elle avait été confiée par Estar à une famille francisque déportée là depuis peu. Devenue adulte, elle y rencontra le dernier descendant des anciens rois de Luz, Joaquim III de Luz, et l'épousa. Estar venait souvent leur rendre visite.

« Quand elle attendit son enfant, Estar fit remonter Artifex qui s'était repenti de ses mauvaises actions. Il accepta d'ouvrir l'émeraude pour en extraire le mystérieux contenu. Mélangé à d'autres substances, cela forma un élixir qui fut administré à ma mère. Le jour de ma naissance, ma mère mourut, mais sa mémoire, son esprit et d'autres caractéristiques me furent transmis si bien qu'à l'heure actuelle, je suis Solweig II tout en étant Solweig, fille de Longo et de Kallysten d'Angnor.

« L'effet le plus important de cette magie, c'est que je ne suis pas de votre espèce, mais une Véritable. C'est-à-dire de l'espèce de Benjamin. »

Elle sourit à son compagnon et poursuivit :

– Pendant douze années, je fus élevée par la famille qui avait recueilli ma mère et je connus la captivité, ainsi que les durs travaux. Le jour de mes douze ans, le vieil Artifex se présenta à moi. Il m'apprit mes origines et me conduisit à l'intérieur de la tour. Là commençait un long souterrain où nous avons marché ensemble pendant des jours. Puis nous sommes arrivés dans une salle, qui était une crypte funèbre. Au sein d'un cercueil de verre gisait Benjamin, enfant de l'antique civilisation, dernier des Véritables. Il avait été mis là en hibernation, par ses semblables, cinq cents ans plus tôt.

« Je le trouvai d'une grande beauté, et la mémoire de Solweig qui dormait en moi s'éveilla.

« Artifex me tendit une bague dont le chaton d'émeraude avait été évidé. Il restait quelques diamants. À l'aide du plus gros, j'ai pu couper le verre et ouvrir le cercueil.

« Je me suis penchée sur Benjamin et je lui ai donné un baiser. Il a repris quelques couleurs. J'ai bien dû recommencer une dizaine de fois pour qu'il consente à ouvrir les yeux, et autant pour qu'il se redresse. Je le soupçonne d'avoir un peu abusé de la situation. »

Le petit cercle d'amis se mit à rire et applaudit à tout rompre. Après cela, Benjamin prit la parole.

– Mon histoire vous paraîtra plus étrange encore, car elle prend ses racines dans l'ancienne civilisation qui m'a vu naître. Notez que j'ai eu du mal à me faire à l'idée que cette civilisation n'existe plus. Car ces cinq cents dernières années, j'ai dormi.

« Au début, j'étais un petit garçon comme les autres, mais je souffrais d'un mal incurable qui devait me clouer pour toujours au fond d'un lit. Pour me consoler, sinon pour me guérir, on m'offrit une de ces machines prestigieuses que l'on appelait un ordinateur. Avec elle et grâce à elle, sur le conseil de mon médecin, j'ai inventé un jeu. Cela me permettait de jouer avec d'autres enfants à travers le monde. Je créai un univers, le Grand Cercle, et des personnages fictifs. À certains de ces personnages, je donnai l'apparence des êtres qui m'entouraient. C'est ainsi que je créai Solweig de Freezland sur le modèle d'une fille que j'ai aimée de toute mon âme. Mais aussi Engelbert, Junon et d'autres sont les images de mes proches.

« Le médecin découvrit rapidement que mon jeu était en fait l'image de moi-même. Tout ce qui s'y passait montrait l'état de ma maladie. Le Sanguinaire était une représentation de mon mal, cherchant à me vaincre, et mes stratégies figuraient la défense de mon organisme.

« Ma maladie ayant empiré, il fut convenu que l'on me placerait en hibernation jusqu'à ce que la science ait progressé et ait trouvé un remède sûr. Hélas, il y a eu ensuite bien des bouleversements sur la terre et plus personne ne pouvait me guérir. Le disque contenant mon jeu fut perdu, puis retrouvé bien des années plus tard et il échoua dans les mains d'un expert en manipulations génétiques.

« Mon jeu lui plut tout de suite. Mes personnages lui servirent de modèle. Il en tira un homme génétiquement modifié auquel il insuffla l'esprit de mon jeu. Ainsi naquit Engelbert.

« Engelbert grandit très vite, assimila l'ensemble des connaissances humaines et se forgea un assistant qu'il appela Artifex. Celui-ci se donna une femme de son espèce et à partir de ce moment-là les nouveaux hommes se multiplièrent.

« Ces événements furent consignés dans l'ouvrage que voici et dont j'ai pris connaissance à mon réveil. Il m'accompagnait dans la crypte. Engelbert y descendait de temps à autre tenir ce journal. »

Benjamin sortit de sous sa robe un épais livre de cuir aux coins de cuivre et il le montra. Puis il continua :

– Ces hommes génétiquement différents firent la guerre à ma propre espèce, qu'ils appelaient « Véritables » et parfois « Mauvaises Gens ». Il n'y en eut bientôt plus qu'un : moi. J'avais dû la vie à mon état d'hibernation et à la bienveillance d'Engelbert qui m'avait établi une garde et des serviteurs pour préparer mon réveil.

« Engelbert refusait la disparition des Véritables. Il préleva donc des cellules de la peau d'une jeune Véritable avant extinction définitive de cette espèce, et les cacha au sein d'une émeraude qui devint un joyau convoité par beaucoup dans le Grand Cercle. Elle fut confiée aux rois de Freezland. Vous savez maintenant comment elle a été utilisée. Mais ce n'est pas tout. À mon réveil, il me fallait de la nourriture. Ceux du Grand Cercle et les Véritables ne mangent pas exactement les mêmes choses. Engelbert ne l'ignorait pas, lui qui avait connu les Véritables. C'est pourquoi il a fait créer ce jardin par Kallysten, dans lequel poussent non pas vos coquetendres, délicieuses certes, mais pour moi indigestes. On y trouve par contre des pommes de terre. L'antique civilisation en raffolait. »

– Si j'ai bien compris, dit Junon, l'monde a pas encore fini d'changer.

– C'est juste, souligna Benjamin. Dès que possible, nous recréerons mon espèce disparue. Elle sera compatible avec la vôtre, grâce aux origines de Solweig.

– J'espère, dit Kallysten, que vous accepterez de vivre à nos côtés.

– Avec joie, répondit Benjamin.

– Je suis heureux d'assister à la naissance d'un nouveau monde, déclara Venceslas, qui avait jusque-là gardé le silence. J'ai toujours pensé que ma sœur Solweig détenait un secret redoutable, et je suis fier d'avoir vécu aux côtés d'une déesse. Mais comment as-tu été guéri de ton mal, Benjamin ?

Benjamin regarda Solweig. Ils échangèrent un long sourire.

Engelbert se racla la gorge et intervint :

– Voyez-vous... bien des gens deviennent malades de se sentir mal-aimés. Et son réveil, Benjamin l'a dû à un baiser. Voilà qui clôt agréablement n'importe quelle légende. Il me semble qu'un baiser est une excellente thérapeutique.

Il y eut un silence au cours duquel on écouta le crépitement du foyer. Des murmures naquirent çà et là qui devinrent des chants. Les Freezlandais étaient les plus grands chanteurs de toute la terre. Les chœurs des Tuniques de Feu résonnaient encore dans la mémoire de Longo. Aussi ne fut-il pas surpris de les entendre s'élever dans la nuit, prenant peu à peu leur ampleur d'autrefois.

Pelotonnée dans la sienne, il tenait la main de Kallysten. Il savait que le temps des guerres était à jamais achevé, et que le couple divin en aube grise et à l'aura de lumière marcherait devant eux, toujours, pour leur ouvrir à chaque instant la voie sacrée, encore mal connue, de l'amour inaltérable.

## L'auteur

**François Sautereau** est né à Paris en 1943. Marié et père de deux enfants, depuis toujours il mène une vie consacrée à l'enfance : animateur, formateur... et à l'écriture.

Il écrit depuis l'âge de sept ans et son premier roman a été publié en 1977.

Dans ses livres l'imaginaire côtoie toujours le réel, le visible l'invisible. Son temps préféré est le futur immédiat.

## L'illustrateur

Originaire de Provence, **Vincent Dutrait** a étudié l'illustration à l'école Émile-Cohl de Lyon avant de travailler pour la presse et de collaborer à de nombreux livres jeunesse pour des éditeurs français et étrangers. Parallèlement, il a enseigné l'art de la bande dessinée à l'école Émile-Cohl pendant quatre ans. Influencé par les œuvres des peintres américains du début du siècle dernier, cet amateur de pêche et de musique est fasciné par la littérature fantastique, le cinéma, les voyages. Il vit à Séoul, en Corée du Sud, avec son épouse. La découverte de ce pays l'inspire et nourrit son imaginaire...

*Impression réalisée sur CAMERON par*

BRODARD & TAUPIN

GROUPE CPI

*La Flèche*
*en octobre 2005*

*Imprimé en France*
Dépôt légal : octobre 2005
N° d'édition : 4254
N° d'impression : 32058